대리인 2

대리인

2

제인도 장편소설

팩토리나인

목차

2권

14. 내가 몰랐던 이야기

이준혁 상무는 사장의 지인이 운영하는 병원의 중환자실로 사장을 옮겼다. 회사와 가까이 위치한 그 병원은 오후 10시 이후로는 면회가 일절 허용되지 않았다. 대기 발령 중인 나와 사장의 부재로 업무가 중단된 고성국이 돌아가면서 6시간씩 사장의 병실을 지켰고, 오지선 실장과 민가영은 비서실에 남아 온갖 잡무를 처리했다. 따라서 나의 근무 시간은 줄어들었지만 출근 시간은 오후 4시로 이전과 동일했다.

수행 기사도, 홍보마케팅팀 직원도 아닌 채로 난 오늘도 늦게 병원으로 출근을 한다. 병원으로 가는 도중에 서점에 들러 손영익 대표의 자서전을 샀다. 병실을 지킬 때 읽을 생각이었다. 병원에 들어서니 중환자실 밖에 놓인 의자에 앉아 지루하게 휴대폰을 들여다보고 있던 고성국이 나를 반긴다.

"어휴, 오셨어요?"

"지루하셨죠?"

"대기하는 게 천성이다 싶었는데, 이건 정말 못할 짓이네요. 월급을 준다니까 이러고 있는 거지, 병원에서 옴짝달싹 못 하는 신세라니."

"뭐 하고 계셨는데요?"

"다른 일자리 알아봤죠. 사장님이 어떻게 될지 모르는데, 불안해서 가만히 있을 수 있나요. 아, 좀 전에 사모님 다녀가셨어요."

사모님? 이한경 사장이 이혼했다는 얘기는 들었지만 사모님 얘기는 처음이었다.

"짧은 커트 머리에 수수하신 분이시더라고요."

윤조는 아니다. 그녀는 사장과 이혼한 사람인 걸까?

"본인이 직접 말하던가요? 부인이라고?"

"전 부인이라 하던데요? 이혼했어도 정이 남은 건지, 저기 의자에 앉아 몇십 분 동안 멍하니 있다가 갔어요. 아무 말도 하지 않고요. 그 모습이 왠지 처연해서 마음이 짠하더라고요. 그런데 사장님, 애는 없나 봐요?"

"전 사적인 것은 모릅니다."

"사모님 혼자 왔길래 혹시 아시나 물어본 거예요. 식사하셨어요?"

"미리 먹고 왔습니다."

"이런……. 여기 구내식당 괜찮다던데. 내일은 같이 밥이나 먹고 헤어져요. 6시간 동안 아무 말도 하지 않고 앉아 있으려니까 입에서 단내도 나고 지루해서."

"그러죠. 내일 뵐게요."

고성국이 퇴근을 했다. 난 병실에 들어가 몸에 호스를 꽂고 있는 사장을 내려다본다. 과로에 시달리다 약물에 의존해 간신히 휴식을 취했던 워커홀릭 사장. 하지만 그는 성실하고 공정한 사람이었다. 제발 그가 무사했으면. 빨리 눈을 떴으면. 난 내게 주어질 수도 있는 기회가 멀어질까 두렵다.

"사장님은 오늘 어떠십니까?"

이준혁 상무의 목소리가 들렸다. 뒤를 돌아다보니 그가 테이크아웃 커피를 들고 있다.

"오셨습니까? 별다른 차도는 없는 것 같아요."

"큰일이군요."

그가 내게 커피 하나를 내민다. 감사한 마음으로 커피를 받아 들었다.

"이 근처에 왔다가 들러봤습니다."

"일은 잘 진행되시고요?"

새로운 법인을 설립한 그는 정신없이 바쁠 터였다. 이미 그곳 사장으로 부임하기로 내정돼 있었기 때문이다.

"그냥 그렇죠. 아직 초기 단계니까요. 모건과도 손발이 잘 안 맞아 헤매고 있어요. 외국 회사는 왜 그렇게 제약이 많은지."

그의 말을 듣고 있는 난 씁쓸해진다. 사장의 일만 없었더라면 나는 그 회사로 발령받았을지 모른다. 하지만 현실은 대기 상태

다. 난 내가 꿈꿨던 미래가 산산조각이 나고 있다는 것을 깨닫는
다. 마음이 좋지 않다. 이준혁 상무가 그런 심정을 알아챈 듯 내
눈치를 살핀다. 친절하게도.

"조금만 버텨주세요."

"아, 네……."

"회사가 안정되면 제가 바로 콜할 겁니다. 지금은 대기 발령 상
태지만, 곧 좋은 소식이 오지 않겠습니까?"

"고맙습니다."

"사장님도 머지않아 회복할 테니까요."

"네가 왜 여기 있니?"

갑자기 들려온 날카로운 여자 목소리가 우리 대화를 갈라놓았
다. 놀란 나는 소리가 나는 쪽을 바라봤다. 중환자실 밖에는 머리
가 하얗게 센 70대 여자가 서 있었다. 얼굴에 노기를 가득 띤 그
녀는 주먹을 꽉 쥔 채 몸을 부들부들 떨고 있었다.

"어머니……."

상무가 이 말을 꺼내기 무섭게 그녀는 다짜고짜 상무의 오른쪽
뺨을 세게 올려쳤다. 그의 얼굴이 벌겋게 부어오른다. 급작스러
운 상황에 난 어쩔 줄 몰랐다.

"네가 왜 여기 있냐고! 내 말 안 들려?"

그녀의 목소리가 병실을 쩌렁쩌렁 울린다. 여기는 중환자실인
데, 저러면 안 되는데.

"저, 누구신지 몰라도……."

난 혹시라도 난동을 부릴까 걱정돼 그녀에게 다가섰다. 한 대 맞더라도 진정시켜야겠다는 생각뿐이었다. 그러나 그녀는 나를 보고 있지 않았다. 그녀의 번뜩이는 두 눈은 이준혁 상무를 죽일 듯 노려보고 있다.

"어머니……."

"여기가 어디라고 나타났어, 어?"

"죄송합니다……."

"내가 너, 왜 한경이 옆에 있는 거 허락한 줄 알아?"

"잘못했습니다, 어머니."

"그걸 아는 놈이 여기 있어? 여기 있냐고!"

그가 그녀 앞에 무릎을 꿇는다. 내가 미처 말릴 새도 없었다.

"애 하나 보살피는 게 그렇게 어려워? 애를 이 지경으로 만들면 어떡해? 옆에서 뭐 했어? 네가 대신 쓰러졌어야 하는 거 아니냐고!"

"저, 그건……."

내가 중간에 끼어들려고 하자 그가 나를 저지시킨다. 상무는 저 노부인의 원망을 온몸으로 직접 받아내려 하고 있다. 듣기 민망한 얘기를, 쏟아지는 악담을 묵묵히 참아낸다. 노부인과 그의 관계가 심상치 않아 보인다. 어머니라고 부르는 걸 보면 모자지간 같은데. 글램의 홍 사장도 상무가 사장의 형이라고 하지 않았던가. 그에게 무슨 사연이라도 있는 걸까?

큰소리를 들은 간호사가 중환자실로 달려왔다.

"여기는 중환자실입니다. 큰소리를 내면 어떡해요? 모두 나가

주세요."

"내가 내 아들 보러 왔는데, 어딜 나가?"

"병원 규칙이에요. 환자 가족이라고 해도 이러시면 안 됩니다."

간호사가 단호하게 말했다. 하지만 그녀는 버텼다. 너무 화가 나서 간호사의 말이 귀에 들어오지 않는 듯했다.

"내가 면회 시간도 확인 안 하고 온 줄 알아?"

"여긴 중환자실이에요. 정숙하셔야죠."

"정숙? 내 아들이 죽어가는데 정숙?"

"말이 안 통하는 분이시네. 이한경 환자 보호자분이 누구십니까?"

"접니다."

이준혁 상무가 나섰다. 이 시간대 보호자는 나였지만, 난 조용히 그가 하는 행동을 지켜본다.

"저 면회자 데리고 병실에서 나가주세요."

"죄송합니다. 저희 어머니세요."

"어머니라고 부르지 마!"

"여기서 더 이상 소란 피우시면 안 됩니다."

"알고 있습니다. 잠시 면회만 하고 금방 돌아가실 겁니다. 정말 죄송합니다."

이준혁 상무는 간호사에게 거듭 사과하며 돌려보냈다.

그 사이 노부인은 침대로 다가가 사장의 손을 꼭 쥐고 머리를 쓰다듬는다. 이준혁 상무는 나를 데리고 병실 밖으로 나갔다.

"못 볼 꼴을 보여드렸군요. 제가…… 어머니께 신뢰를 못 받고 있는 아들이라."

그가 아들이라는 단어에 힘주며 말했다. 그의 오른쪽 뺨은 여전히 벌겋게 부어 있었고 목소리는 살짝 떨리는 것 같았다. 나는 그런 그가 안쓰러웠다. 하지만 뭐라 위로할 말이 없었다. 우리 두 사람은 노부인이 면회를 마치고 나올 때까지 병실 밖 의자에 말없이 앉아 있었다.

잠시 후, 노부인이 중환자실에서 나왔다. 눈에는 여전히 노기가 가득한 상태였다.

"난 한경이와 달라. 두고 보고 있을 거야, 너."

그녀가 상무에게 으르렁거리듯 말한다. 이준혁 상무는 마치 잘못한 아이처럼, 그 말에 반박도 하지 않고 조용히 듣고만 있다. 오랜 시간 억눌려온 습관 탓일까? 내 눈에는 그의 큰 덩치와 작고 여린 아이의 모습이 겹쳐 보였다. 그런 그를, 노부인은 위아래로 훑어보더니 인사도 하지 않고 가버렸다. 그녀의 모습이 사라지자 조여 왔던 숨통이 터지는 기분이었다.

"상무님, 괜찮으십니까?"

"어머니께서 화가 많이 나셨나 봐요."

그는 괜찮지 않아 보였다. 아까 나를 위로할 때와 달리 우울하고 지쳐 보인다.

"가봐야겠습니다. 오늘 일은 보지 못한 것으로 해주세요. 그리고 사장님을 잘 부탁드립니다."

이준혁 상무는 인사를 하고 자리를 떠났다. 난 그의 모습이 사라질 때까지 지켜본다. 어머니에게 늘 뒷전인 큰아들의 뒷모습은 꽤나 서글펐다. 어깨는 축 늘어져 있었고 발걸음도 힘이 없다.

그러나 이런 소동도 잠시였을 뿐, 다시 평온하고 지루한 시간이 이어졌다. 나와 사장만 있는 중환자실은 아주 조용했다. 환자의 상태를 감시하는 페이션트 모니터 소리만이 희미하게 들려온다.

심심한 나는 민가영에게 문자를 보냈다.

'뭐해요?'

'야근.'

'혼자?'

'아니. 오 실장님도 함께.'

'이 시간에? 왜?'

'전무가 사장님에게 보낸 파일을 날짜별로 정리해서 모두 달래요. 그게 몇 년치인데. 내가 미쳐.'

'이런.'

'며칠은 죽었지, 뭐. 호랑이 없으니까 아주 여우가 왕이에요, 왕. 어휴. 사장님은 어떠세요? 차도가 있어요?'

'계속 그대로죠.'

'아, 내가 가서 보살펴드려야 하는데.'

'걱정 말고 일이나 해요.'

'이따 우리 맥주나 마셔요. 전무 욕이나 하게.'

야근하는 사람을 잡고 계속 문자를 할 수는 없었다. 난 남은 시간에 손영익 대표의 자서전을 읽는다. 술술 읽혔지만 특이할 만한 내용은 보이지 않았다. 그 후에는 인터넷을 뒤적이다 어서 빨리 10시가 되어 퇴근하길 바랐다. 하지만 무료한 시간은 빨리 가지 않는다. 간신히 9시 30분이 넘었다. 시계만 보고 있던 나는 크게 기지개를 폈다. 얼른 집에 가서 맥주나 마셔야지.

또각- 또각-.

그때 복도를 울리는 구두 소리가 들려왔다. 이 늦은 시간에 누구 병실에 면회를 온 걸까? 똑- 똑-. 노크 소리가 들렸다. 또각거리는 구두 소리의 주인공은 우리 사장을 면회하러 온 것이었다. 시계를 보니 9시 40분. 면회 시간은 20분밖에 남지 않았다. 사장이 이곳에 입원했다는 것을 아는 사람은 거의 없을 텐데, 누굴까?

곧 문이 열리고 병실로 면회자가 들어섰다. 순간 나도 모르게 의자에서 벌떡 일어났다. 윤조였다. 나를 알아본 그녀도 얼어붙은 듯 그 자리에 서 있다. 이윽고 윤조가 힘겹게 입을 연다.

"잘…… 지내셨죠?"

"네, 덕분에요."

그녀는 사장의 곁으로 가 그를 물끄러미 바라보고는 힘없이 말을 잇는다.

"계속 이 상태인가요?"

"아직 차도는 없습니다."

그녀는 기대도 하지 않았다는 듯, 내 말에 별다른 반응을 보이지 않는다. 하지만 시선은 계속 사장을 주시하고 있다. 난 다시 자리에 앉았다. 그녀가 면회 시간 마감 전에 나가주기를 바라면서.

"저……. 김유찬 씨?"

"네?"

"그날, 감사했습니다."

그날이라면 사장이 쓰러진 날을 말하는 거겠지. 그 정신없던 와중에 내가 자신에게 불리하지 않게 일을 처리했던 게 고마웠나 보다. 하지만 그녀는 모를 거다. 사실 난 그녀에게 복수하고 싶은 마음도 조금 있었다. 그렇지만 복수보다 내 안위가 더 중요했다. 기소유예 상태인 나는 복잡한 일에 휘말려서는 안 된다. 그리고 사장과 그녀의 스캔들이 터지면 회사에 지장을 줄 거라는 생각도 있었다. 그게 오지랖이었을지 몰라도 말이다.

"보답을 하고 싶은데요."

그녀가 억지로 말을 이어가고 있다. 보답이라니? 그딴 거 필요 없는데.

"괜찮습니다."

"아뇨, 꼭 하고 싶어요. 사죄도 드리고 싶고요."

"……."

"혹시 오늘 시간 어떠세요? 차라도 대접하고 싶습니다."

난 그녀의 얼굴을 빤히 바라봤다. 시선이 마주치자 그녀가 고개를 떨군다. 하얗고 창백한 얼굴은 나와 눈을 마주치지 못하고 있다. 저 제안을 받아들여도 되는 걸까? 뭔가 꿍꿍이가 있는 건 아닐까? 정이준이 죽던 날 아침, 그토록 날 증오하던 그녀와 지금 내 앞에 있는 그녀의 모습이 매치되지 않는다.

"꼭 오늘이어야 하는 겁니까?"

"오늘이 아니면…… 우리가 다시 만나게 될까요?"

그녀가 머뭇거리며 말했다. 온몸의 힘을 다 짜내어 나에게 간신히 말하고 있는 것 같다. 악의도 없고 위험해 보이지도 않는다. 그러나 그녀가 수상하다는 민가영의 얘기가 떠올랐다. 민가영의 말대로 윤조는 위험인물일지도 모른다.

"부탁입니다. 제게 1시간만 허락해주세요."

내 생각을 꿰뚫기라도 한 듯 그녀가 다시 부탁해온다. 그 정중함에 내 마음이 흔들렸다. 잠시라면 괜찮지 않을까? 나 같은 사람에게 그녀가 위해를 끼칠 일이 뭐가 있겠는가?? 게다가 보답이라고 했다. 정이준의 복수가 아니다. 그녀에게 난, 더 이상 적이 아닌 은인일 것이다.

*　*　*

내 눈앞에 윤조가 앉아 있다. 얼음송곳처럼 차갑고 날카로운 그녀가 카페에서 나와 같이 차를 마시고 있는 것이다. 이 상황이 믿기지 않는다. 그녀에게 나는 연인을 죽인 악당으로 여겨졌을 텐데, 지금은 히어로가 돼 차를 대접받고 있다니. 일은 항상 예기치 않은 곳으로 흘러간다.

"그때 정말 감사했습니다. 그리고…… 죄송했고요."

"괜찮습니다. 이럴 필요까지는 없는데."

"빚은 갚아야죠. 하지만 제가 김유찬 씨에게 해드릴 게 별로 없네요."

그녀가 가방에서 낡은 책 한 권과 수첩, 작은 파우치를 꺼내 테이불 위에 올려놨다. 그리고 그 안에서 작고 길쭉한 물건을 꺼냈다. 소형 녹음기였다.

"괜찮으시다면…… 사주를 봐드려도 될까요?"

"네에?"

"전 명리학자예요. 때에 따라서는 타로점도 보고요."

황당했다. 갑자기 점이라니. 난 사주나 점 따위는 믿지 않는다.

"죄송한데, 전 그런 거 믿지 않습니다."

"그래도 제가 보답할 수 있는 게 이것뿐이라……."

예전에 팰리스호텔에서 만난 해전그룹 수행 기사인 주우식이 했던 말이 생각났다.

'한 번 보는 데 몇백이래요, 몇백. 게다가 기업 사장님들 상대하니까.'

윤조를 무당이라 칭했던 주우식은 기업가들 사이에 오르내리는 그녀의 명성에 대해 늘어놓았다. 사장도 그녀에게 점을 여러 번 봤다고 했지. 기업가들을 상대할 정도라면 그녀가 꽤 실력이 있다는 얘기일 거다. 나도 한 번 봐볼까? 그녀가 보답 차원에서 해주겠다는데, 그래도 괜찮지 않을까?

"김유찬 씨에게 도움을 드릴 수 있는 게 이것밖에 없네요."

"좋습니다. 대신, 윤조 씨와 사장님과의 관계에 대해서 묻고 싶은데, 말해줄 수 있나요?"

그녀의 눈이 커졌다. 이런 내 반응을 미처 예상하지 못했겠지. 내가 그녀의 제안을 생각하지 못했던 것처럼. 윤조는 잠시 고민하는 듯했다. 그러더니 이내 고개를 끄덕인다.

"제 얘기를, 다른 곳에서 하지 않을 거라 믿을게요."

"약속은 지키겠습니다."

"제가 사주를 볼 때마다 녹취를 해요. 괜찮으신가요?"

"다른 사람에게도 그렇게 합니까?"

"이제까지 예외는 없었어요. 이걸 자료로 남겨서 나중에 애프터도 해드리거든요. 하지만 김유찬 씨가 불편하다면 녹취하지 않을게요."

"아뇨, 전 괜찮습니다. 똑같이 해주세요."

내 말에, 그녀의 입가에 엷은 미소가 떠올랐다 사라진다. 윤조는 소형 녹음기의 녹음 버튼을 눌렀다.

"생년월일을 알려주시겠어요? 태어난 시간도 함께요."

"양력이오? 아니면 음력이오?"

"아무거나 상관없어요."

난 윤조에게 내가 태어난 날을 알려줬다. 그녀는 낡은 책을 뒤적이더니 뭔가 암호 같은 것을 수첩에 써 내려간다. 난 그 과정을 흥미롭게 지켜보았다. 태어난 날과 달, 연도 그리고 시간을 가지고 그 사람에 대해 어떻게 알 수 있다는 말인가? 헛웃음이 나온다. 그러나 그녀에게 최대한 예의를 갖추기 위해 속마음을 꼭꼭 감췄다.

"다행이네요."

"네? 그게 무슨 말씀이신지?"

"김유찬 씨는 겉보기와는 달리 속이 굉장히 단단한 분이세요."

"고집이 세다는 말입니까?"

"아니요. 주변에 휩쓸리지 않고 자신이 가고 싶은 길을 가는 사람이란 말이에요. 그게 아무리 시간이 걸린다 하더라도요. 이제까지는 일이 쉽게 풀리지 않았을 거예요. 곧 대운이 바뀌는 때라…… 변화가 있을 겁니다."

윤조는 내 성격과 살아온 환경 등을 비슷하게 맞혔다. 마치 내 뒷조사라도 하고 온 건 아닌지 의심이 될 정도로 말이다. 하지만 난 그 말을 다 믿지 않는다. 저건 한낱 점쟁이가 하는 말에 불과할 뿐이다. 누가 내 미래를, 내 운명을 감히 말할 수 있겠는가.

"제게 희망을 주시네요."

"사실이니까요. 김유찬 씨는 부모와 인연이 적고, 장애도 많아요. 아마 혼자 묵묵히 여기까지 왔을 겁니다. 내면이 워낙 강해서 이런 어려움들을 다 물리칠 수 있었던 거죠. 비록 몇 년 전…… 그 일로 크게 고생을 했지만요."

그녀의 마지막 말이 걸린다. 그 일이라면 정이준이 죽은 것을 말하는 거겠지. 씁쓸했다. 그녀도 알고 나도 아는 사건을 입에 올린다는 게 서로 조심스럽다.

"그럼 앞으로는 잘 된다는 말씀입니까?"

"그게……"

난 화제를 돌린다고 꺼낸 말인데, 그녀가 난처한 표정을 짓는다. 설마 또 다른 역경이 내 앞에 있다는 말은 아니겠지. 이제 간신히 바닥에서 벗어났다고 생각했는데. 그녀가 파우치에서 카드를 꺼내 섞는다. 그리고 카드를 단번에, 테이블 위에 무지개 형태로 펼쳐 놓았다.

"아직 난관이 남아 있어요. 김유찬 씨는 그걸 이겨내야 성공할 수 있을 거예요. 카드를 뽑아보시겠어요?"

난 그녀가 시키는 대로 카드를 골랐다. 그게 뭐라고, 신중하게 카드를 뽑고 있는 나 자신이 우습다. 그때 문자가 왔다는 휴대폰 알람이 울렸다. 확인해보니 민가영이다.

'언제 와?'

나는 답 문자를 보내지 않았다. 휴대폰을 주머니에 넣었는데도 계속 문자 오는 소리가 들린다. 아예 휴대폰 전원을 꺼버렸다. 그리고 다시 카드를 선택하는 데 집중했다. 좋은 결과가 나오길 바라면서 말이다. 그녀는 내가 고른 카드를 뒤집었다.

"반반이네요. 성공도 반, 실패도 반. 갈등하는 모습이 보여요. 무엇을 선택해야 할지 고민하게 될 거예요. 결과는 정해져 있어요. 그걸 결정하는 건 김유찬 씨가 아니라 다른 누군가일 것 같네요."

"그 얘기는, 제가 할 수 있는 게 없다는 겁니까? 다른 사람 도움 없이는요?"

"누군가의 영향을 받게 된다는 거예요. 좋게 해석하면 도움을 받는다고 말할 수 있어요."

"나쁘게 해석하면요?"

"무기력해지는 거겠죠. 아까 말씀드렸듯이 김유찬 씨는 주변에 휩쓸리는 스타일이 아니에요. 그런데 다른 사람의 영향을 받는다는 게, 곧 의지하게 된다는 말이니까 내적 갈등이 심해지겠죠. 하지만 걱정하지 말아요. 아까 사주에서 대운이 좋은 방향으로 흐르고 있었어요. 최악의 경우는 면할 거예요."

"귀인을 만난다는 거네요. 결과는 별로지만. 그렇게 받아들이면 되는 겁니까?"

"아주 나쁘지도, 아주 좋지도 않다는 거겠죠. 중간이 제일 무난하지 않나요?"

"……"

"궁금한 게 있으면 물어보세요. 구체적으로요."

"지금 대기 발령 상태입니다. 어떻게 결과가 나올 것 같습니까?"

"다른 부서로 발령받은 거예요?"

"사장님께서 홍보마케팅팀으로 발령해주셨는데, 이 일이 있고 나서…… 대기 상태예요. 수행 기사를 계속하게 될지 아니면 다른 부서로 갈지, 모르겠습니다."

"카드를 뽑아보시겠어요?"

그녀가 시키는 대로 다시 카드를 몇 장 뽑았다. 그중 한 장의 타로카드에는 컵을 든 남자가 그려져 있었다.

"결과는 괜찮을 거예요. 그런데…… 홍보마케팅팀으로 가게 되지는 않을 것 같아요."

"그게 보입니까?"

난 정말 궁금했다. 이따위 그림 카드를 보고 내 운명을 점치다니, 너무 허무하지 않은가.

"이 기사, 보이시죠? 백마를 타고 있다는 것은 좋은 소식을 갖고 온다는 거예요. 이 카드 말고 다른 카드는 기존과는 다른 방향을 알려주고 있어요. 새로운 업무가, 생각하지 못했던 일이 곧 주어진다는 거죠. 그 일을 열심히 하면 원하는 것을 얻을 수 있을 겁니다."

"믿기 힘든데요? 여기에 시간도 나옵니까? 전 얼마나 기다려야 되죠?"

"타로는 장기간 운세를 보지 않아요. 짧게, 몇 개월 내의 일만을 알려주죠. 곧 소식이 올 겁니다. 더 궁금한 건 없나요?"

난 고개를 흔들었다. 그녀는 소형 녹음기의 버튼을 눌러 녹음을 중단시켰다. 그리고 내 눈을 똑바로 본다. 그녀의 눈동자가 갈색이라는 것을 처음 알았다.

"이제…… 진짜 궁금한 거 물어보세요."

잠시 주저했다. 정말 그녀에게 사장에 대한 것을 물어봐도 되는 걸까? 아직 충격에서 헤어 나오지 못한 것은 아닐까?

"그래도 되는 겁니까?"

"원하시는 거잖아요. 마음의 정리도 됐습니다. 전 괜찮아요."

"우리 사장님과…… 정말 연인 관계였어요?"

그녀가 고개를 끄덕였다. 난 힘들게 입을 뗀다.

"이준이와도 그랬고요?"

"남녀가 사귀는 게 뭐, 문제인가요? 이준 씨와도 사귀었어요. 꽤 오랫동안요."

그녀의 반응이 살짝 날카로워졌다. 관자놀이 부근의 푸른 핏줄이 꿈틀대는 게 보인다. 내 질문이 불편하다는 표시다. 화제를 재빨리 바꿨다.

"사장님의 사주도 보셨죠? 호텔에서 정기적으로 본 것으로 아는데요?"

그녀가 나를 뚫어지게 바라본다. 그녀의 갈색 눈동자가 마치 내 의중을 헤아리는 듯했다.

"아시다시피요."

"궁금해서 그럽니다. 윤조 씨는 사장님의 사고를 미리 알 수도 있었겠다 싶어서요."

"그런 것까지는 몰라요. 다만 건강이 안 좋아진다는 건 알고 있어서 충고는 했죠."

"쾌차하실까요?"

윤조가 입을 다물었다. 그녀는 눈을 내리깔고 무엇인가를 곰곰이 생각하는 듯했다.

"당분간은…… 누워 있을 것 같아요. 쉽게 좋아지지 않겠죠."

목소리에 힘이 없었다. 그녀의 속눈썹이 파르르 떨리는 게 보인다. 그녀를 위로하고 싶었다. 그리고 나도 위로받고 싶었다.

"한경 씨는 절대 힘든 내색을 안 했어요. 늘 일에 빠져 살았죠. 그래서 프로포폴을 맞고 있는 줄도 몰랐어요. 그이가 잠을 못 자 괴로워하는지도 몰랐고요. 연인 자격이 없는 거죠, 난."

"윤조 씨 탓이 아닙니다."

"아뇨, 제 탓이기도 해요. 명리학자로서도 전 자격이 없어요."

"사고예요. 사고는 아무리 옆에 있다고 해도 어떻게 할 수 있는 일이 아니잖습니까?"

"위로해주셔서 고맙습니다만, 그래도 죄책감에서 벗어날 수는 없네요."

"혹시 그날 사장님 댁에서 파란색 쇼핑백을 보셨나요?"

"어느 브랜드의 쇼핑백이오? 중요한 건가요?"

"테이블 위에서 못 보셨습니까? 건네 드린 것 같은데?"

"거기에 쇼핑백이 있었나요?"

윤조는 그날 일을 제대로 기억하지 못했다. 너무 당황했기 때문일까? 사장 집 테이블 위에 파란 쇼핑백과 상자가 주사기, 약병과 함께 널려 있었는데. 게다가 그녀는 그걸 들고 상무의 집으로 내려가지 않았던가. 하지만 거짓말을 하는 것 같지는 않았다.

"아, 아닙니다. 혹시나 해서."

대충 얼버무렸다. 더 물어봤자 자세한 답을 얻지 못할 것 같았다. 윤조가 그런 나를 물끄러미 바라본다.

"이 일도…… 이제 그만둘 때가 된 것 같아요."

"아니, 왜요?"

"사주와 타로를 보고 다른 사람의 미래를 예견한다고 돈을 받았어요. 그것으로 유명세도 떨쳤고요. 하지만 현실은 사고도, 사건도 방지하지 못 하네요."

그녀가 자조하듯이 말했다. 그 말이 수상했다. 아니, 사고도, 사건도 방지하지 못했다니. 그렇다면 이한경 사장의 일은 사고이고 정이준의 죽음은 사건이라는 말인가? 그녀는 그렇게 생각하고 있다는 얘기인 건가?

"이준이의 죽음을 사건이라고 생각하십니까?"

"……."

"제 귀에는 그렇게 들렸습니다. 사건, 맞습니까?"

"그의 사주를 봤어요. 가까운 미래에 피를 흘리는 사고 수가 확실히 보였죠. 누군가에 의해 해를 당할 운명이었어요. 하지만 이준 씨가 죽을 줄은 몰랐어요. 액땜하라고 일부러 상처를 남기는 수술까지 추천했는데."

정이준이 쌍꺼풀 수술한 것을 떠올렸다. 2년 전 그때, 녀석은 쓰고 있던 선글라스를 살짝 내려 눈에 반창고가 붙은 것을 보여 줬다.

"하지만…… 이준 씨는 사고로 죽은 게 아니에요. 분명 누군가 위해를 가했어요. 한경 씨의 경우와는 전혀 달라요."

"그래서 그 누군가가 저라고 생각했던 거군요?"

"그때는 너무 경황이 없어서……."

"아니, 괜찮습니다."

"그리고 미안하지만, 전 정말 김유찬 씨가 이준 씨를 죽인 줄 알았어요."

"왜죠?"

"그이는…… 집에 아무나 들이는 사람이 아니니까. 낯가림도 심했고요."

"그래서 낯선 제가 범인이라 확신했던 거군요."

"미안해요. 제가 너무 성급했어요."

"다 지난 일인 걸요. 윤조 씨는 그러면, 이준이가 마약 하는 것은 알고 있었습니까?"

그녀가 나를 응시한다. 갈색 눈동자에서 후회가 가득 묻어난다.

"주변 친구들이 다 하고 있었으니까요. 단순히 스트레스 해소라고만 생각했어요. 그렇게 큰일이 될 줄은 몰랐고요."

"최도원도…… 마약을 합니까?"

"아니요. 도원 씨는 그런 거 절대 하지 않아요. 저돌적이긴 해도 사리 분별은 확실히 하니까."

"사주도 봐줬습니까?"

"그 사람은, 이런 거 믿지도 않고 하는 것도 싫어해요. 아마 저도 싫어할걸요? 제 인사도 제대로 받아주지 않는데요, 뭐."

그녀가 힘없이 웃었다. 그 미소에서 쓸쓸함이 묻어난다. 우리는 마저 차를 마시고 12시가 되기 전에 헤어졌다. 약속했던 1시간을 훌쩍 넘긴 시각이었다. 그녀는 빨간색 포르쉐를 타고 떠났다. 나는 카페 앞에 서서 그녀의 차가 보이지 않을 때까지 꼼짝하지 않았다. 이제 다시 만날 일은 없겠지. 끔찍한 일로 두 번이나 얽힌 사이지만 우리는 둘 다 피해자였다. 옆에 있다가 얼결에 누명을 쓰고, 그럴 위험에 처하고, 평생 죄책감을 느끼고 살아가게 될, 그런 피해자였다.

***

휴대폰을 꺼냈다. 전원을 켜니 민가영에게 10통이 넘는 문자가 와 있었다. 참, 그녀와 오늘 밤 함께 맥주를 마시기로 했지. 그러나 나는 그녀에게 연락을 하지 않고 집까지 한가로이 걸어갔다. 생각할 게 많았다. 머릿속이 복잡해 그녀와 마주 앉아 위로

해줄 자신이 없었다. 정이준이 사고로 죽은 게 아니라 누군가 위해를 가했다는 윤조의 말이 자꾸 뇌리에 맴돈다. 누구일까? 그를 해치고 나에게 뒤집어씌운 사람은 과연 누구일까? 녀석은 그날, 왜 나에게 술을 마시자고 한 걸까?

이런저런 생각을 하며 사택 앞에 도달하자 새벽 1시가 훌쩍 넘어 있었다.

"이제 오는 거예요?"

사택에 들어서자 민가영의 날이 선 목소리가 들려왔다. 눈꼬리를 잔뜩 치켜뜬 그녀에게서 차가운 바람이 불어온다. 그녀가 앉아 있는 테이블 위에는 이미 찌그러진 맥주 캔이 여러 개 놓여 있었다.

"안 잤어?"

"지금 내가 자게 생겼냐고. 어디서 뭐 하다 왔어요?"

"병원에 있다 왔지. 당연히."

"병원? 지금 2시가 다 되어가는데? 면회 시간은 10시면 끝나지 않나?"

난 그녀에게 윤조를 만났다는 얘기를 할까 말까 망설였다. 윤조가 면회 왔다는 얘기를 괜히 꺼냈다간, 사장을 발견했을 때 그녀가 옆에 있었다는 것을 무의식중에 말하게 될까 봐 두려웠다. 그건 이준혁 상무와 나, 그리고 윤조만의 비밀이다. 함부로 발설해서는 안 된다. 아무리 민가영이라 해도 말이다. 그렇다고 고성국 핑계를 댈 수도 없고. 아, 어떡하지?

"전화도 안 받고, 문자도 씹고…… 누구를 만났어요?"

그녀가 예리하게 물어온다. 날카롭게 번뜩이는 눈빛이 마치 심문을 하는 경찰 같다.

"유찬 씨는 다른 사람 만나면 꼭 연락을 안 하더라? 나한테 숨기는 거 있죠?"

"생각이 많아서 걸었어요. 정리도 할 겸 해서. 자꾸 주변에서 벌어지는 게 이상한 일투성이라."

"그게 무슨 소리예요?"

난 그녀에게 사장의 전 부인이 면회 왔다는 것과 사장의 어머니를 만났다는 사실을 들려줬다. 그리고 사장의 어머니가 이준혁 상무의 뺨을 때렸다는 얘기도 꺼냈다. 누군가의 숨기고 싶은 부분을 들추는 것 같아 마음이 꺼림칙했지만, 이 정도는 얘기해도 되겠지 싶었다.

"대박. 진짜? 그럼 상무님이 사장님 형이라는 건 맞나 보네?"

내 얘기를 듣자 그녀의 화는 단숨에 사그라들었다. 관심의 대상이 바뀐 것이다. 대신 그녀는 눈빛을 반짝이며 상무와 그 노부인의 관계에 대해 파고든다.

"근데 상무님 어머니 같지는 않았죠?"

"어머니라고 부르기는 하던데……."

"뭐야. 그럼 사촌은 아니네. 배다른 형제인가? 아니면 엄마에게 미움받는 큰아들?"

"모르죠. 그리고 우리가 그런 것까지 알아서 뭐 해요?"

"흥미롭잖아요? 사장님이 가끔 상무님에 관해 묻기는 했는데,

이제까지 그게 어떤 저의가 있는 줄은 몰랐거든요."

사장님이 민가영에게 상무의 정보를 물었……라. 그 말에서 뼈가 느껴진다. 사장님은 자신의 형을 믿지 못했다는 걸까? 늘 지켜보고 있었다는 얘기인가?

"참, 회사에 이상한 소문 돌고 있는 거 알아요?"

"무슨 소문?"

"전무님이 상무님 내쫓고 회사 장악한다는 얘기요. 처음 회사 세울 때도 전무님 역할이 컸잖아요?"

"그건 상무님도 마찬가지지 않나?"

"상무님은 옆에 따라다니다 얻어걸린 거지. 사장님 형이니까 그 자리에 오른 거 아니겠어요? 솔직히 상무님은 한 거 별로 없어요. 회사도 마음대로 나갔다 들어왔다 하고 그랬는걸요."

아마 그건 이준혁 상무가 유치장을 들락거릴 때 일일 것이다. 회사에는 차마 알릴 수 없어 입사와 퇴사를 반복한 것이겠지. 민가영마저 모르는 것을 보면, 사장이 상무의 개인사를 철저히 숨겨온 듯하다.

"어쨌거나 전무님이 헬시코어 최도원과 착 붙어서는 회사 경영을 맘대로 좌지우지할 조짐을 보인대요."

"그럴 여력이라도 있나? 지금 진행하는 프로젝트만으로도 벅찰 텐데요?"

"일이야 밑에서 사람들이 하는 거지, 윗분들이 뭐, 신경이라도 쓰나? 케미컬론이 헬시코어를 흡수한다는 소문이 쫙 돌고 있어요. 그래서 최도원이 그 전에 합작 프로젝트를 들고 우리 회사로 넘어온다는 거예요."

"설마."

"나도 설마라고 하고 싶다니까? 그 얘기 누가 해준 줄 알아요? 전무님 비서예요."

웃음이 나왔다. 비서들이 모이면 쓸데없는 얘기를 늘어놓는구나, 하는 생각이 든다. 아무리 사장이 병원에 있고 전무가 권력을 장악했다고 해도 회사 운영은 그렇게 마음대로 할 수 있는 게 아니다.

"아, 비웃지 마요. 난 심각한데. 회사 일이 어떻게 될지 모르니까 주의하자는 거예요. 새로운 발령 얘기도 돌고 있어서 마음이 싱숭생숭해서 그래요."

"발령? 다시 발령 공지를 한 대요?"

민가영의 얘기가 내 관심을 확 끌었다. 대기 발령 상태인 나는, 어떻게든 빨리 결과가 나왔으면 했다.

"그럴 거라는 추측이죠. 솔직히 사장님 입원이 길어질 것 같잖아요? 그 일을 전무님이 계속 대행하면 결국 우리 비서실은 쓸모가 없어지니까."

틀린 얘기는 아니다. 사장이 공석이면 비서실은 할 일이 없어진다. 다른 부서로 옮기거나 아니면 퇴사를 하는 게 회사 입장에서는 효율적일 거다.

"오늘이 마지막 날이었어요. 전무님께 사장님 관련 파일을 날짜별로 정리해서 보낸 게. 그 말은 내일부터 전 할 일이 없다는 거죠."

그녀의 목소리가 쓸쓸했다. 난 뭐라 위로할 말을 찾지 못했다.

"게다가 난 낙하산이잖아요? 공채도 아니고. 잘리기 딱 좋은 조건인 거죠."

"달라는 자료를 다 준 거예요?"

"내가 바본가? 극비 자료를 회사 컴퓨터에 뒀을 것 같아요?"

그녀가 일어나 냉장고로 간다. 내 앞에 맥주를 한 캔 놓아주고 그녀는 새 맥주 캔을 땄다.

"술을 안 마실 수가 없네. 게다가 전무님은 왜 그렇게 재수 없는지. 뻑하면 명령조고 화도 자주 내요. 그것도 나한테만. 오 실장님한테는 별말 안 하면서."

"당분간만 참아요. 어쩔 수 없잖아요?"

"열이 받으니까 그렇지. 아, 전무님 꼬투리를 하나라도 잡아야 하는데."

그녀가 툴툴댄다. 난 그녀의 관심을 돌리기 위해 손영익 대표의 자서전을 내밀었다.

"이게 뭐예요?"

"손 대표 자서전이요. 심심할 때 읽어봐요."

"재미있을까? 고생 많이 하고 열심히 일해서 성공했다, 뭐 이런 얘기 아니에요? 안 읽어도 뻔하지."

"헬시코어 최도원이 이 책에서 뭔가를 발견했대요. 그리고 그걸 빌미로 투자를 이끌어냈다는 말이 있어요."

"어머, 대박. 그 얘기, 누구한테 들었어요?"

"고성국 씨요. 헬시코어에 있을 때 최도원이 하는 얘길 들었대요. 그리고 헬시코어만으로는 투자가 힘드니까 전무와 손을 잡은 거고."

"당장 읽어야겠네."

민가영의 눈빛이 다시 살아났다. 호기심이 가득한 그녀의 얼굴은 생기를 되찾는다. 소문을 모으는 여자다웠다. 확실히 그녀는 뭔가 정보를 캐낼 거리가 있을 때 빛이 난다.

"오늘 연락도 안 되고 늦은 거, 이걸로 만회된 거죠?"

난 웃으며 그녀의 반응을 살폈다. 그녀의 얼굴에도 미소가 감돈다.

"아니, 그건 아니지. 밥 사요. 이번 주말에. 같이 정릉 가기로 했잖아요?"

"당분간은 안 돼요. 알잖아요? 나 병실 지킴이인 거."

"그럼 그 일 끝나고. 아, 사장님이 빨리 일어나셔야 할 텐데. 데이트도 못 하고 일도 없고……. 나에겐 희망이 사장님 쾌차밖에 없어."

나도 그녀의 생각에 동감한다. 사장이 눈을 뜨지 않으면 현재 내 위치도 불안해진다. 대기 발령 상태가 언제까지 갈지 모른다. 그가 빨리 눈을 뜨고 정신을 차렸으면. 다시 일주일 전으로 돌아갔으면.

***

하지만 내 간절한 바람은 쉽게 이루어질 기미가 보이지 않았다. 민가영과 나의 바람과는 달리 사장의 의식불명 상태는 길어 졌다. 오후 4시에 병원으로 출근해 10시까지 병실을 지키는 내 일상은 계속됐다. 그것 외에 주어진 일이 없는 나는 오전 시간을 때울 겸 체력도 키울 겸, 다시 회사 근처의 피트니스센터 퍼스트 팀을 찾았다.

회원으로 등록해놓고 가지 않은 지 꽤 돼서 피트니스센터 입구 가 낯설다. 안내 데스크에는 전에 본 직원과는 다른 사람이 앉아 있었다.

"PT를 받고 싶은데요?"

"어느 선생님이요?"

"원재길 선생님입니다."

그가 스케줄표를 확인한다. 난 혹시라도 그가 시간이 안 된다 면 다른 선생에게 받아야겠다고 생각하던 중이었다.

"아, 한 타임 비었네요. 오전 7시요."

"7시밖에 없나요?"

"다른 타임은 다 찼어요."

오전 7시는 내가 아직 자고 있을 시간이다. 보통 새벽 2시가 넘어서 잠이 드는 내가 그렇게 일찍 일어날 수 있을까? 그러나 지금이 아니면 원재길이라는 사람에게 PT를 받기 힘들 것 같다. 조규진 전무와 이연에 대한 얘기를 듣기 위해서라도 난 그에게 PT를 받아야만 했다.

"좋습니다. 7시로 등록해주세요."

등록을 마친 나는 간단히 러닝머신을 이용한 다음 집으로 돌아왔다. 그리고 병원 복도에 가서 무료한 시간을 보냈다. 사장은 정신을 차릴 기색이 없었다. 가끔씩 병실에 들어가 죽은 듯 누워 있는 그의 모습을 확인하고 인터넷을 검색하며 시간을 보냈다.

민가영 외에는 누구에게서도 회사와 관련된 얘기를 들을 수 없기에, 난 회사 소식을 인터넷을 통해 얻었다. 위너와 모건이 합작해 설립한 자동차 직구 플랫폼 사업은 아주 순조롭게 진행되고 있었다. 자동차 직구 플랫폼과 연결된 캐피털도 곧 설립한다고 하니 회사의 규모는 내가 예상한 것보다 훨씬 커질 것 같다. 헬시코어는 기사회생해 주가가 많이 올랐다는 뉴스도 보였다. 나만 빼고 다들 승승장구하고 있다.

'새로운 업무가, 생각하지 못했던 일이 곧 주어진다는 거죠. 그 일을 열심히 하면 원하는 것을 얻을 수 있을 겁니다.'

윤조가 봐준 점괘가 떠올랐다. 그녀의 말대로, 나에게도 새로운 일이 주어질까? 그렇다면 사장이 일어날 수 있다는 얘기일까?

어디선가 헛기침 소리가 들렸다. 고개를 들어보니 머리가 하얗게 센 노부인이 병실 앞에 서 있다. 오늘도 사장의 어머니가 병실을 찾아온 것이다.

난 노부인에게 정중히 인사를 했다. 그러나 그녀는 도도하게 고개를 치켜들고 병실로 들어간다. 그녀를 따라 나도 안으로 들어갔다.

"음료수라도 한잔 갖다 드릴까요?"

"아니, 됐어. 의사는 별말 없었나?"

"네."

"이 상태가 언제까지 간다고, 말 안 해?"

"그런 말씀 없었습니다."

"그러면 회사는?"

노부인이 뜬금없이 회사 얘기를 묻는다. 난 당황했다.

"제가 그런 것까지는……."

"자네, 우리 한경이 비서 아닌가?"

"전 수행 기사입니다."

"그럼 아무것도 모르겠군."

무시하는 말투에 살짝 기분이 나빴다. 그녀는 매사 이런 식인 것 같았다. 하지만 사장의 어머니이기에, 난 화를 내지 않고 그녀의 말을 흘려듣는다.

"준혁이 걔는 회사에서 뭐 해?"

"법인을 새로 설립해서 요즘 바쁘십니다."

"법인? 흥! 제깟 게 뭔 능력으로? 다 우리 한경이 돈으로 하는 거겠지."

난 괜히 욱한다. 나를 무시한 건 아니었지만 그래도 기분이 나쁘다.

"해외에서 투자받았습니다. 상무님 프로젝트로요."

"투자? 얼마나 받았는데?"

"1조입니다."

"허! 굼벵이도 구르는 재주가 있다더니."

노부인이 헛웃음을 치며 말을 비꼬았다. 그리고 이 말을 끝으로 인사도 없이 병실에서 나가버렸다. 70세가 훌쩍 넘은 노인이지만 아직도 꼿꼿한 자세로 걷는 그녀의 뒷모습을 본다. 저런 엄마에게서 우리 사장 같은 아들이 나올 수도 있구나, 이런 생각을 하며 말이다.

　오늘따라 시간은 더 지루하게 흘렀다. 7시가 되자 병원 구내식당으로 내려가 간단히 저녁을 때우고 병실로 다시 올라왔다. 병실 앞에는 면회를 온 조규진 전무와 최도원이 있었다.

　"환자 옆을 안 지키고 어딜 돌아다니는 거야?"

　전무의 호통 소리가 들렸다. 난 그를 물끄러미 바라본다.

　"저녁 식사하고 왔습니다."

　"저녁 식사? 그런 건 미리 하고 왔어야지! 수행 기사 할 때도 그랬나? 병실 지킨다고 거저 월급 주는 거 아니야. 저렇게 불성실해서야."

　전무가 혀를 끌끌 찼다. 잠시 자리를 비웠을 뿐인데, 불성실하다는 낙인이 찍힌 나는 억울하다. 게다가 옛 동창인 최도원 앞에서 그런 말을 들어 굴욕적이기까지 하다. 전무가 고압적인 사람이라는 것은 알고 있었지만 이건 심하다. 하지만 난 아무 말도 하지 못했다. 그가 내 인사권을 쥐고 있는 사람이라는 것을 알기에 일단 고개를 숙여야 했다.

　"죄송합니다."

　난 전무에게 정중히 사과했다. 하지만 최도원의 시선이 자꾸 신경이 쓰였다. 내 눈은 전무 옆의 그에게로 향했다. 눈이 마주치자 그가 나를 향해 씩 웃어 보인다. 꽉 다문 입의 꼬리가 양옆으로 살짝 올라가 있다. 녀석을 알게 된 이후 처음 본 웃음이었다. 그 웃음은 낯선 듯 낯이 익었다.

15. 낯선 듯 낯익은

"아, 아……, 그 여자분?"

피트니스센터 퍼스트 팀의 트레이너 원재길은 전 수행 기사였던 이연을 기억하고 있었다. 난 그가 시키는 대로 스쿼트를 하면서 무심한 척 그녀에 대해 물어본다.

"여기 다녔다면서요?"

"같은 회사 분이라 추천받으셨구나? 그분, 베이스가 아주 훌륭했죠. 본격적으로 몸을 만들어보고 싶었는데. 우리 같은 사람들은 그런 몸 보면 탐이 나거든요. 갑자기 안 나오시던데 회사 옮겼어요?"

"네, 다른 곳으로 갔어요. 이연 씨는 여기서 PT 오래 받았어요?"

나는 슬쩍 그를 떠본다. 이연이 심부전으로 죽었다는 얘기는 비밀로 한 채 말이다.

"꽤 됐죠. 그런데 끊어놓고 자주 안 나왔어요. 그럴 거, 왜 이 시간대를 끊었는지."

"아니, 왜요?"

"피곤하다나? 불면증이 있는 것 같더라고요. 늦게까지 잠을 잘 못 잔다고 하던데……. 나와도 주변을 힐끔거리기만 하고 열심히는 안 했어요. 이연 씨, 뭐 하시는 분이에요?"

"사장님 수행 기사요. 전에는 경호원도 했다는데, 스트레스받을 일이 많았나?"

"글쎄요. 회사 얘기는 잘 안 해서요. 어쩐지 운동하는 폼이 다르더라니. 연이 씨는 누가 봐도 초짜는 아니었거든요."

"심장이 약하다는 얘기는 안 해요?"

"에이, 그럴 리가요. 가끔, 아주 가끔 필받으면 러닝머신을 마라톤 수준으로 했어요. 데드리프트도 하면 얼마나 수준급인데요."

내가 듣기로 이연은 심부전으로 죽었다. 아마 급성 진행성 심부전이었을 거다. 그런데 평소에는 건강했다니, 그녀의 죽음에 뭔가가 개입했을 거라는 의심이 생긴다.

잠을 못 자 괴로워했다는 이연. 하지만 불면증으로 심부전이 생길 리가 없다. 혹시 그녀도 사장처럼 프로포폴 중독인 것은 아니었을까? 그렇다면 그 약은 어떻게 구했을까? 문득 파란 쇼핑백이 떠올랐다. 나처럼 그녀도, 이 쇼핑백을 건네주고 건네받는 일을 했을 터였다. 그 쇼핑백은 프로포폴을 주고받는 용도였을까? 사장이 속해 있다는 그 사교 클럽의 목적은 프로포폴 이용이 아니었을까?

스쿼트가 끝나자 원재길은 나를 센터 안에 그려진 트랙 앞으로 데리고 갔다.

"이제는 런지를 할 겁니다. 시선은 정면을 보시고요."

난 그가 시범을 보이는 그대로 따라 한다. 런지를 하며 트랙을 이동하는 데 생각보다 힘이 든다. 스쿼트와 런지를 마치고 나니 다리가 후들거렸다. 평소 운동을 하지 않은 탓이다.

"얼마 하지도 않았는데 힘이 드네요."

"익숙해지셔야죠. 근육이 생기면 좀 수월할 겁니다."

"저희 회사 조규진 전무님도 선생님께 PT 받죠?"

"지난달까지 그랬죠. 바쁘시다고, 시간을 오후로 옮기셨어요. 곧 사장님 되신다면서요?"

"네에? 전무님이 그러셨어요?"

"위너의 다른 직원분이 그러던데요? 그 회원님도 크게 부정 안 하고요."

내가 모르는 저 높은 곳에서 변화의 조짐이 일고 있었다. 사장이 의식불명으로 누워 있는 틈을 타서 전무가 일을 꾸미고 있는 것이다. 아마도 회사 경영은 전무가 장악하겠지. 그러면 나의 위치는 불안해질 것이다. 위너에 남아 있을 거라는 보장이 없다. 트레이너가 시키는 대로 윗몸일으키기를 했지만 마음은 다른 곳에 가 있었다.

오후 2시가 넘어 병원으로 출근했다. 온종일 혼자 있을 고성국과 밥이라도 먹을까 하는 생각이었다. 무료하게 병실을 지키고 있던 그는 나를 보자마자 반색을 한다.

"일찍 오셨네요?"

"식사나 할까 하고요. 말씀대로 구내식당 밥이 괜찮더라고요."

"어유, 좋죠. 오늘 메뉴는 순두부 백반과 돈가스던데. 내려가실까요?"

그와 마주 앉아 밥을 먹는다. 그는 혼자 있는 시간이 무척 지루했는지 밥을 먹으면서도 말이 많았다.

"아까 사장님 어머니 왔다 가셨어요."

"오늘은 일찍 오셨네요."

"사장님과 분위기가 완전히 다르던데요? 찬바람이 휙휙 부는 게……. 그런 엄마 밑에서 우리 사장님 같은 아들이 잘도 나왔다 싶어요."

"다른 분들은 안 오셨고요?"

"입원한 지 며칠 됐잖아요? 이제 병문안 오는 사람도 없네요."

"어제는 전무님과 헬시코어 사장님이 오셨던데?"

난 최도원 얘기를 꺼내며 슬쩍 그의 눈치를 본다. 녀석에 대해 그가 뭐라도 말해주길 바랐다.

"최 사장님이? 전무님 따라왔나 보네요."

"왜, 이런 곳은 잘 안 다니세요?"

"이한경 사장님만큼 워커홀릭이라 시간을 절대 허투루 쓰지 않아요. 얼마나 독하게 일하는데."

"독해요?"

"그게…… 정이준 대표 살아 있을 때도요, 사실 혼자 다 회사를 꾸렸어요. 이만큼 큰 거, 다 최 사장님 덕분이라니까요?"

"회사 직원들에게 신망이 두터웠나 보네."

"그건 또 아니에요. 직원들은 정이준 대표를 좋아했어요. 기분 파라 선심 쓰듯 직원들에게도 회삿돈을 막 써댔으니까. 어차피 쓸 돈, 함께 쓰니 얼마나 좋아요? 회식도 비싼 데서 하고 가끔 파 티도 즐기고."

고성국의 얘기에 웃음이 나왔다. 회사가 발전하는 것보다 함께 돈을 쓰고 즐겼다는 말에 헬시코어가 왜 발전하지 못했는지 알 것 같았다.

"그때는 재밌었나 봐요?"

"회사 분위기가 요즘처럼 경직되진 않았었죠. 최도원 사장이 취임하면서 아주 살벌해졌대요. 얼굴만 딱 봐도 알잖아요? 냉기 가 뚝뚝 흐르는 게, 어휴, 위너 와서 다행이다 싶었는데."

"최도원 사장은 원래 성격이 그래요?"

"냉혈한으로 유명하죠. 칼로 찔러도 피 한 방울 안 날걸요? 늘 정색하고 다니고. 웃는 걸 본 사람이 몇이나 되려나……. 아, 정 대표 앞에서는 많이 웃었다고 하더라고요. 난 못 봤지만."

그의 말에 어제 본 최도원의 웃음이 떠올랐다. 입꼬리만 살짝 올린 채 차갑게 웃는 그의 웃음. 그러고 보면 초등학교 때도 그가 웃는 모습을 보지 못한 것 같다.

"그런데 여직원들 눈에는 그게 또 아닌가 봐요. 멋있다고 난리 였으니까. 어쩌다 한 번 웃으면 멋있다고 자지러지고 그랬어요."

"아니, 얼마나 멋있길래……."

"치아를 드러내며 씩 웃으면, 왜…… 영화, 〈내 친구의 결혼식〉인가? 하여튼 거기 나오는 배우 같대요."

영화를 보지는 못했지만 상상이 된다. 최도원은 시원시원한 웃음으로 여자들을 홀렸겠지. 무표정한 얼굴에 아주 가끔씩만 보여주는 웃음이라 더 매력적이었을 거다. 생각해보면 녀석은 초등학교 때도 인기가 높았다. 정이준이 그걸 부러워하곤 했는데. 지나간 추억은 모두 부질없다. 최도원과 나는 같은 과거를 공유한 동창이지만 지금은 너무나 다른 높이에 서 있다. 녀석은 저 위에, 나는 이 아래. 우리의 갭은 영원히 좁혀지지 않을 거다.

식사를 마친 고성국과 나는 1층 카페에서 커피를 한 잔씩 마시고 헤어졌다. 난 중환자실로 들어가 사장의 상태를 점검한다. 어제보다 나아진 건 없었다. 환자의 상태를 감지하는 페이션트 모니터의 그래프가 규칙적인 게 그나마 다행이라고 할까? 사장의 얼굴을 내려다보며, 그가 가끔씩 소리 내어 웃었던 것을 떠올렸다. 그의 웃음소리는 사람을 기분 좋게 만들었는데. 냉정하고 쌀쌀맞아 보이는 윤조도 사장을 따라 많이 웃었겠지.

보호자 대기실로 온 나는 시간을 어떻게 보낼까 고민했다. 휴대폰으로 볼만한 영화는 다 봤기에 이제는 볼 영화도 없었다. 그렇다고 소설을 읽기에는 무리가 있다. 자꾸 딴생각이 들어 집중할 수가 없기 때문이다. 할 수 없이 난 오늘도 영화를 한 편 다운로드하기로 했다. 최신 영화 목록을 살피다 문득, 아까 고성국이 말한 영화가 떠올랐다. 〈내 친구의 결혼식〉이나 볼까? 보나 마나 취향에 맞지 않는 달달한 로맨스일 것 같은데. 그래도 뭐, 시간 때우기엔 적당할 것 같았다.

영화를 다운로드하고 이어폰을 꼈다. 내용은 예상한 그대로였다. 평범하고 귀여운 여자 주인공이 키 크고 잘 생긴 남자 주인공을 만나 사랑에 빠진다는 그런 스토리였다. 남자 주인공은 무심한 척, 여자 주인공을 잘 챙겨주는 스타일이었는데 가끔씩 그가 웃을 때마다 입꼬리가 살짝 위로 말려 올라가는 게 꽤 매력적이었다. 어제 본 최도원의 웃음과도 닮아 있었다. 헬시코어의 여직원들이 열광했다는 말이 이해가 된다. 남자 주인공에 관심을 갖고 보니 점차 영화에 빠져들었다. 난 그의 행동 하나하나를 주시했다. 그런데 저 배우, 여자 주인공을 향해 활짝 웃는 모습이 너무나 친숙하다. 고른 치아를 드러내며 씩 웃는 입가에 입동굴이 보인다.

저것은……? 아니다. 저건 최도원이 아니다. 저 웃음은 부가티에서 봤던 정이준의 웃음이다. 소름이 쫙 끼쳤다. 2년 전 그날, 내가 봤던 사람은 과연 정이준이었을까? 설마…… 최도원은 아니겠지? 심장이 두근두근 뛰기 시작했다. 영화 속 배우의 얼굴이 정이준, 최도원과 번갈아 가며 겹쳐 보여 머릿속이 혼란스럽다. 보면 볼수록 닮았다. 최도원의 얼굴에 선글라스를 씌우는 상상을 한다. 닮았다. 역시 닮았다. 말도 안 되는 억지일지라도 한번 의심이 생기니 생각할수록 확신이 된다. 내가 그날 봤던 게 정이준이 아니라 최도원은 아니었을까? 정이준은 나와는 대면한 적도 없고 어쩌면 그 시간에 이미 약에 취해 있었을지도 모른다. 그렇다면 최도원은 왜 정이준인 척 한 걸까? 일부러 다른 사람의 눈에 띄어야 할 이유가 있었던 걸까? 설마…… 알리바이나 증인이 필요했던 건 아니겠지. 그가 실제 범인이라면 말이다.

의혹은 의혹을 낳는다. 내 의심은 점점 더 커져만 간다. 날 대리 기사로 불렀던 것은 우연이었을까? 아니면 고의였을까? 이 일을 밝히고 싶다. 이를 입증하면 내 혐의를 벗을 수 있을 텐데. 기소유예가 취소된다면 다른 직업을 구하는 것도 좀 더 자유로워질 텐데. 여기서 굴욕적으로 버틸 필요도 없을 것이다. 하지만 난, 이를 입증할 수가 없다. 증거가 없다. 어디까지나 내 추측일 뿐. 이런 내 생각은 그저 망상에 그치는 걸까?

***

면회 시간이 끝나고 터덜터덜 사택으로 돌아왔다. 머릿속은 온통 2년 전 그날 일로 가득했다.

"유찬 씨!"

계단을 오르려는데 나를 부르는 민가영의 목소리가 들렸다. 그녀는 다른 직원들과 함께 커뮤니케이션 테이블에 앉아 있었다.

"이리 와요! 한잔해요!"

그녀는 이미 술에 취한 듯 보였다. 사람들 틈에 끼어 쉴 새 없이 웃고 있다. 그녀의 옆에 앉아 있던 송연호도 나를 반긴다.

"사장님은 어떠세요? 차도를 보이시나요?"

"네, 좀 좋아지신 것 같아요."

난 그와 그녀의 맞은편에 앉으며 거짓말을 한다. 직원 대부분은 사장이 과로로 쓰러진 줄로만 알고 있다. 곧 쾌차해 업무에 복귀할 거라고 철석같이 믿고 있는 것이다. 난 혹시라도 민가영이 말실수를 할까 봐 눈짓으로 주의를 줬다. 그러나 그녀는 그 의미를 제대로 받아들이지 못한 것 같다.

"유찬 씨, 나 그 책 다 읽었어요!"

갑자기 그녀는 신이 나서 나를 보며 외친다. 사람들의 시선이 우리에게 집중됐다.

"무슨 책이오?"

"손영익 대표 자서전."

그녀가 소리 내어 웃었다. 별 웃기지 않는 얘기를 무척 재밌다는 듯 요란하게 웃는다. 사람들이 그녀의 말에 관심을 기울였다.

"아니, 손 대표님이 자서전도 냈어요?"

"네에, 얼마나 재밌는데요. 한국에서 태어나 미국으로 가기까지의 과정이 쫙 다 쓰여 있어요."

"아, 나도 그거 읽어봤어."

몇몇 사람들이 알은체한다. 그 반응에 더 신이 났는지 그녀는 큰 소리로 떠들기 시작했다.

"세계적인 거부라고 해서 뭔가 있을까 해서 봤더니, 그냥 평범해."

"성공담이 다 그렇죠, 뭐."

"가영 씨는 어떤 내용이 기억에 남는데요?"

"첫사랑?"

그녀가 또 크게 웃는다. 자신이 말해 놓고도 민망하다는 듯이.

"이야, 손영익의 첫사랑이라. 세기적인 사랑이겠는데? 읽은 것 좀 말해봐요."

"음……, 손 대표가 20대 초반에 동네 누나를 좋아했대요."

"애개? 겨우?"

"그런데 옛날이잖아요. 주변의 반대가 심했던 거죠. 손 대표가 아직 어려서 돈도 없고 능력도 없을 때니까. 둘이 사랑의 도피를 한다고 하다가 결국 발각돼서 여자가 머리를 삭발당했대요. 외출도 금지되고."

"언제 적 얘기야?"

"50년 전이라지, 아마?"

"손영익 대표 나이가 있잖아요. 이제 70이 다 되어갈 텐데."

"그래서요? 그걸로 끝?"

"뭐, 손 대표도 부모에게 무지하게 혼나고 그러다가 결국 첫사랑을 이루지 못하고 미국으로 떠났대요."

"손영익에게 애절한 로맨스라니, 왠지 안 어울린다."

"가난했다더니 미국 갈 돈은 있었나 보네요. 그 당시면 꽤 들었을 텐데."

"왜 그렇게 반대를 했대요? 나이 때문에? 아니면 돈 때문에?"

"모르죠. 어쨌거나 손 대표는 그녀를 못 잊어서 결혼도 안 했다나?"

"순정남이네."

"청승이지, 그게 뭐야?"

"자서전에 쓸 정도면 정말 좋아했긴 했나 보다."

"성공했으면 이제라도 만나보지?"

"연락이 돼야 만나지. 안 그래요?"

사람들은 손영익 대표의 첫사랑 얘기에 푹 빠져들었다. 그리고 온갖 추론을 다 내놓았다. 보란 듯 성공한 원인이 첫사랑의 부모 때문이 아니겠냐는 얘기부터 그녀를 찾기 위해 한국에 온 것 아니냐는 얘기까지.

난 그들의 말을 들으며 자서전 내용을 되새겨본다. 그의 첫사랑 얘기는 내가 무심코 지나친 내용이었다.

"그래서요, 저 이번 주말에 정릉에 가보려고요."

뜬금없는 민가영의 발표에 난 그만 사색이 돼버렸다. 아니, 그걸 사람들에게 다 공표하면 어떡해? 우리 둘이 몰래 진행하기로 한 일 아니었어?

"정릉에는 왜요?"

"거기가 손영익 대표 고향이거든요. 가면 뭔가 있지 않을까요? 첫사랑의 단서를 찾아서 가보는 거죠. 어때요, 로맨틱하죠?"

그녀가 또 크게 소리 내어 웃었다. 그리고 맥주를 들이켰다. 술에 취한 사람들은 그녀를 명탐정이라 추켜올리며 함께 웃는다. 그 바람에 그녀가 더 의기양양해진다. 하지만 난 웃을 수 없었다.

**

오늘은 평소보다 일찍 병원에 출근했다. 고성국이 일이 있어

빨리 와달라고 요청했기 때문이다. 병실 앞으로 가니 그가 초조한 듯 복도를 왔다 갔다 하고 있다.

"뭐가 그렇게 급해요? 가만히 있질 못하네?"

그를 보자마자 장난스럽게 말을 걸었다. 내 얼굴을 본 그가 환하게 웃는다. 나를 무척 기다렸나 보다.

"아, 진짜 딱 맞춰 오셨네."

"대체 무슨 일인데 그래요? 데이트라도 생겼어요?"

"이건 비밀인데, 사실 오늘 면접 보기로 했거든요."

"왜? 이직하려고?"

"언제까지 위너에 있겠어요? 사장님 일어날 기미도 안 보이는데. 먹고살려면 어쩔 수 없죠."

"우리 사장님 상태, 비밀인 거 아시죠?"

"그럼요. 입 꾹 다물고 있을게요. 유찬 씨도 나, 면접 보는 거 비밀로 해줘야 해요. 알았죠?"

"면접은 몇 시인데요?"

"지금 가야죠. 늦겠다. 이번 주말 일정은 대신 바꿔주는 거예요. 그걸로 퉁!"

고성국이 내 어깨를 친근하게 툭 치고 병실을 나선다. 난 건투를 빈다는 말을 전하고 그의 뒷모습이 보이지 않을 때까지 지켜봤다. 나도 그처럼, 곧 일을 찾아야 할지 모른다는 생각에 마음이 복잡해진다.

병실 안으로 들어갔다. 오늘도 사장은 편한 모습으로 잠들어 있다. 난 복도 자판기에서 커피를 뽑아 들고 그의 침대가 잘 보이는 의자에 앉았다. 그리고 커피를 마시며 손영익 대표의 자서전을 또 읽는다. 내가 무심결에 놓쳤던 그의 첫사랑 얘기를 다시 확인하기 위해서다.

민가영의 말대로 그의 사랑 얘기는 평범했다. 나이 차가 나는 이웃집 누나를 좋아하다가 주위의 반대에 부딪혀 좌절하고, 외국으로 나간 얘기가 그 시대에는 흔히 있을 법하다. 그때 손영익 대표가 들렀던 정릉 집이 그녀의 집이 아니었을까 하는 생각이 들었다. 난 차 안에서 그가 했던 말을 떠올려본다.

'여기서 내 가장 화려했던 20대를 보냈지만, 그 기억은 예전 같지 않네요. 사람도, 추억도 다 변하는 게 세상 이치겠지요.'

룸미러에 비친, 쓸쓸한 그의 얼굴이 기억났다.

그의 자서전을 덮고 구내식당으로 향했다. 오후 3시. 식사를 하기에는 이른 시간이었지만, 혹시라도 내 근무 시간에 전무가 들를까 봐 미리 식사를 해두고 싶었다. 별일 아닌 일로 설교를 듣는 것은 딱 질색이었다. 그러나 혼자 밥 먹기가 무료해진 나는 식사를 하며 민가영과 문자를 주고받았다. 어젯밤 술에 취해 실수했던 이야기를 전해주자 그녀는 무안한 듯 새침한 반응을 보인다.

'뭐, 그런 것 가지고……. 얘기를 할 수도 있는 거지.'

문자 말투만 봐도 입을 삐죽거리는 그녀의 모습이 떠올랐다. 귀엽다. 빨리 주말이 돼 그녀와 함께 정릉에 갔으면. 난 데이트를 앞둔 기분이었다. 요즘 이런저런 일들로 피곤해져서 휴식이 필요하던 차였다.

'나, 또 실수한 거 없어요?'

'걱정은 되나 봐?'

'미안. 우리끼리 얘기였는데.'

술에 취하면 말이 많아진다는 것을 그녀 스스로도 잘 알고 있는 것 같다. 사람들 앞에서 박영태 실장 얘기를 꺼내지 않은 게 그나마 다행이다 싶다. 난 그녀가 풀이 죽을까 봐 서둘러 화제를 돌린다.

'주말에 몇 시쯤 갈까?'

'자기 일어나면 바로.'

'그날은 운동화를 신어야 해. 구두 말고.'

'지난번처럼 싸우지도 말고.'

그녀의 답변에 웃음이 나온다. 박영태 실장의 집을 찾아 그녀와 함께 성남으로 갔지. 우리는 돌아오는 길에 별일 아닌 일로 싸웠다. 그녀는 박영태 실장의 잠적이 사장과 엮일까 봐 민감하게 반응했고, 난 내 생각을 무시당하는 것 같아 기분이 언짢았다. 이번 주말에는 그런 일이 없어야 할 텐데.

식사를 끝내고 자판기에서 커피 한 잔을 또 뽑아 마셨다. 그리고 중환자실로 올라가는데, 병실 앞에서 누군가 서성거리는 모습이 보였다. 볼캡을 쓰고 있어 얼굴이 잘 보이지 않았다. 누구지? 사장을 면회 온 사람인가? 그러기에는 복장이 좀……. 게다가 외부 사람은 사장의 상태를 잘 모를 텐데.

"이한경 사장님을 찾아오셨습니까?"

말을 걸었다. 그러자 낯선 이는 깜짝 놀라 나를 본다. 병실을 지키는 사람이 있을 거라 생각하지 못한 듯했다. 그와 눈이 마주치자 나도 놀랐다.

"박 실장님……, 여긴 어떻게?"

정체를 들킨 박영태 실장은 갑자기 몸을 돌려 반대편으로 뛰기 시작했다. 나 역시 그를 따라 뛰었다. 중학교 때 육상부 활동을 했던 나는 뛰는 것 하나는 자신 있었다. 잡아야 한다. 그를 잡아서 왜 갑자기 잠적했는지, 무슨 일이 있었는지 물어야 한다. 이를 악물고 뛰었다.

그와의 거리가 점점 좁혀졌다. 몇 분 만에 그의 목덜미를 잡았다. 나에게 붙잡힌 그는 바닥에 쓰러지듯 주저앉아 숨을 몰아쉬었다. 나도 헉헉댔다.

"실장님, 왜 도망을 가세요?"

그는 대답을 하지 않는다. 대신 나를 물끄러미 바라본다. 퀭한 눈, 비쩍 마른 얼굴……. 그의 얼굴은 예전에 내가 알던, 선하디선한 박영태 실장의 모습이 아니었다. 어딘가 고통에 찬 모습이었고 마치 죄를 지은 사람처럼 내 시선을 피했다.

"기왕 오셨으니까 차나 마시고 가요."

나는 가능한 한 태연하게 말을 건네면서도 그의 옷깃을 잡고 놓지 않는다. 아니, 손에 힘이 더 들어갔다.

"이거 놔줘요."

"못 놔요. 이거 놓으면 바로 도망갈 거면서."

나는 그의 옷을 꼭 잡은 채 보호자 대기실로 갔다. 우리는 의자에 앉아 서로 얼굴을 맞대고 잠시 숨을 돌렸다. 아직도 숨이 가빴다. 그도 기력이 다했는지 의자에 기대앉아 긴 한숨을 내쉰다. 옷깃을 잡았던 손을 놓았다. 그리고 자판기에서 차가운 음료를 꺼내 그에게 건넸다.

"잘 지내셨어요?"

"……."

"갑자기 연락도 없이 그만두시면 어떡해요? 얼마나 걱정했는데."

하지만 그는 아무런 대꾸도 하지 않았다.

난 그가 말을 하고 싶을 때까지 기다리기로 했다. 보호자 대기실에는 우리밖에 없었고, 무거운 침묵이 우리를 짓누르고 있었다. 답답하다. 아, 뭐라고 말이라도 해줬으면……. 할 수 없이 내가 먼저 입을 열었다.

"사장님 일, 어떻게 알고 오셨어요?"

"……."

"걱정돼서 오신 거예요? 아니면, 사장님께 사과할 게 있어서 오신 거예요?"

나로서는 이 질문이 도발이었다. 대화를 어떻게라도 이끌어내기 위해 일부러 던진 말이었다.

"둘 다입니다."

돌아온 대답에 오히려 놀란 건 나였다. 그가 사장님의 상황을 어떻게 알았으며 또 사과할 게 뭐가 있단 말인가?

"말씀해주세요, 실장님."

"음료수…… 하나 더 주시겠습니까? 목이 마르네요."

난 그가 원하는 대로 음료를 뽑기 위해 자판기로 다가섰다. 그 순간, 그가 재빠르게 대기실 밖으로 빠져나갔다. 나는 음료를 뽑다 말고 그를 뒤쫓았다. 하지만 환자를 이송하는 이동식 침대가 복도를 가로막고 있었다. 이를 피하느라 그를 놓쳤다. 박영태 실장은 마침 열려 있던 엘리베이터에 올라타 재빠르게 사라졌다. 허탈했다. 물어보고 싶은 것이 많았는데…….

힘이 빠진 나는 다시 병실로 돌아왔다. 한참 동안 고개를 숙이고 의자에 앉아 생각에 잠겼다.

박영태 실장은 사장이 병원에 입원했다는 것을 어떻게 알고 있는 것일까? 병원을 한차례 옮겼고 사장의 상태는 대부분의 직원이 모르고 있는데.

사장이 이 병원 중환자실에 입원했다는 것을 아는 사람은 전무와 상무, 최도원, 그리고 비서실에 근무 중인 우리 넷뿐이다. 아, 윤조도 있었지. 그래 봤자 여덟 명이다. 사장의 어머니와 전 부인은 박영태 실장과 무관할 터라 계산에 넣지 않았다. 그렇다면 그 중 한 사람이 박영태 실장과 연락을 취하고 있다는 거다. 그의 잠적도 그 누군가와 연결이 돼 있는 거겠지. 그 사람이 누굴까? 난 이 얘기를 민가영에게 빨리 전하고 싶었다. 그녀가 갖고 있는 정보력으로 뭔가를 찾아낼 수 있지 않을까 하는 얄팍한 희망을 품었다.

***

드디어 주말이 됐다. 난 아침 일찍 일어나 샤워를 하고 민가영을 기다렸다. 지난번처럼 그녀를 기다리게 할 수는 없어 일찍부터 서둘렀다. 그러나 이번에는 그녀가 늑장을 부렸다.

"뭐야……, 나더러는 늦지 말라더니."

"유찬 씨, 미안. 어제 오 실장님과 늦게까지 술을 마셨거든."

"해장부터 할까?"

"응, 미안."

우리는 정릉으로 가기 전에 판교역에 있는 콩나물해장국집에 들렀다. 아직 잠이 덜 깼는지, 아니면 일찍 일어나 컨디션이 좋지 않은지, 오늘따라 그녀는 말이 많지 않았다. 게다가 눈도 퉁퉁 부어 있었다. 어젯밤, 오지선 실장과 술을 마시며 또 사장 얘기를 하고 울었나 보다. 난 그녀의 상황을 가볍게 넘겨버리려 애썼다. 부모처럼 여기던 사람이 약물 중독으로 쓰러진 것은 아무래도 충격이 클 테니까.

"정릉에는 다음에 갈까?"

"아니, 약속한 대로 오늘 가요. 앞으로 바빠지면 못 갈지도 모르잖아."

"과연 바빠질까?"

자조하는 듯한 내 말에 그녀는 대답하지 않는다. 우리는 마주 앉아 말없이 콩나물해장국을 먹었다. 한 그릇을 다 비우고 나니 그녀의 기분이 조금 나아진 듯하다. 후식으로 커피를 마시고 지하철을 탔다. 양재역에서 지하철을 갈아타고 약수역으로 갈 때까지 우리는 거의 말을 하지 않았다. 둘이 함께 있는 시간은 오랜만이었지만 이상하게 그녀의 침묵이 길어진다. 하지만 나는 그 이유를 묻지 않았다. 그녀가 먼저 말을 꺼낼 때까지 기다렸다.

약수역에 도착했다. 여러 개의 계단을 지나 6호선을 갈아타는 곳에 다다르자 그제야 그녀가 말문을 열었다.

"사장님은 괜찮아요?"

또 사장님 얘기로군. 맥이 빠진다. 오랜만에 단둘이 있는 건데, 그녀는 내 안부가 궁금하지도 않은 걸까? 난 하고 싶은 얘기가 정말 많은데.

"똑같지, 뭐."

"또 사장님 엄마 왔다 갔고?"

"어제는 안 오셨어요. 다른 사람이 왔다 갔지."

"다른 사람 누구?"

"박 실장님."

"뭐? 왜 그걸 이제야 말해?"

그녀의 눈이 동그래졌다. 그리고 이내 나를 타박해온다.

"뭐야, 그런 중요한 얘길 이제까지 안 하다니."

"말할 새가 있어야지. 기분이 안 좋아 보이길래 눈치 보느라 입도 벙긋 못 한 거야. 그리고 그런 건 정릉 가면서 차차 얘기하면 되잖아?"

"그래도……."

"가영 씨야말로 나한테 할 말 있는 거 아닌가?"

"……."

"회사에서 무슨 일 있었어요? 분위기가 왠지 그런데?"

그녀가 내 눈을 본다. 무슨 말인지 몰라도 내게 말할까 말까 망설이는 게 보인다. 딱 보면 안다. 저런 반응은 좋은 소식은 아니라는 거. 안 좋은 소식이 나를 기다리고 있는 걸까? 한참 뒤에 그녀가 입을 열었다.

"나…… 경영지원팀으로 가요."

"뭐? 경영지원?"

뜬금없는 소리라고 생각했다. 비서실에서 경영지원팀으로 발령되다니.

"상무님이 법인 설립해 나가면서 한 사람씩 승진하고 막내 T.O.가 났나 봐요. 그 자리 비었으니까 나더러 오라는 거지."

"비서실은 어떡하고?"

"없어지는 거죠, 뭐. 사장님이…… 언제 깨어날지도 모르니까."

"오지선 실장님은? 어떻게 되는 거죠?"

"오 실장님은 전무님 비서실로 들어가세요. 고성국 씨와 함께요."

그럼 나는? 이 말이 목구멍까지 나왔다. 내가 가장 궁금했던 얘기, 그러나 제일 듣기 두려운 얘기다. 내 입으로 차마 물어볼 수가 없다.

"유찬 씨는……"

난 그녀의 입술에 시선을 고정했다. 작고 빨간 입술의 움직임이 나를 절망으로 떨어트린다.

"아직 대기 발령이에요. 미안해요……."

그럴 줄 알았다. 그녀가 미안할 것은 없다. 조규진 전무는 내가 위너에서 자리 잡길 원하지 않는다. 내가 스스로 회사에서 나가 주기만을 바라고 있겠지. 화가 났다. 나를 한 번 쓰고 버리는 휴지보다 못하게 보는 그에 대해 분노가 치민다. 난 전무가 원하는 대로 고분고분 회사에서 나갈 생각이 없다. 그가 어떤 박해를 가하든 견디고 이겨낼 것이다. 아니, 그에게 보란 듯 성공해 보일 거다. 속으로 그렇게 외쳤다. 그래도 내 속은 시원해지지 않았다. 난 안다. 잘 알고 있다. 전무에 비해 난 힘없고 나약한 피라미일 뿐이다.

빠앙-. 어두운 터널 안이 밝아지더니 보문행 열차가 들어오는 소리가 들렸다. 터널 양옆으로 거센 바람이 일었다.

"그래서, 그렇게 기분이 안 좋았던 거예요? 나 때문에?"

난 옆자리에 앉은 민가영의 손을 가만히 잡았다. 굳이 보지 않아도 알 것 같았다. 그녀의 두 눈은 당장이라도 울 것만 같이 글썽이고 있을 거다. 고맙다. 그리고 미안하다.

"나, 그렇게 당하고만 있지 않아요. 걱정하지 마요."

"하지만 상대가 전무님인걸요. 사장님은 의식이 없고, 그나마 도와줄 상무님도 이제는 외부 사람인데. 회사에서 유찬 씨 도와줄 사람, 이젠 나밖에 없어요. 그런데 내가 힘이 있어야지."

"우리가 힘은 부족해도 방법이 없진 않겠죠."

말은 그렇게 했지만 나에게는 뾰족한 수가 없다. 이준혁 상무에게 도움을 청하면 외면하지는 않을 것이다. 하지만 무턱대고 찾아가 무얼 요청하겠는가. 그의 회사로 들어가겠다고 떼를 쓸 수는 없지 않은가? 내가 위너에 남으려면 조규진 전무의 약점을 잡을 뭔가가 필요하다. 그것만 있다면, 전무와 라이벌 관계인 상무도 나를 반기지 않을까?

갑자기 전무 옆에 서 있던 최도원의 얼굴이 떠올랐다. 입꼬리가 살짝 들려 올라간 녀석의 미소도. 아, 녀석의 활짝 웃는 모습을 봤어야 했는데. 그 모습만 보면 2년 전 그 녀석이 정이준인지 최도원인지 확신할 수 있을 텐데. 진실이 밝혀진다면 이 상황이 내게 유리하게 돌아갈 거라는 예감이 들었다. 전무와 함께 헬스케어 플랫폼을 진행 중인 녀석이 어쩌면 전무의 아킬레스건이 될지도 모르니까.

"무슨 생각을 그렇게 해요?"

민가영의 말에 내 상념이 깨졌다. 뭔가 생각날 듯했는데, 조금 아쉽다.

"혼자 속에 담아두지 말고 말해봐요. 말했잖아, 유찬 씨 도와줄 사람 나밖에 없다고."

"그냥 사적인 거예요."

"어머? 우리 사이에 사적인 게 어디 있어? 정말 섭섭하다."

그녀의 투정에 난 최도원의 얘기를 할까 말까 망설인다. 내 지나친 억측일지도 모르는데, 그녀에게 말을 해도 괜찮을까?

"사실은…… 2년 전 그 사건 말이에요."

"정이준 얘긴가요?"

"네. 그런데 자꾸 헷갈려서. 그날 차 안에서 내가 만난 사람이 진짜 정이준일까 하는 생각이 자꾸 드네요."

"응? 그게 무슨 소리야? 유찬 씨가 왜 헷갈려요?"

"밤이라 어두웠고, 난 부가티라는 차에 정신이 팔렸었어요. 거리에서 한번 보기도 힘든 슈퍼카니까. 그걸 운전한다는 것만으로도 가슴이 설레서, 차 주인을 제대로 보지 못한 것 같아요."

"친구였다면서요?"

"솔직히 난 그때 정이준을 알아보지 못했어요. 그 밤에 선글라스를 쓰고 있는 데다 초등학교 때 일을 누가 일일이 기억해요? 중간에 전학도 갔는데. 녀석이 자기가 정이준이라니까 그런가 보다 했죠."

"그게 이제 생각난 거예요? 그렇게 중요한 일이?"

"전에는 그 사람이 정이준이라는 사실을 의심해본 적이 없어요. 그저 내가 재수 없게 녀석의 마약 복용 사건에 걸려들었다고만 생각했죠. 그런데 아니에요. 자꾸 생각할수록 난 이용당했다는 생각이 들어요. 정말 그날 내가 본 사람이 정이준이었을까, 혹시 다른 사람은 아니었을까……."

"그럼 그 사람이 누구라고 생각하는데요?"

"최도원이요."

"뭐예요? 헬시코어 최 대표?"

그녀가 화들짝 놀란다. 곧 어이없다는 반응이 날아들겠지. 난 비난을 예상하며 그녀의 얼굴을 본다.

"그 이유는요?"

민가영의 얼굴이 차갑다. 파운데이션으로 주근깨를 꼼꼼히 감춘 피부가 창백해 보인다.

"영화를 보다 문득 생각났어요. 정이준과 최도원이 웃는 모습이 비슷하다는 게. 사장님 병문안을 왔을 때 웃는 걸 딱 한 번 봤거든요. 묘하게 닮았더라고요."

"……"

"알아요, 억측인 거."

난 힘없이 웃었다. 내 얘기를 듣고 그녀는 날 엉뚱하다고 생각하겠지. 하지만 내 예측은 빗나갔다.

"그 사건 조사한 경찰, 기억해요?"

오동준 경사. 날 몇 차례나 심문한 그를 내가 어떻게 잊을 수 있을까?

"그 경찰에게 도움을 청해봐요. 기소유예인 사건이니까, 아직 끝났다는 얘기는 아니잖아요? 어쩌면 자료를 가지고 있을지도 모른다고요."

"자료? 무슨 자료?"

"무슨 자료든! 생각해봐요. 정이준은 헬시코어 대표였다고요. 공식적인 날, 창업 기념일 그런 날 말이에요. 직원들 앞에서 얘기할 일도 많았을 거고, 그런 거 모두 자료로 남긴다고요. 맞아, 사고 당일 블랙박스도 입수했을지 몰라. 경찰에게 말하면 그 자료를 보여주지 않을까요?"

"그게 있으면 뭐 하게요?"

"목소리만 있다면 확인을 할 수 있잖아요? 성문은 지문 같은 거니까. 잘만 하면 누명을 벗을 수 있을 거예요."

성문 확인? 난 뒤통수를 한 대 얻어맞은 듯한 기분이 든다. 이 여자, 탐정 놀이를 재미로 한 게 아니었어. 그녀의 눈을 똑바로 봤다. 진지했다. 민가영의 눈은 호기심으로 빛나고 있었다.

"그날 만났던 사람 목소리와 정이준, 최도원의 목소리를 확인하면 동일 인물인지 아닌지 나올 거 아니에요? 뭘 그리 고민해요?"

그녀가 웃는다. 뭔가를 해결했을 때 보여주는 뿌듯한 웃음이다. 하지만 난 아니었다. 날 취조할 때 오동준 경사가 말했다.

'블랙박스에는 아무런 대화도 녹음되어 있지 않았습니다. 모두 지워져 깨끗했다고요! 김유찬 씨가 고의로 지운 거 아닙니까?'

그의 말이 사실이라면 그날의 증거는 없다. 최도원이 실제로 정이준인 척했다 해도 물증을 확보하지 못하면 그의 범죄를 입증할 수 없다. 망했다. 하지만…… 경사의 말이 사실인 걸까? 내 속을 떠보기 위한 꼼수는 아니었을까?

그 진위를 알기 위해서라도 나는 그를 만나야 한다. 그러나 오동준 경사를 다시 보고 싶지 않다. 유치장에 갇혀 심문받던, 그 당시의 끔찍했던 일이 자꾸 떠올라 몸서리가 쳐진다. 자, 잠깐. 그 전에 경찰에게 도움을 청하지 않고도 구할 수 있는 목소리 녹음 파일이 있다. 아마 윤조가 갖고 있을 거다. 윤조는 사람의 사주를 봐줄 때마다 자신의 상담 내용과 애프터를 명목으로 녹취를 해왔다고 하지 않았던가. 그렇다면 정이준의 음성 파일을 당연히 갖고 있지 않을까? 일단 그거라도 확보해두자. 무슨 수가 나겠지. 경찰을 만나는 건 그다음으로 미뤄도 된다.

내일이라도 당장 그녀를 만나야겠다. 연락처는 모르지만 팰리스호텔에 가면 만날 수 있을 것이다. 그렇게 생각하니 마음이 홀가분해진다. 짐을 하나 던 느낌이었다. 때마침 보문역에 도착했다는 안내 방송이 나온다. 난 민가영의 손을 꼭 잡고 자리에서 일어났다. 그녀에게 마음을 털어놓은 덕에, 일이 잘 풀릴 것만 같았다. 하지만 그녀에게 윤조 얘기는 하지 않았다.

***

지하철 입구로 나온 우리는 손영익 대표의 친구가 운영하는 정릉 고깃집까지 택시를 타고 갔다. 때마침 점심시간이라서 사람들로 북적였다. 우리는 그 틈에 끼어 갈비탕을 먹고 맞은편 인가로 갔다. 비탈진 언덕에 있는 그곳은 주말 낮인데도 사람이 없었다.

난 기억을 더듬어, 손영익 대표가 찾아갔던 집 앞에 다다랐다.

"여기야?"

그녀의 질문에 난 사방을 둘러본다. 좁고 다닥다닥 붙은 집 앞에 서서 어찌해야 할지 모르겠다. 머뭇거리고 있는데 그녀가 과감하게 문을 밀었다. 삐거덕 소리를 내며 문은 쉽게 열렸다. 우리는 어두침침한 공간 속으로 발을 내디뎠다. 손영익 대표가 만났을 그 누군가를 곧 만난다고 생각하니 긴장이 됐다.

"영태니?"

안에서 여자 목소리가 들려왔다. 영태라는 말에, 나와 민가영은 서로를 마주 봤다. 그리고 좀 더 용기를 내어 안으로 들어갔다.

"안녕하세요?"

민가영이 붙임성 있게 말을 붙였다. 방 안에 누워 있던 여자가 부스스 몸을 일으킨다. 별로 놀라는 눈치는 아니었다.

"누굴 찾아오셨나요?"

"박영태 실장님 뵈러 왔는데요?"

"잠깐 나갔으니 기다려봐요. 회사 분인가 봐요?"

"아, 네……. 같은 비서실 소속이에요."

"며칠 전에도 회사에서 영태를 찾아왔던데."

"회사에서요?"

"네. 과일을 사 들고 와서, 덕분에 아주 잘 먹었지요."

빈손으로 방문한 우리는 두 손이 무색했다.

"회사에서 누가 왔는데요?"

"글쎄……, 나이 지긋한 남자분이 오셨는데, 그때도 영태가 자리를 비워서 못 만나고 갔어요."

조규진 전무를 떠올렸다. 그가 왔던 걸까?

"동그란 안경 끼고 키 작은 분이요?"

민가영이 재빨리 물었다. 나와 같은 생각을 했던 것이다.

"안경을 끼긴 꼈는데 키가 작은지, 큰지……. 보다시피 내가 아파요. 그때 약을 먹어서 정신이 가물가물해 기억을 잘 못 하겠네요. 아, 왔니?"

뒤를 돌아봤다. 우리 뒤에는 얼굴이 창백해진 박영태 실장이 서 있었다.

"회사에서 손님 오셨어."

"여길 어떻게……."

"실장님, 할 얘기가……."

박영태 실장이 뒤를 돌아 급히 집 밖으로 나간다. 난 당황할 새도 없이 무작정 그를 따라 뛰었다. 신발을 신을 새도 없어 발에 걸친 채 뛰었다. 그는 생각보다 빨랐다. 언덕을 올라간 그는 절을 지나더니 산속으로 들어갔고, 나도 따라 들어갔다. 덤불을 헤치고 그루터기에 넘어질 뻔하기를 여러 번. 산 정상에 이르러 간신히 그를 붙잡았다.

"실장님, 왜 이렇게 자꾸 도망가십니까?"

"……."

"무슨 죄라도 지었어요? 왜 그래요, 대체?"

난 숨을 몰아쉬며 그를 타박했다. 그는 가쁜 숨을 내쉬며 흙바닥에 주저앉는다.

"뭐라고 말 좀 해보세요. 어제도 그렇고, 왜 그래요?"

"미안해요."

"아, 그런 말 말고요. 제가 실장님께 듣고 싶은 건 미안하다는 말이 아닙니다."

"……."

"저, 실장님이 말씀하실 때까지 안 놔드릴 겁니다. 왜 갑자기 잠적하신 거예요? 무슨 일이 있었던 거죠?"

"……."

"사장님 사고는 어떻게 알고 그 병원에 온 거예요?"

"……."

"손영익 대표와는 무슨 관계입니까?"

박영태 실장의 눈이 동그래져서 나를 본다. 그 눈에는 놀라움과 공포가 서려 있었다.

"그것까지…… 알고 있습니까?"

"자세히는 모르고 대충은 파악하고 있어요. 왜 그런 겁니까? 말씀 좀 해주세요."

내가 넘겨짚은 걸 그가 믿는 눈치다. 난 삐쩍 마르고 얼굴이 흑색이 된 그의 얼굴을 들여다보며 입이 열리기만을 기다렸다.

"어떤 것부터 말을 해야 할지……."

"먼저, 왜 그만두신 건지 말씀해주세요. 저한테 미리 언질 주실수도 있었잖아요?"

"누나가 많이 아픕니다."

"아까 방에 계셨던 분이죠?"

"둘째 누나입니다. 꽤 오랫동안 사장님께 금전적인 도움을 많이 받았죠. 약도 지원받았고요. 그걸 갚기 위해 노력했어요. 제가도울 일이 없을까, 늘 고민했습니다. 그런데 저에게도 기회가 오더군요."

"기회라면…… 사장님에게 은혜를 갚을 기회요?"

"네. 회사를 더 확장하기 위해 투자 유치가 필요했어요. 사장님이 무심코 손영익 대표 말씀을 하시는데, 왠지 귀에 익은 겁니다. 나잇대도 비슷하고. 우리 큰 누나의 첫사랑이었다는 게 생각났어요. 전 누나와 나이 차이가 크게 나고 어릴 때라 기억이 잘 안 나지만 두 사람이 사랑의 도피를 했다는 얘기는 들어서 알고 있었어요."

"큰 누님은 결혼하셨습니까?"

"아뇨. 그가 떠난 후 시름시름 앓기만 했죠. 지금은 이미 이 세상 사람이 아니고요."

"언제 돌아가셨는데요?"

"한 20년 됐을 겁니다. 하지만 전 거짓말을 했어요. 큰 누나가 살아 있다고."

"손영익 대표를 속였다는 겁니까?"

"곧 들킬 거짓말이었지만, 그래도 그 덕인지 아닌지, 우리 사장님은 손영익 대표와 접촉했고 투자를 성공적으로 유치할 수 있었어요. 누나도 회사에서 더 많은 치료 지원을 받을 수 있었고요."

"그럼 된 거 아닙니까? 큰 공을 세웠는데 왜 잠적을 하셨어요?"

"손영익 대표가 한국에 온다니까 겁이 더럭 나더라고요. 큰 누나는 이미 죽었는데, 만나러 오면 제 거짓말이 들통 날 테니까요. 그 일로 회사에 폐를 끼칠 수도 있지 않습니까?"

"사실을 말한다고 우리 사장님이 위해를 가할 분은 아니잖아요?"

"그래서 솔직히 말씀드리려 했습니다. 사장님께 얘기하기 전에 전무님, 상무님과 의논을 했어요. 다들 잘 이해해주시더군요. 그냥 버티라고 하셨지만, 제 양심상……."

"누나 때문이군요?"

"보시다시피 둘째 누나의 병은 낫지 않았어요. 큰 병원에서 여러 차례 수술을 받았지만 병이 오히려 더 깊어져 잠도 못 잘 정도였죠. 사장님은 그런 누나를 위해 비밀리에 약도 계속 구해주셨습니다. 제가 거짓말한 것도 모르고요."

"그래서 잠적하신 겁니까?"

"저에겐 그 방법밖에는 없었으니까요. 몰래 도망쳐야 했어요."

그가 힘없이 웃었다. 난 그의 잠적 미스터리가 너무 싱겁게 풀렸다고 생각했다. 그대로 믿기에는 너무 심심하다.

"손영익 대표를 만나보셨습니까?"

"아뇨. 정릉에 온다는 소문을 듣고 만나러 갔다가…… 유찬 씨를 만나 도망쳤잖아요?"

"아, 그날…."

"그 이후, 둘째 누나만 만나고 갔다고 들었습니다."

손영익 대표가 이 집을 찾았던 날, 밖에서 기다리고 있을 때 느낀 누군가의 시선이 떠올랐다. 그게 아마 박영태 실장이었겠지. 자신의 거짓말 때문에 그는 공을 세워놓고도 앞에 나서지 못했던 걸 거다. 불쌍하게도.

"사장님 일은 어떻게 알았어요?"

"오지선 실장에게 문자가 와 있더군요. 왜…… 쓰러지신 겁니까?"

"저도 자세히는 몰라요. 약물 중독이라는데, 평소 잠을 잘 못 주무셨잖아요? 그게 원인이었던 거죠. 참, 실장님이 전에 살던 집에 가봤는데요, 쓰레기 봉지에서 파란 쇼핑백을 찾았습니다. 그걸 왜 갖고 계셨던 거죠?"

조심스럽게 물었다. 그가 알 거라고는 생각하지 않는다. 하지만 작은 단서라도 찾고 싶었다. 난 파란 쇼핑백이 계속 마음에 걸린다.

"아⋯⋯, 사장님이 저에게 주신 겁니다. 누나에게 줄 약을 담아서요."

"무슨 약이었는데요?"

"수면제나 진정제 아닐까요? 펜타닐이라고 하던데. 모르핀만으로는 누나가 잠을 못 자요. 사장님이 주신 약 덕분에 잠시나마 쉴 수 있었던 거죠."

"그 쇼핑백, 전에도 보셨죠?"

박영태 실장이 작게 한숨을 내쉬었다. 그리고 나를 본다.

"유찬 씨. 우리 수행 기사의 덕목을 알지 않습니까? 윗사람들 일에 관심을 가져서는 안 돼요. 우린 단순히 기사일 뿐입니다."

16. 수행 기사의 덕목

산에서 내려온 우리는 다시 박영태 실장 누나의 집으로 돌아갔다. 붙임성 좋은 민가영은 그의 둘째 누나 다리를 주물러주고 있었다. 그녀가 땀에 젖은 우리 둘의 모습을 보고 웃는다.

"두 분, 얘기 많이 나누고 오셨어요?"

"미안합니다……."

"딱 보니까 한바탕하셨네. 실장님, 건강하셔서 다행이에요. 우리 모두 걱정했잖아요."

"다들 잘 지내시죠?"

"그럼요. 사장님 아프신 거 빼고 회사는 괜찮아요. 실장님 빈자리가 커서 그렇지."

"새사람이 오지 않았습니까?"

"고성국이라고, 헬시코어에 있던 사람이 왔어요."

"헬시코어요? 왜…… 하필?"

"모르죠. 전무님이 추천했다니까."

박영태 실장의 얼굴이 어두워진다. 난 그의 반응이 수상했다. 헬시코어에서 온 고성국이 못마땅한 걸까, 아니면 전무님 추천이 거북한 걸까. 후자는 아니라고 생각했다. 그 역시 전무의 추천으로 위너에 들어온 사람이니까.

그는 곧 아무 일도 없다는 듯 화제를 돌렸다.

"멀리까지 오셨으니 식사라도 하고 가시겠어요?"

"이 앞에서 막 먹고 왔어요."

우리는 뭐라도 대접하고 싶어 하는 그를 부득불 만류하며 집에서 나왔다. 펜타닐을 맞은 그의 둘째 누나는 곤히 잠이 든 상태였다.

정릉 골목길을 나서자마자 민가영은 참아온 궁금증을 털어놓는다.

"실장님과 무슨 얘기를 그렇게 길게 했던 거예요?"

"커피라도 마실까? 아니면 잠시 걸을까?"

"얘기가 길구나? 시원한 데 가서 커피 마셔요. 차분하게 들어 보게."

우리는 동네에 있는 아담한 커피숍에 들어갔다. 얼음을 너무 많이 넣어 엷어진 아이스 커피를 마시며 나는 박영태 실장을 쫓아갔던 얘기를 들려주었다. 손영익 대표의 투자와 그의 거짓말까지 모두.

"고작 그런 이유로 도둑 이사를 갔던 거야? 실장님도 참, 순진

하시지. 그런 건 사장님께 알려야지, 전무, 상무랑 왜 상의를 해?"

"두 분이 사장님께 말씀드리지 않았을까요?"

"아뇨. 그랬다면 분명 무슨 조치를 취하셨겠죠. 거짓말로 투자 유치를 할 분도 아니고요."

"솔직히 말해도 투자는 받았을 겁니다. 프로젝트가 괜찮으니까. 혹시 실장님 누나가 손영익 대표 만났다는 얘기 안 해요?"

"했죠. 두 분이 동창이래요. 그런데 그가 세계적인 투자가란 사실도 모르던걸요?"

"박 실장님이 집에다 얘기를 안 했구나……."

"전 첫사랑 얘기도 들었어요. 아쉽게도 당사자가 그분이 아니라서 그렇지."

"손 대표가 뭐라고 했대요?"

"어디선가 소식을 들었다며 갑자기 찾아왔대요. 그런데 막상 첫사랑이 없으니까 아쉬워한 거죠. 아까 본 분의 언니가 손영익 대표의 첫사랑이었거든요. 옛날에 쓴 편지도 있고, 사진도 있고 해서 그거 드렸대요. 그나마 다행인 거죠. 동생이라도 만난 게 어디예요?"

난 그날, 정릉 집에 들렀다 나온 후 쓸쓸해하던 손영익 대표의 반응이 생각났다. 뭐라 말할 수 없는 그 심정을 이제야 알 것 같다. 민가영이 시계를 들여다봤다.

"이제 어떻게 할 거예요? 전 사장님 병원에 가보려고요. 그런데 차마 유찬 씨에게 같이 가자고는 못 하겠다. 집에 먼저 들어갈래요?"

난 그러겠다고 대답했다. 며칠 동안 계속 사장의 병실을 지켰는데 휴일에도 가는 건 아닌 것 같다. 그렇다고 오랜만의 휴일을 그냥 버릴 수도 없다. 어쩌지? 남은 시간 동안 난 뭘 해야 하나.

그녀의 말에 다시 고민거리 하나가 생겼다.

"뭘 고민해요? 집에 가기 싫으면 병원 근처에서 바람이나 쐬고 있어요. 나중에 내가 전화할게. 이제, 일어서죠."

그녀가 시키는 대로 하기로 했다. 우리는 지하철을 타고 병원이 있는 역삼동으로 향했다. 그녀를 병원에 데려다주고 잠시 병원 근처를 배회했다. 그러다 문득 윤조가 떠올랐다. 정이준의 녹음 파일을 그녀가 갖고 있을 거라는 생각에, 조바심이 나서 내일까지 기다리기가 힘들다. 그녀가 주로 머무는 팰리스호텔은 여기서 멀지도 않았다. 버스로 두 정거장밖에 되지 않는다.

당장 택시를 잡아타고 팰리스호텔로 갔다. 내가 택시에서 내리자 도어맨이 반갑게 알은체를 한다.

"어쩐 일이십니까?"

"잠시 볼일이 있어 왔습니다. 혹시 호텔 방문객들 소식도 아시나요?"

"그런 걸 제가 어떻게 알겠습니까? 주차장에서 호텔로 바로 이동하는 사람도 많은걸요. 로비로 가서 물어보십시오. 잘 알려줄 겁니다."

그의 조언대로 호텔 로비로 갔다. 예전에 내게 파란 쇼핑백을 건네줬던 직원이 안내 데스크에 서 있었다.

"위너의 김유찬입니다. 말씀 좀 묻겠는데요, 오늘 혹시 저에게 전해줄 물건이 있나요?"

내 말을 들은 그가 눈살을 살짝 찌푸린다. 그러더니 컴퓨터가 아닌 탁상 달력을 들여다본다.

"없는데요? 맡겨놓은 물건이 있다고 말씀 들었습니까?"

"아……, 죄송합니다. 제가 착각을 했나 보네요. 그럼 오늘, 윤조 씨는 왔나요?"

드디어 본론을 꺼냈다. 그녀는 과연 호텔에 있을까? 직원은 윤조를 아는 눈치였다. 이번에는 탁상 달력이 아닌 컴퓨터로 일정을 체크한다.

"아뇨. 요 며칠 호텔에 들르지 않으셨어요."

"요즘 뜸하네요?"

"네. 안부 묻는 분들도 많으신데 바쁜가 봐요."

"윤조 씨는 주로 어떤 룸을 이용하셨습니까?"

"룸이오?"

"비즈니스룸이라 들은 것 같은데요?"

"비즈니스센터겠죠. 윤조 씨가 여기 VIP 회원이시거든요. 미팅 있을 때 자주 이용하세요."

소문은 항상 이렇다. 비즈니스센터를 이용한 게 비즈니스룸을 이용한 게 붙이기 그녀가 업계에서 요부의 이미지로 작용한 것은 이런 소문의 영향이 컸을 것이다.

"윤조 씨에게 볼일 있으신가요?"

"네, 연락하고 싶습니다."

"메모를 남겨주시면 전해드릴게요."

그가 내게 메모지와 볼펜을 내밀었다. 난 내 이름과 연락처를 적어 직원에게 건넸다. 이런 건 평소 호텔 직원과 수행 기사 간의 커넥션이 있기에 가능한 일이다. 내가 위너의 수행 기사가 아니었으면 연락을 취한다는 건 꿈도 꾸지 못했겠지.

인사를 하고 호텔에서 나왔다. 그리고 다시 병원으로 가려는데 낯선 번호로 문자가 왔다. 윤조였다.

'윤조입니다. 어디에 계시나요?'

'팰리스호텔 앞입니다.'

'비즈니스센터에서 기다려줄 수 있나요? 바로 가겠습니다.'

난 다시 호텔로 들어갔다.

4층에 있는 비즈니스센터로 가니, 데스크에 앉아 있던 직원이 친절하게 인사를 한다. 윤조와 약속이 있다고 말하자 작은방으로 날 안내했다. 6인이 앉을 수 있는 클래식한 테이블에 TV를 갖추고 있는 프라이빗한 공간이었다. CCTV는 없었다. 아마 이곳에서 일어나는 모든 일은 비밀에 부쳐지겠지.

난 그곳에서 직원이 제공하는 아이스 커피를 마시며 윤조를 기다렸다. 민가영에게는 선배와 급한 약속이 생겼다는 거짓말을 하고서 말이다. 양심에는 조금 걸렸지만 그래도 말하지 않는 게 낫겠다는 판단이었다. 괜한 질투를 받기 싫었고 자칫 말실수를 할 위험도 있었으니까. 사장이 쓰러진 날 그 자리에 윤조는 없었던 거다. 이준혁 상무와 나, 그리고 윤조는 그렇게 입을 맞췄다.

30분 정도를 기다리니 그녀가 모습을 나타냈다.

"오래 기다리셨어요?"

한 치의 흐트러짐도 없는 모습이다. 그녀에 비해 청바지에 면 티셔츠를 걸친 내 모습이 초라하게 느껴진다. 그녀가 내 앞에 앉았다. 얼굴에는 아직도 나를 경계하는 빛이 역력했다. 웃고 있지만 표정이 어색하다. 내가 왜 자신을 만나려고 하는지, 어떤 얘기를 할지 생각이 많아 보였다.

"절 보자고 하신 이유가 뭔가요?"

"부탁할 게 있습니다."

단도직입적으로 말했다. 부탁이라는 단어에, 그녀의 표정이 조금 누그러진다.

"제게요? 제가 김유찬 씨를 도울 일이 있을까요?"

"사주를 볼 때마다 녹음을 하시잖습니까? 모든 사람의 사주 풀이를 다 녹음하시는 겁니까?"

"네, 전부 다 녹음하죠."

"정이준의 것도요?"

정이준 얘기가 나오자 그녀의 얼굴이 새파랗게 질린다. 하얀 얼굴이 더 창백해진다.

"그건 왜 물어보시는 거죠?"

"정이준의 녹음 파일이 꼭 필요해서입니다."

"왜죠?"

그녀의 목소리가 날카로워진다. 떠올리기 고통스러운 기억을 내가 끄집어냈기 때문일 거다.

"전 그날, 저와 술을 마신 사람이 정이준인지 아닌지 모르겠어요."

"무슨 얘기예요?"

"정이준이 마약 복용으로 죽은 게 단순 실수인지 아니면 누가 고의로 그런 건지, 모르겠다고요."

"이제 와서 왜 그런……."

"이제야 생각났으니까요. 생각하면 할수록 그날 저와 같이 있었던 사람이 정이준이 아니었다는 확신이 드는 겁니다. 이제라도 증거를 모아 사실을 밝혀야 하지 않겠습니까?"

"말도 안 돼."

"도와주세요. 윤조 씨 아니면, 전 평생 누명을 뒤집어쓰고 살 겁니다. 계속 괴로워하면서요. 전 그날 이전까지, 아니 그날 이후로도 마약을 복용한 적이 없어요. 제발…… 제발이오."

"……"

"그 자리에 있었다는 것만으로 범인 취급을 받는다는 게 억울한 거 알지 않습니까?"

그녀가 눈을 내리깔았다. 뭔가 깊이 생각하는 눈치다. 정이준이 죽었을 때 옆에 있었던 내 처지가, 사장이 쓰러졌을 때 옆에 있었던 자신과 비슷하다는 것을 아는 이상, 외면은 못 하겠지. 난 실낱같은 가능성에 희망을 건다.

"이준 씨의 목소리만 필요한 거죠?"

"네, 그것만 있으면 됩니다."

"성문을 검사해보겠다, 이거군요. 그럼…… 유찬 씨가 생각하는 사람은 누구예요? 비교할 대상이 있어야 하지 않아요?"

최도원이라고 말을 할 수 없었다. 입이 떨어지지 않는다. 잘은 모르지만, 그녀가 최도원과 관계가 있다는 것을 안다. 손영익 대표가 한국에 오기 전부터 이한경 사장과 최도원을 연결하기 위해 애를 쓰지 않았던가. 최도원을 의심한다고 말해야 할까 말까. 갈 피를 못 잡겠다.

"곤란하신가 보네요. 제가 아는 사람이에요?"

그녀가 나를 지긋이 본다. 이번에는 내가 눈을 내리깔았다. 결 국 대답하지 못했다.

"누군지 대충 짐작이 가네요."

"……."

"좋아요. 그 파일, 드릴게요. 억울함은 풀어야죠. 제가 신세 진 것도 갚아야 하니까."

그녀의 말에, 어둠 속에 한 줄기 빛을 본 기분이 든다. 고개를 드니 그녀가 나를 보고 웃고 있다.

"고맙습니다. 역시 이해해주시는군요."

"그게 다인가요?"

"아……, 한 가지 더 여쭤볼 게 있습니다."

"뭐죠?"

"전에 말한 파란 쇼핑백 말입니다. 그때 사장님 댁에서 보지 못 했다고 하신."

"그런데요?"

"그것에 대해 전혀 기억이 나지 않습니까? 상무님 댁에 갈

때 들고 가셨잖아요? 전 아무래도 그 쇼핑백이 수상해요. 거기
에…… 그날 보지 못했다고 하셨지만 전 분명히 봤거든요."

"뭐를요? 제가 그날의 기억이 없어서……."

"주사기와 약이 들어 있었습니다. 분명해요."

"경찰에 얘기했나요?"

"아니요."

"왜죠?"

"그게……."

제대로 된 대답을 하지 못했다. 약물과 관련된 일이라 기소유
예 상태인 내가 다시 죄를 뒤집어쓸까 두려웠다는 것을 어떻게
말하겠는가. 아무리 몰랐다고 변명해도, 돈을 받고 프로포폴을
전달한 것은 엄연한 범죄다. 그래서 나는 말을 할 수가 없다.

나를 가만히 지켜보고 있던 그녀가 가방에서 자신의 지갑을 꺼
냈다. 그리고 지갑에서 카드 한 장을 꺼내더니 내 앞에 내민다. 티
파니 블루보다 조금 더 진한, 그 쇼핑백과 같은 파란색 카드였다.

"쇼핑백이…… 이런 색이었나요?"

난 마른침을 삼키며 맞는다고 인정했다. 이 카드와 쇼핑백의
컬러는 똑같다. 그런데 그녀가 왜 이런 카드를 갖고 있는 거지?
윤조도 사장이 속한 블루 클럽의 회원인가?

"이거…… 블루 클럽이라는 사교 클럽 카드 아닙니까?"

난 전에 이준혁 상무에게 들은 얘기를 조합해 넘겨짚는다. 그
녀가 의중을 파악하려는 듯 내 눈을 뚫어지게 바라본다.

"어디서 들으셨나요? 아는 사람이 거의 없을 텐데."

"그게 중요합니까?"

"네, 누가 얘기했는지 듣고, 말할지 말지 제가 판단을 해야 하니까요."

"사장님께서 전에 얼핏 얘기를 흘리셨어요."

"한경 씨가요? 그럴 리가……."

"제가 가끔 관련 심부름을 다녔거든요."

거짓말을 한다. 상무가 말했다고 하기에는 왠지 꺼림칙해서 병원에 누워 있는 사장을 핑계 댔다. 어차피 그는 말할 수 없는 상태이니까. 사장에게는 미안하지만 말이다. 그녀가 잠시 망설였다. 그러더니 이내 입을 열었다.

"좋아요. 유찬 씨 말을 믿죠. 한경 씨가 얘기한 거라면 내가 말해도 괜찮은 거겠죠. 이 클럽의 정확한 명칭은 블루 블러드예요."

"블루 블러드……."

"잘 아시겠지만 귀족 계층이란 뜻이에요. 이제 짐작 가시죠? 스스로를 특권층이라 생각하는 이들이 모여 만든 클럽이에요. 있는 자들이 하는 계급 놀이죠."

윤조의 얼굴에 싸늘한 미소가 스쳤다. 그 클럽에 속해 있으면서 왠지 불편한 속내가 드러난다. 아니, 불만이라고 해야 할까.

"가입하기 힘들어서 그렇지, 일단 회원이 되면 그 후로는 승승장구예요. 자기들끼리 밀어주고 끌어주니까. 이 카드만 보여주면 원하는 거, 필요한 것을 모두 구할 수 있어요. 백화점과 병원, 호텔, 심지어는 공항에서도요. 그 계급의 위력은 아메리칸 익스프레스 블랙보다 더 강력하죠. 아마 한경 씨도…… 여기를 통해 약을 구했을 거예요. 그리고 그날 집에 파란 쇼핑백이 있었다면……."

"프로포폴도 가능하다는 말입니까? 마약도요?"

"프로포폴과 마약뿐인가요? 불법이든 합법이든 원하는 모든 게 다 가능하다니까요. 전 세계 어떤 단체, 어느 기업가와도 연계해주고요. 그이도 그렇게 손 대표와 연락이 닿았어요. 블루 블러드가 아니었다면 어떻게 손 대표에게 접근했겠어요? 그 세계에서는 비일비재한 일이죠."

"이준이도…… 회원이었습니까?"

"네, 아주 오래된 회원이었죠. 그 클럽에 절 소개해준 것도 이준 씨였어요."

"최도원도 회원이겠죠?"

"블루 블러드는 아무나 들어갈 수 있는 사교 클럽이 아니에요. 적어도 두 명 이상의 추천이 있어야 가능하죠. 도원 씨는 회원 선발에서 떨어진 것으로 알고 있어요."

"자격 미달이었나요? 왜죠?"

"이준 씨가 격렬히 반대했어요. 격 떨어진다고. 그이는 도원 씨가 항상 자기 밑에 있길 바랐으니까 그럴 만도 하죠. 우습죠? 사람의 급을 나누고 판단한다는 것이. 도원 씨도 굉장히 억울할 거예요. 블루 블러드는 한 번 거절되면 가입이 거의 불가능하니까. 예외도 있겠지만요."

"조 전무님도 회원인가요?"

"아마 아닐 거예요."

"상무님은요?"

"글쎄요……. 아무리 블루 블러드라 해도 클럽 회원이 누군지 서로 잘 몰라요. 추천해준 사람이나 자신이 추천한 사람은 알까, 주변의 몇몇 사람만 정보를 공유할 뿐이에요. 그러니까 이 카드를 갖고 다니는 거 아니겠어요? 필요할 때, 도움을 요청할 때 사용하려고요. 위급 상황에서는 프리 패스 카드니까요."

그녀가 카드를 다시 지갑에 넣는다. 난 섬세하게 움직이는 그녀의 손끝을 바라본다.

"그날…… 그 쇼핑백에 대해 경찰에게 얘기하지 않은 것은 정말 잘한 거예요."

"저는 후회하는데요?"

"경찰 조직 안에 블루 블러드가 없을 거라고 생각하는 거예요? 그들만의 세상은 아주 넓고 커요. 어느 곳에나 있고 광범위하죠."

그녀의 얘기는 사장의 사건에 대해 더 이상 파헤치지 말라는 충고나 다름없다. 그녀가 속한 세계는 자신들의 존재가 세상에 드러나는 것을 달가워하지 않는 것이다. 어쩐지 이번 사장의 약물 사고가 쉽게 넘어간다고 생각했다. 이준혁 상무의 덕이라 생각했는데 그게 아니었다. 블루 블러드의 파워였던 것이다. 그래서 약물 사고의 여파는 나에게까지 번지지 않았다. 그러니 그 정도로 만족하라는 얘기인 건가? 난 재기할 기회를 놓쳤는데도? 윤조의 조언은 고맙지만 받아들이기가 힘들다.

"궁금한 것은 다 해소됐나요?"

"하나 더 있습니다. 윤조 씨는 최도원과 어떤 관계입니까?"

"관계라니요? 당연히 로비스트와 의뢰인의 관계죠. 설마 연인이라고 생각하는 건 아니겠죠?"

"그건 아닙니다. 하지만…… 가까워 보여서요. 이번 사업을 추진할 때도 적극 도와주지 않았습니까?"

"김유찬 씨."

그녀가 나를 똑바로 봤다. 나 역시 그녀의 시선을 피하지 않았다. 겉으로 보기에는 여리고 약해 보였지만 그건 윤조의 실체가 아닐 것이다. 번뜩이는 눈빛 속에 독기가 서려 있었다.

"전 로비스트예요. 사사로운 감정 따위는 배제하고 일하죠. 일을 선택할 때는 돈이 되는지, 성사 가능성이 큰지 따지고 덤벼들고요. 도원 씨가 제시한 일은 아주 매력적이었어요. 한경 씨와 손잡으면 성공할 거라 생각했죠. 손영익 대표와 쉽게 접촉할 수 있을 테니까요. 로비스트로서는 탐낼만한 일이에요."

"왜 사장님과 연결해준 겁니까? 윤조 씨가 직접 나서도 되지 않습니까? 블루 블러드 회원이라면서요?"

"전 기업인이 아니잖아요. 제가 나선다고 손영익 대표가 만나줄까요?"

"죄송합니다. 둘 사이를 오해한 건 아니었어요."

"이해는 해요. 2년 전, 그 일도 있었으니까. 그리고 전에 말했잖아요? 도원 씨가 절 싫어할 거라고."

"왜죠?"

"제가 이준 씨의 연인이었으니까요. 그이가 도원 씨를 무시한 거, 말도 못해요. 제 앞에서도 그를 괴롭히곤 했죠. 그런데 절 어떻게 좋아하겠어요? 전 도원 씨와는 철저히 비즈니스 관계예요."

"앞으로도 최도원과는 계속 일할 겁니까?"

"조건이 맞으면요."

얘기를 끝낸 우리는 얼음이 녹아 밍밍해진 커피를 마저 마셨다. 그리고 나란히 비즈니스센터에서 나왔다. 난 그녀를 VIP 주차장까지 바래다주었다. 빨간색 포르쉐에 올라타려던 그녀는 마치 잊었다는 듯 내게 명함 한 장을 내밀었다.

"필요할 때 언제든지 연락하세요. 유찬 씨 인생 망치는 데 일조한 빚, 갚으려면 아직 멀었으니까."

그녀의 행동에 난 얼떨떨했다. 개인적인 연락처를 받을 줄은 꿈에도 몰랐다.

"이준 씨 파일은 USB에 넣어 로비에 맡겨둘게요."

난 빨간색 포르쉐가 멀어지는 모습을 보며 명함을 지갑 속에 고이 넣었다. 그리고 그녀가 했던 말을 속으로 다시 새겨보았다. 빚을 갚으려면 아직 멀었다니. 그럼 난 그녀에게 이 이상의 호의를 기대해도 좋다는 말인가? 앞으로 윤조에게 도움을 청할 일이 있을지 모르겠지만 그녀가 건넨 명함이 내게는 마치 부적 같은 의미로 다가왔다.

***

다시 월요일이 돌아왔다. 쳇바퀴처럼 뻔한 일주일이 펼쳐질 거라는 예감에, 새로운 한 주의 시작이 달갑지 않다. 이 무거운 기분을 털어버리려 피트니스센터로 향한다. 힘들게 땀을 빼고 샤워를 하고 나면 기분이 한결 상쾌해지겠지. 그리고 일찍 병원에 가서 고성국과 밥을 먹으며 얘기나 나눠야겠다.

피트니스센터는 아침부터 북적이고 있었다.

"회원님, 요즘 왜 이렇게 뜸하세요? 꾸준히 나오셔야 근육이 붙죠."

트레이너는 나를 보자마자 살짝 면박을 준다. 요 며칠 PT를 빼먹은 탓이다. 오랜만에 나와서인지 아니면 그가 나를 벼르고 있어서인지 오늘따라 PT가 유독 힘들었다. 그가 시키는 대로 런지와 스쿼트 등을 하다 보니 다리가 후들거렸다. 간신히 목표량을 채우고 한쪽 구석에 앉아 땀을 닦았다. 몇십 분 하지도 않았는데 트레이닝복이 땀으로 흠뻑 젖었다.

"요즘 바쁘셨어요?"

"아, 예……."

"위너 분들이 일이 엄청 많은가 봐요? 다들 바쁘다고 하시네."

"그렇죠, 뭐. 조규진 전무님도 잘 안 나오시나요?"

난 그를 슬쩍 떠본다. 회사가 아닌 병원으로 출퇴근하는 나는 민가영이 들려주는 얘기 외에는 회사 일을 모른다.

"그 회원님은 이번 달에 아예 회원 등록을 안 하셨어요."

"네? 전무님이요? 그동안 열심히 하셨잖아요?"

"호텔로 가신다고 하더라고요. 이젠 뭐, 사장님 되신다니까 급이 맞는 곳에 다니고 싶으신 거겠죠."

"어느 호텔인지 아세요?"

"팰리스라고 하는 것 같던데? 거기 회원권이 한 4, 5천만 원 정도 한다면서요?"

결국 그렇게 되는구나. 피트니스센터에서 그를 한 번도 보지 못했는데. 그를 감시하기 위해 회원권까지 끊은 내 노력이 수포로 돌아갔다. 그에 대한 의혹이 많은데, 내가 어떻게 할 새도 없이 조규진 전무는 순탄하게 사장이 되나 보다. 그리고 그 격에 맞게 온갖 것들을 하나씩 업그레이드하겠지. 온몸에 힘이 쑥 빠지는 것을 느꼈다. 대기 발령 상태가 언제까지 지속될지, 그 자리에서 내가 계속 버텨낼 수 있을지 자신이 없다.

"자, 이제 그만 쉬시고 데드리프트로 갑시다."

원재길의 씩씩한 목소리가 내 상념을 무너뜨린다. 난 우울할 새도 없이, 또 그가 시키는 대로 이를 악물고 운동에 전념했다. 바벨의 무게가 마치 내 근심의 원흉인 듯, 가차 없이 들어 올렸다.

집에 돌아와 샤워를 하고 병원에 갔다. 오후 1시도 안 된 시간이었지만 무료해서 일찍 출근했다. 고성국이 나를 보자마자 의자에서 일어나 반긴다.

"어유, 왜 이렇게 일찍 왔어요?"

"할 일도 없고 심심해서 그냥 나왔습니다."

"공지 뜬 거 봤어요?"

"아뇨, 아직……."

민가영이 내게 귀띔해준 내용이 벌써 공지에 떴나 보다. 고성국은 그 인사가 몹시 불만스러운 모양이었다.

"나더러 전무 밑으로 가래. 미쳤어? 왜 지들 맘대로 이래라 저래라야? 난 사장 기사로 들어온 건데. 안 그래요?"

"그래도 저보다는 낫네요. 할 일이 있어서."

"대기 발령 유지된 거 알고 있었어요? 가영 씨가 알려줬구나?"

"네, 며칠 전에 들었어요."

"그래도 희망을 가져요. 전무 기사보다 낫지. 아이 씨, 면접 본 데 가버릴까?"

"어디 봤는데요?"

"케미컬론."

그는 자신이 말해놓고 뭐가 웃긴지 킥킥대며 웃는다. 제약 그룹사인 케미컬론은 그가 전에 다녔던 헬시코어의 모회사다. 결국 전의 회사로 돌아간다는 얘기인가?

"아니, 연락이 와서 그냥 한번 면접 본 거예요. 그 사람들도 내가 친숙하니까 부른 거고."

"가실 거예요?"

"모르겠어요. 아, 그런데 내가 거기 가면 괜히 최 사장님 배신하는 것 같고 그러네."

"그게 왜 배신이에요?"

"최 사장님, 지금 케미컬론이랑 사이 안 좋아요. 밑에 있는 한 연구 이사도 바로 배신 때려버렸거든."

"성국 씨는 최 사장님과 가까운 사이인가 봐요?"

"아무래도 많이 챙겨줬으니까. 내가 정이준 대표 밑에 있을 때부터 쌓은 관계가 있거든요. 용돈도 많이 찔러주고."

귀가 솔깃해진다. 관계라……. 이럴 때는 말이 많은 그가 한없이 고맙다.

"오호, 용돈도 받는 사이였어요?"

"다 아시면서. 우리가 그런 걸로나 용돈 벌지, 언제 돈을 손에 쥐어보겠어요? 월급 타면 바로 카드값으로 나가는데."

"나도 한번 도전해봐야겠네. 그런데 뭘 해야 최 사장님이 용돈을 줘요?"

"뭐, 일에 관한 정보나 좀 물어다 주고 퇴근 후 스케줄이나 알려주고 그러는 거죠. 정이준이 누굴 만나고 데이트하고 뭐, 그런 시시한 것들이요."

"그래서 우리 회사에 들어오신 거구나?"

난 장난스럽게 넘겨짚는다. 속으로는 그가 하는 말이 무슨 단초라도 될까, 신경이 곤두선다.

"그런 것도 있고 조건도 좋았으니까요."

"조건이 좋아요?"

"이런 말 하면 유찬 씨에게 미안한데, 연봉이 좀 세더라고요. 그리고 이한경 사장님, 사람 좋기로 유명하니까 혹할 만했죠. 지금도 사장님 저렇게 되신 거 안타까워요. 계속 밑에서 일했으면 좋았을 텐데."

"최 사장님에게는 뭘 알려줬는데요?"

"뻔하죠. 사장님 스케줄과 만나는 사람 정도? 그런데 별거 없더라고요. 이 사장님이 워낙 일만 해서. 게다가 가영 씨가 일정 알려주면서 어찌나 깐깐하게 굴던지."

"케미컬론에 갈 거예요? 아님 여기 남을 거예요?"

"모르겠습니다. 케미컬론 쪽에도 말했어요. 생각할 시간 좀 달라고."

"위너 조건이 더 좋은 거군요?"

"훌륭하죠. 내 마음의 고향은 거기지만, 내 지갑을 책임져주는 건 위너예요. 하지만 아, 전무님 감당이 안 돼서."

"왜요? 고성국 씨에게는 그래도 잘해주지 않아요?"

"그게 참, 나……. 난 아직 전무님 기사가 아닌데 나한테 뭘 시키는 것도 싫고 윽박지르듯 말하는 것도 너무 싫어요. 말 한마디, 한마디가 왜 그렇게 배배 꼬였대요?"

"원래 말투가 그러세요."

"볼 때마다 기분 진짜 나빠서. 그거 알죠? 전무님 차 운전할 때, 핸들에 손을 11시, 3시 방향으로 둬야 하는 거?"

"무슨 소리예요, 그게?"

"내 말이오. 황당하죠? 운전하는 것 하나하나 다 참견해요. 한 번, 딱 한 번 전무님 차 운전해 봤는데, 어휴……, 그러니까 돈을 많이 줘도 못 버티지. 스트레스를 우리 기사에게 푸는 것 같아요. 병문안 와서도 어찌나 대우받으려 하는지. 그래도 최 사장님에 대한 의리가 있어서 제가 버틴답니다."

최도원에 대한 의리라는 얘기가 심상치 않다. 그건 고성국이 위너 사람이 아닌 헬시코어 사람이라는 말 아니겠는가.

"혹시…… 전무님 일정도 최 사장님에게 알려줘요?"

"말이라고 합니까? 제 용돈 벌이가 그건데? 가끔 최 사장님 일정도 전무님에게 전해요."

너무도 뻔뻔한 그의 말에 난 할 말을 잃는다. 아까는 분명 의리라고 하지 않았던가. 그의 의리는 돈 앞에서는 무용지물이라는 말인가?

"전무님과 최 사장님, 돈독한 사이 아니었어요?"

"겉보기만 그렇죠. 그 두 사람, 속이 똑같아요. 상대를 잘 이용해 이득이나 볼까 하는 거죠, 뭐. 나랑은 상관없으니까 필요에 따라 용돈 주는 거 보고 얘기를 전해요. 솔직히 돈 앞에서는 장사 없잖아요. 우리 수행 기사의 역할이 다 그런 거 아니겠어요? 굿이나 보고 떡이나 먹는 거죠."

"그러면 전무님이 앞으로 위너를 어떻게 할 건지, 그것도 최도원 사장이 다 알겠네요."

"그럼요. 사장님이 얼마나 야망이 큰데. 고작 헬시코어로 만족하겠어요?"

고성국의 말은 나를 어지럽게 만든다. 최도원이 헬시코어로 만족하지 못한다는 그 말은, 그가 위너로 넘어올 수 있다는 얘기로 들렸다. 녀석이 오면 날 절대 가만두지 않을 텐데. 정이준 사건 때문인지 그가 나를 싫어하는 티가 역력하고, 나도 그가 꺼려진다. 손영익 대표의 투자 건으로 그 정도는 더 심해졌다. 그리고 그가 위너로 오면 우리 회사의 주력 업무가 바뀔 공산이 크다. 이준혁 상무가 추진 중인, 모건과 합작한 회사가 제대로 된 지원을 받을 수 있을까? 녀석의 야심을 사적인 문제로 치부할 게 아니다. 이건 공적인 문제다. 이대로 두면 회사가 변할 수 있다……

그때 휴대폰 벨 소리가 날카롭게 울렸다. 민가영이었다. 난 황

급히 벨 소리 음량을 낮추고 전화를 받았다. 통화 버튼을 누르자마자 휴대폰 너머로 다급한 목소리가 들려온다.

〔유찬 씨!〕

"왜 그래요? 무슨 일 생겼어?"

〔박 실장님이, 박 실장님이……〕

그녀의 울음소리가 들려왔다. 예감이 좋지 않다. 또 사고라도 난 걸까?

"울지 말고 얘기 좀 해봐요. 대체 왜 그래?"

〔박 실장님이 돌아가셨대…….〕

뒤통수를 망치로 세게 맞은 기분이었다. 정신이 멍해진다. 박영태 실장이 죽었다니. 이틀 전에 그를 만났을 때는 멀쩡했는데 갑자기 죽었다니.

"그 말…… 진짜야? 정말 돌아가셨냐고!"

〔응, 방금 오 실장님한테 연락이 와서…….〕

"왜 죽은 거라는데?"

〔몰라……. 오늘 아침에…….〕

민가영은 하염없이 울었다. 너무나 울어 그녀가 하는 말이 제대로 들리지 않는다. 난 그녀를 달랠 여력이 없어 일단 전화를 끊었다. 그리고 오지선 실장에게 전화를 걸었다.

"실장님, 저 김유찬입니다."

〔아, 유찬 씨.〕

휴대폰 너머로 오지선 실장의 차분한 목소리가 들려왔다. 평소와 다를 바 없는 분위기다. 정말 박영태 실장이 죽었을까? 그녀의 목소리를 들으니 민가영이 뭔가 착각을 한 것만 같다.

"얘기 들었습니다. 박 실장님이 돌아가신 게 사실입니까?"

〔네. 오늘 아침에 사망하셨어요.〕

"왜? 어떻게 돌아가신 겁니까?"

〔자세한 것은 모르겠어요. 지금 장례식장 가는 길인데 다녀와서 알려드릴게요.〕

"거기가 어딥니까?"

〔오시려고요?〕

"늦게라도 가겠습니다."

〔회사 대표로 제가 가는 거니까, 유찬 씨는 무리할 필요 없어요.〕

"아니요. 갈 겁니다. 가서 인사드려야죠."

〔서울종합병원 장례식장이에요. 전 잠시 들를 거라 만나지는 못하겠네요. 사장님은 괜찮으시죠?〕

"똑같습니다."

〔계속 잘 지켜봐 주세요. 그럼 수고하시고요.〕

전화가 끊겼다. 그제야 박영태 실장이 죽은 게 실감이 났다. 그는 왜 죽은 걸까? 사고사일까? 아니면 자살일까? 설마 우리가 찾아간 것 때문은 아니겠지? 난 괜한 자책감에 안절부절못했다.

***

시간은 더디게 흘렀고, 면회 마감이 될 때까지 아무도 찾지 않아 나 홀로 병실을 지켰다. 오후 10시가 넘자 난 지하철을 타고 서울종합병원으로 향했다. 검은 슈트 차림은 아니었지만 복장을 갖출 여유가 없었다.

1시간 후 장례식장에 도착했다. 부인으로 보이는 상주의 얼굴은 창백하고 헬쑥했다.

"어떻게 위로의 말씀을 드려야 할지……. 박 실장님과 위너에서 함께 일했던 김유찬입니다."

"동료셨군요. 멀리까지 와주셔서 감사합니다."

형식적인 인사만을 나눴다. 일면식도 없고 위로의 말을 건네기에는 그녀가 너무 덤덤했다. 그 자리에 있는 게 어색해서 상주에게 다시 인사를 하고 장례식장을 나서려는데 눈에 띄는 사람이 하나 있었다. 박영태 실장의 성남 집에 갔던 날, 대화를 나눴던 슈퍼 주인이었다. 난 방향을 돌려 그녀에게 다가가 알은체를 했다.

"안녕하세요? 저, 기억하시나요?"

"어머, 그때 그, 여자 친구와 왔던?"

슈퍼 주인이 반갑게 날 맞는다. 그녀도 혼자 왔던 차라 심심했던가 보다. 난 그녀와 마주 앉아 장례식장에서 나오는 육개장을 먹으며 얘기를 나눴다.

"어떻게 연락을 받고 왔네?"

"회사에서 알려줘서요. 그런데…… 박 실장님은 어떻게 돌아가신 겁니까?"

슈퍼 주인이 주변을 두리번거리더니 목소리를 낮춘다. 우리 테이블 근처에 앉아 있던 두 사람이 막 일어서서 나가려던 참이었다.

"약을 먹었대."

"네에? 약이오?"

놀란 내 반응에 그녀는 손을 입술에 갖다 댄다. 조용히 하라는
표시다.

"속상한 게 많았던가 봐. 그제부터 내내 고민하고 끙끙 앓더니
아, 글쎄, 오늘 아침 일어나니 죽었다지 뭐야. 지금 저 양반도 혼
비백산 중일 거야."

슈퍼 주인은 부인인 상주를 가리키며 얘기를 이어간다.

"아픈 누나는 어쩌라고 저렇게 죽었는지……. 산 사람만 안 됐
지 뭐야."

"정말 약을 먹고 죽은 겁니까?"

"그렇대도. 경찰도 왔다 갔대. 그런데 결론은 뻔하지. 자살로
판명 나서 바로 장례식장으로 온 거야."

박영태 실장의 자살이 믿기지 않았다. 자살할 만한 이유가 없
어 보였다. 사장에 대한 죄책감이 있었다 해도 그게 사람의 목숨
을 좌우할 만큼 크지는 않을 거다. 왜 그랬을까? 왜 그는 자살을
했을까? 슈퍼 주인의 수다를 들으며 육개장을 다 먹어갈 즈음,
상주인 박 실장의 부인이 우리 테이블로 다가왔다.

"언니, 이렇게 와주셔서 고마워요."

"이럴 때일수록 와서 돕고 그래야지. 밥은 먹었어?"

"대충이요. 그런데 두 분, 잘 아시는 사인가 봐요?"

"자네 이사 가고 집에 찾아왔던 분이야. 그때 얘기도 하고 그랬
지. 그러잖아도 이분이 걱정 많이 했어."

"고맙습니다."

박 실장 부인이 나를 보고 감사의 인사를 표했다. 난 괜히 불편해졌다.

"아, 아닙니다."

"며칠 전에도 집에 오셨던 분이죠?"

"아, 네……."

"잠시 둘이 얘기하고 있어. 화장실 좀 갔다 올게."

가뜩이나 어색한데 슈퍼 주인은 화장실을 가겠다며 일어섰다. 테이블에는 박영태 실장 부인과 나, 우리 둘만 마주 보고 앉아 있다. 조문객이 없어 장례식장은 텅 비어 있었다. 일어설 수가 없었다. 단 한 사람만 있었어도 이곳을 빠져나가기 수월했을 텐데. 할 수 없이 난 괜한 말을 꺼낸다. 상주에게 예의상 한 말이었다.

"박 실장님, 참 좋은 분이셨는데. 사장님도 많이 아끼셨어요. 덕분에 회사가 투자도 받았고요."

"사장님 건강은 괜찮으세요?"

"여전히 좋지는 않아요."

"그이가…… 굉장히 죄송해했어요. 자기 때문에 그렇게 된 건 아닌가 하고요."

"에이, 아니에요. 왜 그런 생각을 하셨대요?"

"돈에 눈이 어두웠으니까요."

돈이라는 얘기에 귀가 번쩍 뜨인다. 박영태 실장은 나에게 고백할 때 돈 얘기를 한 적이 없다. 그녀를 바라봤다. 모든 것에 초연한 듯한, 그런 느낌을 주는 얼굴이었다.

"형님이 아프시니까 돈이 많이 들었어요. 치료비도 부족했지만 병원에서 처방해주는 것보다 약이 더 필요했죠. 사장님이 도와주셨는데……. 몰래 약도 많이 구해주고 그러셨거든요. 그런데 그놈의 돈이 뭔지……."

그녀가 자조적인 말을 내뱉는다. 표정도 냉소적이다. 죽은 남편에 대해 덤덤하게 풀어내는 그녀의 이야기가 나에게는 충격이었다. 하지만 내색하지는 않았다.

"사장님이 지원을 많이 해주셨나 봐요?"

"그랬죠. 하지만 남편은 거기에 만족하지 않았어요. 그깟 돈 몇 푼에 그렇게 도와주신 분을 배반해버렸으니까."

"저……, 사모님."

"다 말해야겠어요. 남편은 사장님을 팔았어요. 그 대가로 돈을 받았고요. 죄송합니다. 정말 미안해요."

"팔아요? 팔다니 그게 무슨 소리예요?"

"사장님이 어디 가고 누구를 만나는지, 즐겨 찾는 곳은 어디인지……, 일거수일투족을 죄다 불었어요. 그 협박한 사람에게요."

웬일인지 조규진 전무의 얼굴이 떠올랐다. 레스토랑 화장실에서 만났을 때 싸늘하게 웃던 그의 얼굴. 그는 내게, 괜히 박 실장 꼴 나지 말라고 경고했지. 그가 협박한 사람인 걸까?

"협박한 자가요? 실장님이 협박당하고 계셨다고요?"

"안 그랬으면 저희가 한밤중에 이사를 갔겠어요?"

"……."

"돈을 받을 땐 좋았었죠. 형님 병원비 부담도 덜고 외식할 여유도 생겼으니까. 그때 마침 제가 아파서 일을 잠시 쉬었거든요. 그런데 남편이 거짓말하고, 사장님 정보를 빼돌린 것을 자백하려고 했을 때, 바로 협박이 시작된 거예요."

"누가요? 그게 누구입니까?"

"몰라요. 그이가 말을 안 했으니까."

"그래도 짐작 가는 사람이 있지 않아요?"

"모릅니다. 처음에는 협박하는 쪽지가 왔고, 그다음에는 누군가에게 쫓겼어요. 그것 때문에 남편이 얼마나 불안해했는데요. 사고도 여러 번 날 뻔했어요. 그이가 처음으로 목숨이 위험하다고 느낄 정도였으니까요. 사장님 차에 이상이 있다는 것을 알았을 때, 남편은 더 이상은 안 되겠다고 말했어요. 그이 때문에 사장님까지 피해를 볼 수도 있으니까."

"경찰에 신고하지 그랬어요? 아님 회사에 말하거나."

"어떻게 그래요? 증거가 없는데. 그리고 얘기를 하다 보면 거짓말한 게 다 나오잖아요. 남편이 잘못한 것까지도."

"협박했다는 쪽지, 가지고 계셔요?"

"아뇨. 바로 버렸어요. 불길했으니까요."

"쫓기고, 사고 날 뻔했다고 말씀하셨는데, 혹시 뭔가 보신 거라도 있어요?"

"제가 뭘 알겠어요? 남편은 알고 있었겠지만."

그녀가 씁쓸히 말했다. 개운하지 않다. 박영태 실장은 모든 비밀을 안고 죽어버린 것이다. 그의 자살은 정말 자살이었을까? 의문이 생긴다.

그때 슈퍼 주인의 목소리가 들렸다.

"난 봤어."

"네? 뭐라고요?"

"자네 남편이 전에 사거리에서 사고 날 뻔한 거, 살짝 치고 지나간 그 오토바이 말이야. 그거 난 봤어."

급작스러운 그녀의 말에 소름이 끼쳤다. 박영태 실장의 부인은 아예 혼이 나간 표정이었다.

"언니, 다시 말씀해보세요. 뭘, 대체 뭘 보셨다고요?"

"자네 남편 칠 뻔한 사람을 내가 봤다고. 검은색 오토바이에 검은 헬멧을 쓰고 있었어. 그 사람, 자네 집도 종종 올려다봤는걸."

슈퍼 주인의 말에 그녀가 눈을 하얗게 까뒤집더니 그대로 실신해버렸다. 나도, 슈퍼 주인도 그 바람에 더 놀랐다.

"어머, 얘 순정아!"

우리는 그녀를 급히 방석 위에 눕혔다. 물도 뿌리고 몸도 주물렀지만 좀처럼 정신을 차릴 기미가 보이지 않는다.

"에그, 내가 괜한 말을 했나 보네."

난 슈퍼 주인이 말을 계속하길 바랐다. 그녀의 눈치를 보며, 혹시나 그대로 입을 다물까 봐 걱정이었다.

"아닙니다. 말씀 잘하셨어요. 그때 그 사람, 외모만 기억하나요? 뭐, 또 다른 거 눈에 띄는 거 없었어요?"

"오토바이가 꽤 비싸 보였어. 다 까만데, 발 두는 부분이 은색으로 왜, 스뎅 같은 느낌 있잖아. 그렇게 돼 있더라고. 흔한 건 아니었어."

"브랜드 로고 같은 건 안 보이고요?"

"우리 같은 사람이 그런 걸 뭐 아나. 봐도 모르지."

"오토바이 탄 사람의 얼굴은 봤나요?"

"못 봤지. 헬멧을 쓰고 있었대도."

"사거리와 집 앞에서만 보셨고요?"

"왜? 좀 전에도 비슷한 거 봤는데?"

"조금 전이요?"

"화장실 갔다 올 때 요 앞 주차장에 서 있었어."

"확실해요?"

"그럼. 헬멧도 똑같던걸."

머리카락이 쭈뼛 섰다. 박영태 실장의 자살에 단초를 제공했을지 모르는 누군가가 지금 장례식장에 와 있다니. 이대로 있을 수는 없다. 누군지 확인해봐야 한다. 난 자리를 박차고 일어섰다. 그리고 주차장으로 뛰어갔다. 아직 그가 주차장에 있을까? 그를, 박 실장을 협박한 사람을 만날 수 있을까?

17. 우연히 잡은 기회

난 쉬지 않고 달렸다. 주차장 입구에 다다르자 저 멀리 바이크 한 대가 보인다. 슈퍼 주인이 말한 것처럼 검은색 바이크다. 하단에 번쩍이는 머플러가 보였다. 그녀가 스뎅이라고 말한 부분은 크롬으로 마감된 저 머플러를 말하는 거다. 저 바이크가 맞다. 저 자를 잡아야 한다.

바이크를 탄 사람은 나를 보자마자 시동을 걸었다. 부릉~ 부릉~. 바닥을 울리는 요란한 배기음이 들린다. 난 더 빠르게 달렸다. 숨이 막힐 것 같았지만, 앞으로 고꾸라질 정도로 온 힘을 다해 달렸다. 저 바이크를 놓쳐서는 안 된다. 그러나 그는 마치 약을 올리듯 내가 가까이 다가오기를 기다렸다 떠나버린다. 바로 눈앞에서 말이다.

놓쳤다. 놓쳐버렸다. 하지만 똑똑히 봤다. 그가 타고 있던 것은 아이콘이라는 수입 바이크 브랜드의 최고급 모델이었다. 그것도 올해 초에 출시된. 저 클래식한 디자인은 내가 뉴스에서 본 것이 틀림없다. 고재욱의 유튜브에서도 소개됐던 거다. 그렇다면 구입한 이들이 뻔한 거 아니겠는가. 난 숨을 몰아쉬며《모터 비히클》편집장에게 전화를 걸었다.

"편집장님, 저 유찬입니다."

〔어어, 잘 지냈어?〕

"부탁이 있습니다."

〔뭐야, 다짜고짜. 뭔데? 뭔데 그렇게 급해?〕

"아이콘 최신 모델 언제 출시됐죠?"

〔MTT 말하는 거지? 그거 아마 올해 4월쯤 아닐까?〕

"많이 팔렸습니까?"

〔모르지. 그건 브랜드에 물어봐야 알지. 대체 왜 그러는데?〕

"구매자 리스트, 그거 구할 수 있습니까?"

〔글쎄? 물어는 볼게. 아, 근데 왜 그러는데? 뭔지 알려줘야 할 것 아냐.〕

"나중에요. 죄송합니다. 다시 전화할게요."

〔야, 야, 김유찬! 야, 인마!〕

전화를 끊고 다시 장례식장으로 갔다. 박영태 실장의 부인은 간신히 정신을 차렸는지, 슈퍼 주인의 도움을 받아 물을 마시고 있었다.

"그놈 봤어?"

"아뇨. 그냥 도망가 버리던데요."

"어휴, 잡아서 경찰서에 처넣었어야 했는데. 난 사고 낸 거 사과하러 온 줄 알았지. 그놈이 협박한 줄 누가 알았겠어?"

슈퍼 주인이 제풀에 역정을 냈다. 박영태 실장의 부인은 그런 그녀가 불편한지 이제 그만하라고 말린다. 난 더 듣고 싶은데.

"왜 처음 봤을 때 말씀 안 해주셨어요?"

"모르는 사람한테 내가 얘기를 왜 해? 누구인 줄 알고. 그리고 그놈이 사과하러 온 줄 알았대도."

"또 다른 데서 본 적은 없고요?"

"없지. 다음에 보면 내가 가만 안 놔둘 거야."

그래도 장례식장에 온 성과는 있었다. 박영태 실장이 협박받았다는 것과 그 협박한 이가 아이콘 MTT를 타고 있었다는 것. 이것을 알게 된 게 어디인가. 어쩌면 그의 자살은 자살이 아닐지도 모른다.

자정이 넘어 사택으로 돌아왔다. 주방 테이블에는 눈이 퉁퉁 부은 민가영이 날 기다리고 있었다.

"실장님 장례식장에 다녀온 거죠?"

그녀는 나를 보자마자 울먹거렸다. 울어도, 울어도 슬픔이 멈추지 않는 것 같다.

"자살하셨다면서요. 어떻게 그렇게 허망하게 가셨을까……."

그녀의 옆으로 가서 꼭 안아줬다. 어깨까지 들썩이면서 우는 것을 보니 쉽게 멈출 것 같지 않았다. 오늘 고성국이 한 말과 장례식에서 들은 얘기를 전하고 싶었지만 그럴 상황이 아니었다.

난 그녀의 울음이 멈출 때까지 오랫동안 그녀를 안고 위로했다. 이렇게 해서 뭔가 달라지는 것은 아니겠지만.

***

다음 날, 여름이라 날이 빨리 밝았다. 박영태 실장이 죽어도 우리의 하루는 또 시작되는 것이다. 우리는 해가 뜨는 것을 보고 각자의 방으로 갔다. 1시간이라도 자둬야 했다. 그녀는 출근하기 위해, 난 복잡한 머릿속을 더 잘 정리하기 위해 말이다.

난 잠시 뒤척이다 바로 잠에 빠져들었다. 그리고 단편적인 꿈을 연달아 꿨다. 자세한 꿈 내용은 기억나지 않지만 늪처럼 끈적한 뭔가가 내 몸을 휘감고 있었고, 자는 내내 그 불쾌감에 허우적거리다 보니 늦게 일어났다. 몸이 개운하지 않아 피트니스는 하루 쉬기로 했다. 하지만 병원에는 일찍 출근했다. 고성국을 만나면 내가 모르는 다른 소식을 알 수 있을까 하는 기대감이 있었다.

우리는 만나자마자 구내식당으로 내려갔다. 점심때도 됐지만 병실을 지키는 것 외에는 딱히 할 일이 없는 터라, 배나 채우고 커피나 마시면서 시간을 때우기 위해서다. 오늘 특선 메뉴는 육개장이었다. 어제 육개장을 먹었기에 나는 비빔밥을 주문했다.

"왜 비빔밥을 시켜요? 육개장 먹지. 얼큰하고 좋은데."

"어젯밤에 먹어서요."

"어제? 장례식장 다녀왔어요? 왜?"

"박영태 실장님이 돌아가셨어요."

"전 수행 기사, 그분이요?"

"네."

"이런……. 위너는 왜 그렇게 수행 기사 사고가 많대요? 어디 무서워서 다니겠나."

"그러게요. 안 좋은 일이 많네요."

"이런 거 물어도 되나? 어떻게 돌아가셨대요?"

"자살하셨대요. 약 먹고요."

"헉……. 진짜? 왜? 사장님 때문은 아닐 거 아니야?"

"그 속은 모르죠. 누군지 몰라도 자꾸 사장님 정보를 요구했는데 그거 들어주는 게 힘들었나 봐요."

"돈은 받고?"

"받았으니까 그랬겠죠."

"적당히 좀 하지. 사실 나도 그럴 때마다 가책을 좀 느끼거든. 아, 찝찝해."

"성국 씨도 조심해요. 실장님 막 협박받고 그랬대요."

난 일부러 얘기를 흘린다. 내 입장에서는 도발이었다. 그러면 그의 입에서 무슨 얘기라도 나오지 않을까, 살짝 기대를 해본다.

"협박을? 누가?"

"누구겠어요? 돈 준 사람이죠."

"그게 누군데요?"

"그건 모르죠. 실장님이 말 안 했으니까."

"이거 갑자기 불안해지네. 유찬 씨, 난 자살 같은 거 안 해요. 혹시라도 나 죽으면 철저히 파헤쳐 줘야 돼."

"성국 씨에게 설마 그런 일이 있겠어요?"

"솔직히 말하면 나……, 최 사장님과 전무님 외에도 케미컬론 한연구 이사에게도 파일 보냈어요. 에이 씨, 나도 당하는 거 아니야, 이거?"

고성국은 윗분들 사이에서 많은 다리를 걸치고 있었다. 살기 위한 것이겠지만 그래도 너무했다. 하지만 난 그런 생각을 내색하지 않고 그와 커피를 마신다. 그는 잠시 생각에 잠겨 커피를 홀짝이더니 곧 속내를 털어놓았다.

"왔다 갔다 하면서 나도 맘이 편하지는 않아요. 우리가 용돈 받아봤자 얼마나 받겠어요? 그런데 회사 기밀도 전해줘야 하고 그러니까……."

"기밀이오?"

"기밀이라고 하긴 좀 그런가? 계획이라고 해야 하나? 어쨌든 전무님이 그러더라고요. 내가 전에 운전해봤다고 했잖아요? 그때 회사 내부 조직을 바꾸고 인사도 새로 단행할 거라고 말했어요."

"그런 얘기야, 윗분들이 늘 하시는 거잖아요."

"아니죠. 이젠 사장님 대행이잖아요. 가장 큰 방해물이었던 사장님이 쓰러졌으니 맘대로 하겠죠. 아마 공지에 뜬 것 외에도 변화가 더 있을지 몰라요. 전무님이 자긴 마음먹은 건 다 한다고 그랬거든요."

"직접 성국 씨에게 그런 말을 했어요?"

"차 안에서 통화하는 거 들었죠. 설마 저에게 말했겠어요?"

"다른 얘기는요? 또 없어요? 재밌는데."

"사업별 투자 금액도 조정하고 싶다고 말했는데, 곧 그렇게 되지 않을까요? 경영권도 꽉 쥐고 있는 데다 손영익이 투자한 돈이 1조 넘게 있으니까, 욕심이 나겠죠. 그리고 좋게 말해 조정이지, 그게 유용 아니고 뭐겠어요?"

"어디에 쓴다는데요? 그건 못 들었어요?"

"일단 모건 플랫폼은 아니에요. 거긴 예산을 확 줄일 거라고 하더라고요. 그 돈을 원격 의료에 쓰지 않을까? 소문에 의하면 요즘 전무님 로비도 엄청 한대요."

"로비요?"

"유찬 씨도 윤조 알죠? 그 로비스트 무당. 그 여자가 병원장이며 의료계 고위 공무원들 죄다 끌어들이고 있대요. 최 사장님과 전무님에게 연결해주느라고. 이러다 두 분, 재벌 되겠어."

윤조가 최도원, 조규진 전무와 연결돼 원격 의료 프로젝트를 추진했다는 것은 안다. 하지만 이번에도 얽혀 있는지 몰랐다. 팰리스호텔 비즈니스센터에서 만났을 때 그녀는 이와 관련해 아무 말도 안 했는데. 내 기대가 너무 컸던 것일까? 하긴 나 같은 수행 기사에게 그런 얘기까지 할 필요가 없었겠지. 로비는 그녀의 비즈니스다. 그녀는 자신에게 이득이 되는 일은 뭐든 한다고 했다. 최도원, 조규진 전무와 일하는 것은 그녀에게 너무나 당연한 일이다.

"언제부터 전무님 기사로 가요?"

예의상 물었다. 다음 달이 며칠 남지 않았다.

"곧이죠, 뭐. 아, 진짜 싫다. 케미컬론으로 가야 하나."

고성국이 두 손으로 머리를 쥐어뜯는 시늉을 한다. 그러나 난 이런 정보원도 없다 싶어 그를 붙잡고 싶었다.

"그래도 여기 있어요. 어딜 가나 똑같죠. 우리에게는 연봉 많이 주는 곳이 최고 아니에요? 전무님이 입은 걸지만 사적인 일 시키고 그러진 않잖아요."

"시킨다니까요?"

"그 정도야 약과죠. 조금 더 참아봐요. 전무님 밑에 있다가 정 못 견디면 나중에 그만둬도 늦지 않잖아요."

"그럴까?"

"돈이 최고죠. 위너가 용돈 벌이도 쏠쏠하고요."

고성국이 퇴근한 후, 난 그가 해준 얘기를 잊을까 봐 바로 메모를 했다. 어떻게든 이용할 수 있겠지. 이런 자투리 정보라도 모아야, 내게도 힘이 생길 것이다.

저녁 식사 무렵에는 사장 어머니가 병실에 들렀다. 그녀는 매번 올 때마다, 내가 사장의 병실을 충실히 지키는지 확인하고 있는 것 같다. 방문 시간도 불규칙하고 감시하는 눈초리가 기분 나쁘다. 그러나 최대한 예의를 다해 그녀를 맞았다. 인사도 받지 않고 말 한마디 건네지 않는 냉정한 노부인이었지만 우리 둘 다 사장의 쾌유를 바라는 마음은 같았다.

면회가 끝나는 10시까지 꽉 채워 병실을 지켰다. 오늘도 노부인 외에는 병실을 찾은 사람이 아무도 없었다.

퇴근 후에는 팰리스호텔 로비에 들러 윤조가 맡겨놓은 USB를 찾았다. 그 내용을 당장 확인하고 싶었지만 노트북이 없었기에 할 수 없이 커뮤니케이션룸에 있는 공용 컴퓨터를 이용하기로 했다. 그 컴퓨터는 사택 사람들이 주로 게임할 때 쓰는 거다.

사택으로 돌아와 컴퓨터를 켜고 이어폰을 꽂았다. USB 아이콘을 클릭해 그 안에 든 음성 파일을 들었다. 정이준과 윤조의 목소리가 들렸다. 진지하게 묻는 윤조에 비해 정이준의 목소리는 나른하고 발음이 부정확했다. 마치 약에 취해 있는 것처럼 말이다. 그때도 이런 목소리였던가? 기억이 나지 않는다. 아무리 떠올리려 애써도 그때의 일이 뇌에서 지워진 것 같다. 답답했다.

갑자기 누군가 내 귀에 꽂혀 있던 이어폰 한쪽을 빼냈다. 난 놀라서 뒤를 돌아보았다.

"뭐 듣고 있었어?"

민가영이었다. 그녀인 게 안심이 돼 나도 모르게 작은 한숨을 내쉬었다.

"뭔데 그래?"

"정이준 파일이야."

"뭐? 우와……, 그걸 어떻게 구했어? 어디서?"

윤조 얘기를 하면 그녀가 난리 칠 것 같았다. 그녀는 윤조에 대해 묘한 경계심, 아니 반발심을 갖고 있었다. 얘기를 해도 될까?

"뭔데. 말해봐."

"화 안 낸다고 약속하면."

"쪼잔하게……, 알았어. 화 안 낼게. 말해봐요, 얼른!"

"윤조에게 얻었어요."

"윤조?"

그녀의 얼굴색이 확 변하는 게 보인다. 내게 아무리 중요한 자료라 해도 윤조가 관여되면 그녀는 무조건 싫은 거다. 괜히 솔직히 말을 했나? 민가영의 목소리가 더 날카로워진다.

"윤조가 그걸 갖고 있다는 것을 어떻게 알았는데?"

"예전에 들은 적이 있거든. 사주를 볼 때마다 녹음해둔다는 게 기억이 나서."

난 가능한 한 가장 부드럽고 상냥하게 말했다. 그녀의 심기를 거스르지 않을까 눈치를 보면서.

"흐음……, 그래? 뭐, 잘됐네요. 그런데, 그 여자 연락처는 어떻게 알고?"

"호텔 로비에 메모를 남겼지."

거짓말은 아니다. 윤조의 연락처를 몰라 정말 로비에 내 연락처를 남겼다. 그리고 그녀가 바로 연락을 해올지도 몰랐다.

"내용은 들어봤고? 정이준, 정말 맞아요?"

"모르겠어. 2년밖에 안 된 일인데, 목소리가 하나도 기억 안나. 얼굴은 또렷하게 기억하는데."

그녀의 동정을 살까 싶어 일부러 처연하게 말했다. 그녀는 내가 불쌍한 듯, 긴 손가락으로 내 얼굴을 만진다. 난 그녀의 허리를 끌어 앉았다. 컴퓨터 책상에 앉아 있는 상태에서 서 있는 그녀의 허리를 안기 딱 좋았다. 그녀의 가슴에 얼굴을 묻었다. 민가영의 손가락이 내 머리를 쓰다듬는다.

"올라갈까?"

"지금?"

"해줄 얘기가 너무 많아. 하지만 먼저 안고 싶어."

그녀가 고개를 끄덕였는지는 모르겠다. 하지만 우리는 서로를 부둥켜안고 내 방으로 올라갔다. 계단을 오르고 복도를 지나는 동안 아무도 만나지 않았다. 그 시각, 사택에 있는 사람들은 모두 잠들어 있었다.

**

〔인마, 우리가 너 생각해서 이번 특집 잡은 거 알아?〕

《모터 비히클》편집장이 다짜고짜 전화해서 생색을 낸다. 사장의 병실을 지키고 있던 나는 뜬금없는 그의 말에 한참을 생각했다. 내가 전에 그에게 뭘 부탁했었나?

"이번에도 자동차 직구 플랫폼을 기사로 다루나요?"

〔그건 한 거고. 몰라? 어제 전화한 거 잊었어? 너 때문에 다음 달 기획 바꿔서 바이크 특집하는 거 아냐.〕

난 또 뭐라고. 어제 아이콘 MTT 구매자 리스트를 알려줄 수 있는지 부탁했는데, 편집장은 거기서 아이디어를 얻었나 보다. 어쨌거나 고맙다.

〔거기가 MTT 구매자 리스트 물어본다고 알려줄 업체가 아니잖아. 하지만 인터뷰는 다르지. 인터뷰할 만한 셀럽들 물어보니 줄줄 나오던데? 그거 산 사람, 자기들끼리 동호회도 결성했대.〕

"역시 편집장님이시네요. 제가 눈여겨볼 만한 사람이 있습니까?"

〔있지. 있으니까 연락했지. 문자로 보낼게. 보고 확인해봐.〕

"그렇게 빨리요?"

〔업체에서 좀 전에 받았어. 네가 급해 보이길래 닦달 좀 했다. 고맙지?〕

"편집장님께 늘 감사하죠."

〔그럼 몇 꼭지 써봐. 요새 광고가 안 들어와서 고료는 많이 못 줘.〕

"고맙습니다. 기획안 보내주시면 바로 쓸게요."

〔취재 안 가도 되는 걸로 몇 개 줄게. 메일로 보낸다. 그럼 난 바빠서 이만.〕

전화가 툭 끊어졌다. 무뚝뚝한 것 같으면서도 매번 날 챙겨주는 편집장이 고맙다. 곧 그에게서 문자가 왔다. 첨부 파일을 열어보니 아이콘 MTT 구매자 중 인터뷰가 가능한 인물을 추린 리스트와 기획안이었다. 인터뷰 리스트에는 총 세 명의 이름이 적혀 있었는데 아는 사람은 없었다. 난 기획안을 보며 기사를 어떻게 구성해야 할지 고민한다. 자동차 직구 플랫폼 기획할 때 편집장이 도와준 것을 생각하면 잘 써야 할 텐데.

"흠, 흠……."

헛기침 소리가 들려 고개를 들어보니 이한경 사장의 어머니가 옆에 서 있다. 급히 자리에서 일어났다.

"오셨습니까?"

노부인은 내 인사를 받지도 않고 쌀쌀맞게 병실 안으로 들어간다. 그리고 물끄러미 사장을 내려다본다. 오늘도 사장은 곤히 잠든 듯 누워 있다. 난 그녀의 눈치를 보며 재빨리 자판기로 뛰어가 주스를 한 캔 뽑아왔다. 냉정하고 날 무시하는 그녀이지만, 사장 일을 생각하면 안쓰러워 잘해주고 싶었다.

병실 앞으로 오니 그녀는 여전히 사장을 내려다보고 있다. 오늘따라 사장 곁에 머무는 시간이 길었다. 한숨을 쉬지도 눈물을 흘리지도 않았지만 그 모습이 무척 슬퍼 보인다.

"저……, 음료 드시겠습니까?"

그녀에게 주스를 내밀었다. 그러자 그녀가 시선을 돌리더니 나를 본다. 살짝 경직됐다. 뭐라고 하는 것은 아닐까? 괜히 말을 걸었나? 그녀가 주스를 받아들었다.

"병원을 옮긴다며?"

"네? 그게 무슨……?"

처음 듣는 얘기다. 지금 있는 병원에서 사장을 옮긴다고? 왜?

"몰라? 수행 기사가 그 얘길 못 들었어?"

"사모님, 전 모르는 얘깁니다. 병원을 옮기다니요."

"의사가…… 우리 한경이를 포기했나 봐."

"설마요! 지금은 차도가 없지만 나아질 가능성도 있다고 했습니다."

"그건 우리의 희망 사항이겠지. 일어날 가망이 거의 없대. 눈을 떠도 식물인간이 될 거래."

"아닙니다. 절대 그렇지 않아요. 사모님, 의사가 그런 말 했다고 이대로 포기하는 건 아니시죠? 네?"

"……"

"병원은 어디로 옮긴다고 해요? 그 얘기는 누가 한 겁니까?"

나도 모르게 흥분해 목소리가 높아졌다. 사장님을 다른 병원으로 옮기다니. 좋은 징조가 아니었다. 요양원같이 폐쇄된 곳으로 옮기면……, 난 내 자리를 잃을지도 모른다. 사장의 유쾌한 웃음소리가 생각났다. 그때의 그가 그립다.

"자네는 우리 한경이를 진심으로 걱정해주는군."

노부인의 말에 울컥했다. 내 노고를 알아주는 사람을 만난 것 같아 기쁘면서도 슬프다.

"사장님께서 정말 잘해주셨습니다. 직원들 모두에게요."

"자네…… 이름은 뭔가?"

"김유찬입니다."

"기억해두지. 마지막까지 우리 한경이를 잘 지켜주게."

그녀의 말에 차마 대답을 하지 못했다. 슬펐다. 아니, 암담했다. 사장을 다른 병원으로 옮기는 것은 이미 확정된 일 같았다. 이대로 나와 위너의 관계도 끝인가.

망연자실한 나는 그녀가 병실을 나가는 것을 보고 인사도 제대로 하지 못했다.

그때 병실 밖에서 조규진 전무의 호들갑스러운 목소리가 들려왔다.

"아이고, 오셨습니까?"

정신을 차렸다. 그리고 병실로 나가 그에게 인사를 한다. 하지만 전무는 매번 그랬듯이 나를 거들떠보지도 않는다. 그의 관심은 온통 노부인에게 쏠려 있다. 그녀의 옆에 서서 아양을 떠는 모습이 측은하기까지 하다. 노부인도 그런 그가 마뜩잖았는지 돌연 내게 상냥한 태도를 취했다.

"김유찬 씨, 연이 닿으면 또 봐요."

처음 보는 모습이었다. 사장이 입원했을 때부터 내겐 인사 한 번 건네지 않은 그녀였는데. 그녀가 내게 인사하자 전무의 표정이 심술궂어졌다. 동그란 안경테 너머로 나를 째려보는 게 느껴진다. 그리고 서둘러 호위에 나선다.

"제가 주차장까지 모시겠습니다."

주차장으로 향하는 노부인과 전무의 모습을 물끄러미 바라본다. 허리를 꼿꼿이 편 채 아무 말도 하지 않고 걷는 노부인과 그녀의 옆에서 계속 알랑대는 전무. 아마 그가 돌아오면 구박이 이어지겠지. 병실을 잘 지켰건, 못 지켰건 무조건 내가 못마땅할 테니까. 역시 내 생각대로였다. 주차장에서 돌아온 그는 분을 못 이겨 씩씩대며 나를 윽박질렀다.

"도대체 뭐라고 떠든 거야! 어?"

"저는 음료를 드시라는 말밖에는 하지 않았는데요."

"그런데 반응이 저래? 쓸데없이 헛소리 지껄인 거 아냐?"

"얘기는 제가 아닌 사장님 어머님이 하셨습니다."

"뭐? 뭐라고!"

"사장님이 병원을 옮기신다고요. 의사가 사장님을 포기한 것 같다고도 말씀하셨습니다. 그래서 슬퍼하신 것뿐입니다."

"그게 다야?"

"네, 그것 외에 나눈 얘기는 없습니다."

조규진 전무는 못마땅한 눈초리로 나를 훑어봤다. 그러더니 사장 쪽을 힐끗 보고 바로 병실에서 나가버렸다. 병실에는 또다시 나와 사장만이 남았다.

병실을 지키는 내내, 편집장이 의뢰한 기사를 작성하기 위해서 자료를 모으고 협조 공문도 보내는 등 할 일이 꽤 많았다.

똑- 똑. 휴대폰으로 일을 하고 있는데 노크 소리가 들렸다. 이번에는 이준혁 상무였다.

"수고하십니다."

"상무님 오셨습니까?"

시계를 봤다. 벌써 오후 9시를 훌쩍 넘은 시간이었다.

"별일 없었죠?"

"어머님과 전무님이 다녀가셨습니다."

"그럼 얘기 들었겠네요?"

"사장님은 어느 병원으로 가시는 겁니까?"

"의왕 쪽에 있는 요양원이에요. 의사가 더 이상 손을 쓸 수 없다고 하니까, 아무래도 그곳으로 옮기는 게 더 낫겠죠."

"회사는……?"

"이사진의 결정이 나야 알겠지만, 아마 지금처럼 전무 대행 체제로 운영하게 될 겁니다."

"그래도 되는 겁니까?"

"왜요? 그러면 안 될 이유라도 있어요?"

난 망설였다. 고성국에게 들은 얘기를 상무에게 전해줘야 하나, 말아야 하나 판단이 서질 않는다. 괜히 가볍게 입을 놀려 분란을 일으키기도 싫다. 그러나…… 가만히 있을 수만은 없지 않은가. 전무가 회사 경영을 맡으면 내 입지는 없다. 좁아지는 게 아니라 아예 없을 것이다.

"전무님 동향이 요즘 심상치 않습니다."

어렵게 입을 뗐다. 난 이준혁 상무에게 전무가 경영권을 쥐게 되면 사업별 투자금을 조정할 생각이라는 것과 자동차 직구 플랫폼 예산을 줄일지 모른다는 얘기를 전했다. 그리고 평소 고성국이 최도원과 전무를 오가며 몰래 사장의 정보를 전달했다는 것도 말했다. 박영태 실장 또한 누군가에게 사장의 정보를 넘기다가 협박을 받았다는 것까지도.

그가 심각한 얼굴로 물었다.

"누구에게 들은 얘기입니까?"

"그게……"

"얘기해보세요. 비밀은 지킬게요."

"고성국 씨입니다."

"헬시코어에서 온 사장님 수행 기사 말이죠?"

그렇다고 대답했다. 괜한 말을 꺼내 고성국에게 문제가 생길까 걱정하면서 말이다.

"알았습니다. 염두에 둘게요. 그리고 유찬 씨, 혹시라도 그런 얘기를 또 듣게 되면 무조건 녹음해두세요."

"녹음이오? 제가요?"

"증거 자료를 남기는 겁니다. 저도, 그리고 유찬 씨도 준비를 해
둬야지요. 아니길 바라지만, 유찬 씨 얘기를 들으니 전무님이 다
른 꿍꿍이가 있는 것 같아요. 회사를 지켜야 하지 않겠습니까?"

그의 한쪽 눈썹이 살짝 올라갔다. 점잖게 말했지만 단단히 화
가 난 것 같다. 그의 말이 옳다. 전무가 나를 내쫓기 전에 나도 방
어할 뭔가를 준비해둬야 한다.

"지금은 내가 유찬 씨를 새 회사로 불러들일 여력이 없고 힘도
없어요. 전무님에게 반격할 힘을 모을 때까지 위너에서 조금만
더 버텨주세요. 그럴 수 있죠?"

당연히 그럴 수 있다. 조금 더 버텨서 이준혁 상무의 밑으로 들
어갈 수 있다면 무엇을 더 바라겠는가.

어느새, 오후 10시가 넘어 이준혁 상무와 함께 병원에서 나왔다.

"술이나 한잔하고 가죠. 기분도 그런데."

"전 괜찮습니다."

"마시고 가요. 자주 보기도 힘들잖아요."

그의 권유로 우리는 병원 근처의 작은 펍에 들어갔다. 테이블
이 여섯 개도 안 되는 작은 펍이었다.

우리는 야외 테이블에서 맥주를 시켜 마셨다.

"새로운 회사는 잘되고 있습니까?"

"솔직히 생각보다 힘들어요. 자동차에 대해서 잘 모르니까 모
건과 가끔 의견 충돌도 있고요. 그럴 때 유찬 씨가 도와주면 좋을

텐데."

"제가 어떻게요······."

"자동차 쪽 인맥이 좋잖아요. 투자금은 우리가 유치했는데 모건 쪽 목소리가 높아 머리가 아파요. 빨리 안정돼야 파이낸스도 설립하는데."

"파이낸스요? 얼핏 듣긴 했는데 진짜 금융까지 끌어들이는 겁니까?"

"자동차 판매에는 필수라면서요. 그게 있어야 수익도 높아지니까 당연히 만들어야겠죠. 투자금이 더 필요한데 전무님은 자꾸 모건에만 힘을 실어주시네요."

그 역시 나처럼, 새로운 회사에서 입지가 좋은 편은 아닌 것 같다. 명목상은 사장이지만 투자금을 좌우하는 것은 위너니까. 약자인 우리는 서로 힘내자며 건배를 했다. 웃고 있었지만 맥주 맛은 씁쓸했다.

술자리는 금방 끝났다. 대리 기사를 부른 그는 사택까지 데려다주겠다고 했지만 난 거절했다. 집까지 걸으며 머릿속을 정리하고 싶었기 때문이다. 역삼동에서 판교 사택까지 가는 길은 멀었다. 하늘에서는 별이 쏟아질 듯 날씨가 청명했지만 내 마음속에는 폭풍이 일고 있었다.

***

이한경 사장이 쓰러진 지 벌써 두 달이 지났다. 그는 병원을 옮겼고 사장의 병실을 지키던 우리의 업무도 중단됐다. 인트라넷에 공지했던 것처럼 오지선 실장은 조규진 전무의 밑으로 들어갔고, 고성국은 그의 수행 기사가 됐으며, 민가영은 경영지원팀으로 발령받았다. 하지만 난 아직도 대기 발령 상태였다.

달라진 게 있다면 오후 4시가 아닌, 일반 사원들과 마찬가지로 정시 출근해서 정시에 퇴근한다는 것이다. 하는 일은 아무것도 없었다. 텅 빈 비서실에 나만 혼자 앉아 있다. 점점 무기력해져 간다. 전무는 예상했던 대로 회사 경영권을 장악했다. 이사 회의를 소집하기도 전에 말이다.

며칠 후, 출근을 해보니 비서실에 있던 집기들이 모두 빠지고 없었다. 그 넓은 공간에 내 책상만 덜렁 놓여 있었다. 컴퓨터도 없고 전화도 없었다. 회사에서는 내가 스스로 나가주기를 바라는 것 같았다. 그러나 코너에 몰리면 몰릴수록 난 더 오기가 생긴다. 내가 순순히 나갈 거라 생각하면 오산이다. 앉아서 가만히 당하고 있을 수만은 없다. 이를 악물었다. 그리고 기회는 생각보다 빨리 왔다.

***

"음……, 좀 이상해."

"뭐가?"

"내가 비서실에 있을 때 모은 정보랑은 뭔가 좀 달라."

오늘도 민가영과 나는 사택 근처의 바에서 술을 한잔하고 있었다. 최근 경영지원팀으로 자리를 옮긴 그녀는 외관상 좌천일지는 몰라도 정보를 모으는 입장에서는 사실상 천국으로 들어간 격이었다. 인사 업무를 맡게 된 터라 업무를 빌미로 모든 직원의 정보를 들여다볼 수 있었다.

"알잖아요, 예전에 사장님 지시로 전무님과 상무님에 대해 조사하고 그랬단 말이야. 근데, 아……, 뭐라 그럴까. 누가 인사 정보에 손을 댄 것 같아. 아님 일부가 유실됐던지."

"그게 무슨 소리야?"

"상무님이 팀 꾸려서 나갔잖아. 그런데 아직 직원들 자료가 모건 플랫폼으로 넘어가지 않았어요. 그걸 정리해서 넘기려는데, 이상하게 상무님 최근 자료가 없는 거야. 내가 예전에 말했었죠? 상무님 회사 그만두고 나가서 다른 일 하다 들어오시고 그랬던 게 여러 번이라고."

왠지 이유를 알 것 같았다. 무슨 이유인지는 모르지만 유치장을 몇 번 들락거린 이준혁 상무는 자신에게 불리한 자료를 그대로 두지 않았을 거다. 아마 경영지원팀에 있을 때 미리 없애지 않았을까? 하지만 내 추측을 그녀에게 말하지 않았다. 상무와 내가 유치장에 함께 있었던 사실은 다른 이에게는 비밀이다. 물론 이에 대해 그와 얘기한 바는 없다. 우리는 암묵적으로 서로의 핸디캡을 지켜주는 것뿐이다.

"모건과 합병 전에 먼저 들고 가셨나 보죠."

"말도 안 돼. 원래 이전 자료는 다 남기는데?"

"아니면 처음 입사 자료 있으니까 다시 안 받은 걸 수도 있죠.

중복되니까."

"아닌데? 그러면 중간 이력을 확인할 수 없잖아요?"

"그런데 그런 거 봐도 돼요? 불법 아닌가?"

"그냥 뭐……, 한번 뒤져봤어요. 지금 합법, 불법이 중요한가? 나도 이판사판인데. 그러면 안 되는 건 알지만, 상무님이 진짜 사장님 형인지 궁금하기도 하고."

그녀가 어깨를 으쓱했다. 사사로이 개인 정보 조회를 하면 안 된다는 것을 알면서도 차마 호기심을 억누르지 못한 거다.

"예전에 모은 정보와는 뭐가 다른데요?"

"사장님 형이란 거, 상무님의 일방적 주장이라는 얘기가 있었거든요. 이런 말 하기가 좀 그렇긴 한데, 배다른 형제라는 설이 있어요."

"아니, 그걸 사장님께 말씀드렸다고요?"

"네, 당연하죠. 모은 정보잖아요."

"사장님은 뭐라고 하셨는데? 기분 나빠하진 않고요?"

"아무 말씀 안 하시던데요? 그냥 제 페이퍼만 받고 끝이었어요. 별다른 피드백도 없어요."

"다른 건요?"

"교도소에 들어갔다 나왔다는 설도 있고 조폭 연루설도 있어요. 물론 다 설이지만요."

"설이라서…… 인사 정보에 없었나 보죠."

"다른 사람 비고란에는 별별 게 다 적혀 있는데요? 유찬 씨 것도 봤어요. 자동차 전문잡지 기자 출신, 마약 복용 기소유예, 이런 거 다요. 그건 내가 조사한 거와 똑같던데?"

"조사요? 나를?"

"내가 유찬 씨 처음 만났을 때, 2년 전 사건을 어떻게 알았겠어요? 그 조사, 사장님 지시였다고요."

할 말이 없었다. 내 전과를 그녀가 알고 있다는 것이 창피하다. 그런 내 감정도 신경 쓰지 않고 무신경하게 말하는 그녀가 미웠다. 무엇보다 회사에 화가 났다. 일개 회사에서 직원들에 대해 조사를 하고 그걸 품평해 비고란에 적어놓는다니. 이건 분명히 합법적인 일은 아닐 거다. 개인정보 보호법이라는 게 엄연히 있는데, 기분이 나쁘다. 이를 지시했다는 사장도 달리 보인다.

"내 것도 있었어요. 고아에, 사장님 후원받고 낙하산으로 입사한 거. 말을 안 해서 그렇지, 그동안 경영지원팀 사람들은 모두 내 사정을 알았다는 것 아니에요?"

"그건 모두 볼 수 있는 겁니까?"

"아뇨. 코드가 필요해서 아무나 못 보는 거죠. 난 쉽게 풀고 들어갔지만. 참, 전무님 정보도 굉장히 부풀려진 거 알아요? 개국공신이라는 칭찬이 회사 내 자자했는데, 다 허풍이었어."

그녀가 킥킥대며 웃었다. 자기 딴에는 재밌는 것을 발견했다고 생각하나 보다. 그러나 내 기분은 여전히 좋지 않다.

"그 전설은 전무님이 만들어낸 거 같아. 자료 보면 예전에 사고친 게 꽤 돼요. 그거 무마하느라 큰돈도 들어갔고요."

"그럼 왜 그런 소문이?"

"뭐라도 내세울 게 없으니 그렇게라도 소문을 낸 거겠죠. 그래도 창립 멤버인데 뭔가 굵직한 거 맡고 싶고 부하 직원들에게 신뢰를 얻고 싶으니까."

"결국 희망을 이루셨네."

"그런 셈이죠. 이제는 사장 대행이니까. 지금 총무 담당자가 난리예요. 손영익이 투자한 금액을 두고 어쩔 줄 모르는 것 같아."

"헬스케어 플랫폼에 지원금을 늘릴 거라, 이 말이죠?"

"어? 아시네? 지금 그거 개편하느라고 머리 아플걸요? 원격의료에 대한 미련도 아직 못 버린 것 같고."

"확실해요?"

"이거 비밀이에요. 이사들 몰래 추진하는 거라. 아……, 나중에 손 대표가 자금 뺀다고 하는 거 아닌가 몰라."

"이 사실을 오 실장님도 알고 계시겠네요?"

"오 실장님? 치……."

오지선 실장 얘기가 나오자 민가영이 입술을 또 삐죽댔다. 불만이 가득 찬 표정이었다.

"솔직히 오 실장님에 대해 실망이야. 전무에게 완전 붙어버렸어."

비서실은 그동안 사장의 싱크탱크와 같은 존재였다. 정보를 모으고 전략을 짜내 사장이 직원들을 직접 지휘하는 데 무리가 없게 하는 역할을 맡아왔다. 그 중심에 오지선 실장이 있었다. 그녀는 머리가 아주 좋았고 셈도 빨랐다. 그래서 사장이 필요한 모든 정보를 다이제스트식으로 정리해 그에게 주입해왔다. 밤을 새워서라도 말이다. 그 덕에 사장은 멀티풀한 인간으로 유명세를 떨쳤다. 이제는 그 명성을 조규진 전무가 차지하게 된 것이다.

"실장님, 역시 똑똑하시네."

"너무 똑똑해서 문제지. 의리도 없이. 난 요즘 오 실장님한테 인사도 안 해요. 꼴도 보기 싫다니까."

그녀가 성질이 나는지 맥주를 단숨에 원샷 한다. 그리고 종업원을 향해 손을 들어 보였다.

"저 여기, 똑같은 걸로 두 잔 더요."

우리는 이런저런 얘기를 나누며 자정이 될 때까지 술을 마셨다. 난 술을 마시면서도 그녀가 했던 얘기를 머릿속으로 다시 정리해본다. 그녀가 말해준 얘기는 전무의 동향을 알 수 있는 좋은 정보였다. 그러나 이준혁 상무의 입장에서 볼 때는 위급 상황이다. 세워놓은 예산에 못 미치는 금액이 투자된다면 분명히 회사 경영이 버거울 것이다. 그러잖아도 모건에 밀리고 있는 판인데. 그에게 빨리 정보를 전해주고 싶었다.

"아, 오늘도 집에 들어가기 싫다."

민가영이 기지개를 켜며 나를 슬쩍 본다. 하지만 나는 그녀와 한가하게 사랑을 나눌 상황이 아니었다. 머릿속이 복잡하다. 기분도 좋지 않다.

"미안. 집에 그냥 들어가요. 내가 오늘 컨디션이 안 좋아서."

"왜? 내가 유찬 씨 정보 뒤져봐서 기분 나빴어요?"

그녀가 금방 샐쭉해진다. 난 내 마음을 들킨 것 같아 수습에 나선다.

"아니, 진짜 몸이 안 좋아. 감기 기운이 있나 봐. 진짜 미안. 대신 이번 주말에 제대로 데이트해요."

난 다정스럽게 그녀를 끌어당겨 이마에 입을 맞췄다. 머리에도 하고 뺨에도 하고 입술에도 한다. 내 마음을 이렇게라도 표현하고 싶었다. 그녀를 사랑한다는 걸. 하지만 지금은 힘들다.

"알았어, 뭐. 몸이 안 좋으면 할 수 없지."

바에서 나온 우리는 느긋하게 동네 한 바퀴를 돌고 사택으로 돌아왔다. 헤어지는 것은 아쉬웠지만 빨리 방에 가서 머릿속을 정리하고 싶었다. 민가영의 말만으로는 조규진 전무가 하려는 일을 100퍼센트 확신할 수 없다. 그가 투자금을 유용하려는 증거를 어떻게 하면 잡을 수 있을까? 이것을 빌미로 내가 위너에서 살아남을 수 있을까?

***

오늘도 비서실에서 무료한 시간을 죽이고 있다. 《모터 비히클》에서 의뢰한 원고를 넘기고도 시간이 무한정 남는다. 심심하다. 그저 휴대폰으로 인터넷을 검색하고 있을 뿐이다.

똑 똑. 노크 소리가 들렸다. 그리고 내가 반응을 보이기도 전에 문이 열리더니 고성국이 들어왔다.

"아, 진짜 못 해먹겠네."

그의 얼굴이 붉으락푸르락하다. 다짜고짜 짜증부터 내는 그의 반응에, 또 뭔 일이 터졌구나 싶었다.

"무슨 일 있었어요? 일단 여기 앉으세요."

난 내가 앉아 있던 의자를 가리켰다. 얼마 전 비서실에 있는 집기를 모두 빼버려서 지금 이 방에는 책상 하나, 의자 하나만이 덜렁 있을 뿐이다. 그가 앉을 자리가 없었다. 정수기라도 있으면 진정하라고 물이라도 줬을 텐데, 그것마저 없다.

고성국은 내가 권하는 대로 의자에 앉았다. 난 창턱에 걸터앉았다.

"미치겠는 거 있죠? 아주 사람 피를 말려요. 원래 위너가 이런 회산가?"

"아니, 왜 그러는데?"

"자율근무제 좋다, 이거야. 우리 근무 시간이 유동적인 거 모르는 사람이 어디 있어요. 그런데 자신의 일정을 수시로 바꾸면서 이동하는 거에 맞춰 내 근무 시간을 정하겠대요. 대기 시간은 아예 안 쳐주겠다는 거 아니에요? 이게 말이 돼요?"

고성국은 분노로 씩씩거렸다. 운전할 때만 근무 시간으로 인정하는 건 부당하다는 얘기다. 나도 말이 안 된다고 생각했다. 우리 기사 업무는 반 이상이 대기다. 그런데 그것을 업무에서 제외하면 근무한 시간은 8시간인데 24시간, 온종일 일할 수도 있다는 얘기다.

'또 그런 얘기를 듣게 되면 무조건 녹음해두세요.'

상무의 말이 떠올랐다. 그래, 이건 내게 기회가 될지도 모른다. 난 문자를 확인하는 척하며 조심스럽게 휴대폰을 비행기 모드로 설정했다. 그리고 녹음 버튼을 눌렀다. 긴장해서 손이 살짝 떨렸다.

"너무하네요. 그래서 뭐라고 했는데?"

"뭐라고 하긴. 찍소리 못하고 가만히 있었지. 전무님, 그 인간이 말대답하는 거 못 참잖아요. 아이 씨, 더러워서 관두든지 해야지."

"요즘 전무님 많이 바쁘세요?"

"말도 마요. 엄청 바쁜데, 실제 차로 이동하는 건 얼마 안 돼서, 전무님식으로 계산하면 저 하루 4시간도 일하지 않을걸요?"

"주로 회사 근처나 강남만 왔다 갔다 하시는구나?"

"만나봤자 최도원 사장이에요. 요즘 둘이 의견이 짝짝 맞아서 아주 신났거든."

귀가 솔깃해진다. 녹음하길 잘했다는 생각이 들었다.

"케미컬론이 헬시코어에 눈독 들이고 있다고 얘기했잖아요? 최 사장이 조 전무와 손잡고 위너에 붙으려고 해요. 아예 독립하겠다, 이거죠."

"헬시코어는 돈이 없잖아요?"

"위너가 있잖아요?"

"위너가 헬시코어를 산다는 말이에요?"

"뭐, 얘기가 그런 방향으로 흐르고는 있어요. 확실치는 않지만. 그런데 케미컬론이 그냥 놔주겠어요? 거액 요구하겠지."

"우리 회사에 그럴 돈이 있을까요?"

"손영익이 투자한 돈 있잖아요?"

"그래 봤자 헬스케어 쪽으로는 몇천억일 텐데? 기술 개발비만 해도 꽤 들어가지 않을까요?"

"에이, 1조 더 있잖아요?"

"그건 자동차 직구 플랫폼으로 투자받은 돈이잖아요? 게다가 상무님이 법인도 새로 냈고."

"같은 회사인데 뭐 어때요? 사장 맘이지. 어떻게든 유용할 거예요. 그 돈, 아마 대부분 케미컬론으로 갈 걸요?"

"상무님은 어쩌고요?"

"전무님이 신경이나 쓰겠어요? 다른 법인이라고 선 긋겠지?"

"이사회 결정이 난 거예요?"

"그걸 언제까지 기다려요? 자주 열리지도 않는데. 일단 진행하고 나중에 보고하겠다, 이런 생각인 거겠죠. 이사회도 이해하지 않을까요?"

고성국 몰래 휴대폰을 확인했다. 녹음은 잘되고 있었다.

"난 위너랑은 안 맞나 봐."

"왜요? 성국 씨 잘하고 있잖아요?"

"아니요. 여기 처음 왔을 때부터 일정이 꼬였잖아요? 조짐이 안 좋다 했어."

처음 듣는 얘기였다. 그가 헬시코어 일을 제대로 끝내지 못했다고 해서 내가 일정까지 바꿔주지 않았던가? 그런데 일정이 꼬였다니?

"그때 일정을 바꾸자고 했던 것은 사실 헬시코어 때문이 아니에요. 저녁때 최 사장님과 전무님을 손영익 대표와 자연스럽게 합석시킬 계획이었거든요."

"그런데 손 대표님의 전체 일정 수행을 내가 담당하게 된 거군요."

"그것 때문에 전무님이 엄청 성질냈어요. 근무 일정 바꾼 건 자기가 시킨 건데 내가 무슨 죄라고."

"전무님이 아닌 상무님 프로젝트가 투자 결정돼서 화 많이 내셨겠네요."

"장난 아니었죠. 성질이…… 어휴, 그나마 일부 투자받은 게 어디에요? 난 그렇게 생각하는데, 사람 욕심이 아주 끝이 없더라고요."

그가 한숨을 내쉰다. 그때 그의 휴대폰 문자가 울렸다.

"아, 또 야!"

"전무님이에요?"

"네에. 대기 시간도 근무로 안 쳐주면서 쉬는 꼴은 또 못 봐요. 유찬 씨, 다음에 우리 술이라도 마셔요. 내가 할 말이 아주 많답니다."

"좋죠. 연락 주세요."

고성국이 비서실에서 나간 후에 녹음 버튼을 다시 눌렀다. 그리고 녹음이 잘 됐나 확인해본다. 고성국의 성난 목소리가 아주 생생하게 잘 들린다. 됐다. 이걸로 조규진 전무의 속셈을 밝힐 단초를 마련했다.

그를 궁지로 몰아넣을 비기는 아직 부족하지만 다행히 난 시간이 많다. 조금씩, 조금씩, 그를 옥죄어갈 자료를 모을 것이다. 전무를 후회하게 만들 거다. 그날은 머지않았다.

18. 블루 블러드

처음으로 휴가를 냈다. 회사에서는 할 일이 없지만 그렇다고 시간과 행동이 자유롭지도 않은 터라, 휴가를 내고 편집장이 시킨 바이크 특집 인터뷰를 하러 간다. 사실 이 인터뷰는 내가 할 일은 아니었다.

'유찬아, 미안한데 네가 급하게 인터뷰 하나를 해줘야겠다. 아이 씨, 막내 그 썩을 놈이 오늘 회사를 관둬버렸어.'

편집장이 투덜대는 목소리가 아직까지 들리는 것 같다. 잡지 마감이 코앞이라 마땅한 적임자를 구하지 못한 그가 할 수 없이 내게 도움을 청한 것이다. 나도 거절하지 않았다. 어차피 사무실에서 인터넷 검색하며 시간을 보내느니 인터뷰를 하는 게 더 나았다. 그리고 내가 직접 인터뷰를 하게 되면 아이콘 MTT를 타는 사람에 관해 물어볼 수도 있을 거다.

인터뷰이는 맥슬란 대표였다. 난 지하철과 버스를 타고 그의 회사가 있는 영동대교 부근으로 향했다. 맥슬란 본사는 유명 패션 브랜드답게 건물부터 세련된 이미지였다. 건물 전체가 하얀색이라 회색 빌딩 사이에서 단연 눈에 띈다.

1층 로비에 가니 《모터 비히클》의 포토그래퍼가 나를 기다리고 있었다. 2년 반 만에 보는 반가운 얼굴이었다.

"유찬 씨! 오랜만이에요. 잘 지내죠?"

"실장님도 잘 지내셨죠?"

고작 2년이 조금 지났을 뿐인데, 수염을 자르지 않아서일까, 그의 모습이 조금 까칠해 보인다. 그의 눈에 나도, 예전보다 훨씬 나이 들어 보이겠지.

"편집장님께 촬영 콘셉트는 들었죠?"

"한강을 배경으로 촬영하는 거요? 그런데 달리는 거 찍지 않아도 되나?"

"당연히 찍어야죠. 선루프 열고 올라가서 찍을 거예요. 그때 유찬 씨가 운전해줬으면 하는데."

"그럴게요. 어차피 오늘 휴가라 저 시간 많아요."

우리는 촬영에 대해 대충 의견을 나눈 후 안내 데스크로 가서 방문을 알렸다. 조금 기다리니 비서실에서 보낸 사람이 내려왔다. 전에 몇 번 마주친 수행 기사 김용호였다.

"아니, 김유찬 씨 아닙니까? 여긴 웬일이세요?"

"대표님 인터뷰하러 왔습니다."

"인터뷰? 유찬 씨가?"

"아, 오늘은 아르바이트예요. 원래 이쪽 일을 조금 했거든요."

"오호……, 기자 출신이었어요? 몰랐네?"

"대표님께는 말씀하지 말아 주세요."

"당연히 그래야죠. 어쨌든 올라갑시다. 대표님 기다리시니까. 성격이 아주 급하시거든요."

김용호는 우리를 건물 중앙에 있는 엘리베이터로 안내했다. 건물 내부 전체를 조망할 수 있게, 강화 유리에 금색 프레임을 둘러 제작한 투명한 엘리베이터이다. 엘리베이터에 타자 그가 목에 걸고 있는 카드를 인식 패드에 갖다 댄다. 그러자 층수를 누르지도 않았는데 엘리베이터가 움직이기 시작했다.

"대표님 전용이에요. 이걸 탈 수 있는 사람이 회사에서도 몇 안 되죠."

"영광이네요."

"덕분에 저도요. 위너 사장님은…… 어때요? 많이 나아지셨어요?"

난 고개를 흔들었다. 사장 얘기가 나오면 우울해진다.

"그래서 한가하신 거군요. 힘내세요. 또 다른 직장 구하면 되죠."

그가 작게 한숨을 내쉬었다. 할 일이 없어 아르바이트를 하는 내 현실에 깊이 공감하는 듯했다.

"다 왔습니다. 내리시죠."

김용호의 안내에 따라 우리는 8층에서 내렸다. 맥슬란의 건물 내·외부는 모두 하얀색이었는데 특히 8층 복도는 병적일 만큼

하였다.

"병실 같죠?"

"촬영하기는 좋겠는데요?"

복도를 조금 걸어가니 대표 집무실이 보인다. 김용호는 절도 있게 노크를 세 번 한 다음, 10초쯤 기다렸다. 집무실 문을 열었다. 문을 열자마자 눈에 들어온 것은 와인색 슈트를 입은 맥슬란 대표였다. 벽과 책장, 책상까지 온통 하얀색으로 꾸민 집무실에 와인색 슈트를 입은 그의 모습은 매우 도드라졌다.

"안녕하세요, 《모터 비히클》의 김유찬입니다. 여기는 포토 실장님이시고요."

예의 바르게 인사를 했다. 현재 《모터 비히클》에 다니는 것은 아니지만, 인터뷰 목적으로 방문한 것이라 일부러 소속을 잡지사 명으로 댔다. 대표는 과한 친절로 우리를 맞이했다. 하지만 진심이라고 생각되지 않았다. 입만 웃고 있었기 때문이다.

인터뷰는 일사천리로 진행됐다. 맥슬란 대표에게 질문할 내용을 미리 보낸 덕이다. 그는 내 질문에 조리 있게 대답했고 자기 동호회 홍보도 잊지 않았다. 그러나 내가 묻는 동호회 사람들에 대해서는 답변을 피했다.

"우리가 프라이빗하게 운영하다 보니까, 동호회 회원을 공개하기는 좀 그렇네. 대신 이런 건 어때요? 우리 회사에서 바이크족을 위한 패션을 준비해봤는데, 임 부장!"

역시, 그가 인터뷰를 허락한 이유는 따로 있었다. 패션 브랜드 대표답게 자기네 회사 신상품을 공개하고 싶었던 것이다. 그의 말이 떨어지기 무섭게 옆방에서 한 무리의 여자들이 행거를 밀고 들어왔다. 예쁘고 세련되게 꾸민 그녀들은 마치 연예인 스타일리스트 같았다.

"남자라고 스타일리시하지 말라는 법 없잖아요? 상황에 맞게 옷을 준비해봤어요. 한강에 나가서 찍기 전에, 여기서도 몇 벌 입고 촬영했으면 하는데, 제 생각 괜찮죠?"

예상하지 못한 일이었다. 대표가 직접 모델이 돼 바이크 패션 화보를 찍겠다니. 이건 인터뷰다. 패션 화보가 아니다. 고작해야 1~2페이지짜리 인터뷰에 불과할 텐데.

포토그래퍼와 시선이 마주쳤다. 그가 고개를 살짝 흔들었다. 아니라는 얘기다. 아무리 많이 촬영해 가도 시간과 에너지 낭비일 뿐, 편집장과 미리 상의하지 않는 컷은 사용하지 않을 게 뻔했다. 하지만 거절했다가는 분위기를 망칠까 걱정이 된다.

"저, 대표님. 저희가 페이지가 한정되어 있습니다. 일단은 촬영하는데, 못 실어도 나중에 섭섭해하지는 마세요."

"이해하죠. 그래도 가능한 한 넣어주실 거죠? 김 기자님만 믿어요."

그가 웃으며 옆방으로 옷을 갈아입으러 들어간다. 아까 인터뷰할 때와는 다른, 진짜 웃음이었다. 난처해진 건 나와 포토그래퍼뿐이었다.

"실장님, 죄송해요. 촬영 부탁드릴게요."

"어쩔 수 없죠, 뭐. 나중에 잡지에 안 나왔다고 화내고 그러는 건 아닐까?"

"이따 다시 잘 말해볼게요. 그리고 찍은 사진 몇 컷을 대표님 드려도 괜찮을까요?"

"그건 상관없어요. 마감 끝나고 B컷으로 추려 보내드릴게요."

우리는 대표가 옷을 갈아입는 사이, 촬영할 만한 배경을 찾았다. 집무실 내부가 온통 흰색이라 촬영하기에 나쁘지는 않았다. 그런데 그의 책상 뒤에 있는 낮은 탁자에서 눈에 띄는 뭔가가 보였다. 파란 쇼핑백이었다. 사장의 집에서 본 그것 말이다. 여기서 또 저것을 볼 줄이야……. 맥슬란 대표도 블루 블러드 회원인 걸까?

옆방에서 옷을 갈아입은 대표가 나왔다. 블랙과 블루 컬러가 어우러진 옷을 입은 그는 헬멧을 옆에 끼고 있었다. 옷에 섞인 블루도 쇼핑백의 컬러와 같았다. 설마…… 에이, 아니겠지.

"책상 위에 살짝 걸터앉아 보시겠습니까?"

대표는 포토의 지시에 따라 책상 위에 걸터앉는다. 포즈는 그럴듯했다. 그러나 모델이 아니어서 그런지 표정이 딱딱하다. 난 분위기를 부드럽게 만들기 위해 옆에서 대표에게 말을 시킨다.

"아이콘 MTT 동호회는 로고가 따로 있습니까?"

"당연하죠. 아, 이겁니다."

포즈를 취하던 그는 책상 위에 있던 키링 하나를 집어 보여준다. 아이콘 MTT 글자를 활용해 만든 로고에 실버와 블랙 그리고 블루 컬러로 구성된 키링이었다. 이것의 블루도 쇼핑백과 색이 같았다. 심장이 빠르게 뛰기 시작했다. 수수께끼가 풀리는 느낌이 든다. 블루 블러드다. 그는 블루 블러드 회원이 확실하다. 거기에 너무 몰두한 나머지, 난 무심결에 말을 흘렸다.

"대표님도 블루 블러드 회원이신가 봐요?"

내 말을 들은 순간, 그의 얼굴에 묘한 미소가 어렸다. 그리고 알 듯 말 듯 한 표정으로 나를 본다. 마치 내 속을 꿰뚫어 보기라도 하겠다는 듯, 눈에는 의심이 가득했다.

"그걸…… 아세요? 김 기자님이?"

"알죠. 그래서 대표님이 키링과 옷에 이 블루 컬러를 쓴 거 아닙니까?"

난 태연하게 대답했다. 그러나 내 속은 두 근 반, 세 근 반 방망이질을 친다. 머릿속에는 윤조가 해줬던 얘기들이 한데 뒤섞여 엉켜 있었다. 어떻게 알았냐고 물어보면 뭐라고 대답하지? 윤조가 해준 얘길 해도 될까? 아, 아니야……. 그건 안 돼. 결정을 못 하겠다. 혼란스럽다. 어쩌지? 나를 가만히 보고 있던 그가 씩 웃는다.

"역시 기자시네요. 그거 클럽 내부 기밀인 줄 알았는데. 사실 MTT 동호회 사람들 모두 블루 블러드 회원이에요."

아, 역시 그랬어. 아이콘 MTT를 타고 검은 옷을 입은 그 남자도 블루 블러드 회원이었다는 말이네. 그렇다면 사장과도 무관하지 않을 테고 어쩌면 윤조가 아는 사람일지도 몰라. 나도 맥슬란 대표를 향해 웃어 보였다. 다행히 그가 내 말을 쉽게 믿는 것 같다. 그제야 마음이 놓인다.

"그래서 옷에도 이 컬러를 사용하신 거군요? 키링을 촬영해도 될까요?"

"아니요. 그건 안 됩니다. 그리고 아, 내가 지금 말한 거 모르는 척해주세요. 우리 회원들은 외부에 알려지는 걸 달가워하지 않거든요. 혹시 다른 기자들도…… 압니까?"

"대부분 모를 겁니다."

"김 기자님도 이 얘기는 기사에 안 쓰면 좋겠는데."

"걱정하지 마십시오. 명심할게요."

맥슬란 대표는 그 후로도 옷을 몇 벌 더 갈아입고 촬영을 했다. 촬영은 순조로웠다. 그러나 그가 원하는 대로 들어주다 보니 실내 촬영 시간만 3시간이 넘어갔다. 한강에 나가 촬영해야 하는데.

"저, 대표님, 해 떨어지기 전에 한강에 나가 라이딩하는 장면도 촬영했으면 하는데요?"

"벌써 시간이 그렇게 됐나? 좋아요. 여기서 끊고 나갑시다. 어디에서 만나면 되죠?"

대표와는 잠수교 남단에서 만나기로 하고 나와 포토그래퍼는 집무실에서 나왔다. 대표 전용 엘리베이터를 이용하기 위해서는 인식 카드가 꼭 필요했기에 김용호도 우리의 뒤를 따른다. 그는 직접 아이콘 MTT를 타고 잠수교 앞으로 올 예정이었다.

엘리베이터에 오르자 김용호가 한숨 돌렸다는 듯 말을 건다. 인터뷰하고 촬영할 때는 내내 침묵하던 그였다.

"아, 한고비는 넘겼네. 신경질 낼까 봐 조마조마했어요."

"대표님이 예민하신가 봐요?"

"보통 까탈스러운 게 아니죠. 모든 대표가 그렇겠지만. 그런데 유찬 씨, 아까 말한 블루 블러드가 뭐예요?"

"아……, 대표님 지인 모임인가 봐요."

"그 파란 쇼핑백이 그 모임 거예요?"

"아마도요?"

난 말끝을 일부러 흐린다. 자세한 것을 말할 수가 없었다. 블루 블러드 클럽 회원들이 외부로 알려지는 걸 꺼린다는 맥슬란 대표의 말을 상기했기 때문이다.

"어쩐지 짭짤하더라니."

"용호 씨도 쇼핑백 심부름해 봤어요?"

"여러 번 했죠. 지금도 언제 그 심부름시키나 기다리고 있는걸요. 그런데 요즘 너무 뜸하지 않아요?"

"언제가 마지막 심부름이었어요?"

"한…… 두 달 넘었죠?"

두 달 전이면 이한경 사장이 쓰러진 시기와 겹친다. 왜 하필 그때부터 블루 블러드의 활동이 중단된 걸까? 사장이 약물 중독으로 쓰러져 몸을 사리는 건가? 아무래도 찜찜하다. 블루 블러드는 내 주변에서 일어난 모든 수상한 일들과 연관이 있는 것 같다.

"혹시 전에 쇼핑백 안, 확인해보셨어요?"

"에이, 그런 걸 왜 해요? 우리 같은 사람들은 팁이나 두둑이 받고 눈 감으면 땡이지. 안에 든 걸 알아서 뭐 하게요?"

맞는 말이다. 판도라의 상자는 함부로 여는 게 아니다. 하지만 난 이미 열고 말았다. 그러니 더욱 궁금해질 수밖에.

"용호 씨는 주로 어디 다니셨어요?"

"호텔이죠. 팰리스도 많이 가고 콩코드도 몇 번 갔고. 아, 얼마 전에 크리에이팅이랑 글램도 몇 번 갔다."

"글램? 거기는 잡지사잖아요?"

"우리 대표도 글램 대표와 친해요. 아무래도 같은 패션계니까. 소문에 의하면 거기 홍 대표가 업계 모임의 대모 격이라던데? 블루 블러드는 업계 모임 아니죠?"

궁금한 것이 많았지만 김용호와 대화를 오래 할 수 없었다. 엘리베이터는 금방 1층에 도착했다. 우리는 잠수교에서 만나기로 하고 헤어졌다.

차를 타고 이동하는 동안 포토그래퍼의 노트북으로 촬영한 컷을 확인하는데, 시선이 자꾸 파란색에 쏠린다. 티파니 블루보다 조금 더 진한 파란색. 스스로를 귀족 계층이라 여기며 은밀한 일을 자행하는 클럽의 회원들. 그들이 사장에게 위험한 약물을 전달한 거겠지.

그런데 이상한 건, 그들이 박영태 실장을 위협했다는 거다. 그리고 그는, 그들에게 떠밀려 자살을 했을 거다. 왜 그런 걸까? 박영태 실장이 위협을 당할 만한 일이 무엇이었을까? 궁금하다. 그가 내게 말하지 않은 것과 그들이 숨기고 싶어 하는 것. 블루 블러드의 존재를 알게 된 이상, 파헤치고 싶다는 욕구가 저 밑 깊은 곳에서 밀려온다. 그리고 나도 저들의 힘을 이용하고 싶다는 욕망이 들었다. 그 힘을 이용하면 전무와 대적할 수 있을 텐데.

포토그래퍼의 차는 곧 한강에 도착했다. 잠수교 남단에는 이미 아이콘 MTT를 타고 온 맥슬란의 대표가 기다리고 있었다. 그 모습은, 며칠 전 박영태 실장의 장례식장에서 본 남자와 흡사했다. 소름이 끼친다. 동일 인물이 절대 아니라고 나 자신을 다독였다. 정신 차려, 김유찬! 검은 옷을 입고 검은 헬멧을 쓰고 검은 바이크를 탄 남자의 모습은 모두 비슷해 보이잖아. 그런 거야, 같은 사람이 아니라고.

"유찬 씨, 진행하죠."

포토그래퍼의 말에 간신히 정신을 차렸다. 우리는 서둘러 그가 아이콘 MTT를 타고 한강을 달리는 장면을 찍었다. 포토그래퍼는 선루프와 창문 밖으로 몸을 내밀고 달리는 차 안에서 아슬아슬하게 촬영을 한다. 난 그가 균형을 잃을세라 눈치껏 운전을 했다. 빠르게, 때로는 느리게.

사진은 기대했던 것보다 잘 나왔다. 나와 포토그래퍼 그리고 맥슬란 대표까지도 아주 만족스러운 촬영이었다.

"김 기자님, 잡지 나오면 보내주실 거죠?"

"그럼요. 사진도 보내드릴게요."

"어휴, 좋죠. 벽에 걸어놓게 크게 뽑아서 주시면 더 좋겠는데."

맥슬란 대표의 뻔뻔스러운 주문에 포토그래퍼가 웃는다. 어이가 없다는 반응을 애써 웃음으로 무마한 것이다.

"그럼 대표님, 다음에 또 뵙겠습니다."

"나중에 기회 되면 봐요. 참, 나 궁금한 게 있는데?"

"네에?"

"블루 블러드 얘기, 누구한테 들었다고 했죠? 아무리 생각해도 이상해서 말이야. 우리는 외부로 그런 얘기 내보내지 않거든. 사람들이 대충 짐작은 해도 우리 클럽 정식 명칭을 아는 외부인은 없는데. 그거 대체 누가 말해준 거예요?"

갑자기 목덜미가 쭈뼛해졌다. 뭐라고 대답을 해야 할까? 누구한테 들었다고 말을 해야 하지? 난 이 상황을 어떻게 무마해야 할지 감이 오지 않았다.

"저도 대표님께 말씀 못 드리죠. 비밀은 지켜야 하니까."

난 아무렇지 않은 듯 태연하게 대답했다. 하지만 내 심장박동은 점점 빨라지고 있다. 계속 날 몰아붙이면 어떻게 하지? 뻔뻔해지자. 이럴 때일수록 뻔뻔해야 한다.

"저, 믿을 만하죠? 오늘 대표님이 말씀하신 것도 절대 발설하지 않을 겁니다."

의뭉스러운 내 말에, 날 노려보고 있던 맥슬란 대표가 피식 웃었다.

"재밌는 분이시네. 알았어요. 오늘 한 얘긴, 안 한 걸로 하죠, 뭐."

운이 좋았다. 위기를 무사히 넘겼다. 하지만 난 긴장의 끈을 놓지 않았다.

"제가 무슨 얘길 들었습니까?"

"됐어요. 책 나오거든 여러 권 보내주기나 하세요. 사진도 많이 보내주시고요."

"알겠습니다. 제 능력껏 준비할게요. 대표님, 또 연락드리겠습니다."

우리는 웃으며 헤어졌다. 맥슬란 대표는 아이콘 MTT를 타고 내 눈앞에서 재빨리 사라져버린다. 한숨을 돌렸다. 그리고 포토그래퍼를 도와 해가 지기 전에 서둘러 짐을 챙겼다.

"사진을 너무 찍어서 어떻게 골라야 할지 모르겠네. 메인 컷은 유찬 씨가 정해줄 거죠?"

"웹하드에 스크린샷 올려주시면 체크해서 문자 드릴게요."

포토그래퍼와 헤어지고 사택으로 향한다. 허기가 져 꼬르륵거리는 소리가 들렸지만, 편의점에 들를 여유는 없었다. 민가영을 빨리 만나고 싶었다. 오늘 맥슬란 대표에게 들은 얘기와 윤조에게 들은 얘기를 조합해 그녀에게 블루 블러드에 대해 들려주고 싶었다. 그리고 그녀에게 도움을 구해야지. 블루 블러드라는 단서를 주면 그녀가 뭐든 알아내지 않을까? 그녀의 능력을 믿고 싶었다.

난 발길을 서둘렀다. 퇴근 시간과 겹쳐 버스 안이 북적거린다. 집까지 도착하는 데는 1시간이 조금 넘게 걸렸다. 주린 배를 잡고 집으로 들어갔지만, 집안의 불은 모두 꺼져 있었다. 아무도 없는 것이다. 민가영에게 바로 문자를 넣었다.

'어디?'

'사무실. 오늘 야근.'

'왜?'

'몰라. 갑자기 일이 쏟아지네.'

'무슨 일?'

답이 없었다. 몇 분을 더 기다려봤지만 그녀에게 문자가 오지 않는다. 라면 두 개를 끓여 먹었다. 다 먹고 설거지를 한 뒤에도 사택으로 돌아오는 사람은 아무도 없었다. 나만 빼고 모두 회사 일에 매달려 있나 보다. 그렇게 생각하니 갑자기 울적해진다.

냉장고에서 맥주를 꺼내 내 방으로 올라갔다. 맥주를 마시며 휴대폰으로 오늘 진행한 인터뷰를 정리했다. 그러고도 시간이 남아 원고를 쓴다. 맥슬란 대표 인터뷰를 쓰다 보니 그가 했던 말이 자꾸 귓가에 맴돌았다.

'아이콘 MTT 동호회 사람들 모두 블루 블러드 회원이에요.'

생각보다 범인을 찾기 쉬울 것 같다. 블루 블러드라는 모임이나 아이콘 MTT 동호회 회원은 모두 베일에 가려져 있지만, 박영태 실장을 위협한 자는 두 군데 다 속해 있는 사람이다. 누굴까? 윤조에게 물어보면 알 수 있을까? 그녀의 주변에 아이콘 MTT를 타는 사람의 이름을 물어보면 어떨까? 그럼 그녀도 의심하지 않고 말해줄 수 있지 않을까? 회사에서 벌어진 사고와 그 이면의 진실에 점점 더 가까이 다가서고 있는 것 같다. 그게 무엇이든 파헤쳐봐야지. 그렇게 이런저런 생각을 하다 까무룩 잠이 들었다.

"유찬 씨, 어휴, 유찬 씨, 일어나 봐요."

누군가 나를 흔들어 깨운다. 잠결에 나를 부르는 목소리가 들린다. 민가영인가?

"일어나 보래도요. 벌써 잠이 들면 어떡해?"

계속 깨우는 통에 간신히 눈을 뜬다. 천장 조명에 눈이 부시다. 그리고 곧 나를 내려다보고 있는 민가영의 얼굴이 눈에 들어왔다. 그 순간, 잠이 깨면서 난 침대에서 몸을 일으켰다.

"내 방은 어떻게……?"

"비밀번호야 진즉에 알아뒀지."

그녀가 의기양양하게 웃어 보인다. 그 바람에 나도 웃음이 나왔다. 그녀는 어느새 내 방 도어록 비밀번호까지 외워두고 있었던 것이다. 참 제멋대로인 여자다. 그게 매력이긴 하지만.

"어쩐지 물건이 자꾸 없어지더라니."

웃으며 그녀를 침대 위로 잡아당겼다. 그녀의 몸이 살포시 내 몸에 포개진다.

"왜 이렇게 늦었어요?"

"아, 몰라. 갑자기 증원을 한다잖아?"

"증원? 어느 부서의 증원?"

"그런 것도 확실하지 않아요. 일단 증원하게 되면 발생할 비용이라든가, 회사 내부 공간 활용 등에 대해 정리하고 얘기하고, 뭐 그랬지. 대체 전무님은 무슨 꿍꿍인지……."

조규진 전무가 증원 계획을 갖고 있구나. 새로운 정보다. 이준혁 상무의 법인 회사로 가야 할 투자금의 일부를, 새로운 조직으로 만들어 유용하려는 조짐이 확실히 보인다. 고성국의 얘기가 틀리지 않았던 거다. 빨리 수를 써야겠다. 고성국에게는 미안하지만, 내 휴대폰에는 그와 대화한 내용이 녹음돼 있다.

"유찬 씨는? 자기는 오늘 뭐 했어? 온종일 집에 있었어?"

"인터뷰 갔다 왔지."

"인터뷰? 다른 회사 면접 봐요?"

"아니, 그 인터뷰 말고.《모터 비히클》에서 일을 줬어."

"아항, 누구 만나고 왔는데?"

"맥슬란 대표."

"그 여자 같은 분?"

"가영 씨도 알아?"

"몇 번 봤지. 사장님과 꽤 친한걸. 그런데 그 대표를 왜요?"

"이번 특집 주제가 바이크거든. 맥슬란 대표가 MTT라는 바이크를 타고 다녀서 인터뷰한 거예요."

"진짜 안 어울린다. 오토바이 그런 거는 우락부락한 마초들이 타는 거 아닌가?"

"할리와는 이미지가 좀 다르지. MTT는 클래식하면서도 좀 더 젊고 트렌디하달까?"

"오토바이 따위에 이미지도 있어?"

"그럼 있지. 그런데 나, 맥슬란 사무실 갔다가 재밌는 거 봤어요."

"재밌는 거?"

내 품에 안겨 있던 그녀가 몸을 발딱 일으켰다. 눈빛이 초롱초롱 빛난다.

"그게 뭔데?"

"거기서 파란 쇼핑백을 봤어요."

"쇼핑백? 그게 뭐?"

그녀가 무슨 말인지 이해하지 못하겠다는 듯 되묻는다. 박영태 실장의 집에서 봤던 일은 잊은 거다. 그 순간, 아차 싶었다. 난

그녀에게 파란 쇼핑백을 사장의 집에서도 봤다는 얘길 하지 않았
다. 윤조에 대해 캐물을까 봐, 그날의 일은 상무와 비밀에 부치기
로 약속했기에, 차마 말하지 못했던 것이다. 할 수 없이 난 말을
둘러댄다. 이러다 말실수라도 할까 조심하면서 말이다.

"가끔 사장님 심부름을 했어요. 파란 쇼핑백을 건네주고 받는."

"그게 뭐? 똑같은 쇼핑백을 본 게 뭐가 신기한 건데?"

민가영에게 내가 알고 있는 블루 블러드 얘기를 들려줬다. 처
음에는 코웃음을 치고 듣고 있던 그녀가 박영태 실장과 그를 협
박한 사람이 타고 있던 아이콘 MTT에 대해 알려주자 얼굴이 점
점 심각해진다.

"그거 진짜예요?"

"내가 왜 거짓말을 하겠어요."

"그 블루 블러드라는 데에서 사장님에게 약물 제공한 건 유찬
씨가 어떻게 아는데?"

그녀가 날카롭게 반응한다. 그녀는 사장과 관련된 모든 얘기에
다 민감했다.

"내가 전달했으니까."

"……."

"전달할 때마다 거액의 팁을 받았어요. 하지만 그때는 그게 그
런 용도의 쇼핑백인지 몰랐어요."

"그럼…… 유찬 씨는 거기 약물이 들어 있다는 것은 어떻게 안
건데요?"

그녀의 목소리가 가늘게 떨린다. 이러다 또 울지도 모르겠다.

"사장님이 쓰러지셨을 때 쇼핑백이 테이블 위에 있었어요. 그때는 그게 뭔지 몰라서 그냥 치웠는데……."

"경찰에는? 경찰에는 말했어요?"

"아니요."

"……박 실장님 장례식장에서 본 오토바이가, 그 MTT라는 거 확실해요?"

"확실해요. 이래 봬도 자동차 전문지 기자 출신이에요. 부품만 봐도 어느 브랜드, 어느 제품인지 맞힐 수 있어요."

"그럼…… 사장님 사고가, 사고가 아니라는 거네."

"아니, 그건 아니에요. 사장님은 분명 사고예요."

"우리 사장님에게 약물을 억지로 주입하고 약물 중독으로 위장했을 수도 있잖아요?"

"전에도 쓰러지셨잖아요. 그때 과로라고 했는데, 그것도 어쩌면 약물이었을지 몰라요."

"유찬 씨가 병원에 직접 확인해본 건 아니잖아요?"

"가영 씨……."

"이상하잖아요. 블루 블러드 소속이라는 사장님은 쓰러지셨고, 박 실장님은 그 조직에 협박을 받다 죽었어요. 딱 봐도 뭔가 있지 않아요?"

"사장님은 사고일 거예요. 우리가 집중해야 하는 건 박 실장님을 왜 협박했냐는 겁니다. 그들이 뭘 바랐는지 알아내자는 거예요."

"그건 당연히 조사해볼 거고요, 아무리 생각해도 그 블루 블러드라는 조직, 우리 사장님을 일부러 해한 게 틀림없어."

민가영이 씩씩거렸다. 내가 아무리 사장님의 일은 사고라고 해도 듣지 않는다.

"블루 블러드라는 거, 내가 조사해볼 거예요. 여기저기 파다 보면 뭔가 나오겠지."

그녀가 비장하게 말했다. 난 흥분 상태인 그녀를 다시 내 품으로 끌어당겼다. 그녀의 작은 몸이 내 몸에 딱 맞게 안긴다.

"그래, 뭔가 나오겠지. 그건 나중에 얘기하고 지금은……"

그녀의 매끄러운 피부를 쓰다듬으며 입을 맞췄다. 그녀의 관심을 다른 곳으로 돌리고 싶었다. 지나친 흥분은 좋지 않다. 등 뒤의 지퍼에 손을 가져다 댔다. 그러나 그녀는 다시 몸을 일으켰다.

"유찬 씨, 미안. 나 지금 도저히 자기와 할 때가 아니야."

"그건 내일 생각하고……"

"아냐, 아냐. 머릿속을 정리하고 전에 노트북에 정리해놨던 것도 찾아봐야겠어. 내 방에 가야겠다. 유찬 씨, 잘 자요."

민가영이 후다닥 내 방에서 나간다. 그 뒷모습을 보고 있는 난 허탈해진다. 그녀를 안고 함께 있고 싶었는데. 아쉽다. 그녀를 안으려 했던 두 손이 허전하다. 난 내 손을 들어 자세히 들여다본다. 요즘은 모든 게 다 그렇다. 손에 잡힐 듯 말 듯, 닿았다가 바로 사라져버린다. 민가영도…… 내 미래도…….

***

오늘도 변함없이 일찍 출근했다. 책상 하나만 덜렁 놓인 비서실에 앉아 어젯밤 쓰다만 인터뷰 원고를 작성한다. 그때 갑자기 쾅~ 하면서 문 열리는 소리가 크게 들렸다. 깜짝 놀라 고개를 들어보니 고성국이었다.

"아, 더러워서 못해 먹겠네."

비서실에 들어온 그는 다짜고짜 화부터 냈다. 급작스러운 상황에 난 당황했다.

"왜 그래요? 무슨 일 있었어요?"

"아니, 전무 그 인간이, 지가 늦게 나와 놓고 약속에 늦는다고 지랄하잖아요! 차 막히는 게 내 탓인가? 내 탓이냐고!"

"중요한 약속이었나 보죠. 좀 진정하세요."

"내가 진정하게 됐어요? 중요한 약속이면 자기가 서둘렀어야 하는 거 아닌가? 40분을 늦게 내려왔다고요. 40분을! 얘기한 시간보다!"

"많이 늦긴 늦으셨네."

"그리고 유찬 씨가 몰라서 그러는데, 그 인간, 일정 통보도 제대로 안 해줘요. 수시로 바뀌면서. 난 오늘 누굴 만나는지도 몰랐다니까. 그런데 중요한 약속인 걸 내가 어떻게 알아?"

"참아요. 우리 일이라는 게……."

"한두 번이 아니라 못 참겠대도! 반말로 지껄이는 것도 재수 없어 죽겠는데 뭐라고 씨불이는지."

"내려가서 커피나 한잔할까요?"

"됐어요. 나, 지금 이 순간 부로 워너 관둘 거예요."

"이렇게 나가면 다른 회사는 어떻게 가려고요?"

"케미컬론으로 가면 되죠. 나, 오라는 데 많아요."

"그래도 성국 씨……."

"아, 나 진짜 맘 정했어요. 이제 끝이예요 끝! 유찬 씨한테 마지막 인사하러 온 거라고요."

"성국 씨……."

"유찬 씨도 여기 있지 말고 다른 데 가요. 보니까 능력도 좋던데, 여기서 왜 전무에게 당하고 살아요?"

"……."

"유찬 씨 대기 발령인 거, 그거 전무가 주장해서 그렇게 된 거 알아요? 다른 사람들이 주변에서 얼마나 반대했는데. 어쩌다 미운털이 박혀서…. 당장 그만둬요. 그 인간 밑에서는 가능성이 아예 없어."

나도 안다. 하지만 어쩔 수 없다. 저렇게 화를 낼 수 있는 고성국이 부러웠다. 그는 여길 그만둬도 갈 곳이 있지만 난 그렇지 않으니까. 그와 난 상황이 다르다.

"고마워요, 생각해줘서."

"여기 계속 있을 거면 절대 당하고 있지 마요. 그 인간, 꼬투리 잡을 거 많아요."

"알았어요. 화 푸시고 나중에 만나서 술이나 한잔해요."

나는 그를 다독여 돌려보내려고 했다. 그러나 고성국은 정말 그 자리에서 위너를 그만둬 버렸다. 일정이 아직 남아 있는 비서실에는 비상이 걸렸다. 내 휴대폰이 바삐 울린다. 오지선 실장이었다.

"김유찬 씨? 저 오지선이에요. 오늘 오후부터 일정 뺄 수 있어요?"

잠시 뒤 전무실 앞에서 오지선 실장을 만났다.

똑─ 똑─. 내 옆에 있던 그녀가 노크를 했다. 안에서는 아무런 반응이 없다. 그녀는 기다리지 않고 문을 열었다.

"뭐야?"

우리가 전무실로 들어서기도 전에 날카로운 조규진 전무의 목소리가 들려온다. 그는 창가 옆 데스크에 발을 올리고 앉아 있었다.

"김유찬 씨와 함께 왔습니다."

오지선 실장이 태연하게, 그리고 당당하게 말한다. 그녀는 전무 앞에서 주눅 하나 들지 않고 몸을 꼿꼿이 유지하고 있다. 그녀를 노려보던 전무가 나에게로 시선을 돌린다. 나를 보는 그의 시선은 여전히 삐딱했다. 내가 그의 수행 기사를 해야 한다는 사실이 무척 못마땅한 것이다.

"사람이 그렇게 없어?"

"급작스러운 일이니까요. 고성국 씨가 그만둔 지 1시간도 지나지 않았습니다. 대행업체에도 수행 기사 알아볼 시간을 줘야 할 것 아닙니까?"

"어휴, 쌍! 도대체 회사가 마음대로 굴러가지를 않네. 왜들 이러는 거야? 이렇게 삐걱대서야 어떻게 일을 하겠어? 오 실장은 오늘 내로 다른 사람 알아봐. 그리고 김유찬 씨……, 오늘만이야.

내가 봐주는 건. 빨리 나가 차나 대기시켜."

나도 하기 싫다. 그의 수행 기사 같은 건. 하지만 이 일을 피할 생각은 없다. 곁에서 그가 어떻게 일을 하는지 지켜보고 싶었다. 그렇게 꼬투리라도 하나 잡아야겠다는 심정이다. 이 모욕의 대가는 언젠가 치르겠지.

난 일부러 더 정중하게 인사를 하고 전무실에서 나왔다. 함께 나온 오지선 실장의 얼굴도 살짝 붉어진 상태다.

"항상 저래요?"

"전에는 저렇게까진 안 그랬는데, 회사에 제어할 사람이 없으니까 아주 자기 멋대로인 거죠. 나도 다른 회사를 알아보든지 해야지, 원."

"왜 그러세요. 실장님이 버텨주셔야죠."

"사장님이 일어나실 때까지 버텨보려고 했는데, 못 견디겠어요, 화가 나서……. 미안해요, 유찬 씨."

"실장님이 왜요, 전 괜찮습니다."

그녀는 내게 인사를 하고 전무실 바로 옆에 있는 비서실로 들어갔다. 전무실은 사장실과는 달리 비서실과 연결되어 있지 않은 구조 같았다.

엘리베이터를 타고 지하 주차장으로 내려갔다. 스마트키를 누르니 벤츠 S클래스가 헤드라이트를 밝히며 응답을 한다. 사장이 부재중인 지금은 전무가 이 차를 이용하고 있는 것이다. 물론 차를 놀리는 것보다는 낫다. 하지만 기분이 좋지 않았다. 사장이 이룩해놓은 모든 것을 전무가 야금야금 갉아먹는 기분이 든다.

오랜만에 운전석에 앉아 시동을 걸었다. 부드러운 엔진음이 느껴진다. 이게 얼마 만인지……. 하지만 감상에 젖어 있을 새는 없었다. 정문 앞으로 가서 차를 대기시키고 전무가 나오길 기다렸다. 곧 회전문이 열리며 그의 모습이 보인다. 그의 뒤를 오지선 실장과 또 다른 여자 비서가 따르고 있다. 그 모습은 꼭 시녀를 거느린 제왕과도 같았다.

난 재빨리 일어나 그가 차에 쉽게 탈 수 있도록 뒷좌석의 문을 열었다. 끔찍이도 하기 싫었지만, 그가 왕 노릇을 하고 있다면 거기에 맞춰야 하지 않겠는가. 굴욕감은 잠시다. 조규진 전무는 차에 타면서 나를 힐끗 쳐다봤다.

"휴-."

길게 내쉬는 그의 한숨 소리가 들린다. 이 사람, 싫다. 정말 싫다. 내가 뭘 하든 그는 나를 얕잡아보고 깔아뭉개겠지. 하지만 난 태연히 문을 닫았다. 그리고 웃는 얼굴로 운전석에 오른다. 억지로 지은 미소에, 입가에는 경련이 일 지경이었다.

"어디로 모실까요?"

"케미컬론. 역삼동이야. 20분 내로 갈 수 있겠지?"

말도 안 된다. 여기서 케미컬론까지는 빨리 가도 40분 거리다. 그런데 20분 내 도착하라고? 진짜 그걸 원하는 거야? 좋아, 원한다면.

"노력해보겠습니다."

액셀러레이터를 깊숙이 밟았다. 그리고 전속력으로 달리기 시작했다. 제한속도를 무시하고 차선도 수시로 바꿨다. 도로가 막

히면 골목길을 이용했다. 그가 원하는 대로 케미컬론까지 20분 안에 끊어야 한다는 생각뿐이었다. 찰칵-. 뒷자리에 앉은 그가 안전벨트를 매는 소리가 들린다. 난 더 속도를 냈다. 그리고 정확히 23분 후, 우리는 케미컬론 앞에 도착했다. 운전석에서 내린 나는 뒷좌석의 문을 열었다. 얼굴이 백지장처럼 하얘진 전무가 차에서 내린다. 멀미라도 날 듯한 표정이었다.

"역시 대리 기사 출신답군. 운전이 거칠어."

그는 이 한마디만 내뱉고 케미컬론 건물 안으로 들어갔다. 난 경비요원이 알려주는 대로 지하 주차장에 주차를 한다. 그리고 잠시 차에 앉아 전무에 대한 분노를 삭였다. 20분을 조금 넘겨 도착했지만 그가 원하는 시간에 최대한 맞췄는데 돌아오는 건 저 비아냥거림이라니. 고성국이 그만둔 이유를 알고도 남을 것 같다. 그래도 흥분하지 말자. 약점을 잡혀서도 안 된다. 그는 어떻게 해서라도 내게 시비를 걸어 회사에서 내쫓으려 할 것이다.

그렇게 마음을 다독이고 있는데, 저 멀리 구형 제네시스가 들어오는 게 보인다. 제네시스는 내 맞은편에 주차를 했다. 그리고 그 차에서 최도원이 내렸다. 케미컬론에 전무와 최도원이 함께 모이다니. 민가영과 고성국이 했던 말 대로, 조규진 전무는 이곳에 헬시코어의 인수를 합의하러 온 것일까? 궁금했다. 하지만 내가 끼어들 수는 없는 일이다. 자꾸 초조해진다. 이 불길함을 떨쳐 버리기 위해 민가영에게 문자를 넣었다.

'지금 전무님 따라 케미켈론에 왔어.'

답이 없다. 바쁜가 보다. 할 수 없이 휴대폰으로 뉴스를 보며 시간을 때운다. 하지만 글자가 눈에 들어오지 않는다. 내 신경은 온통 전무와 최도원이 무슨 꿍꿍이를 가지고 있는지에 대해 쏠려 있다. 전무를 기다린 지 2시간이 넘어가자 오지선 실장에게 문자가 왔다.

'정문 앞으로 나오세요.'

그녀가 전무의 얘기를 전하고 있다. 전무는 내게 연락조차 하기 싫은 거다. 그럴수록 난 더 깍듯하게 그를 대해야겠지. 재빨리 에어컨을 세게 틀고 탈취제를 뿌렸다. 그리고 차를 가지고 지상으로 올라가 정문 앞에 대기시켰다.

몇 분 후, 건물 앞 자동문이 열리더니 전무와 최도원이 모습을 드러냈다. 난 정중한 자세로 차의 뒷좌석 문을 열고 전무가 빨리 올라타기를 바랐다. 나를 보는 최도원의 시선이 느껴져 껄끄럽다. 그런 나를 전무가 힐끗 바라본다.

"아……, 최 사장님, 근처에 가서 차나 한잔하고 가실까요?"

"장소 말씀해주시면 제가 따라가겠습니다."

"아니요. 이 차를 타고 가시지요. 다시 바래다 드리겠습니다."

전무는 대체 무슨 생각을 한 건지 최도원을 차에 태웠다. 난 두 사람이 차에 타는 것을 기다렸다 문을 닫는다. 그리고 운전석에 올랐다. 괜히 긴장이 돼서 손바닥에 땀이 차오른다.

"비욘드호텔."

전무가 차갑고 딱딱하게, 목적지를 내뱉듯 말한다. 난 그의 말이 떨어지기 무섭게 시동을 걸었다. 뒤에서 의아해하는 최도원의 목소리가 들렸다.

"고성국 씨는요?"

"그만뒀습니다. 위너와는 맞지 않는 사람이었어요."

"그럼, 새로운 기사가……."

"임시입니다. 개똥도 쓸데가 있다더니…… 이렇게라도 쓰니다행이네요. 곧 제 발로 나가겠지만. 아, 맞다. 최 사장님과 동창이라면서요?"

관자놀이 부근이 쭈뼛거린다. 저 말은 내가 들으라고 하는 얘기겠지. 핸들을 잡고 있는 손에 힘이 들어간다. 전무는 일부러 내게 약을 올리려 최도원을 차에 태운 것일까?

"같은 학교를 나왔지만 그렇다고 다 동창일까요?"

"허, 그렇죠. 동창이라고 다 친구도 아니지요. 하지만 요즘 것들은 분수를 몰라서……. 가끔 같은 급으로 착각하는 것들도 있습니다. 같은 양복 입는다고 다 같은 레벨은 아니지 않습니까?"

그 말이 끝나자마자 전무의 껄껄거리는 끔찍한 웃음소리가 들려왔다. 룸미러로 뒷좌석을 살폈다. 최도원은 웃지 않고 있다. 입꼬리를 살짝 위로 올리고 있을 뿐이다. 그 모습이 기괴했다. 녀석의 모습에, 내 기분은 더 불쾌해진다. 비욘드호텔은 케미컬론에서 가까웠다. 굴욕적인 시간이 짧아 다행이었다.

차가 멈추자 도어맨이 뒷좌석의 문을 열었다. 최도원이 내리려는 순간, 전무가 내게 버럭 화를 냈다.

"이쪽 문도 열어야 할 것 아니야! 눈치 없어?"

"죄송합니다."

난 운전석에서 내려 왼쪽 뒷좌석의 문을 열었다. 가능한 한 얼굴에 미소를 가득 띤 채 말이다. 전무는 몹시 못마땅한 얼굴로 차에서 내렸다. 그리고 일부러 목청을 높여 주변 사람들 들으라는 듯 내게 지시를 한다.

"곧 나올 거니까 주차장 가지 말고 여기서 대기해."

이렇게 으름장을 놓은 그는 최도원과 함께 호텔 안으로 들어간다. 호텔 정문 앞의 야트막한 계단을 오르며 최도원이 나를 뒤돌아본다. 녀석의 얼굴에는 비웃음이 서려 있었다.

"왜 저런대요?"

도어맨이 다가와 내게 나직하게 묻는다. 난 그에게 힘없이 웃어 보이며 사정을 했다.

"그러게요. 죄송하지만 잠시 차를 여기 정차해도 되겠습니까?"

"정문 앞이라 오래는 안 되는데."

"부탁드립니다. 보다시피 전무님이 워낙 까다로워서."

"에이, 알았어요. 큰소리만 안 나게 주의해주세요."

도어맨에게 거듭 감사의 인사를 표했다. 그리고 그들을 기다리는 동안 난 초조해서 죽을 맛이었다. 휴대폰을 껐다, 켰다 하는 동작을 반복하고 시계만 본다. 30분이 지나자 전무와 최도원이 호텔에서 나왔다. 업무가 바쁜 터라 커피를 마시며 호텔에서 오래 지체할 시간이 없었나 보다.

난 그들을 다시 차에 태우고 케미컬론으로 갔다. 차 안에서 전무의 빈정거림은 계속됐지만 나는 꾹 참고 운전을 했다. 그리고 케미컬론 지하 주차장에 최도원을 내려준다.

"뭐해? 최 사장님 문 열어드려야지!"

"아, 아니, 됐습니다. 동창한테 그런 걸 어떻게 시키겠어요?"

내가 안전벨트를 풀기도 전에 최도원이 차에서 내렸다. 그리고 전무에게 인사를 하더니 내게 의미심장한 미소를 짓는다.

"김유찬, 다음에 또 보자. 볼 수 있다면 말이야."

녀석의 말에 전무가 또 큰소리로 웃었다. 껄껄대는 그 소리가 끔찍하게 듣기 싫다.

"회사로 가시는 겁니까?"

"그럼 내가 어디로 가겠어?"

"빨리 들어가셔야죠? 아까처럼 20분 정도면 되시겠습니까?"

"뭐? 아, 아냐. 천천히 가. 제한속도 지키며 달리라고."

난 전무가 얘기한 대로, 천천히 제한속도를 지켜가며 회사로 돌아왔다. 그리고 차를 정문 앞에 세웠다.

"저, 전무님."

"왜?"

"제가 이 차를 오랜만에 몰아보니까, 브레이크 작동이 잘 안 되는 것 같던데요. 오후 일정 괜찮으시면 잠깐 서비스센터에 다녀와도 되겠습니까?"

"아까 너무 막 달린 거 아냐? 그래서 고장 난 거 아니야?"

"그건 아닙니다. 큰 상관이 없겠지만, 그래도 사고 나기 전에 점검해두는 게 좋을 것 같아서요."

조규진 전무가 날 노려본다. 동그란 안경 너머로 보이는 그의 눈동자에는 불신으로 가득 차 있었다. 나를 못 믿겠다는 눈치다.

하지만 난 우직하게 버텼다. 그보다 차에 대해 잘 알고 있다는 사실 하나가 지금만큼은 날 우위에 있게 한다.

"좋아. 대신 수리증 받아와."

난 그를 내려주고 서비스센터로 향한다. 건널목 신호에 걸렸을 때 차를 세운 나는 지갑에서 검은색 명함 하나를 꺼냈다. 전에 받아뒀던 김민규 소장의 명함이다. 그리고 그 번호로 전화를 걸었다.

"안녕하세요, 소장님? 전에 뵀던 김유찬입니다."

〔아, 김 기자님, 잘 지내셨죠? 어쩐 일이십니까?〕

"부탁이 있어서요. 혹시 서비스센터에 블랙박스 SD카드 여분 있습니까?"

〔확인을 해봐야 할 것 같은데요? 벤츠 정품 블랙박스인가요?〕

"네, 정품 맞습니다. 그게 없으면…… 혹시 리더기는 있습니까? 당장 썼으면 하는데요."

〔무슨 일이 있습니까? 지난번 차 문제와 같은 거예요?〕

휴대폰 너머로 걱정하는 김민규 소장의 목소리가 들려왔다.

"아, 그런 건 아닙니다. 블랙박스를 확인할 일이 있어서요. 지금 그쪽으로 당장 가겠습니다."

전화를 끊자 때마침 신호가 파란불로 바뀌었다. 저 멀리 벤츠 서비스센터가 보였다. 난 주저하지 않고 액셀러레이터를 밟아 서비스센터를 향해 차를 몰았다. 얼굴에는 저절로 미소가 지어졌다.

됐다. 이제 곧 블랙박스 파일을 확인할 수 있다. 그토록 원했던, 최도원의 목소리를 확보할 수 있는 것이다. 2년 전 사고 당일 블랙박스만 확인하면 그가 진짜 정이준인지 아니면 최도원인지 판단할 수 있겠지. 전무에게 이렇게 도움을 받다니……. 아무리 생각해도 웃음이 난다. 그가 이 사실을 알면 어떤 표정을 지을까? 통쾌하다. 그에게 받았던 몇 시간의 치욕이 이렇게 큰 보상으로 돌아올 줄이야. 내 혐의를 벗을 날도 이제 머지않은 것 같다.

19. 진실에 한 발 더 가까이

서비스센터에 도착했다. 안내 데스크 직원에게 브레이크 이상을 확인해달라고 부탁했다. 사실 차에 문제는 없었지만 수리증이 필요했기 때문이다. 그리고 김민규 소장을 찾았다. 내 주머니에는 주차하기 전 블랙박스에서 꺼낸 SD카드가 들어 있었다.

"김 기자님, 오랜만입니다."

"잘 지내셨죠?"

"센터에 SD카드 여분은 없고 리더기만 있네요. 이리 오시죠."

난 그가 사용하는 책상 앞으로 갔다. 리더기에 SD카드를 꽂고 컴퓨터에 연결했다. 컴퓨터 화면 바탕 창에 파일이 주르륵 올라온다.

"파일을 지금 열어보시겠습니까?"

"아니요. 복사부터 하고 나중에 볼게요."

파일을 확인하기에는 시간이 없다. 전무가 의심하기 전에 회사로 들어가야 했다.

"그럼 USB에 담아 드릴게요."

김민규 소장은 컴퓨터에 옮긴 파일을 다시 USB에 넣어 내게 건네준다. 새끼손가락 반도 안 되는 이 작은 사이즈의 USB가 마술 같은 위력을 보여줄 수 있을까? 난 SD카드와 함께 USB를 주머니에 넣었다. 그런 나를 그가 걱정스럽게 바라보고 있다.

"괜찮으십니까? 진짜, 무슨 일 있는 건 아니죠?"

"아, 아닙니다. 그냥 확인할 게 있어서요."

"혹시 몰라서 위너 차는 더 꼼꼼히 점검하라 일렀습니다."

그는 지난번에 있었던 차의 이상을 기억하고 있었다. 누군가에 의해 점화 플러그가 노후화된 제품으로 교체됐던 일 말이다.

"성재 형은 잘 지내죠? 요즘 바빠서 연락도 못 해봤네요."

"며칠 전 만나서 한잔했습니다. 회사 운영이 생각보다 잘 되나 봐요. 곧 실장도 둘 거라니 사람 만날 여유도 생기겠죠. 조만간 같이 봅시다."

"위너 김유찬 고객님."

나를 부르는 소리가 들렸다. 점검이 끝났다는 얘기다. 난 소장과 함께 안내 데스크로 갔다.

"브레이크에 이상은 없고요, 워셔액과 냉각수가 조금 부족해 채워드렸습니다."

"고맙습니다. 혹시 수리증이나 확인증을 받을 수 있나요? 여기를 방문했다는 증거가 필요해서요."

"글쎄요. 이게 외부로 나가는 문서가 아니라……."

그녀가 곤란한 표정을 짓는다. 옆에 있던 소장이 대화에 끼어들었다.

"휴대폰으로 촬영해가시면 어떨까요?"

어쩔 수 없다. 그렇게라도 해야지. 난 서비스센터에서 점검한 내역을 휴대폰으로 촬영한다.

"지난번 일 때문에 회사에서도 조심하나 보네요."

"아, 네……, 아무래도 그렇죠."

그의 말에 대충 장단을 맞췄다. 전무가 내 일거수일투족을 확인하려 한다는 말을 차마 할 수 없었다. 난 김민규 소장에게 인사를 하고 서비스센터에서 나왔다.

10분도 안 돼 회사에 도착했다. 지하 주차장에 차를 세우고 전무 비서실로 올라갔다. 사장 비서실보다 좁은 그곳에는 오지선 실장과 전무 비서로 보이는 여자가 앉아 있었다. 풍경이 낯설었다.

"일 끝났어요?"

오지선 실장이 나를 보고 싱긋 웃는다. 눈은 나를 보고 있지만 그녀의 손가락은 키보드를 계속 두들기고 있다.

"네, 서비스센터에서 점검까지 마치고 왔습니다. 수리증을 발급 안 해서 휴대폰으로 촬영해 왔어요. 문자로 보내드릴게요."

"부지런하시네요. 우리, 아래층에 내려가 커피나 한잔할까요? 애리 씨, 저 잠시 나갔다 올게요."

애리라고 불린 직원이 걱정스러운 눈초리로 오지선 실장을 본다.

"전무님이 찾으시면 뭐라고 하죠?"

"대충 둘러대세요. 배탈 나서 화장실에 갔다거나, 아니면 집에 가버렸다거나. 애리 씨 마음대로요."

오지선 실장이 될 대로 되란 식으로 성의 없이 대꾸한다. 그리고 성큼성큼 걸어 먼저 비서실을 나섰다. 나도 부지런히 그녀의 뒤를 따른다.

"아이, 지긋지긋해."

비서실을 나오자마자 그녀의 불만이 쏟아졌다.

"화장실 한번 마음대로 갈 수가 없다니까? 시킨 거 알아서 다할 텐데, 왜 그렇게 쪼고 감시하는지."

"실장님한테도 그래요?"

"네에, 유찬 씨한테만 그러는 거 아니에요. 아랫사람들 모두에게 그래요. 원래 인간이 그딴 인간인 거예요."

우리는 1층 편의점으로 가서 얼음이 든 아이스 컵을 사고 커피를 내려 마셨다. 그녀와 단둘이 커피를 마시는 건 처음이었다.

"가영 씨 나에게 삐졌죠?"

"아, 아니에요. 그럴 리가."

"다 알아요. 저번에 전무님에 대해 물어보는 거 거절했더니 바로 입이 나오던데요, 뭘. 그런데 나도 사정이 있어요. 아무리 전무님이 싫어도 밑에 있는 이상 정보를 막 빼돌리고 그럴 순 없잖아요. 이해하죠?"

"그럼요. 실장님 말이 맞습니다."

"아, 그나저나 이를 어째……."

"뭐가…… 말입니까?"

"유찬 씨, 우리 수행 기사 급하게 구했어요."

"잘됐네요."

"내일부터 안 나오셔도 돼요."

"알았습니다."

"다른 회사…… 알아봐야 하지 않을까요?"

"……"

"곧 회사 개편이 있을 거예요. 이거 미리 발설하면 안 되는
데……, 미안해요, 유찬 씨 자리는 없어요."

예상은 하고 있었다. 하지만 이렇게 급박하게 일어날 줄이야.
난 아무 말도 하지 못한다. 그저 막막하기만 했다.

"새로 설립한 법인에도 자리는 없을 거예요."

"사장님께서 약속하셨는데요?"

"나도 안타까워요. 하지만 지금은 상황이 바뀌었잖아요. 사장님
대행은 전무님이 하고 있고, 곧…… M&A도 있을 거예요."

"최도원…… 사장이 위너에 들어오나요?"

"아마도요. 사실 그 밑 작업이 거의 끝나가요."

"상무님은 이 사실을 아십니까?"

"알아서 뭐 하게요? 이제는 다른 회사 분이나 마찬가지인데.
곧 이사회가 열릴 거예요. 전무님이 추진하는 안이 통과되면 그
때는 정말…… 유찬 씨는 나가야 해요."

"이사회에서 반대하면요?"

"과연 반대할까요? 이사들을 전무님이 거의 다 구슬려놨는데? 회사 개편은 우리가 막을 수 있는 일이 아니에요."

"……."

"알아요. 화나고 슬프겠죠. 하지만 좋게 끝내요. 여기 아니어도 다른 회사는 많잖아요?"

"……."

"저도 다른 데 알아보는 중이에요. 총회 전후로 위너 관두려고요. 유찬 씨가 가영 씨에게도 귀띔해줄래요? 나와는 통 말을 안 섞으려 해서."

난 일단 고개를 끄덕거렸다. 하지만 이해할 수 없는 부분이 너무 많았다. 조규진 전무는 왜 굳이 날 내쫓으려 하는 걸까? 손영익 대표의 투자 건에, 내가 상무 편에 섰기 때문일까? 아니면 최도원 때문일까? 머릿속이 복잡하다. 그리고 암담하다. 위너를 그만두면 난 당장 갈 곳이 없다. 사택에서도 나와야 한다.

오지선 실장과 나는 커피를 마시고 다시 비서실로 올라왔다. 기분은 우울했지만 오후 7시까지 전무 비서실에서 그가 퇴근할 때까지 기다렸다. 입맛이 없어 저녁을 걸렀더니 배가 꼬르륵거린다. 사무실에는 오지선 실장과 나뿐이었다. 애리라는 이름의 비서는 칼퇴근한 지 오래다.

"유찬 씨, 전무님 나가신대요."

드디어 호출이 떨어졌다. 그녀가 나를 보고 어색하게 미소를 짓는다.

"마지막까지 잘 부탁드릴게요."

"걱정 마십시오. 내일 뵐게요."

속은 어지럽지만 겉으론 아무렇지 않은 듯 웃어 보였다.

간신히 마음을 추스르고 차의 핸들을 잡았다. 그리고 차를 정문에 대기시키고 그 앞에서 서성거렸다. 몇 분 지나지 않아 전무의 모습이 보인다. 난 재빨리 뒷좌석의 문을 열었다. 그는 내게 시선을 두지 않고 차에 올랐다.

"레전드호텔."

뒷좌석에 앉은 조규진 전무는 두 마디 짧은 단어를 내뱉었다. 나도 별다른 대답 없이 레전드호텔을 향해 차를 몰았다. 차 안에는 무겁고 긴 침묵이 이어졌다. 그도, 나도 말을 하지 않는다.

삐리리리- 삐리리리-. 전무의 휴대폰 벨이 울렸다.

"아, 대표님. 전 지금 가고 있습니다. 벌써 오셨나요? ……아, 아닙니다. 천천히 오셔도 됩니다. 아, 물론 최 사장도 참석하지요. 네, 네……, 곧 뵙겠습니다."

그가 전화를 끊었다. 목소리만 들어보면 전무도 예의 바르고 정중한, 참 좋은 사람 같다. 내가 아는 모습과 전혀 다르다. 난 그가 한 통화 내용을 머릿속으로 다시 구성해봤다. 굉장히 공손한 자세로 전화를 받고 최도원도 온다는 것을 보면 케미컬론 대표를 만나는 눈치다. 그에게는 굉장히 중요한 자리겠지. 아까 본사를 방문한 것은 실무진과의 미팅이었나 보다.

레전드호텔에 도착했다. 그가 호텔 안으로 들어가는 모습을 보며, 내가 위너에 머물 날이 머지않았다는 것을 실감했다. 씁쓸하다.

"기사님! 위너 분이시죠?"

도어맨의 말에 난 간신히 정신을 차렸다. 그는 차 뒷문을 잡은 채로 나에게 말을 걸고 있다.

"오늘 행사가 많아서 VIP 주차장이 다 찼습니다. 죄송합니다. 지하 3층으로 내려가세요. 거기는 좀 여유가 있을 겁니다."

도어맨이 알려주는 대로 지하 3층으로 내려간다. 간신히 주차를 하고 한숨 돌리려는데 민가영에게 전화가 왔다.

"가영 씨?"

〔대박. 소식 들었어요? 우리가 헬시코어 인수한다는 거? 그래서 증원 알아보라는 거였어!〕

"아까 들었어요."

〔누구한테?〕

"오 실장님께요. 나 오늘, 전무님 수행 기사 했거든."

〔이런…… 지금도 일하는 중?〕

"이제 대기 들어가려고……."

그때 어디선가 요란한 소리가 들려온다. 바이크의 모터 소리였다. 그것도 배기량이 꽤 높은. 난 본능적으로 그 소리를 쫓아야 한다고 생각했다.

"가영 씨, 이따 전화할게요. 끊어요."

난 부랴부랴 전화를 끊고 입구 쪽으로 달려간다. 소리가 나는 곳은 지하 2층에서 3층으로 내려가는 길목이었다. 그리고 바로 눈앞에서 검은색 모터사이클 두 대가 지나가는 것을 목격했다. 아이콘 MTT다. 박영태 실장을 협박한 바로 그 바이크 말이다. 가만히 있을 수 없다. 서둘러 아이콘 MTT를 쫓아 지하 4층으로 내려갔다. 내리막길을 내달려 모퉁이를 꺾어 돌아가니 놀라운 광경이 펼쳐졌다.

난 너무 놀라 발걸음을 멈췄다. 그곳에는 아이콘 MTT가 열 대도 넘게 모여 있는 게 아닌가. 그 자리에 서서 멍하니 보고 있으려니, 아이콘 MTT에서 내린 두 남자 중 한 남자가 나에게 다가왔다. 검은색 바이크복이었지만 왠지 화려한 느낌을 주는 차림새였다. 그가 내 바로 앞에 서더니 헬멧을 벗는다. 맥슬란 대표였다.

"아니, 기자님, 여기는 웬일이세요?"

"아, 대표님……, 안녕하십니까? 주차하는데 MTT 소리가 들려서 달려와 봤습니다."

"어유, 엔진 소리만 듣고도 다 아시나 봐요? 오늘 여기서 저희 동호회 모임이 있습니다."

"모임이오? 회원 모두 모인 건가요?"

"아마 오늘은 다 나왔을걸요?"

그가 뒤를 돌아보더니 바이크 수를 헤아리기 시작한다.

"거의 다 왔네요. 한두 명 빼고요. 오늘 레전드에서 파티하고 새벽에 신나게 달리기로 했거든요."

"새벽에요? 위험하지 않습니까?"

"위험해야 맛이죠. 그때 달려야 걸리는 것도 없고요. 낮에는 보는 눈도 많고 차도 많고, 스쿠터 타는 것보다 못해요."

그가 낄낄거리며 웃는다. 하지만 난 웃음이 나오지 않았다. 아이콘 MTT 동호회 사람이 다 모여 있다면, 박영태 실장을 협박한 그 사람도 지금 이 호텔에 있다는 얘기가 아닌가?

심장이 두근두근 뛰기 시작한다. 어쩌면 오늘, 장례식에서 만났던 그를 만날 수 있을지도 모른다.

***

지하에 있는 기사 대기실로 내려갔다. 오늘 행사가 많아서인지 대기실 안이 북적거렸다. 맥슬란 수행 기사인 김용호의 모습도 보였다. 그는 나를 보자 반갑게 손을 들었다.

"여긴 어쩐 일이십니까?"

"전무님 미팅이 있어서요. 맥슬란 대표님은 MTT 타고 오셨던데, 용호 씨는 여기 왜 있는 거예요?"

"대표가 차를 안 탄다고 저희가 쉴 수 있나요? 항상 대기죠. 만나봐서 아시잖아요? 원하는 옷을 잔뜩 싸서 따라왔습니다."

김용호는 자신의 옆에 있는 여행용 트렁크를 손으로 가리켜 보였다. 제법 큰 사이즈의 가방이다. 저기에 맥슬란 대표가 원하는 옷을 모두 넣어왔을 거라 생각하니 한편으로는 우스웠다.

"이것도 줄이고 줄인 거예요."

"패션 회사 대표님다우시네요."

"지긋지긋하죠. 남들보다 과시욕이 강해요. 오늘도 클럽 회원들에게 준다고 선물까지 바리바리 싸 왔는걸요."

"선물이 뭔데요?"

"바이크 마스크요. 저희 회사에서 특별히 디자인한 거예요."

"회원분들 좋아하시겠는데요? 오늘 거의 다 참석했다면서요?"

"전체 모임이니까요. 아니, 유찬 씨가 그걸 어떻게 아세요?"

"아까 지하 주차장에서 대표님 뵀다니까요. 행사는 어디에서
합니까?"

"컨벤션 홀에서 하겠죠. 오늘은 의상 좀 안 바꼈으면 좋겠는데."

그의 바람은 여지없이 깨졌다. 맥슬란 대표에게 갈아입을 옷을
갖고 올라오라는 연락이 왔기 때문이다.

"이럴 줄 알았어."

김용호가 투덜대며 일어선다. 그러나 난 이게 기회라고 생각
했다.

"같이 가드릴까요?"

"왜요?"

"MTT 동호회분들도 볼 겸 해서 따라가고 싶은데요."

"아서요. 괜히 수행 기사 하는 거, 우리 대표에게 걸려요. 유찬
씨 기자인 줄 알고 있잖아요? 그 사람들, 얼마나 레벨 따지며 사
람 가리는데."

맞는 말이었다. 괜히 얼굴을 비쳤다가는 잡지 신뢰도에 금이
갈지도 모른다.

"그럼 엘리베이터까지만 같이 가요. 바람이나 쐬고 오게요."

난 김용호를 엘리베이터까지 바래다준다. 옷이 가득 든 트렁크
가 꽤 무거워 보였다.

"오늘은 이걸로 퇴근이었으면 좋겠네요."

"대표님은 하루에도 옷을 몇 차례씩 갈아입으시는 거예요?"

"자기 맘대로죠. 당최 종잡을 수가 없으니까. 아마 오늘은 새벽까지 갈 것 같아요."

엘리베이터가 1층에 멈췄다. 난 그를 올려보내고 정문 앞으로 간다. 그리고 회전문 앞에 서 있는 도어맨에게 다가갔다.

"수고하십니다."

"아, 주차는 잘 하셨어요?"

"네, 덕분에요. 지하 3층에 자리가 있더라고요. 그런데 4층에 아이콘 최신 모델이 많이 있던데……."

"MTT요?"

"검은색 아이콘 바이크요."

"아, 아……, 오늘 행사 있다고 들었어요."

"혹시 행사에 참석하시는 분들, 아시나요? 웬만한 분들 꿰고 계시잖아요?"

"에이, 기사님도. 전 차를 가지고 오시는 VIP분들만 알지, 다른 사람은 몰라요."

"그거 타시는 분들이 VIP시던데요?"

"그야 겹칠 수는 있겠지만 그분들을 저희가 어떻게 다 기억하겠어요? 차를 맡기는 것도 아니고 바로 주차장으로 직행하시는 분들인데."

도어맨은 아이콘 MTT를 타는 사람들에 대해서는 전혀 모르는 눈치였다. 난 그와 몇 마디 말을 더 주고받고 다시 기사 대기실로 돌아왔다. 소득이 전혀 없었다. 그리고 대기실 안으로 들어가기 전에 민가영에게 전화를 건다.

〔유찬 씨?〕

휴대폰 너머로 들리는 그녀의 목소리가 반가웠다. 고작 하루가 지났을 뿐인데, 그녀가 그립다.

〔오늘 고생했겠다. 지금 어디예요?〕

"레전드호텔. 마지막 일정이에요."

〔끝이 없네. 대체 언제 퇴근하는데?〕

"모르죠. 곧 끝날 수도 있고, 새벽까지 갈 수도 있고……."

〔힘내요. 유찬 씨, 내가 기운 나는 얘기 하나 해줄까?〕

"뭔데?"

〔정이준 사건 담당했던 오동준 경사, 기억해요?〕

"……!"

그녀가 미처 생각지도 않았던 인물을 끄집어내자 내 심장이 또 방망이질 치기 시작한다. 가슴이 울렁거리고 머리도 아파온다. 생각하기 싫은 기억이 자꾸 떠오른다. 싫다. 기억하고 싶지 않다. 나에게는 그의 소식이 기운 나는 얘기가 결코 아니다.

〔그 사람, 옷 벗었대요. 나와서 탐정사무소 차렸다나 뭐라나.〕

"그게…… 기운 날 소리예요?"

〔어머, 안 반가워요? 사건 담당자가 개업했다는데? 말이 좋아서 탐정사무소지, 흥신소예요, 흥신소. 돈만 주면 다 하는 데라고요. 2년 전 그날, 블랙박스 파일 입수해달라고 하면 어때요?〕

"그런 거 불법이잖아요?"

〔아, 유찬 씨! 앞뒤 꽉꽉 막혔네. 사건 조사하는데 불법이 어디 있어? 확보할 수 있는 자료는 모두 모아야죠!〕

그녀가 날 다그친다. 그 와중에도 불법인지 아닌지를 따지는 내가 무척 답답했나 보다. 하지만 불법 여부를 떠나 오동준 경사를 다시 마주하기 싫었다. 어둡고 축축했던, 유치장에서 지냈던 날들이 떠올라 끔찍했다.

"증거 자료가 없을지도 몰라요. 지워졌다고 한 것 같던데……."

〔확인해봤어요?〕

"……."

〔유찬 씨 두 눈으로 확인해봤냐고요. 확인은 해보고 포기해야죠! 안 그래요? 유찬 씨……, 우리에겐 윤조가 준 정이준의 진짜 목소리가 있잖아요?〕

아, 목소리! 지금 내 주머니에는 사장 차의 블랙박스 파일을 복사한 USB가 있다. 최도원의 목소리도 확보했다는 얘기다. 하지만 난 그녀에게 최도원의 파일을 확보했다고 말할까 말까 망설이다 그만둔다. 이따 USB를 확인한 다음에 말해도 늦지 않을 테니까. 이제 2년 전 블랙박스 파일만 있으면 완벽할 텐데. 그때 오동준 경사가 취조실에서 한 말이, 나를 떠보려고 한 말이면 좋을 텐데.

"경사님이 하는 사무소가…… 어디인데요?"

〔용산이오. 이번 주, 일 끝나고 같이 갈까요?〕

"이번…… 주요?"

그곳에 가겠다고 선뜻 대답하지 못하겠다. 난 망설였다.

〔아니면 그냥 주 중에 갈까요?〕

"그렇게 할 것까지야……. 고마워요."

〔고맙긴. 아, 그리고 사장님 입원하신 요양원 말이에요. 나, 거기 간호사 줄 대려고 알아보고 있어요.〕

"요양원은 왜?"

〔아무래도 이상해서. 전에 사장님 차에서 쓰러졌을 때 입원한 곳 있잖아요? 이번에 가신 요양원이랑 같은 재단이더라고요.〕

"그게 무슨 연관이라도 있다는 말이에요?"

〔네, 있죠. 그때는 조용히 넘어갔지만, 아마 그 병원에서 사장님의 약물 중독을 알았을거예요. 아니, 모를 수가 없지.〕

"그렇다고 치고, 근데 같은 재단인 건 어떻게 알았어요?"

〔인터넷 싹 뒤졌죠. 그런데 그 재단, 뭔가 수상해요. 정보가 거의 없어. 보통 병원 운영하고 그러면 홍보하느라고 사이트에 이것저것 올릴 텐데, 원장 소개도 없고 병원 주소만 덜렁 있어요.〕

"프라이빗한 곳인가 보죠. 고급 실버타운 중에는 그런 곳이 간혹 있잖아요."

〔세금 탈루 때문에 그런가? 뭐, 어쨌든…… 병원과 요양원 모두 조사할 거예요.〕

"가영 씨, 나중에 진짜 탐정해도 되겠다."

〔지금 놀리는 거예요?〕

"아니, 대단하다고."

〔뭐, 이 정도야. 늘 하던 일인데.〕

휴대폰 너머로 으쓱대는 그녀가 느껴진다.

〔오늘도 늦는 거죠?〕

"아침에 들어갈지도 몰라요."

〔왜?〕

"레전드호텔에서 MTT 동호회 행사도 열리고 있거든요. 거의 다 모였다니까, 혹시나 해서."

〔박 실장님 협박한 사람, 번호판도 모르잖아요?〕

"그러니까 일일이 확인해야죠. 헬멧과 몸집 정도는 기억하고 있으니까."

〔오늘 밤에는 얼굴 못 보겠다.〕

"먼저 자요."

〔전무님이 언제쯤 끝난다고 미리 연락 안 해주나?〕

"아직까지 연락이 없네."

〔전무님이 유찬 씨 연락처를 모르시는 거 아니야?〕

생각해보니 그럴 수도 있겠다는 생각이 든다. 오늘 온종일 전무님의 일정을 알려준 것은 그가 아닌 오지선 실장이었다.

"가봐야겠어요. 혹시 몰라서."

〔그래, 괜히 전무님 심기 건드리지 말고. 내일 봐요.〕

그녀와 전화를 끊고 다시 1층으로 올라가 도어맨을 찾았다.

"아직 위너 전무님 안 나오셨죠?"

"전무님이 사장님 차를 타고 오셨던가요? 못 뵀는데요? 아직 미팅이 안 끝나신 것 같아요."

"저, 혹시 저와 연락이 안 될 수도 있어서 그러는데, 전무님 나오시거든 제게 연락 좀 주세요."

난 도어맨에게 내 휴대폰 번호를 알려줬다. 그리고 불안한 마음에 지하 3층 주차장으로 내려가 차 주변을 서성거렸다. 한 30분쯤 지났을까, 점퍼 차림의 한 남자가 주변을 두리번거리며 지하 2층에서 내려오는 모습이 보인다. 그는 3층에 있는 차를 하나하나 살펴보더니 차를 못 찾겠는 듯 이곳저곳을 향해 스마트키를 누른다.

삑-. 내 바로 옆, 사장의 차가 반응을 보였다. 뭐야? 저 사람은? 그때 내 휴대폰이 울린다. 도어맨에게 온 문자였다.

'위너에서 대리 기사 불렀나 본데요?'

기가 막혔다. 내가 있는데 대리 기사를 부르다니. 설마……. 남자가 점점 나에게로 가까이 다가온다.

"대리 기사입니까?"

"네. 이 차가 운전할 차예요?"

"차 키는 어디서 받았어요?"

"로비에 맡겨뒀던데요?"

"누가요?"

"콜한 사람이오. 누군지는 내가 알 수 없죠."

말이 나오지 않았다. 전무는 내가 대기하고 있는 걸 알면서도 대리 기사를 부른 것이다. 대놓고 나를 무시하는 거다. 대리 기사가 차 문을 열고 차에 올라탄다.

난 재빨리 엘리베이터를 타고 호텔 정문 앞으로 갔다. 정문 앞에는 전무와 최도원, 몇몇 사람들이 차를 기다리고 있었다. 윤조도 있었다. 하지만 내 시선은 그녀를 지나쳐 전무에게로 향했다.

"전무님!"

나도 모르게 큰 소리가 나왔다. 그가 날 돌아본다.

"주차장에서 대기하고 있었습니다. 그런데 대리를 부르셨다고
……."

"누가 기다리라고 했나?"

"네? 그게……."

난감했다. 이럴 때는 어떻게 행동해야 할지 감이 오지 않는다.
수행 기사가 대기하는 것은 너무나 당연한 일인데, 대체 그는 무
슨 소리를 하는 걸까?

때마침 사장의 차가 주차장에서 나오는 모습이 보였다. 그는
날 외면한 채 최도원과 사람들에게 정중하게 인사를 한다.

"저 먼저 들어가 보겠습니다. 며칠 후 이사회에서 뵙죠."

전무는 날 쳐다보지도 않고 차에 올랐다. 그리고 난 바보처럼
그가 떠나는 차의 뒷모습만 멍하니 보고 있다.

윤조가 그런 날 측은한 눈길로 본다. 최도원은 내 옆을 지나가
면서 들릴락 말락 작은 목소리로 속삭였다.

"굴욕적이지 않니? 계속 위너에서 버틸 수 있겠어?"

녀석을 쳐다봤다. 나를 보고 씩 웃는, 입 양쪽으로 가느다랗게
말려 올라간 입꼬리가 두드러져 보인다. 그리고 마치 아무 일도
없었던 듯, 그는 사람들과 호텔 안으로 다시 사라졌다. 윤조도 나
를 흘깃 뒤돌아보더니 녀석을 따라 호텔 안으로 들어간다.

난 최도원과 그녀의 뒷모습을 보면서 이를 악물었다. 굴욕적이

지 않냐고? 당연히 굴욕적이지! 하지만 참는 거야. 바닥에서 기어올라서, 저 위로 올라가서, 보란 듯 잘 살아줄게. 그때까지 날 잘 봐줘.

"괜찮으십니까?"

도어맨의 목소리가 들렸다. 걱정스러운 듯 주저주저하는 그의 목소리에, 날카롭게 당겨졌던 관자놀이 부근의 신경이 살짝 풀어진다.

"제가 연락을 늦게 했나 봐요. 미안해서 어쩌죠?"

"아닙니다. 제가 대기하는 걸 모르셨던 거죠. 오늘 하루만 임시로 일하는 거라……, 손발이 안 맞았네요. 어쨌든 고맙습니다."

"힘내십시오."

난 그와 인사를 하고 휴대폰으로 시계를 확인했다. 벌써 오후 10시. 집으로 돌아갈까, 아니면 새벽까지 기다려 아이콘 MTT 동호회 사람들을 확인해볼까 고민하고 있는데 주차장 쪽에서 바닥을 울리는 웅장한 배기음 소리가 들려왔다. 난 소리가 나는 방향으로 황급히 고개를 돌렸다. 저건 아이콘 MTT의 엔진 소리다. 곧이어 여러 대의 아이콘 MTT가 내 앞을 순식간에 지나간다.

이런, 놓쳤다. 쫓아갈 새도 없이, 그들은 빠르게 내 눈앞에서 모습을 감췄다. 맥슬란 대표는 분명히 새벽에 레이싱할 거라고 말했는데 왜 갑자기 일정이 바뀐 걸까? 설마…… 내게 거짓말을 한 것은 아니겠지? 허탈했다. 너무 허탈해서 집까지 갈 엄두가 나지 않았다. 저 안에, 박영태 실장을 협박한 사람이 있을지도 모르는데. 그때 PC라고 쓴, 깜빡거리는 네온사인이 내 눈에 들어왔다. 길 건너편에 있는 PC방이었다. 난 주머니에 들어 있는 USB를 꽉 쥐었다. 그리고 주저하지 않고 맞은편 건물 4층에 있는 PC방까지 단숨에 올라갔다.

늦은 시간에도 PC방 안은 사람들로 가득했다. 난 가장 구석진 자리에 앉아 컴퓨터 전원을 켜고 USB를 꽂았다. 컴퓨터 창에 파일 여러 개가 동시에 올라온다. 헤드셋을 끼고 파일 하나하나를 다 눌러 녹화된 영상을 확인했다. 블랙박스는 주행 중에만 작동되게 설정됐고 SD카드 용량도 작은 터라 녹화 분량은 몇 시간 되지 않았다. 그러나 내가 바랐던 내용은 모두 담겨 있었다.

'같은 학교를 나왔지만 그렇다고 다 동창일까요?'

최도원의 목소리를 듣자 나도 모르게 미소가 지어진다. 됐다. 드디어 확보했다. 녀석의 목소리는 발음도 정확하고 생생했다. 정이준의 목소리와는 확연히 달랐다. 이제 2년 전 그날의 블랙박스 파일만 입수하면 되는 거다. 그게 존재한다면 말이다.

하지만…… 오동준 경사의 얼굴이 떠오르자, 온몸에서 순식간에 피가 빠져나간 듯 아찔해진다. 좁고 어두운 방에서 나를 다그치던 그의 얼굴. 같은 질문을 계속하며 끊임없이 나를 압박하고 의심했었지. 애초 그의 머릿속에 다른 범인은 없었다. 정이준과 함께 술을 마시고 현장에 있던 나를 범인으로 확신했던 거다. 그런 그에게 뭘 기대할 수 있을까? 아무리 내가 증거가 될 만한 파일을 확보했다고 한들, 그가 나를 도와줄까? 그에 대한 불신이 컸다. 찾아갈 사람은 그밖에 없다는 것을 알면서도 가기가 싫다.

최도원의 목소리가 담긴 파일을 내 메일과 클라우드에 저장했다. 그리고 다른 파일도 하나하나 다 확인한다. 시간은 많았다. 거의 모든 파일을 확인했을 때 즈음, 흥미로운 내용의 통화가 포착됐다.

〔아……, 이제 거의 끝나갑니다. 과반수는 아니지만 꽤 많은 분들을 설득해놨습니다. 네, 네…, 조만간 총회를 열어도 될 것 같은데요? 아……, 아닙니다. 그 정도면 대표이사를 설득하기 충분해요.…… 네, 그럼요. 네, 네…….〕

과반수, 총회, 대표이사 설득……. 조규진 전무는 자신의 계획을 실행하기 위해 이미 이사 몇몇을 포섭하고 있었다. 그 계획이란 위너를 자신의 손아귀에 넣는 거겠지.

〔이준혁이오? 하, 그건 걱정하지 마십시오. 이미 법인을 설립해 나가지 않았습니까? 그러면 더 이상 위너 사람이 아니지요. 네……, 네, 이사님, 그건 기우입니다. ……대표이사님이요? 그분을 걱정할 필요가 있을까요? 이미 갈라선 분들 아닙니까? 그리고 힘을 잃었어요. 예전의 대표이사가 아닙니다. 이제는 뒷방 노인네일 뿐이죠.〕

전무의 기분 나쁜 웃음소리가 헤드셋을 타고 내 귀에 전해진다. 이준혁 상무를 배제하겠다는 말에 머리칼이 쭈뼛 섰다.

〔다른 분들께도 M&A에 힘을 실어달라고 설득해주십시오. 다 좋자고 하는 일 아니겠습니까? 네, 네……, 그럼 이사님만 믿고 있겠습니다. 네……, 곧 뵙지요. 그날 최도원 사장과 함께 나가겠습니다. 아, 그럼요. 윤조도 나가지요.〕

내 추측대로라면 오늘 전무가 최도원과 함께 만난 사람들은 위너의 이사진인 것 같다. 그 말은, 오지선 실장 말대로 이사회가 열릴 날이 머지않았다는 얘기다. 큰 변화가 닥칠 것 같다. 회사는 전무에 의해 곧 바뀌겠지. 최도원이 위너에 들어올지도 모른다. 확실한 건, 내 자리는 없어지고 새로운 법인으로 이직한 상무의 입지는 좁아진다는 것이다. 그가 아무리 사장의 형이라 해도 말이다. 이대로 가만히 있어서는 안 된다. 아무래도 이준혁 상무를 찾아가야 할 것 같다. 아니, 그전에 먼저 윤조를 만나야 하나? 윤조가 위너와 헬시코어의 M&A에 힘을 쓰고 있는 것 같던데. 내가 도움을 요청하면 그녀가 받아줄까? 박영태 실장을 협박한 사람을 찾아내는 일도 중요했지만 코앞에 닥친 내 일이 걱정이었다.

***

난 날이 밝을 때까지 PC방에 앉아 있었다. 생각이 많았다. 사택으로 돌아가지 않고, 대신 피트니스센터에 들러 샤워를 하고 회사로 출근했다. 이곳으로 출근하는 것도 며칠 남지 않았겠지. 넓은 비서실에, 홀로 덩그러니 놓여 있는 책상에 앉아 이런저런 생각을 하고 있으려니 나 자신이 바보같이 느껴진다. 지금 이럴 때가 아닌데. 조규진 전무가 이사회를 열어 무슨 수를 쓰기 전에, 나도 대책을 마련해놓아야 한다.

오지선 실장에게 전화를 걸었다.

〔아, 김유찬 씨? 어제 일 잘 끝냈나요?〕

"네, 덕분에요."

전무가 대리 기사를 불렀다는 얘기는 하지 않았다. 어차피 임시 일이었던 데다, 가뜩이나 전무를 싫어하는 티를 내는 그녀에게 굳이 화젯거리를 더해주고 싶지 않았다.

"오늘도 전무님 차를 운전할 일이 있을까요?"

[어제 대행업체에 문의해놓은 사람이 이미 출근해 있어요. 오늘은 쉬어도 돼요.]

"그럼…… 잠시 나갔다 와도 될까요? 근무 시간대라…… 죄송해요. 물어볼 사람이 없네요."

[제 생각에는 신경 쓸 사람이 없을 것 같은데요? 너무 장시간만 비우지 않는다면 괜찮지 않을까요?]

"그래도 되겠죠?"

[면접 보러 가는 거예요?]

"아, 아닙니다. 그건……"

[혹시라도 전무님 호출이 있거나 하면 제가 대충 둘러대 볼게요. 걱정 말고 다녀오세요.]

오지선 실장은 내가 다른 회사 면접을 본다고 생각하나 보다. 그래서 흔쾌히 외출을 눈감아준다는 거겠지. 내가 위너에서 나간다는 것은 이미 직원들 사이에서 기정사실화된 것 같다. 씁쓸했다.

이 무거운 기분을 당장이라도 떨쳐버리기 위해 윤조에게 문자를 넣었다. 어떻게 해서든 이 상황을 바꾸고 싶었다.

'김유찬입니다. 오늘 뵐 수 있을까요? 드릴 말씀이 있습니다.'

바로 그녀에게 답 문자가 왔다.

'지금 팰리스에 있어요. 1시간 뒤 뵙죠.'

윤조의 문자를 확인한 나는 휴대폰의 메모장을 켰다. 그리고 그녀에게 해야 할 말을 정리하기 시작한다. 밤을 꼬박 새웠지만 피곤하지 않았다.

팰리스호텔 비즈니스센터로 가니 안내 직원이 나를 룸으로 안내해준다. 전에 윤조를 만났던 방보다 두 배는 더 큰 방이었다. 난 뜨거운 커피와 물을 번갈아 마시며 초조하게 그녀를 기다린다. 잠시 후, 그녀가 모습을 드러냈다.

"아직도 물어볼 게 남았나요?"

순백색의 원피스를 입은 윤조가 웃으며 내 맞은편에 앉는다. 난 쭈뼛거리며 일어서서 인사를 했다.

"어제는 잘 들어가셨습니까?"

"네, 유찬 씨도 잘 들어갔죠?"

"……."

"피곤해 보이시네요. 하실 말씀이란 것이……?"

난 그녀를 똑바로 바라봤다. 그리고 단도직입적으로 말했다.

"위너와 헬시코어의 M&A를 중단시켜주십시오."

내 말을 들은 그녀의 얼굴이 확 굳는다. 어이없어하는 표정이 역력했다.

"그게 무슨……."

"다시 말씀드리죠. 위너와 헬시코어의 M&A를 중단시켜주세요."

"이보세요, 김유찬 씨. 전 로비스트예요. 그게 제 직업이고 공적인 일과 사적인 일은 구분할 줄 알죠. 그리고…… 저를 너무 과대평가하는 거 아니에요? 나서서 M&A를 중단하고 그럴 능력까지는 없어요."

"중간에서 힘쓰고 계신 거, 알고 있습니다."

"……김유찬 씨!"

"제발, 제발 부탁입니다."

"아무리 김유찬 씨 부탁이라도 안 되는 건, 안 되는 거예요. 전이미 그들과 계약을 했고, 그 계약대로 충실히 이행해야 할 의무가 있어요."

"왜 하필 최도원과 일하는 겁니까? 왜죠?"

"서로 사적인 감정은 없습니다. 전에 말씀드렸잖아요. 그 사람, 저 싫어해요. 이건 어디까지나 일이라니까요?"

"최도원이…… 사람을 죽였다고 해도 말입니까?"

"뭐라고요? 그게 무슨 말이에요, 대체?"

윤조의 목소리가 싸늘해진다. 난 그녀가 내게 줬던 USB를 내밀었다. 얼마 전까지만 해도 그 USB에는 정이준의 목소리가 녹음된 파일이 들어 있었다. 지금은 하나가 더 추가됐지만.

"왜 이걸 돌려주는 거죠?"

"정이준이 단순히 마약 복용으로 죽었다고 생각하십니까?"

"김유찬 씨! 무슨 말을 하고 싶은지 모르겠지만……."

"만약 최도원이 정이준을 죽였다면요?"

"네에?"

"그랬다고 해도 정이준을 도와 M&A를 진행하실 겁니까?"

윤조의 눈이 동그래졌다. 동공이 커다랗게 확장된 게 보일 정도로 눈이 커졌다.

"무슨 근거로…… 그런 말씀을 하시는 거죠?"

"내가 왜 정이준의 파일을 달라고 했는지 아십니까?"

"말도 안 돼……. 그럼 그날 말한 범인이 도원 씨라는 거예요?"

"2년 전, 그날 이후로 매일매일 생각했습니다. 왜 내가 그 사건에 말려들었을까? 이준이는 왜 나에게 술을 마시자고 한 것일까? 최도원을 만나고 그 의문은 더 증폭됐어요. 하지만 녀석이 웃는 모습을 보고 떠올랐죠. 난 이준이의 얼굴을 정확히 본 적이 없어요. 그날 선글라스를 쓰고 있었으니까요. 어린 시절의 기억도 흐릿하고요. 그래서 어쩌면 그날 내가 본 사람은 이준이가 아닐 수도 있지 않을까……."

"거짓말! 그만, 그만해요!"

"USB에 최도원의 목소리 파일을 넣어놨습니다. 비교해서 들어보세요. 이준이와 도원이는 확실히 다른 목소리일 겁니다."

"아니에요. 도원 씨가 이준 씨를 죽인 것은 아닐 거예요. 그리고 이게 무슨 증거가 된다는 거죠?"

"그날 부가티에 있던 블랙박스는 아직도 경찰이 갖고 있을 겁니다."

난 그녀에게 거짓말을 한다. 오동준 경사는 내게 블랙박스가 지워져 있다고 했다. 그게 사실인지 아닌지 모르지만.

"차 안에 있던 사람이 이준인지, 도원인지는 그 파일을 확인해 보면 알겠죠."

"끝난 사건인데, 경찰이 그 자료를 갖고 있을까요?"

"아직 끝나지 않았습니다. 제가…… 기소유예 상태이니까요. 언제 다시 기소당할지 모릅니다. 그때까지 경찰은 자료를 폐기하지 않을 겁니다."

"……그래서요? 그게 M&A와 무슨 상관이죠?"

"만약 그날, 내가 차 안에서 만난 사람이 최도원이었다면, 도원이는 이준이를, 윤조 씨의 연인을 죽인 거예요. 그런데도 녀석을 돕겠다고요?"

"믿지 못하겠어요……. 아니요, 안 믿어요."

"전 재수가 없었던 거죠. 하지만 윤조 씨도 과연 그랬을까요?"

"무슨 얘기를 하고 싶은 거예요?"

"이준이를 죽인 용의자가 내가 아닌 윤조 씨가 될 수도 있었다는 거예요! 녀석이 그날, 동창생인 날 알아보지 못했다면요!"

"……!"

"모든 건 녀석의 계획이었을 겁니다. 그런데도 최도원을 도우시겠습니까?"

"……추측일 뿐이잖아요? 믿을 수 없어요."

"당신을 위험에 빠트리려고 했을지도 모르는데요?"

"……"

"녀석은 내가 아니라…… 윤조 씨를 용의자로 만들려고 했는지도 몰라요."

"……."

"그런데도 계속 녀석과 함께 일하겠다는 겁니까?"

"……다 지난 일이에요."

"지난 일이 아닙니다. 아직 밝혀진 게 아니니까요."

"유찬 씨, 전 미래를 보고 현재에 살고 있어요. 과거는 이미 잊었다고요."

"과거가 있어야 현재도, 미래도 있는 게 아니겠어요?"

"제가 왜 명리학을 공부하는 줄 아세요? 모든 것을 말씀드릴 순 없지만…… 좋아요. 그랬다고 치죠. 도원 씨가 범인이라고 해요. 하지만 이건 아니에요. 이러지 마세요. 진실을 밝힐 사람은 경찰이지, 유찬 씨가 아니에요. 유찬 씨는 지금, 몸을 사릴 때라고요."

"저더러 자중하라, 이 말씀인가요? 점괘가 그래요? 전에는 나에게 성공한다고 얘기하지 않았나요?"

"난관이 있다고도 말씀드렸죠. 그걸 이겨내야 성공할 거라고."

"M&A가 제 난관이에요. 그걸 이겨내려고 이러고 있는 거고요. 그리고 이 일은, 경찰은 밝히지 않을 겁니다. 그럴 의지도 없고요. 내 누명은 내가 직접 벗어야죠."

"김유찬 씨, 전 목숨 구해준 은인에게 보따리 내놓으라는 철면피는 아니에요. 하지만 은인을 위해 내 목숨을 걸지도 않아요. 죄송합니다. 이건 일이에요. M&A는 그대로 진행될 거예요."

윤조의 목소리는 침착했지만 싸늘했다. 아직 내게 갚을 빚이 남아 있다는 얘기는 다 거짓이었단 말인가. 기운이 쑥 빠진다.

"더 이상 제 일에 상관하지 마셨으면 싶네요. 더 용건이 있으신가요?"

"한 가지만 더 여쭤볼게요."

"M&A는 빼고요."

"아이콘 MTT라고, 블루 블러드 내 바이크 동호회를 아세요?"

"글쎄요?"

"거기 속한 누군가, 왜 그랬는지는 모르겠지만 저희 회사 직원을 협박한 것 같습니다."

"협박이오? 누구를요?"

"박영태 실장이라고 오전 타임 근무한 사장님 수행 기사입니다."

"네에?"

윤조가 실소했다. 덕분에 팽팽해졌던 비즈니스센터 안의 공기가 조금 누그러지는 것 같다.

"수행 기사를 왜 협박해요? 누가요? 블루 블러드가? 그럴 리가 없어요. 사장이나 전무도 아니고 수행 기사를 왜?"

"그러니까요. 저도 그걸 모르겠습니다."

"박영태라는 분은 뭐라고 하던가요? 어떻게 협박을 받았대요?"

"그는…… 죽었습니다."

"네? 죽어요?"

"MTT를 탄 사람에게 협박을 받다 약을 먹고 자살했어요."

윤조의 얼굴이 일그러졌다. 난 그가 손영익 대표가 찾는 첫사랑의 동생이었다는 사실과 투자를 유치하기 위해 팁을 제공한 당사자라는 것을 알려줬다. 그리고 손영익 대표의 입국 전 갑자기 잠적했다는 것까지도. 정릉 집에 찾아가 이런저런 사정을 들었지만 그가 협박받은 일은 내게 비밀로 했다는 얘기도 털어놓았다.

"정말 이상하지 않습니까? 전 이런 일들이, 회사에서 벌어지는 M&A와 무관하지 않다고 생각해요."

도발이었다. 난 M&A 따위는 모르지만, 내가 살기 위해 전무와 최도원을 잡아야 하는 것은 알고 있었다. 그들의 바짓가랑이를 붙잡기 위해서는 의혹을 부풀리는 수밖에 없다. 블루 블러드와 엮으면 그녀가 난처해질 거라는 생각을 했다.

윤조의 얼굴이 점점 창백해진다. 내 계획이 먹힌 걸까? 윤조가 과연 나에게 협조해줄까?

20. 그들의 속내

하지만 윤조는 끝끝내 말을 아꼈다. 내 도움 요청을 사실상 거절한 것이다. 단호한 그녀의 태도에, 난 더 이상 구질구질하게 애원할 수 없었다.

"알았습니다. 믿지 못하시는 것 같으니까 그 이야기는 이제 그만하죠."

"죄송해요."

"아니요, 괜찮습니다. 윤조 씨 마음을 이해할 수는 있어요."

그녀의 휴대폰 알람이 계속해서 울렸다. 아마 다음 미팅을 알리는 소리일 거다. 유명 명리학자답게 그녀는 오늘도 예약 일정이 꽉 차 있었다. 난 자리에서 일어났다.

"바쁘신 것 같은데 그만 가보겠습니다."

"유찬 씨, 오해가 없기를 바라요."

"그 말은 필요할 때 언제든지 연락하라는 거, 그게 아직 유효하다는 거죠?"

"제 마음의 빚이 아직 남아 있으니까요."

윤조와의 만남은 성과가 없었다. 난 허전한 마음을 안고 다시 회사로 돌아왔다.

1층 편의점에서 커피 음료를 사서 건물 안으로 들어가려는데, 정문 앞에 서 있는 벤츠 S클래스가 눈에 띄었다. 사장의 차다. 지금은 전무가 이용하고 있지만 말이다. 나도 모르게 몸을 기둥 뒤로 숨겼다. 전무와 마주치고 싶지 않았다. 그 역시 그럴 테지만. 전무가 나타나자 대행업체에서 파견한 수행 기사가 잽싸게 뒷좌석 문을 열어준다. 그가 거만하게 차에 오른다. 그리고 그를 태운 차는 곧 어디론가 떠났다.

난 그 모습을 보이지 않을 때까지 지켜봤다. 씁쓸했다. 갑자기 피곤이 몰려온다. 생각해보니 어제부터 한숨도 자지 않았다. 사장 비서실로 올라온 나는 책상에 엎드렸고 바로 잠이 들었다.

얼마나 잠을 잤을까? 따가운 시선에 고개를 들어보니 민가영이 책상에 걸터앉아 있다.

"어제는 외박을 하고, 낮에는 사무실을 비우고……. 대체 어디에서 뭐하다 온 거예요?"

그녀가 장난꾸러기같이 웃는다. 심술이 약간 섞여 있었지만 그 덕에 나도 따라 웃었다. 잠깐의 낮잠으로 온몸이 개운했다.

"안 바빠요? 맨날 야근이라면서?"

"사람이 어떻게 일만 해요? 가끔 쉬기도 해야지. 어디 갔다 왔어요?"

아……, 솔직히 말할까 말까. 그녀가 윤조에게 적개심을 가졌다는 것을 아는 이상 섣불리 입을 열기가 쉽지 않다.

"표정이 왜 그래? 어디 갔다 왔는데?"

그녀가 또 묻는다. 난 계속 망설였다.

"뭐야, 유찬 씨. 나한테 뭐 숨기는 거 있어요?"

벼랑에 서 있는 것과 다름없는 상태인 난, 도움의 손길이 하나라도 더 필요하다. 그녀에게 솔직해져야 하지 않을까? 그녀에게 관대함을 바라며 입을 열었다.

"사실…… 윤조를 만나고 왔어요."

아니나 다를까, 내가 말을 꺼내자마자 민가영의 얼굴이 딱딱하게 굳는다. 대놓고 싫은 티를 냈다.

"그 여자는 또 왜?"

그녀가 뾰로통해졌다. 하지만 분위기가 아주 험악한 건 아니었다. 전에 윤조에게 USB 받았다는 얘기를 해두길 잘했다.

"도움을 청하러 갔지."

"그 여자가 뭐 도와줄 게 있나?"

"그때 윤조가 정이준 목소리 파일을 줬잖아요? 그래서 이번엔 내가 최도원의 파일을 넘겼어요."

"최도원? 헬시코어 최 사장? 그건 어디서 나서?"

"블랙박스."

"뭐야, SD카드 복사한 거야? 그거 불법일지도 모르는데?"

"우리가 지금 합법, 불법 따질 때인가?"

전에 그녀가 직원들의 개인 정보를 조회했을 때 했던 말을 그대로 써먹었다. 민가영도 그때 일이 떠오른 듯, 멋쩍게 웃어 보인다.

"좋아요. 그런데 그걸 왜 윤조에게 갖다 준 거예요?"

"말했잖아요. 도움 요청하러 간 거라고. 증거는 없지만 아직도 의심스럽거든. 2년 전 그날 내가 차 안에서 본 사람이 정이준인지 아닌지."

"빨리 그 형사를 만나봐야겠네. 그래서?"

"만약에, 혹시라도 그게 최도원이었다면……, 윤조가 그를 계속 좋게 볼 수 있을까?"

"내가 윤조였으면 벌써 한 대 올려쳤지."

"지금 위너와 헬시코어 M&A 성사 직전이잖아요? 어떻게 해서든 막아야지. 그게 비록 이간질이라도."

"뭐……, 추측이지 거짓말은 아니니까. 유찬 씨가 잘못한 거는 아니죠. 윤조는 뭐래요?"

"호락호락하지 않아요. 생각보다 공과 사가 철저한 사람이더라고요."

"윤조, 그러기로 유명해요. 그런데 정말 그게 공과 사일까? 난 그것도 의심스러워."

"그게…… 무슨 소리야?"

"우리가 전에 블루 블러드 얘기했잖아요. 윤조가…… 거기 회원이래요."

민가영은 몸을 내 쪽으로 낮추더니 귓속말로 속삭였다. 비서실 안에는 아무도 없는데.

"알고 있어요."

"진짜? 어떻게?"

그녀가 눈을 동그랗게 뜨고 묻는다. 이런…… 사장이 쓰러지던 날 윤조가 현장에 있었던 일을 그녀에게 말하지 않았다는 것을 깜빡할 뻔했다. 조심해야지. 그러지 않으면 괜한 오해를 살지도 모른다.

"오늘 윤조에게 직접 들었어요. MTT 얘기하다 블루 블러드 얘기가 나오자 자기도 회원이라고 시인하던데요?"

"얘개? 그렇게 순순히? 뭐야, 난 되게 힘들게 알아냈는데."

"가영 씨는 어디서 들었는데?"

"내가 누구예요? 여기저기 들쑤시고 다녔죠. 다크 웹에도 들어가 보고 흥신소에 돈도 좀 뿌리고요."

"그 사람들이 블루 블러드를 알아요?"

"아는 사람이 있더라고. 정확히 블루 블러드라고 말은 안 하는데, 그 파란색을 쓰는 건 알고 있던데? 그 컬러가 흔한 색은 아니잖아."

"어떻게…… 알았다는데요?"

"유찬 씨는 블루 블러드가 상류층의 사교 클럽이라고 했잖아요? 근데 단순 사교가 아니야. 그 사람들, 아주 질이 나빠."

질이 나쁘다……. 박영태 실장을 협박하는 걸 보면 그녀의 말이 맞는다.

"내가 의뢰한 흥신소 소장 중 한 명이, 재단을 협박해 돈 뜯어내는 사람의 일을 잠시 했대요. 어떤 재단이든 조사 들어가면 뜯어 먹을 게 많다나? 그런데 오히려 보복당할 뻔했다는 거예요. 알고 보니 그 뒷배가 엄청나서 경찰이니 뭐니 주변에서 다 한통속이 돼서 돕고 있더래요. 한마디로 똥 밟을 뻔한 거죠."

"가영 씨는 그 사람을 어떻게 알았는데?"

"어떻게 알긴? 흥신소 소장이 말한 그 재단이 어딘 줄 알아요? 바로 우리 사장님이 입원한 병원과 요양원이 속한 곳이에요."

"네에?"

"거기 조사해달라고 의뢰했더니 단번에 거절하더라고요. 이상하잖아요? 돈만 받으면 다 하는 곳이 흥신소인데. 그래서 내가 끈질기게 캐물었죠."

"하지만 그가 블루 블러드라는 말은 하지 않았다면서요."

"병원 로고 봤어요? 그 컬러가 칠해져 있잖아요."

"설마……."

"그리고 흥신소 소장도 당하고만 있을 수 없어서 알아본 거지. 그랬더니 자신을 협박한 사람들의 공통점이 그 컬러를 사용한다는 거였대요. 정체는 정확히 모르지만, 이제 그 컬러만 봐도 아는 거죠. 아, 피해야겠다 하고. 뭐야, 프리메이슨도 아니고 애들같이 끼리끼리 어울리는 놀이나 하고. 유치해."

그제야 사장이 왜 그 병원과 요양원에 입원하게 됐는지 알 것 같았다. 이준혁 상무가 말한 사장의 지인이라는 게, 블루 블러드 회원을 말했던 거다.

"윤조도 그래서 유명했던 거예요. 거기 회원이니까, 지들끼리 밀어주고 그랬던 거지."

"흥신소 소장이 윤조까지 알고 있어요?"

"흥신소에서 그 재단 바자회 사진을 입수했더라고요. 거기에 윤조가 있었던 거지. 그 파란색 드레스를 입고 왔는데 어떻게 의심을 안 하겠어?"

"바자회 사진? 그걸 봤어요?"

"내가 본 건 아니고 흥신소 소장이 봤죠. 아마 지금도 갖고 있지 않을까?"

"사진을 구할 수 있을까? 그걸 보면, 어쩌면 박 실장님을 협박한 사람을 알 수 있을 텐데."

"조금만 기다려봐요. 구해볼게요. 무조건!"

민가영이 주먹을 불끈 쥐어 보였다. 그녀 덕에 나도 힘을 얻는다. 그때 그녀의 휴대폰 벨이 울렸다.

"어머, 부장님이 찾네. 가봐야겠다."

그녀가 책상에서 내려왔다. 그리고 종종걸음으로 문 앞까지 가더니 갑자기 뒤를 휙 돌아본다. 중요한 무엇인가를 말하지 않은 것 같았다.

"참, 참, 내 정신 좀 봐. 유찬 씨, 실은 내가 휴가를 냈거든?"

"휴가? 언제?"

"내일 일자로 그제 냈어요. 하루라도 빨리 그 형사를 찾아가야 할 것 같아서. 그러니까 유찬 씨도 휴가 내. 알았죠?"

"대기 중인데? 휴가를 낼 수 있을까?"

"그럼 그냥 땡땡이치든가. 어쨌든 그렇게 알고, 이따 봐요."

그녀가 서둘러 비서실에서 나갔다. 잠시 머물렀을 뿐인데 그녀가 남기고 간 여운이 길게 남아 비서실이 더 크게 느껴진다. 다시 이 넓은 방 안에 혼자 남겨진 난, 막막한 시간과 마주했다. 퇴근 시간이 되려면 아직도 멀었다. 민가영이 쏟아놓고 간 얘기는 너무나 많았다. 하지만 가닥을 잡으려면 아무래도 흥신소 소장을 만나봐야 할 것 같았다. 혼자만의 생각으로는 도무지 감이 오질 않는다.

휴대폰이 울렸다. 《모터 비히클》 편집장이었다. 마감이라 바쁠 텐데 웬일이지? 어쨌거나 심심하던 차에 그의 전화를 받으니 무척 반가웠다.

"편집장님? 어쩐 일이세요?"

〔야, 유찬아. 맥슬란 대표, 그 새끼, 어떤 새끼야?〕

급작스러운 그의 욕설에 난 당황한다. 그는 험한 말을 입에 올리는 스타일이 아닌데. 편집장이 화가 단단히 났나 보다. 무슨 일일까?

"네? 갑자기 무슨⋯⋯?"

〔아니, 인터뷰 진행 잘하고, 사진도 마음에 들어 하더니 갑자기 자기 기사는 잡지에서 빼달래.〕

"네에? 왜요? 인터뷰 내용이 마음에 안 든대요?"

〔아냐. 좋다고 했어. 미리 보고 싶다고 하도 사정사정해서 우리 막내가 컬러 대지를 보내줬거든? 그런데 오케이 해놓고 갑자기 오늘 이 지랄이네. 광고주면 단가?〕

휴대폰 너머로 편집장의 씩씩대는 거친 숨소리가 들려왔다. 맥슬란 대표와 통화 후 바로 내게 전화를 했는지 흥분이 진정되지 않은 상태였다.

"얘기 좀 잘 해보시죠."

〔얘기가 통할 인간이 아니야. 단독이 아니래서 싫대. 대중에게 알려지는 것도 싫고. 그게 핑계야? 방송에도 여러 번 나오지 않았어? 떼로 나오는 인터뷰인 거, 알고 한 거 아니냐고.〕

"알았죠, 당연히. 그래서 뭐라고 하셨어요?"

〔안 된다고 했지. 물론 마음먹으면 뺄 수도 있어. 하지만 나도 열 받아서 이미 인쇄 돌아갔다고 구라쳤어. 인쇄비, 제작비, 파쇄 비용까지 다 물어주지 않으면 인터뷰 못 뺀다고.〕

"말씀 잘 하셨네요. 아예 그 비용을 알려주지 그랬어요?"

〔몰라. 그럴 경황이 있었나?〕

"결론 난 거 아니에요?"

〔다시 전화 준대. 아, 생각하면 생각할수록 열받네. 지가 아무리 광고주래도 그렇지, 아니, 내가 그 변덕까지 다 맞춰줘야겠어? 내가 지 부하야?〕

편집장은 한참 동안 불만을 늘어놓다 전화를 끊었다.

난 아까 사 온 커피 음료를 마시며 편집장이 한 말을 곱씹는다. 대중에게 알려지는 게 싫다는 말이 마음에 걸렸다. 그리고 그게 뭘 의미하는지도 알 것 같았다. 블루 블러드. 그들은 자신의 존재가 세상에 드러나는 게 싫은 거다. 인터뷰하던 날, 맥슬란 대표는 내가 블루 블러드에 대해 아는 것을 놀라워했다. 그리고 레전드 호텔에서 만났을 때는 레이싱하는 시간을 일부러 다르게 알려줬다. 그건, 내가 그들에게 관심을 두는 게 싫어서가 아니었을까? 그래서 일부러 내가 회원과 마주치지 않게 하려고 머리를 썼던 거다. 분명히 그랬을 거다. 그렇다면 왜?

내가 블루 블러드와 마주치면 안 될 이유가 궁금해진다. 생각이 꼬리에 꼬리를 물고 이어졌다. 그들이 정체를 감추고 숨으려고 할수록 그들의 행동은 더 의심스러울 뿐이다.

*****

휴가계를 내지 않고 결근을 했다. 어차피 해야 할 일도 없고 나를 찾는 사람도 없다. 내가 무단결근한 사실을 아는 사람도 없을 것이다.

"유찬 씨, 학교 다닐 때 땡땡이 한 번도 안 쳐봤지?"

"왜? 그래 보여?"

"응. 반듯하게, 교과서대로 아주 잘 큰 것 같아. 처음으로 땡땡이친 소감이 어때?"

"죽이는데?"

사실이었다. 이 작은 일탈에서, 내 몸을 짓누르고 있던 무거운 일상을 내려놓은 것 같아 홀가분하다. 해방감마저 느껴졌다. 날씨는 쾌청했고 기분도 상쾌하다. 그리고 옆에 민가영이 함께 있다는 게 날 더 들뜨게 한다. 오랜만의 데이트 같았다. 비록 우리가 가야 할 곳은 오동준 경사가 오픈한 탐정사무소였지만.

솔직히 그를 만난다는 것이 아직까지는 두렵다.

"용산으로 바로 가는 거야?"

"아니. 어제 곰곰이 생각해봤는데, 흥신소부터 가봐야 할 것 같아."

찬성이었다. 어제 그녀가 말한 사진 이야기가 내내 머릿속에 남아 있었다. 블루 블러드 회원이 찍혔다는 사진을 보면, 답이 나오지 않을까? 그 안에 박영태 실장을 협박한 사람도 찍히지 않았을까?

흥신소는 뱅뱅사거리 뒤편, 꼬마빌딩과 다가구주택이 즐비한 골목길에 위치해 있었다. 민가영과 나는 흥신소가 있는 3층까지 계단을 올랐다. 오래된 건물 내부는 생각했던 것보다 깨끗했다. 하지만 흥신소 문은 닫혀 있었다.

"지금이 몇 신데, 아직까지 문을 안 열었어?"

그녀는 답답했는지 흥신소의 초인종을 누르고, 육중한 문을 손으로 두들겨 본다. 발로 문 아랫부분도 쾅쾅 찼다. 그러더니 휴대폰을 꺼내 들었다. 얼굴을 잔뜩 찌푸린 채 그녀는 휴대폰을 들고 초조한 듯 한쪽 발을 까닥거린다. 상대방이 전화를 받지 않는 모양이다. 그녀의 표정이 점점 더 심각해졌다.

"이 아저씨……, 잠적했나 봐. 휴대폰을 아예 끊어버렸어."

"전화번호가 잘못된 거 아냐?"

"아니야. 사흘 전까지만 해도 연락했는걸. 이 번호 맞아."

예상치 않은 상황에 우리는 잠시 당황했다. 사진을 확인하지 못했다는 아쉬움보다 혹시나 흥신소 소장에게 무슨 일이 생긴 건 아닌지 걱정이 된다.

"안 되겠다……."

"어쩌려고?"

"옆 사무실에다 물어봐야지. 다른 방법이 있어?"

민가영은 같은 층에 있는 다른 사무실 앞으로 갔다. 인테리어 사무소였다. 그녀가 초인종을 누르자 몇 분 후 머리가 부스스한 남자가 문을 열고 나왔다.

"안녕하세요? 말씀 좀 여쭙겠는데요……. 옆 사무실, 지금 휴가 중인가요?"

"심부름센터 말하는 거예요?"

"네, 볼일이 있어서 왔는데 전화를 안 받네요?"

"휴가는 아닐 텐데? 휴가 가면 보통 문 앞에 휴가라고 크게 써 붙여놓거든요."

"그럼 문 닫은 지는 며칠이나 됐어요?"

"얼굴 못 본 지 한 2, 3일 됐나?"

"연락처는 모르시고요?"

"평소 왕래하는 편이 아니어서요."

"정말, 정말 죄송한데요. 혹시라도 옆 사무실 출근하면, 여기로 연락 좀 주시겠어요?"

그녀가 명함을 내밀었다. 힐끗 보니 우리 회사 명함은 아니었다.

"아, 네……. 뭐, 그러죠."

"고맙습니다. 연락 주시면 꼭 성의 표시는 할게요."

그녀가 싹싹하게 인사를 했다. 인테리어 사무소 직원은 떨떠름하게 인사를 받더니 이내 문안으로 사라진다.

"그 명함, 뭐예요?"

"내 개인 명함인데요? 왜요?"

"처음 보는 거라."

"정보 모으고 그럴 때 회사를 밝힐 수는 없잖아요. 그래서 하나 장만했죠."

민가영이 어깨를 으쓱해 보인다. 그러더니 연락 달라는 메모를 써서 흥신소 문틈 안으로 밀어 넣었다. 인테리어 사무소 직원에게 한 당부만으로는 안심이 안 됐던 거다.

"이제 용산으로 갈까요?"

우리는 버스를 탔다. 한남대교를 지날 때 창밖으로 한남동의 고급 주택들이 눈에 들어왔다. 정이준의 집에 갔던 것이 생각나 기분이 착잡해진다. 2년 전 그날 밤, 내게 어떤 일이 닥칠 줄도 모르고 아무 생각 없이 이곳을 지나쳐갔었지. 그 일로 인해 유치장에서 며칠을 썩었다. 그때 취조하던 오동준 경사는 나를 범죄자 취급했었는데, 지금 나는 그에게 사건을 의뢰하러 가는 길이다. 아까의 울적했던 기분이 되살아난다.

"무슨 생각 해?"

옆자리에 앉아 있던 민가영이 내 얼굴을 빤히 들여다봤다. 마치 내 속마음을 알고 있다는 듯이.

"흥신소 문 닫은 것 때문에? 출장 갔을 수도 있지. 휴대폰은 잃어버려서 새로 장만했을 수도 있고. 너무 심각하게 생각하지 마요."

그녀의 짐작이 틀렸다. 내 마음이 어두워진 것은 그것 때문이 아닌데. 하지만 난 웃으며 그녀의 손을 꼭 쥐었다.

"못 만나면 할 수 없지, 뭐. 사장님이 계신 요양소의 대표가 블루 블러드 회원이라는 것을 안 게 어디야?"

"에이, 그 사진만 입수했어도 박 실장님 협박한 놈 찾아내는 게 쉬워질지도 모르는데."

"언젠가는 찾게 되겠지."

"근데……, 이런 말 해도 될까 모르겠는데……, 나 요즘 전무님이 자꾸 수상해. 아, 의심하면 안 되는데."

"전무님이 왜? 어떤 점이 수상한데?"

나도 사실 전무가 제일 수상하다. 박영태 실장을 이 회사로 끌어들인 사람도 조규진 전무이고, 그가 없어진 이후로 이익 본 사람 역시 전무다. 박영태 실장의 죽음 뒤에는 그가 있지 않을까? 하지만 그가 블루 블러드 회원이라는 확신이 없다.

"아니, 내가 계속 야근했잖아요. 회사 증원하는 것에 대해. 그런데 그 돈이 나올 구석이 없거든?"

"손영익 대표가 투자한 돈 있잖아?"

"부장님이 그러는데, 헬시코어를 사 오는 게 돈이 되게 많이 든대요. 손영익 대표가 투자한 거, 헬시코어가 먼저 터트려서 그 회사 주가가 한창 올랐잖아요? 그것 때문에 몸값이 배로 뛰었다나? 그래서 지금 상태로 가져오는 게 부담이 이만저만이 아니라는 거야. 비즈니스 모델도 확실하지 않고. 그런데도 전무님이 무조건 추진하고 있으니까 문제지. 회사 직원 하나 늘리는 것도 돈

든다면서 까다롭게 구는 양반이, 대체 왜 그런지 모르겠어."

"우리 회사가 헬시코어 인수하는 건 확정된 거예요?"

"사실…… 경영지원팀에서는 그 작업이 거의 끝났어요."

"아직 이사회도 안 거쳤잖아?"

"그건 형식이지. 대표이사만 커버 치면 게임 끝이지, 뭐."

"상무님이 세운 법인 회사는? 그건 무슨 얘기 없어요?"

"별 얘기는 없는데……, 손영익 대표가 투자했던 금액이 확 줄지 않을까 해요. 그리고 회사 체계가 바뀌면 흐지부지 돈이 어디론가 증발하겠죠."

그녀의 말에 다시 마음이 무거워진다. 위너와 헬시코어의 M&A를 막지 못한다면 난 위너에서 곧 내쫓길 거다. 아니, 막아도 쫓겨나려나?

이런저런 얘기를 하는 사이, 버스가 용산역 근처에 도착했다. 우린 버스에서 내려 신용산역 뒤에 있는 탐정사무소로 간다.

'오동준 탐정사무소.'

2층짜리 붉은 벽돌 건물에 작게 간판이 붙어 있었다. 우린 좁은 계단을 올라갔다. 그리고 계단 끝에 있는 문을 열었다.

"어서 오십시오."

사무소 안에 있던 남자가 싹싹한 목소리로 우리를 반긴다. 오동준 경사였다.

"여기 편하게 앉으세요. 더우시죠? 차 한 잔 드릴까요? 커피 괜찮아요?"

친절하게 대하는 그가 낯설다. 좁고 답답한 취조실에서 나를 닦달하던 그의 이미지는 이러지 않았는데. 난 민가영을 따라 조용히 테이블에 앉았다. 그와 눈을 마주칠 용기가 없어 눈을 내리깐 상태로 말이다.

"무슨 일로 오셨어요?"

그때의 그 목소리 그대로였다. 지금은 경사가 아닌 탐정이지만. 내 심장박동 수가 빨라지기 시작했다. 속이 울렁거린다. 이런 나를 대신해 민가영이 먼저 입을 열었다.

"예전에 용산경찰서에 계셨죠? 경사님이셨고요."

"아, 네……. 저를 아십니까?"

그가 반색한다. 난 고개를 살짝 들어 그를 쳐다봤다. 그는 나를 기억하지 못하는 것 같았다. 숨이 막히고 오한이 난다. 그날의 기억들이 죄다 떠올라 나를 옥죄어온다. 나에게는 아직까지도 악몽으로 기억되는 그날들이, 그에게는 그저 평범한 일상 중 하루였을까?

"언제…… 뵀었죠?"

오동준 경사, 아니, 탐정은 고객을 잡으려고 애를 쓰는 눈치다. 이렇게 친절하고 나긋나긋할 줄은 꿈에도 몰랐다. 그녀가 당돌하게 말을 이었다.

"정이준 사건 기억하시죠?"

"아, 아, 그 사건! 큰 이슈였죠. 그때 저와 만났었나요? 아닌 것 같은데……."

"제가 아니고요."

"아……, 소개를 받고 오셨구나?"

한숨이 나왔다. 이제 내가 나설 차례이다. 하지만 목이 막혀 목소리가 제대로 나오지 않을 것 같다. 그만큼 긴장됐다. 깊게 숨을 들이마신다. 괜찮다, 괜찮다……. 그는 더 이상 날 취조하던 형사가 아니다. 내 의뢰를 기다리고 있는 사람일 뿐이다. 난 스스로를 이렇게 다독였다.

그를 쳐다보기도, 말을 섞기도 싫었지만 이건 내가 뛰어넘어야 할 관문이었다.

"안녕하세요, 경사님. 김유찬입니다."

"김유찬?"

그가 미간을 찌푸렸다. 그와 눈이 마주치자 내 한쪽 손이 떨려온다. 전에 이준혁 상무가 준 프로작이 있었으면. 그걸 먹으면 지금 이 순간을 견디기 한결 수월했을 텐데. 난 다른 한 손으로 떨리는 손을 잡고 간신히 나 자신을 추슬렀다. 그리고 다시 오동준을 본다.

그는 뭔가를 생각하는 듯하더니, 이내 테이블을 손바닥으로 탁 내리쳤다.

"이런……, 인상이 바뀌셨네. 누구신가 했어. 그러니까 내가 못 알아보지. 그때는 아주 죽을상이었는데, 지금은 멀끔해져서……. 아주 훤칠하십니다? 반갑습니다. 이렇게 또 만나서. 이게 다 인연이 아니겠습니까?"

그가 껄껄거리고 웃었다. 동네에서 흔히 볼 수 있는, 친근한 이웃집 아저씨 같았다. 그의 환대에 놀란 건 오히려 나였다. 그때의 날 기억하면 불쾌해할 줄 알았는데. 돈 앞에서는 사람도 변하는 건가? 아니면 직업이 사람의 이미지를 바꾸는 걸까? 한쪽 손의 떨림이 점차 잦아들기 시작했다.

"하긴, 유치장이라는 데가 그래요. 멀쩡한 사람도 범죄자처럼 만들어버린다니까? 거기 있으면 아마 없던 죄도 생길걸요? 김유찬 씨는 무죄 받았죠?"

"기소유예입니다."

"기소유예예요? 그럼 당분간 몸 좀 사리셔야겠네. 아, 그놈의 법이 왜 그런지 뻑하면 유예야. 애매하게……. 답답하시겠네. 그것 때문에 온 거예요?"

난 주머니에서 USB를 꺼내 그에게 내밀었다.

"뭡니까, 이건?"

오동준이 의아한 표정으로 나를 본다. 떨렸지만, 그와 간신히 눈을 마주쳤다.

"그날 정이준이 탔던 부가티 블랙박스 자료를 경찰이 아직 갖고 있을까요?"

"2년 전이면…… 아마 경찰서 자료실에 보관돼 있을 겁니다."

"그때 저를 취조하실 때는 파일이 지워져서 없다고 하셨는데요?"

"제가 그랬나요? 하지만 요즘은 디지털 기술이 워낙 발전해서 쉽게 복구해요. 아마 자료실에 있을 겁니다. 그런데 이건……?"

"목소리를 녹음한 파일입니다."

"목소리요? 누구 목소리인데요?"

"정이준의 목소리입니다. 블랙박스에 녹음되어 있는 것과 비교해주세요. 그날 차에 타고 있었던 사람이 그가 맞는지 아닌지 확인하고 싶습니다."

"그럼 담당자를 찾아가셔야죠."

"그래서 온 거 아닙니까? 그때 그 사건 담당자가, 경사님 아니었나요?"

"아니, 난…… 이제 경찰서도 관두고 거기 들락거릴 처지도 아닌데……."

"거기 최도원의 목소리도 들어 있어요."

"최도원?"

"제가 진짜 범인이라고 생각하는 사람입니다."

"아……, 그 사람, 알리바이가 있었어요. 헬시코어 직원 말하는 거잖습니까?"

"실제로는 알리바이가 없다면요?"

"무슨 말씀을 하시는 건지……?"

"제가 그때 본 사람이 정이준이 아니라 최도원이었다면요? 그럼 도원이의 알리바이가 없어지잖아요?"

"억측이 심하신데요, 아무리 억울하다지만 이건."

"녀석이 사건을 꾸몄을 수도 있잖아요?"

"……!"

"알아봐 주십시오."

"전 이제 경사가 아니에요."

"경찰서에서 나오신 지 얼마 안 되니까 공조도 가능하지 않으십니까?"

"그건……."

"사무실도 오픈하셨는데, 홍보를 위해서라도 성과를 올려야 하지 않나요?"

오동준의 얼굴이 싸늘하게 굳었다. 유치장에서 나를 취조하던, 그때의 얼굴로 돌아와 있었다. 그리고 나를 보고 씩 웃는다.

"보수는요? 얼마나 주실 건가?"

눈을 반짝이는 그의 얼굴에 비릿한 미소가 흘렀다.

"저 사람, 형사였던 거 맞아?"

오동준 씨 사무소를 나오면서 민가영이 투덜거렸다. 대놓고 거액의 돈을 요구하는 그의 뻔뻔스러움에 질색한 눈치다.

"공익은 눈곱만치도 없고 돈만 밝히네?"

"이제 경찰이 아니잖아요."

"그래도 그렇지. 아, 근데 USB 그냥 줘도 되냐고. 저 사람, 믿을 수 있어요?"

"걱정 마요. 복사해둔 거 있으니까."

"내가 사람 좀 볼 줄 아는데, 그 사람, 왠지 신뢰가 안 가는 얼굴이야. 경찰서에 있을 때 뒷돈 엄청 챙겼을 거야."

"가영 씨도, 참."

"저러니까 사건 해결도 제대로 못 한 거겠지. 일 못 해서, 경찰에서 밀려 나온 게 확실해."

그녀는 오동준을 마음껏 폄하하며 쉴 새 없이 불만을 토로했다. 난 그저 웃으며 듣기만 한다. 그토록 날 두렵게 만들었던 그가, 실상은 아주 평범한 사람이었다는 사실이 우습다. 내가 겁먹었던 것은 그가 아닌 경찰이라는 포장이었던 걸까. 어쨌든 그 순간을 이겨낸 나 자신이 대견했다.

삐리리-. 휴대폰 문자 알림이 울렸다.

'이준혁입니다. 바쁘십니까?'

상무에게 문자가 왔다. 하필 무단결근한 상태에서 그의 연락을 받으니 당황스러웠다. 어떻게 답을 보내야 할지 고민하고 있는데, 민가영이 옆에서 휴대폰을 들여다보며 새침하게 묻는다.

"누구?"

"상무님."

"어머, 상무님과 연락도 해? 웬일이래?"

그녀의 눈이 호기심으로 반짝였다. 혹시라도 상무가 만나자고 하면 따라올 기세다. 그래서 난 그에게 내 상황을 알리는 문자를 보냈다.

'민가영 씨와 함께 있습니다.'

'어디인데요?'

'용산입니다.'

'잠시 뵐까요? 민가영 씨와 함께요.'

함께? 상무가 의외의 제안을 하는 바람에 살짝 놀랐다. 민가영과 함께 그를 만나는 것은 처음이다.

"상무님이 뭐래?"

"잠깐 보자는데? 가영 씨, 상무님 만나는데 함께 가도 괜찮겠어요?"

"괜찮죠, 당연히. 어디로 오라는데요?"

"상무님 회사가 아닐까요?"

난 이준혁 상무에게 문자를 넣었다. 지금 회사가 있는 역삼동으로 가겠다고.

그리고 그녀와 함께 택시를 탔다. 지체하고 있을 겨를이 없었다. 이준혁 상무가 보자는 건, 내게 중요한 할 말이 있다는 얘기일 테니까. 30분 만에 그의 회사 앞에 도착했다.

우리는 상무가 일러준 대로 회사 1층에 있는 커피 전문점으로 가서 그를 기다렸다.

잠시 후, 그가 모습을 나타냈다.

"잘 지내셨죠?"

"어머, 상무님. 되게 멋있어지셨어요."

민가영의 말은 아부가 아니었다. 캐주얼하게 차려입은 이준혁 상무는 위너에서 근무할 때와 달리 스타일리시해졌다. 피부도 관리를 받았는지 광이 났고 얼굴에서는 여유가 느껴진다.

"예전에는 별로였다는 말인가요?"

"에이, 그때도 멋있었지만 지금은 훨씬 더 근사해지셨다고요."

상무와 그녀가 농담을 주고받았다. 덕분에 분위기가 화기애애하다.

"사실 요즘 신경 좀 쓰고 있습니다. 마랑 일을 맡아서요. 아무래도 패션 브랜드이다 보니."

"어쩐지……. 상무님 아니, 이제 사장님이라고 해야 하나요?"

"편하게 전처럼 상무라고 불러주세요."

"어쨌든 이제 셀럽으로 등극하시겠네요."

"셀럽이 사는 커피 드시겠습니까? 여기까지 오셨으니까 제가 쏘지요."

"카드를 주신다니 주문은 제가 할게요. 뭐 사 올까요?"

민가영이 자리에서 일어났다. 우리는 모두 아메리카노를 주문했다. 그녀가 주문하러 카운터로 가자 난 목소리를 낮추며 말했다.

"2주 뒤, 이사회가 열릴 예정입니다."

"그렇게 빨리요? 얼마 안 남았잖아요?"

"상황 대충 아시죠? 전무님 반격할 내용을 빨리 준비해야 할 것 같아요. 우리가 전에 얘기한 거, 기억하세요?"

난 고개를 끄덕였다. 그는 내게 고성국과의 대화를 녹음해두라고 권유했었다.

"고성국 씨가 별말 안 하던가요?"

"회사를 그만두기 전에 홧김에 한 말들을 녹음해두긴 했습니다."

"그 파일을 받고 싶은데요. 있습니까?"

"드릴 수는 있는데……, 그러면 고성국 씨가 난처해지지 않을까요?"

솔직한 내 심정이었다. 그에게 동의를 구하지 않고 녹취한 터라 양심에 찔린다.

"김유찬 씨, 지금 그걸 따질 때가 아닙니다. 회사가 통째로 넘어갈지도 몰라요."

"그래도……."

"사소한 희생은 감수해야 합니다. 아시잖아요? 위너가 누구 회사인지. 전무님 것이 아니라고요. 최도원 사장의 것도 아니고요."

"그거 대신 블랙박스 파일을 드리면 안 될까요?"

"블랙박스요? 어떤 블랙박스죠?"

"사장님 차, 지금은 전무님이 쓰고 계신 차의 블랙박스입니다."

"SD카드를 입수한 건가요?"

"네. 혹시 몰라 복사해뒀습니다."

"전무님의 대화 내용이 들어 있었겠네요. 뭐라 하던가요?"

"다수의 이사진을 포섭해놨다고요."

그의 얼굴이 굳어졌다. 깨끗하게 빗어 넘긴 헤어스타일이 조각 같은 그의 외모를 부각시키고 있었다. 냉정해 보인다. 그리고 아주 많이 화가 난 듯했다. 내가 너무 늦게 그를 만난 것일까? 그 내용을 더 일찍 알려야 했을까?

"그것도 주십시오. 자료는 많으면 많을수록 좋으니까요. 그리고 이 내용, 민가영 씨도 아는 겁니까?"

"다 알고 있습니다."

"오늘 얘기하기가 수월하겠네요."

때마침 민가영이 주문한 커피를 받아들고 자리로 돌아왔다. 그리고 우리 앞에 머그컵을 하나씩 놓아준다. 에어컨이 시원하게 나오는 실내에서 마시는 뜨겁고 진한 커피 한 잔에 내 마음은 침착해진다.

"무슨 얘기를 하고 계셨어요?"

"대책 회의요."

"대책 회의요? 갑자기 웬 대책 회의요?"

상무는 그녀에게 2주 뒤 이사회가 열린다는 것과 내가 입수한 블랙박스에 대한 이야기를 들려준다. 회사의 상황이 좋지 않다는 것도.

그녀는 잠자코 상무의 말을 듣고 있더니 심각하게 입을 열었다.

"제가 도울 일이 없을까요?"

"글쎄요. 가영 씨가 지금 경영지원팀에 있죠?"

"네, 인사를 맡고 있어요. 전무님 의지대로 증원 계획을 검토 중이고요."

"헬시코어 자료가 벌써 넘어온 겁니까?"

"아뇨, 아직은. 금액 문제만 따져보고 있어요. 한두 푼 드는 게 아니니까."

"잘 아시겠지만, 이사회가 열리기 전에 전무님에게 불리한 자료를 모아야 해요."

"그러고는 싶은데 유실된 자료가 많던데요?"

"코드를 알려드리죠."

"사실은…… 죄송해요. 이미 제가 코드 풀어서 보긴 봤는데……."

민가영이 멋쩍은 웃음을 흘렸다. 경영지원팀 출신의 상무에게 자신의 행적을 공개하기가 부끄러웠나 보다.

그녀의 얘기를 들은 상무의 눈빛은 날카로워졌다. 그러나 이내 웃음을 되찾는다.

"중요한 것은 따로 보관해놨습니다. 이 건에 대해서는 나중에 다시 얘기하죠."

그의 말에 민가영의 얼굴이 확 밝아진다. 그러잖아도 자신의 모은 정보와 경영지원팀 자료가 달라 궁금했던 찰나였는데 그 의문이 해결됐기 때문일 거다.

"최도원 얘기도 좀 해봐요."

갑자기 그녀가 내 옆구리를 쿡 찌른다. 그 말에, 상무의 눈빛이 아까보다 더 날카롭게 빛난다.

"헬시코어 최도원 사장 말입니까?"

"유찬 씨와 초등학교 동창이래요."

"네에? 왜…… 그 얘기를 진작 말하지 않았습니까?"

그의 입가에 미소가 살짝 어렸다. 최도원이 내 동창이라는 사실을 반기는 듯도 하고 의심하는 듯도 한, 미묘한 미소다.

난 사적인 얘기를 그에게 해도 될지 판단이 서질 않았다. 내 사연이 공적인 일에 끼어드는 것은 유쾌하지 않다. 내가 윤조를 구워삶기 위해 꺼낸 것과는 다른 차원의 문제다. 상무가 이사들 앞에서 내 얘기를 한다면, 혹시나 운이 좋아 그들이 결정이 우리에게 유리하게 흐를 수도 있지만, 기소유예인 내 상태가 들통나버리고 만다. 사람들이 나를 범죄자로 보는 건 싫었다. 기소유예 상태라는 게 항상 내 발목을 잡는다. 고민이 됐다. 가능성이 희박한 내 미래를 위해, 숨기고 싶은 과거를 팔아도 되는 건가. 하지만 내가 결정하기도 전에 민가영이 먼저 나섰다.

"얘기해요. 최도원 사장의 문제를 부각하면 이사들 생각도 달라질걸? 그깟 자존심이 문제야? 일단 인수를 막아야지."

그녀의 말에, 상무의 미소가 점점 더 진해진다. 마치 백퍼센트 포획 가능한 먹잇감을 앞에 두고 입맛을 다시는 사자와도 같았다.

"말씀하기 어려우시면, 다음에 듣지요."

그가 한 걸음 물러선다. 하지만 난 안다. 상무의 저 말과 표정은 지금 당장 얘기하라는 표현을 돌려서 하는 거다. 저 말을 곧이곧대로 들었다간, 아마 그는 오늘 이후로 내게 손을 내밀지 않을 것이다. 내가 유일하게 고대하고 있는 도움의 손길을 말이다.

그와 눈을 마주쳤다. 짐승같이 번뜩이는 그의 눈빛에, 난 그만 눈을 내리깔았다.

"2년 전, 그 사건 말입니다⋯⋯."

어렵게 입을 뗐다. 커피 전문점 안의 모든 소리가 멈춘 듯했다. 주변 사람들이 모두 내 말에 귀를 기울이는 것 같았다.

"제가⋯⋯ 정이준을 죽이지 않았다고 말씀드리지 않았습니까?"

"그때 그랬죠."

"어머? 상무님도 그 일을 알고 계시는 거예요?"

민가영이 눈치 없이 대화에 끼어들었다. 상무는 입술에 손을 가져다 대며 조용히 하라는 제스처를 취한다. 그녀는 바로 입을 다물었다.

"아무리 생각해도 이상한 겁니다. 이준이가 날 기억했다는 것도 이상하고, 저를 집에 들인 것도 이상했습니다. 20년 가까이 못 본 사이인데 말입니다."

"김유찬 씨 입장이면 충분히 의심할 만하죠."

"게다가 윤조 씨 말이, 이준이가 낯을 가린다는 거예요. 전 그런 것을 전혀 못 느꼈는데 말입니다. 그러다 우연히 본 거죠. 최도원이 웃는 모습을."

"똑같았군요."

"네. 아주 비슷했어요. 상상으로 녀석의 얼굴에 선글라스를 씌워봤는데, 그날 본 정이준이었습니다."

"최 사장이 범인이라는 것을 입증할 증거가 있나요?"

"목소리 파일을 입수했습니다. 이준이와 도원이 것, 모두요. 이제 사고가 나던 날 밤의 부가티 블랙박스만 확인하면 됩니다. 그래서 오늘 탐정사무소를 찾아간 거고요."

"탐정이 알아낼 수 있을까요?"

"확신할 수는 없습니다. 그때, 블랙박스가 지워져 있다고 했거든요. 하지만 그 탐정이 제 사건을 담당했던 형사예요. 오동준 경사라고."

"흐음……."

그가 잠시 생각에 잠겼다. 그러더니 이내 고개를 들어 나를 똑바로 본다.

"주시겠습니까, 그 파일? 저도 알아볼 루트가 있습니다."

"이미 탐정에게 의뢰했는데요?"

"시간 싸움이지 않습니까? 제가 탐정보다 더 빠를 수도 있고요. 그게 사실이라면 우리는 전무님이 추진하는 일에 치명타를 먹일 수 있을 겁니다."

"알았습니다. 보내드릴게요. 저, 그리고 또……"

그가 한쪽 눈썹을 꿈틀거렸다. 내가 무슨 말을 할지 굉장히 흥미로워하는 눈치다.

"또 다른 자료가 있습니까?"

"이건 제 추측인데요."

"들어보죠."

"사장님 댁에서 본 파란 쇼핑백 기억하십니까?"

"아, 기억하죠. 그건 왜 물으시죠?"

"그거…… 블루 클럽이라는 모임 아닌, 블루 블러드라는 사교 클럽이라고 합니다."

"그런데요?"

"박영태 실장이 잠적하고 자살한 사건과 연관이 있는 것 같습니다."

"블루 블러드라는…… 사교 모임이오?"

"네, 전무님과도 연관이 있고요."

"조규진 전무님이요? 왜 그렇게 생각하는 거죠?"

"박 실장님은 전무님 소개로 위너에 들어왔다고 합니다. 일하는 도중 사장님 근황을 전무님 측에 넘긴 것으로 알고 있고요."

"가까운 사람이 가장 무섭다더니……. 그래서요?"

"박 실장님은 손영익 대표가 우리 회사 투자에 관심을 갖게 한 장본인이기도 합니다."

"처음 듣는 얘긴데요? 누가 그래요?"

"실장님께 직접 들었습니다."

"좋아요, 그렇다고 칩시다. 그게 블루 블러드와 무슨 연관이 있는 겁니까?"

"블루 블러드가 박 실장님을 계속 협박했어요. 그래서 회사를 갑자기 그만둔 거고요."

"설마요. 제가 사장님께 듣기로 그 클럽은 굉장히 프라이빗한 사교 모임이에요. 누굴 협박하고 그러는 사람들은 아닐 텐데? 그리고 외부로 자신들의 존재를 드러내지도 않아요."

"아니요. 필요할 때는 드러냅니다. 제가 두 눈으로 똑똑히 봤습니다. 박 실장님 장례식장에 블루 블러드 회원이 왔었어요."

"네에? 유찬 씨가 봤다고요?"

"박 실장님을 협박한 사람이 아이콘 MTT를 타고 있었다고 들었어요. 장례식장에 그걸 탄 사람이 왔었고요. 나중에 알고 보니 MTT 동호회 사람들이 모두 블루 블러드 회원이라고 하더군요. 이상하지 않습니까?"

"다른 분 조문을 왔던 거겠죠."

"아니요. 그 병원은 작은 곳이라 그날 장례는 박 실장님뿐이었어요."

"……"

"생각할수록 이상해요. 왜 블루 블러드 회원이 박 실장님을 협박한 걸까?"

"김유찬 씨는 그 회원을 어떻게 알아본 겁니까?"

"인터뷰 갔다가 우연히 알았어요. 맥슬란 대표 사무실에서 그 컬러를 보고 블루 블러드에 대해 물어봤는데 솔직히 말씀해주시더군요."

"이런……."

"박 실장님 죽음이 그 단체와 관련된 건지, 회원과 관련된 일인 지는 모르겠어요."

"개인적인 문제겠죠, 단체가 아니라."

"그래서 생각해봤습니다. 박 실장님이 없어져서 가장 이득을 보는 사람은 누굴까 하고. 그랬더니 제일 먼저 떠오르는 게 전무 님이었어요."

"하지만 그들과 전무님과의 연관성을 입증할 증거는 없잖습 니까?"

"그래서 추측이라고 말씀드린 겁니다. 증거는 이제 찾아봐야죠."

내 억측을 그는 어떻게 받아들일까? 날 빤히 보고 있던 이준혁 상무의 입가에 만족스러운 웃음이 서서히 떠올랐다. 그리고 내게 손을 내밀었다. 난 얼결에 그의 손을 잡았다.

"좋습니다. 김유찬 씨의 추측을 빨리 사실로 만들어보죠. 시간 이 얼마 남지 않았어요."

21. 추측의 주인공

　내 추측을 사실로 만들어보겠다는 이준혁 상무의 말이 나온 이후, 민가영은 더 바빠졌다. 그녀는 상무가 경영지원팀에 있을 때 따로 분류해둔 컴퓨터에 접속해 회사 기밀 자료를 훑어봤다. 상무 역시 그녀의 도움을 받아 위너의 재정 상태를 들여다보는 일에 착수했다. 그와 그녀가 한 일은 모두 불법이었다. 현재 그가 서류상 위너의 직원은 아니었기 때문이다. 하지만 우린 그걸 따질 상황이 아니었다. 2주만 있으면 이사회가 열린다. 이미 이사 몇 명이 전무에게 포섭된 상태고, 위너가 헬시코어를 인수하면 회사가 어떻게 달라질지 모른다.

　확실한 것은 나에게 불리하다는 거다. 무슨 방법이든 써야 했다. 그러나 난 두 사람과 달리 할 일이 없었다. 민가영은 매일 야근을 하는데, 나도 뭔가 도움이 되고 싶은데 2년 전의 블랙박스 파일을 확인하는 일은 오동준 탐정에게 맡긴 터라 기다려야 했고, 박영태 실장과 블루 블러드의 관계를 유추하기에는 정보가 턱없이 부족했다.

이런 무기력함에, 비극적 결말을 예상하는 나의 초조함은 더해만 간다. 마음도 우울해졌다. 파이팅 하는 민가영에 비해 내 말수는 점점 줄어들었다. 그녀는 그런 내가 답답했는지 출근길에 한마디 던졌다.

"이번 주말에 요양원이라도 가볼래요? 오랜만에 사장님도 뵙고, 또 거기 가면 뭘 찾을 수 있을지도 모르잖아요?"

"내가 가도 되는 걸까?"

"뭐 어때? 직원이 사장님 뵙고 싶어 면회 왔다는데."

"가영 씨는 시간 돼요?"

"아니, 난 좀 힘들지. 검토할 자료가 얼마나 많은데. 나 이번 주말 내내 일해야 하니까 혼자 다녀와요."

그래, 요양원에 다녀오자. 혼자 가는 게 뭐 어떤가. 사장님이 병원에 입원해 있을 때 병실도 내내 혼자 지켰는데. 그동안 잘해주신 고마움을 표현하고 와야겠다고 생각했다. 어쩌면 이번 방문이 사장님을 보는 마지막일지도 모르니까. 이사회가 끝나고 내가 바라지 않던 결과를 얻게 되면, 난 위너와는 영영 이별이다.

사장이 입원한 의왕 요양원은 사택과 거리상으로는 가까웠지만 차 없이 가기 힘든 곳이었다. 할 수 없이 성재 형에게 차를 빌렸다. 구형 쏘렌토였다. 대리운전과 수행 기사 대행 사업으로 돈 좀 벌었다고 하더니, 이 형, 아직도 차를 안 바꾼 것을 보면 검소하다고 해야 할까, 아니면 그럴 경황이 없는 걸까. 오랜만에 타보는 구형 SUV가 아직 멀쩡한 것에 감탄이 나왔다. 관리를 정말 잘했다. 라이닝이 좀 닳은 것 같지만 앞으로 몇 년을 더 타도 끄떡없을 것 같다. 난 차 상태를 하나하나 확인하며 운전을 했다. 차를 빌린 보답으로 내가 할 수 있는 일은 차의 컨디션을 점검하는 것밖에 없었다.

성재 형의 사무실에서 사장이 있는 요양원까지는 약 1시간이 걸렸다. 휴양림 안에 있는 요양원에 도착하니 풋풋한 풀냄새가 먼저 코끝에 닿는다. 숨을 크게 들이마시자 몸 안이 청량해지는 기분이 든다.

차를 주차하고 요양원 정문으로 갔다. 정문 앞에는 의료 재단 로고가 큼직하게 걸려 있었는데, 민가영이 말했듯이 블루 블러드의 파란색이 칠해져 있었다. 로고를 한참 들여다보다 요양원 안으로 들어갔다. 안내 데스크 직원에게 인사를 하고 면회 왔다는 사실을 알렸다.

"이한경 환자분 면회요?"

직원이 나를 보며 상냥하게 웃는다. 긴장감이 누그러졌다. 프라이빗한 곳이라 면회를 거절당할까 걱정했는데 생각보다 까다롭지 않은 듯했다. 그녀가 확인 절차를 거치는 동안, 난 데스크 앞에 놓인 의자에 앉아 잠시 대기했다. 창밖으로 보이는 풍경이 무척 한적해 보인다. 내 마음도 덕분에 평온해졌다. 오랜만에 느껴보는 기분이었다.

그렇게 창밖을 보고 있는데, 하얀 운동화를 신은 남자가 조용히 다가와 말을 걸었다.

"이한경 환자 면회 오신 분이죠? 병실로 안내해 드리겠습니다."

난 그를 따라 좁고 긴 복도를 걸었다. 복도 맨 끝에 다다르자 그가 오른쪽 방문을 열고 들어간다. 작지도 크지도 않은 적당한 사이즈의 방에 필요한 것을 모두 갖춘, 고급스럽고 깔끔하게 꾸며진 병실이었다.

사장은 방 한가운데 놓인 침대에 누워 있었다. 남자 직원은 침대 옆에 놓인 호출 벨을 가리키며 말했다.

"필요하면 부르십시오. 저는 나가보겠습니다."

그가 나가자 난 침대로 다가섰다. 그리고 사장의 얼굴을 물끄러미 내려다봤다. 두 눈을 감고 깊게 잠들어 있는 이한경 사장. 그는 평소 자지 못했던 것을 만회라도 하듯 푹 쉬고 있었다. 얼굴색은 오히려 전보다 더 좋아 보였다. 살도 좀 올랐다. 난 이불 밖으로 비어져 나온 그의 손을 살짝 잡았다. 아무런 반응이 없다. 하긴 코마 상태이니 반응이 없는 건 너무도 당연하다. 그런데도 난 그를 깨우고 싶었다. 손을 꽉 잡았다. 역시나 반응이 없다. 평화롭게 쉬고 있는 그를 보니 조금 슬퍼졌다. 그는 자신이 일군 회사가 지금 어떤 상태인지 알기나 하는 걸까? 만약 그것을 알면 얼마나 속이 상할까?

"누구시죠?"

등 뒤에서 들리는 급작스러운 소리에 놀라서 뒤를 돌아봤다. 내 뒤에는 노부인이 서 있었다. 사장의 어머니였다. 문이 열리는 소리가 들리지 않았는데 어느새 병실로 들어온 그녀는 나를 의심스럽다는 듯 쳐다보고 있다.

"아, 안녕하세요? 예전에 뵀던 사장님 수행 기사인 김유찬입니다."

"아……!"

그녀가 짧은 탄식을 내뱉었다. 나를 기억하고 있었나 보다.

"그런데 여긴 어쩐 일로?"

"사장님께 인사를 드리러 왔습니다."

"인사? 무슨 인사?"

"앞으로 뵙지 못할 수도 있어서……."

"아니, 왜?"

"제가 사장님 수행 기사인데, 이제는 일이 없어서요."

"그렇다고 그만두면 되나?"

"회사 입장도 있으니까 어쩔 수 없죠."

"……."

"불필요한 인력은 줄여야 하니까요."

"이리 와 앉지."

그녀가 창가에 있는 테이블로 가면서 말했다. 난 뜻밖의 제안에 얼떨떨해진다.

"아, 괜찮습니다. 잠깐 뵈러 온 거라서요."

"기왕 온 김에 나와 얘기나 하고 가. 심심하던 차였어. 우리 차라도 마실까?"

나를 보는 그녀의 표정이 많이 온화해졌다. 처음 봤을 때 노기에 가득 차 있던 노부인의 모습은 보이지 않았다. 난 그녀의 권유대로 테이블로 가서 앉았다.

"우리 한경이를 찾아준 직원은 자네가 처음이야."

"그야…… 제가 가까이에서 모셨으니까요."

"세상은 참 냉정해. 한경이가 잘 될 때는 그렇게 꼬이던 사람들이 이제는 얼굴도 안 비춰. 날 찾을 때는 필요한 게 있을 때뿐이지."

"다들 바쁘시니까 그럴 겁니다."

"자네는 안 바쁜가?"

"아까 말씀드렸듯이 전…… 일이 없어서요."

"한경이가 저렇게 돼서 자네도 그 여파가 있나 보군."

노부인이 차게 우려낸 녹차를 한 모금 마신다. 나도 그녀가 내어준 차를 마셨다. 얼음까지 띄운 녹차가 내 속을 시원하게 훑고 내려간다.

"이곳은…… 사장님이 계시기 괜찮나요? 서울과 가깝고 공기가 좋기는 한데, 좀 외져서요."

"괜찮아. 의료진도 친절하고 실력 있어. 게다가 여기 원장이 나도 아는 애야."

"아, 그래서 여기로……."

"준혁이가 한경이 지인 병원이라고 추천을 했어. 믿음직하지 못하다고 생각했는데, 그래도 지 동생이라고 신경을 쓴 모양이야."

그녀가 떨떠름하게 말을 잇는다. 속으로는 여전히 이준혁 상무가 못마땅한 것 같다. 그들 가족 간에 어떤 사연이 있는지 모르겠지만 그는 사장의 형이 확실해 보였다.

"상무님도 가끔 오시나요?"

"자주 들른다고는 하더군. 난 못 봤지만. 규진 씨도 종종 들르지."

그녀는 전무를 친근하게 규진 씨라고 불렀다. 꽤 오랜 시간 가까이 지낸 사이인 것 같았다.

"많이들 바쁘실 텐데……."

"바빠? 누가? 준혁이가?"

"상무님이 새로 만든 법인에 취임하셨으니까 아무래도 이래저래 신경 쓸 일이 많으시겠죠."

"규진 씨 말로는 한가하다던데?"

"아……, 전무님 말씀이요? 전무님은……"

나도 모르게 속에서 전무에 대한 반발심이 솟구친다. 그 미묘한 심리 변화를 그녀가 놓치지 않았다. 순간적으로 눈이 번뜩였다.

"규진 씨가 왜?"

"아, 아닙니다."

"그러는데? 나도 알아야 할 거 아니야."

난 회사의 파벌 싸움 같은 걸 사장 어머니에게 말해 무얼 하나 하는 생각이 들었다. 그러나 진지한 그녀의 얼굴을 보고 있으려니, 이곳에 온 이상 넋두리를 하는 것도 나쁘지 않을 것 같다는 생각이 든다. 어차피 사장은 못 들을 게 아닌가.

"전무님은 상무님을 위너 업무에서 배제하고 싶어 하세요."

"그게 사실이야? 왜? 준혁이 걔가 일을 못 해서 그러는 거야?

아니면 회사에 폐를 끼쳤어?"

"아, 아닙니다……. 이건 제 생각인데요, 전무님은 위너 경영을 마음대로 하고 싶어 하는 것 같아요. 투자받은 돈도 본인 생각대로 유용하고요. 그러기 위해서는 상무님이 걸림돌이 된다고 생각하는 거죠."

"걸림돌?"

"사장님 형이시잖아요. 아무래도 신경 쓰이지 않을까요?"

"유용이란 단어가 마음에 안 드는군. 걱정하지 말게. 규진 씨가 그렇게 영악한 사람은 아니야. 그리고 아무리 사장이라고 해도 그렇게 마음대로 하지는 못하지."

"하지만…… 합병을 앞두고 있습니다."

"합병? 흠……. 얼핏 들은 것 같기도 하네."

"헬시코어를 인수하면 회사가 달라질 겁니다. 이전과는 완전히요. 조직과 체계는 물론 자금 흐름도 바뀌고요."

"완전히 다른 회사가 된다, 이 말인가?"

"네, 아마도요. 그렇게 되면 회사 운영을 전무님 마음대로 하실 수 있을 겁니다."

"회사가, 우리 한경이가 일군 회사가…… 규진 씨에게 넘어갈 수 있다는 말인가?"

"죄송한 말씀이지만 그렇습니다."

"누구 마음대로? 그리고 회사 상태가 이런데, 준혁이 개는 뭘 하고 있나?"

"좀 전에 말씀드렸듯, 상무님은 새로 설립한 법인에 발령받아

나가 계십니다. 회사 내부 사정을 잘 모르실 거예요."

노부인이 한쪽 눈썹을 살짝 치켜뜬 채로 다시 차를 마신다.

"위기로군."

"반대로…… 회사로서는 더 좋을 수도 있죠. 제가 부정적으로 말씀드렸지만 합병 결과는 예측할 수 없으니까요."

"최악의 경우…… 위너가 없어질 수도 있잖나?"

그녀가 내 눈을 똑바로 본다. 난 그 말에 긍정할 수도, 부정할 수도 없었다. 그래서 자신 없는 말투로 읊조리듯 말했다.

"설마…… 그렇게 되겠습니까?"

하지만 노부인은 내 말을 못 들은 것 같았다. 그녀는 녹차 얼음이 다 녹도록 곰곰이 생각에 잠겨 있었다. 10분, 20분……. 침묵이 오래도록 이어진다. 난 무거운 순간을 견디다 못해 이만 가보겠다고 일어섰다.

"벌써?"

"이후 일정이 있어서요."

"바쁘군. 좋을 때야. 또 우리 한경이 보러 들러주겠나?"

"네, 또 오겠습니다."

그녀에게 정중히 인사를 하고 병실에서 나왔다. 사장은 내가 떠나는 순간까지도 침대에서 곤히 잠들어 있었다.

요양원을 나와 주차장으로 향하는 길. 풀숲에서 잠자리가 한가롭게 날고 있고 햇볕은 따스했다. 요양원에서 짧게 머무른 이 순간이 마치 꿈처럼 느껴진다. 난 주차장을 향해 걸었다. 그리고 차에 타려는데 검은색 바이크 한 대가 주차장 입구로 들어오는 모습을 포착했다.

아이콘 MTT. 박영태 실장을 협박한 그 바이크였다. 난 너무 놀라 그 자리에 옴짝달싹하지 못하고 그대로 서 있었다. MTT을 탄 사람 역시 나를 보더니 살짝 주춤하는 눈치다. 날⋯⋯ 알아본 건가? 그렇게 생각하는 순간, 그는 재빠르게 MTT를 돌려 주차장을 빠져나간다. 나도 급히 차에 올랐다. 저 바이크를 놓치면 안 된다. 무조건 따라잡아야 한다.

구형 쏘렌토의 시동을 급하게 걸고 가속을 한다. 자동변속기라 힘은 없었다. 그래도 재빠르게 MTT의 뒤를 따라붙는다. 자세히 보니 MTT의 번호판이 없었다. 뭔가 구린 게 있는 거겠지. 여기까지 온 걸 보면 우리 사장과도 분명 관계가 있는 것일 테고 말이다.

좁은 오솔길을 빠른 속도로 달렸다. 잡힐 듯 말 듯, 거리는 좁아졌다, 멀어지기를 반복한다. 차가 수동이었으면 더 강한 추진력을 낼 수 있었을 텐데, 내 마음대로 토크와 RPM을 제어할 수 없어 아쉬웠다. 아무리 힘껏 액셀러레이터를 밟아도 속력은 더 이상 붙지 않는다. 게다가 접지력이 약해 회전 구간에서는 영 힘을 못 썼다. 아슬아슬, 비틀비틀⋯⋯, 난 있는 힘을 다해 MTT를 쫓아간다. 큰 대로변으로 나와서도 우리의 추격전은 계속됐다. 차와 차 사이를 아찔하게 넘나들며 MTT의 뒤를 바짝 붙어 달렸다. 그러나 일반 승용차로, 그것도 구형 SUV로 MTT를 따라잡을 수는 없었다. 배기량이 비슷하다고 해도 SUV와 모터사이클, 두 개체의 몸집 차이가 크다 보니 아무래도 속력에 차이가 날 수밖에 없다. 영화와는 다르다.

결국, 스키드마크를 남기는 드리프트를 멋지게 몇 번 해놓고 MTT를 놓치고 말았다. 허망했다. 이렇게 바짝 따라붙었는데 놓치다니. 난 마치 전력 질주한 사람처럼 숨을 몰아쉬었다. 아깝다. 저 헬멧을 벗겨 얼굴을 확인해봤어야 하는데. 핸들을 잡았던 손을 떼니 손바닥에 땀이 흥건했다.

***

다시 서울로 돌아와 성재 형과 술이나 마실까 했는데 컨디션이 좋지 않다고 거절해 차만 반납하고 사택으로 돌아왔다. 아직도 날은 밝았고 밤이 되기까지는 긴 시간이 남아 있었다. 무료했다. 게다가 아이콘 MTT를 아슬아슬하게 놓친 아까의 전율이 남아 있어 아무것도 손에 잡히지 않았다.

그때 전화가 울렸다. 오지선 실장이었다. 난 침대에서 몸을 일으켰다.

"안녕하세요? 실장님."

〔아, 유찬 씨. 바빠요?〕

"아닙니다. 집에 그냥 있어요."

〔술이나 마실까요?〕

"네에? 술이오?"

〔놀라긴. 가영 씨랑 함께요.〕

"가영 씨가 바쁠 것 같은데요?"

〔알아요. 아까 회사에서 봤어요. 뭘 그리 열심히 일하는지. 하지만 내일이 일요일이잖아요? 일도 쉬엄쉬엄해야지, 안 그래요?〕

"가영 씨에게는 연락해보셨나요?"

〔내 연락은 받으려고 하지도 않아요. 아예 날 차단해놨더라고. 삐져도 단단히 삐졌나 봐.〕

"아……."

〔유찬 씨가 도와줬으면 좋겠어요. 아까 회사에서도 난 본 척도 안 하기에, 이렇게 SOS 친 거예요. 혹시 내 부탁이 곤란해요?〕

"아, 그건 아닌데……."

〔나, 사표 냈어요.〕

"네에? 사표를요? 왜요?"

〔절이 싫으면 중이 떠나야죠. 그만두기 전에 가영 씨하고 오해는 풀었으면 해서. 도와줄 거죠?〕

"네……, 그래야죠."

〔유찬 씨 지금 사택이죠? 내가 그쪽으로 갈게요. 가영 씨에게도 연락해봐요. 오늘 술이나 먹자고.〕

"알았습니다. 얼마나 걸리십니까?"

〔지금 판교역이니까, 한 20분 정도?〕

"제가 계신 곳으로 가겠습니다. 이 근처는 회사 사람들 눈이 많아서요."

〔그럴까요? 그럼 내가 조용한 데 들어가서 다시 연락할게요.〕

전화가 뚝 끊어졌다. 난 급작스러운 연락에 잠시 멍해 있었다. 오지선 실장이 사표를 내다니. 대체 왜? 다소 불만은 있었지만 조규진 전무 밑에서 일을 잘하고 있는 것 같았는데.

정신을 차리고 민가영에게 문자를 넣었다. 그녀가 회사를 그만 둔다는 얘길 하자 당장 오겠다고 답했다. 나 역시 부랴부랴 집을 나섰다. 평소라면 판교역까지 걸어갔겠지만 때마침 지나가는 택시가 있어 냉큼 잡아탔다. 오지선 실장이 있다는 이탈리안 레스토랑으로 찾아갔다.

파티션으로 가린 구석진 자리에 그녀가 앉아 있었다.

"오 실장님?"

"어머, 왜 이렇게 빨리 왔어요? 가영 씨는요?"

"곧 올 겁니다."

"그럼 먼저 시킬까요? 뭐 드실래요?"

그녀가 내게 메뉴판을 내밀었다. 파스타와 리소토, 스테이크 등의 메뉴 끝에 와인과 맥주 등이 보인다. 우리는 샐러드와 파스타 두 접시 그리고 와인 한 병을 시켰다.

"먼저 먹고 있죠. 가영 씨 언제 올지도 모르는데."

"오긴 온대요?"

"아, 그럼요. 실장님 그만두신다는 얘기했더니 깜짝 놀라던데요?"

"내가 사표 낸 게 그렇게 놀랄 일인가?"

"여기 오래 다니셨잖아요."

"전무님 밑에서는 아니죠. 그리고 이젠 더 이상 위너가 아니니까."

잔에 와인을 따르며 그녀가 씁쓸히 말한다. 와인잔에 와인이 반쯤 채워졌을 때, 누군가의 목소리가 들렸다.

"뭐가 아니라는 거예요?"

민가영이었다. 얼굴은 여전히 새침한 채로, 그녀는 내 옆에 앉는다.

"잘 지냈어?"

"아까도 보셨잖아요?"

"사람이 왜 그래? 인사도 안 하고."

"실장님이야말로 왜 그러세요? 우린 사장님 비서인데 이젠 전무님 편이나 들고."

"그게 어디 내 마음대로인가? 공식적인 발령이었잖아. 전무님 밑에 있는 이상 지킬 건 지켜야지."

"그래도 뭐……."

민가영이 입술을 삐죽인다. 테이블 바로 위에 있는 전등 빛에 그녀의 주근깨가 두드러져 보였다. 난 비어 있는 그녀의 잔에 와인을 따랐다.

"근데 사표는 왜 내신 거예요?"

"전무님과 잘 안 맞았어. 사장님과는 완전히 다른 스타일이라……. 나는 뭐, 그때 좋아서 그랬는 줄 알아? 자, 이거."

오지선 실장이 민가영에게 노란색 포스트잇을 내밀었다. 그걸 본 민가영의 얼굴에 웃음이 살짝 번진다.

"이건 뭐예요?"

"뭐긴 뭐야? 자기가 그렇게 궁금해했던 거지."

"어머, 실장님! 이래도 되는 거예요?"

"이미 사표 냈다니까. 다음 주부터 위너 사람 아니니까, 난 몰라."

"정말 감사해요."

"복사해줄까 했다가, 추적하면 자료 검색하고 복사한 거 누구인지 다 나오니까 아예 서버 패스워드를 주는 거야. 아래 숫자는 비서실 도어록 비번이고. 안 들키게 잘해. 아, 난 이 일에 말려들기 싫어. 무슨 말인지 알지?"

"아, 알죠. 이거 절대 비밀로 할게요."

"걸리면 난 딱 잡아뗄 거야. 해킹당했다고. 그러니까 나머지는 가영 씨가 다 책임져. 알았지?"

"당연하죠. 아, 정말 고맙습니다. 실장님."

민가영이 비음이 가득한 목소리로 거듭 감사의 인사를 표한다. 그녀의 얼굴에 함박웃음이 걸렸다.

"어휴, 저 웃는 것 좀 봐. 자료 안 준다고 날 그렇게 미워하더니……."

"잠시 그런 거죠. 전 실장님이 전무님 편에 완전히 붙은 줄 알았거든요."

"우리 같은 비서들이 네 편, 내 편이 어딨어? 시키는 대로 일만 하는 거지. 가영 씨도 가만 보면 참 다혈질이야."

"사표는 언제 내신 거예요?"

내가 대화에 끼어들었다.

"몇 주 됐죠. 사실 전무님 비서실로 발령받을 때부터 그만둬야겠다고는 생각했어요. 그런데 일하다 보니 영 아니라는 생각이 들어서."

"전무님이 허락하시던가요?"

"별말씀 안 하시던데요?"

"인수인계는요?"

"애리 씨가 알아서 하겠죠. 마지막인데, 우리 건배나 할까요?"

우리는 와인잔을 들어 건배를 했다. 그리고 나온 샐러드와 파스타를 안주 삼아 먹는다.

"오랜만이네, 진짜."

"그러게요, 같이 일할 때 이런 곳 참 많이 다녔는데. 다른 회사, 알아보셨어요?"

"아니, 아직. 여자 나이 오십이 넘어서 취업할 때가 마땅하지 않네."

"그래도 실력 있으시잖아요. 외국어를 그렇게 잘하는데."

"그럼 뭐해? 써먹을 때도 없는데. 유찬 씨도 다른 회사 알아보고 있죠?"

"아뇨, 아직."

"빨리 알아보는 게 좋을 텐데? 주말 한 번 더 지나면 바로 이사회 열리잖아요."

그녀의 말이 옳다. 이사회가 끝나면 내 자리는 영영 없어질 것이다. 하지만 난 아무런 준비를 하고 있지 않다.

"참, 가영 씨는 무슨 일을 그렇게 열심히 하는 거야? 경영지원팀 일이 그렇게 많아?"

"아니, 그건 아니고……."

민가영이 내 눈치를 슬쩍 본다. 전무님을 반격할 자료를 모으고 있다는 걸 말해야 할지 말아야 할지 판단이 안 서는 거다. 난 고개를 살짝 흔들었다. 아무리 사표를 냈다고는 하나 오지선 실장을 믿을 수 없었으니까. 일부러 화제를 돌렸다.

"박영태 실장님과는 꽤 친하셨나 봐요."

"아……, 그야 같이 일한 지 5년도 넘었으니까. 일반 동료보다 조금 더 친한 정도죠."

"사장님 쓰러지신 것을 알려주신 분도 오 실장님이셨잖아요?"

"내가? 난 그런 적이 없는데?"

뭐? 갑자기 망치가 내 뒷머리를 강타한 기분이 들었다. 병원에서 만난 박영태 실장은 사장이 쓰러진 사실을 오지선 실장에게 들었다고 했었는데. 다시 한번 기억을 되짚었다. 내 기억은 아직도 또렷하다. 그날의 일을 정확히 기억하고 있다.

"누가 그래요?"

"박 실장님이요. 병원에서 뵀을 때 그렇게 들었는데요."

"에이, 전 아니에요. 실장님이 착각하셨나 보네. 바꾼 연락처도 모르는데 연락을 어떻게 해요?"

오지선 실장의 문자를 받았다는 것은 박영태 실장의 거짓말이었던가? 아니면 그녀가 거짓말을 하는 걸까? 수상하다.

"그러면 대체 누가……?"

"애리 씨가 아닐까?"

"애리 씨? 전무님 비서요?"

"박 실장님이 회사 그만두고 전무님과 한번 만났대요. 그때 애리 씨가 연락한 것으로 알고 있어요."

오지선 실장이 잠시 말을 멈췄다. 그리고 민가영과 나를 번갈아 가며 보더니 조심스럽게 말문을 연다.

"정확히 말하면 박 실장님 누나 번호로 연락을 한 거겠죠."

회사에서 박영태 실장 누나 연락처까지 알고 있다는 말인가? 박영태 실장의 누나가 말한, 과일을 사 들고 찾아왔다는 나이 지긋한 남자가 정말 전무님이었을까? 궁금하다. 하지만 그 일까지 오지선 실장이 알 수는 없겠지.

"이미 끝난 일이니까 얘길 하자면…… 손영익 대표 투자 건은, 사실 우리가 중간에서 장난을 좀 쳤어요."

"손 대표님의 첫사랑으로 말입니까?"

"알고 계시네요?"

"우리 둘 다 자서전을 읽었거든요."

"자서전에는 나오지 않는 얘기도 있죠."

그녀의 말에 난 정신이 번뜩 들었다. 심장이 두근거린다. 그녀가 지금, 그의 자서전에서 최도원은 찾고 우리는 찾아내지 못한 것을 이야기하려 한다. 그게 과연 무엇이었을까?

"손영익 대표는 첫사랑에게 죄책감이 있었어요. 둘이 도피하려고 모은 자금을, 손 대표가 혼자 들고 미국으로 가버렸으니까."

"헉……, 진짜요? 그걸 혼자서 몽땅? 진짜 나빴다."

"같이 도피한 게 아니었습니까? 그 후에 손 대표가 미국으로 간 건 아니고요?"

"대외적으로는 그렇게 알려졌지만, 도피한 사람은 손영익 대표 혼자였어요. 해외여행이 자유로운 시대도 아니었고 당시 미국으로 가려면 돈이 꽤 많이 들었죠. 여권 브로커에게도 상당한 돈을 지불해야 했고요."

"돈 문제가 있었군요……."

"항상 사건의 발단은 돈 아니겠어요?"

"그 돈은 어떻게 구했는데요?"

"당시 경리였던 여자가 회삿돈으로 충당했었죠. 결국 버림받았지만요."

"그 여자분은 그 후에 어떻게 됐는데요?"

"교도소에서 몇 년 형을 살다 나왔다고 합니다. 떠들썩하게 이슈가 되진 않았지만, 신문에 작게 실린 기록이 있어요."

"어쩌면 손영익 대표도 그 뉴스를 봤을 수 있겠네요?"

"아마 알고 있었을 겁니다."

"경찰이 손 대표를 쫓지 않았어요?"

"그 여자분이 끝까지 말을 안 한 것 같아요. 돈을 끝내 못 찾았다는 걸 보니."

"대단한 사랑이네. 나 같으면 확 불었겠다."

"그러니까 손 대표님이 더 미안해했던 거겠지."

"그 정도면 꽤 큰 사건인데, 박 실장님은 잘 모르는 눈치던데요? 제게는 그런 얘기 안 했어요."

"너무 어릴 때라 잘 모르지 않았을까요? 그 사실을 아는 사람들은 일부 가족들뿐이에요. 실장님이 회사에 준 정보도 손영익 대표에 대해 좋게 미화되어 있었죠."

"이런……."

"어떻게 그럴 수가……."

"그만큼 죽은 누나에 대한 기억이 좋았다는 얘기겠죠. 가족들은 그 얘기를 가급적 안 했을 테고요. 당시의 자세한 정보는 최도원 사장이 직접 찾아낸 겁니다."

"회사에 공을 세우려고 실장님이 가족의 치부를 드러낸 격이네요."

"그런 셈이죠."

"박 실장님도 그 사실을 알고 굉장히 당황했겠네요."

"글쎄, 알았을까요? 제 생각에는 회사에서 알아내고도 박 실장님께 오히려 말을 안 한 것 같던데?"

"어쨌거나 손 대표님 진짜 실망이다."

"그래도 양심이 아예 없는 사람은 아니에요. 그걸 평생 가슴에 품고 살았고 사죄하고 싶어 했으니까. 그리고 실장님도 그 소스를 회사에 제공한 덕에 결국 보상은 받았잖아요?"

"손 대표는 첫사랑을 만나 사죄하려고 투자를 한 거예요?"

"그건 아니겠지. 하지만 마음속에 10퍼센트 정도는 첫사랑을 만나보고 싶지 않았을까? 아니면 확인하고 싶었거나."

"확인? 무슨 확인?"

"그녀가 자신의 죄를 주변 사람들에게 말했나, 안 했나 하고."

"그렇게 생각하면 손 대표님 너무 속물인데요?"

손영익 대표가 박영태 실장의 둘째 누나를 만난 후, 룸미러로 봤던 그의 쓸쓸한 표정을 떠올렸다.

'여기서 내 가장 화려했던 20대를 보냈지만, 그 기억은 예전 같지 않네요. 사람도, 추억도 다 변하는 게 세상 이치겠지요.'

오늘 들은 얘기와 그의 표정이 잘 매치되지 않았다. 오지선 실장에게 들은 대로라면 그는 자신을 위해 돈까지 횡령한 애인을 배신한 사람인데. 난 그녀의 말을 어디까지 믿어야 하는 걸까? 그게 사실이라면 손영익 대표가 너무 뻔뻔하지 않은가?

"어쩐지⋯⋯. 거물인데 투자한다고 한국을 방문하는 게 이상하다 했어."

"첫사랑은 못 만났지 않습니까?"

"그랬다더군요. 이미 죽은 지 오래됐다니까. 교도소에서 큰 병을 얻었나 봐요. 그런데 박 실장님이 그 사실을 감췄다고 나중에 말이 좀 나오긴 했죠. 보상 문제로도 시끄러웠고."

"회사에서 약속한 금액을 다 안 줬군요?"

"그러지 않았을까요? 실질적으로 손영익 대표의 약점을 알아내고 투자를 추진했던 것은 전무님과 최도원 사장인데, 투자받은 것은 상무님 프로젝트였으니까."

"최도원 사장은 대체 그 사실을 어떻게 알아낸 겁니까?"

"연구를 많이 했나 봐요. 당시 기록도 다 찾아보고. 손 대표 자서전으로 뒷조사까지 했다죠, 아마? 당사자에게 접근할 방법이 없어서 우리 사장님께 도움을 청했대요. 아시다시피 사장님 발이 넓잖아요? 사장님은 그걸 바탕으로 또 여러 사업 계획을 세운 거고요."

박영태 실장에 대한 궁금증이 이제야 풀린다. 그가 공을 세우고도 왜 그렇게 죄책감을 느꼈는지 알 것도 같았다. 하지만……그는 왜 죽은 걸까?

"실장님이 협박을 받으셨다고 해요. 알고 계셨습니까?"

"협박이오? 실장님이 왜요? 박 실장님처럼 선량한 분이 대체, 왜?"

"그건 저도 모르겠습니다. 장례식장에 갔다가 우연히 들었어요. 전 혹시 그게 전무님과 연관이 있는 건 아닐까……."

"왜 하필 전무님이죠?"

"원래 계획대로 투자받지 못했잖아요? 보상금 문제도 있고요. 그리고…… 실장님이, 사장님 일부 정보를 빼내서 전무님께 전했다고 해요."

"이봐요, 유찬 씨. 그렇다고 사람을 협박하는 일은 드물어요. 아예 투자를 받지 못한 것도 아니고. 회사 내 비리와 암투는 어느 회사나 비일비재하죠. 아마 전무님은 아닐 거예요."

"그럼 최도원 사장일까요?"

"글쎄요. 최 사장님은 제가 잘 모르는 분이니까 뭐라고 말은 못하겠네. 그렇지만 최 사장님이 박 실장님을 협박할 이유가 타당하지 않은데요? 협박받았다는 거, 그냥 실장님 착각 아니었을까?"

"제가 봤습니다."

"봐요? 직접? 박 실장님 협박한 사람을?"

"목격자에 의하면 그는 고가의 검은색 바이크를 타고 있었대요. 그 설명과 똑같은 사람을 박 실장님 장례식장에서 봤습니다. 그리고 아까 인사차 사장님이 계신 요양원에 들렀을 때도 봤고요."

"설마."

"박 실장님 죽음이 사장님 쓰러지신 것과 결코 무관하지 않아 보여요. 지금 진행되는 회사 일과도 그렇고요."

난 확신에 차 말했다. 어떻게든 그의 죽음을 전무와 연결해야 했다. 그래야 내가 살아남을 수 있으니까.

"왜 그렇게 생각하는 건데요?"

"이상하잖아요? 사장님과 박 실장님 모두 약물과 관련됐다는 게."

"아, 유찬 씨……, 상상력이 풍부하시네요. 죽을 때 약물을 사용한 사람은 자살자의 50퍼센트가 훌쩍 넘어요. 전 연령대에 걸쳐서요. 특이한 게 아니라고요."

"그 약이 특정한 곳에서 공급한 거라면요?"

"네?"

"파란 쇼핑백을 받고 건네주는, 사장님 심부름을 몇 번 한 적이 있어요. 실장님은 그 쇼핑백을 보신 적이 있나요?"

"어느 브랜드 것인데요?"

"브랜드는 아니고 블루 블러드라는 특정 클럽 거예요. 그 안에 약을 담아 주고받은 거죠. 사장님이 박 실장님 누나를 위해 약을 구해줬을 때도 그 쇼핑백을 썼다고 하고요."

"우연 아닐까요? 쓰다 남은 쇼핑백에 담아줬을 수도 있죠."

"아뇨. 그러기에는 너무나 연관된 게 많아요. 박 실장님을 협박한 사람도 그 클럽 회원이거든요."

"사장님이 그런 사람들과 어울렸다는 거예요?"

"어울렸는지는 몰라도 블루 블러드 소속이었다는 건 확실합니다. 회원이 아니면 사용할 수 없는 컬러라고 하니까요."

"누가요?"

"윤조 씨가 말해줬습니다. 그녀도 거기 회원이고요."

"그녀의 말을 믿어요?"

"실장님, 그것만이 아니에요. 사장님이 차에서 의식 잃고 쓰러졌을 때 입원한 병원, 지금 계신 요양원, 모두 그 클럽 소속 회원이에요. 제가 확인해봤어요."

민가영이 내 말에 힘을 보탰다. 오지선 실장은 우리 둘을 번갈아 보며 와인을 마셨다.

"솔직히 말씀해주세요. 사장님이 블루 블러드 회원이라는 것을 실장님은 알고 계셨죠?"

"글쎄, 뭐라고 말해야 할까……. 사장님이 속한 개인적인 모임이 어디 한두 군데여야죠. 그런 곳도 있었던 것 같기는 한데, 사적인 것은 비서에게도 말씀하지 않는 분이라. 그리고 우린 알아도 몰라야 하잖아요?"

"전 솔직히, 이연 씨도 약물과 무관하지 않다고 봐요."

"이연? 수행 기사였던 이연 씨?"

"심부전으로 갑자기 죽는다는 게 이상하잖아요? 피트니스센터 트레이너 말에 의하면 굉장히 건강했다는데, 평소 심장도 튼튼했고요. 이연 씨도 어쩌면 약물로 생을 달리했을지 몰라요."

"그래요, 실장님. 이거 분명히 뭔가 있어요."

"약의 출처는 조사해봤나요?"

"네? 출처요?"

"어느 회사 약인지, 어떤 유통 단계를 거쳤는지, 그거 알아봤냐고요."

"아니요. 아직……."

"그런 걸 모두 확인하고 말해야죠. 사장님이 쓰러지신 날 사용했다는 약과 박 실장님이 죽을 때 복용한 약, 모두 말이에요."

"알아볼 수는 있겠지만……."

"두 사고의 연관성을 찾아보려면 바닥부터 샅샅이 훑으세요. 아무리 같은 약이라 해도 수입하고 제조하고 판매하는 회사는 여러 곳이에요. 비교해봐야 하지 않겠어요?"

"당장 알아볼게요. 박 실장님 둘째 누나 것까지도요."

"이연 씨가 약물 복용했다는 증거를 찾는 것도 좋겠어요. 그게 있다면."

불현듯 책상 서랍 안에 있던 머리끈이 생각났다. 내가 지금 쓰고 있는 책상은 수행 기사들이 공용으로 사용했던 것이고, 수행 기사 중 여자는 이연 혼자였으니 아마 그 머리끈은 그녀의 것일 거다. 거기에 머리카락이 붙어 있다면 좋을 텐데. 그러면 약물 중독 여부를 확인할 수 있을 텐데.

"사장님은 왜 프로포폴 같은 것에 중독되신 걸까요?"

민가영이 씁쓸하게 말을 이었다. 오지선 실장은 잔에 와인을 가득 채우더니 단숨에 비워낸다. 나도 와인잔을 비웠다.

"사실…… 꽤 오래됐어. 가영 씨는 모르겠지만."

"네에?"

"아, 이런 말까지는 하고 싶지 않았는데……."

"알고, 계셨어요?"

"가장 오래, 가장 가까이에서 모셨는데 모르겠어? 바르고 정확하신 분이니까, 그만큼 스트레스도 많으셨지. 그 여파로 잠도 제대로 못 주무셨고. 어쩔 수 없이 의존하게 된 거예요, 그건."

"이제껏 용케 안 드러났었네요."

"아니요. 여러 번 걸렸어요."

오지선 실장이 당연하다는 듯 말을 한다. 놀란 민가영과 나는 서로를 마주 봤다. 여러 번이라고? 그럼 사장이 차 안에서 정신을 잃었던 것도 약물이 원인이었다는 얘기인가?

"왜 말씀해주지 않으셨어요?"

"어떻게 얘길 해요? 사장님 사적인 일인걸. 게다가 불법이잖아."

"경찰에는 안 걸렸던 거죠?"

"사건 터질 때마다 두어 차례 조사받았죠. 경찰서에도 가고."

"사장님이? 제 기억에는 그런 적 없으신데?"

"상무님이 대신했거든. 가영 씨 기억하죠? 상무님이 갑자기 회사 그만뒀다, 들어왔다 한 거. 그거 다 사장님 사건 터질 때마다 대신해서 복역하신 거예요."

민가영도 나도, 할 말을 잃었다. 사장의 약물 중독이 오래됐다는 사실보다, 그를 대신해 상무가 경찰서를 들락거렸다는 얘기가 더 충격이었다. 내가 유치장에서 그를 만났던 것은 그런 사연이었단 말인가.

"정이준 사건 때도 관련자들에게 경찰 포위망이 좁혀 왔어요. 어쩔 수 없이 상무님이 급하게 프로포폴을 맞고 감옥까지 갔죠. 그게 두 번째였고요."

"정이준은 마약이었잖아요?"

"집에서 프로포폴도 나왔다나 봐."

정이준의 얘기가 나오자 속이 뜨끔하다. 그러나 한편으로는 엉킨 실타래를 푸는 실마리를 잡은 것 같았다. 정이준과 사장과의 연관성이 확실해졌다. 블루 블러드 그리고 약물. 그 사고의 희생자인 이준혁 상무와 나. 그와 나의 차이가 있다면 알고 당한 것과 모르고 당했다는 것이다. 어쩐지…… 그가 유치장 안에서 날 유독 안타까워하더라니. 기분이 씁쓸해진다. 그리고 우습다. 사장의 사고 이후, 전무가 폭주하면서 위너에서 철저히 배제된 사람은 그와 내가 아니던가. 우린 왜 이렇게 닮아 있는 걸까? 우리는 둘 다 위기를 극복할 수 있을까?

이런 내 마음을 아는 듯 모르는 듯, 민가영은 상무의 입장을 물고 늘어졌다.

"상무님이 그렇게까지 희생할 이유가 없잖아요? 왜, 왜죠? 형이라서?"

"왜긴, 왜야. 회사 때문이지. 위너 살리겠다고 상무님이 일방적으로 희생한 거야. 사장님이 뉴스에라도 나왔어 봐. 회사가 건재했겠어? 주주들은 또 어떻게 하고?"

"말도 안 돼……."

민가영은 절대 믿지 못하겠다는 표정이었다. 나 역시 그랬다.

사장을, 아니, 동생을 대신해 감옥까지 가는 형이라니 대단하다. 그때 노기가 등등한 노부인의 얼굴이 떠올랐다. 유독 큰아들에게 냉혹했던 그녀. 사장의 어머니도 알고 있을까?

"사장님 어머니도 그 사실을 알고 계시나요?"

"글쎄? 모르시지 않을까? 아는 사람은 우리 넷뿐인걸."

"넷이오?"

"사장님과 상무님, 전무님 그리고 나. 아마 우리 외에는 사장님이 약물에 중독되신 걸 아무도 몰랐을 거야."

"상무님이 감옥에 다녀온 건 어머니도 알고 계신 거고요?"

"그럼 그건 알지. 숨길 수 없는 일이니까. 경찰이 집을 수색했어. 그 자리에 당연히 그분도 계셨고. 가문의 수치라며 연 끊겠다고 난리셨는걸. 아……, 그때 말렸어야 했는데. 그랬다면 사장님이 지금 멀쩡하셨을 텐데. 알면서도 방관한 우리 죄가 커."

오지선 실장이 또 와인을 따라 마신다. 이러다가는 와인 한 병을 통째로 마실 기세다. 그녀는 레스토랑 직원에게 새로운 와인을 한 병 더 시킨다.

"실장님, 너무 마시는 거 아니에요?"

"뭐 어때? 내일이 일요일인데. 게다가 난 이제 백수거든. 월요일부터 회사 안 나가는데 내 마음대로 하면 어때?"

술에 취한 오지선 실장은 평소 이미지와 달리 말도 많고 웃음도 많았다. 그러면서도 위너를 떠나는 아쉬움을 감추지 못했다.

"아쉬워, 진짜. 위너가, 우리 회사가 더 잘 될 수 있는 곳인데 이대로 멈춰 설까 봐."

"그렇게 걱정되면 그만두지 마요."

"이미 사표 수리됐어."

"이제 뭐 하시려고요?"

"일단 푹 쉬어야지. 여행이나 가던가. 연락 모두 끊고 아무 일도 안 할 거야. 나 전화 안 받는다고 뭐라고 하지 마. 20년 만에 처음 쉬는 거야."

"보고 싶겠다."

"가영 씨한테는 나중에 내가 연락할게."

오지선 실장과 민가영 그리고 나는 밤늦도록 술을 마셨다. 오지선 실장은 회사를 그만두는 와중에도 사장과 회사를 걱정했다.

그녀와 헤어지고 민가영과 집으로 돌아오면서 우리는 앞으로 해야 할 일을 의논했다. 술에 취했지만 정신은 말짱했다.

"내가 이연 씨 일은 알아볼게. 유찬 씨는 사장님이 그때 사용한 프로포폴이 어느 회사 건지 확인해줘."

"박 실장님 댁도 다녀올까 봐."

"나도 갈까?"

"가영 씨는 할 일이 많지 않아? 오 실장님이 알려준 정보도 확인해봐야 하고."

"맞아. 내일도 회사 나가봐야 하는데."

"의심받지 않게 조심해. 평일도 아닌데 왜 회사에 나오느냐는 얘기 들을 수도 있잖아?"

"걱정 마요. CCTV 정도는 눈치껏 피해 다니니까. 그리고 뭐,

휴일 출근에 대해 뭐라고 하면 그만큼 일이 많다고 답해줘야지. 헬시코어 합병 문제로 진짜 일이 많으니까."

민가영이 나를 향해 씩 웃어 보였다. 작고 가녀린 그녀지만, 그녀와 함께 있으면 든든하다. 내 편이 있다는 사실에 힘이 난다.

22. 사장의 이면

일요일 아침, 눈을 뜨자마자 혼자 정릉으로 향했다. 박영태 실장의 누나를 만나기 위해서다. 내가 과연 사장이 그의 둘째 누나를 위해 구해줬다는 펜타닐과 그가 자살할 때 사용한 약에 대해 알아낼 수 있을까? 왠지 자신이 없다. 선뜻 정릉 집에 들어설 용기가 없어 근처 가게에 들러 음료수 선물 세트를 샀다.

"실례합니다."

조심스럽게 문을 열고 들어섰다. 집 안이 조용하다. 그리고 전에 느꼈던 그대로 어둡고 눅눅했다.

"안녕하십니까? 저, 박영태 실장님과 함께 일했던 김유찬이라고 합니다."

방 안에서 누군가 부스스 몸을 일으키는 모습이 보인다. 그 옆에 있던 사람의 움직임도 포착됐다. 방 안에 있는 사람은 두 사람이었다.

"누구……?"

"전에 한 번 찾아뵀었죠? 아, 사모님이신가요? 장례식장에서 뵀던?"

박 실장의 둘째 누나에게 인사를 하던 나는 장례식장에서 상주였던 부인을 알아보고 인사를 했다. 그녀 역시 나를 기억했는지 반가운 기색이다.

"아, 안녕하셨어요? 그날 와주셔서 감사했습니다. 그런데 오늘 여기까지 웬일이세요?"

난 이곳을 다시 방문한 이유를 솔직히 얘기했다. 사장이 둘째 누나에게 전달한 약과 박 실장이 죽을 때 복용한 약을 확인하고 싶다고. 빙 돌려 말하고 싶지 않았다. 지저분한 변명을 늘어놓고 싶지도 않았다.

"우리 영태는…… 내가 복용하던 약을 먹고 죽었어요."

박 실장의 둘째 누나가 힘겹게 입을 열었다. 가느다란 두 눈에 눈물이 맺혀 있다. 난 그의 이름 앞에 우리라는 대명사를 붙인 사실이 슬펐다. 그 친밀감이 그들의 관계를 더 돈독하게 부각시킨다.

"내가, 관리를 제대로 못 한 탓이죠."

"죄송하지만 그 약을…… 보여주실 수 있을까요?"

"그럼요. 자요, 바로 이거예요."

그녀는 내게 투명한 갈색 약병 하나를 건넸다. 방 한구석에는 그 약병이 든 박스가 꽤 많이 쌓여 있었다. 난 약병에 빼곡하게 적혀 있는 작은 글씨를 힘겹게 들여다본다. 그리고 마침내 발견했다. 케미컬론. 펜타닐을 제조해서 판매한 회사의 이름은 바로 케미컬론이었다. 헬시코어의 모회사인 케미컬론 말이다. 설마…… 프로포폴 역시 케미컬론 것은 아니겠지.

"죄송하지만, 빈병 하나 가져가도 되겠습니까?"

"당연히 가져가셔야죠. 그게 왜 필요하신지는 모르겠으나, 회사에서 저와 우리 영태에게 큰 도움을 주셨는데 그 정도는 제가 드려야죠."

난 펜타닐 약병을 하나 들고 사택으로 돌아왔다. 손가락 한 마디 정도 크기의 이 작은 약병의 무게는 제법 무거웠다. 실제로는 그렇지 않겠지만 심리적으로 그랬다. 케미컬론이라는 브랜드가 내 마음을 더 무겁게 짓누른다. 왠지 사장과 박 실장의 사고에 최도원이 연결되어 있는 것만 같다. 2년 전 그날의 사고까지도.

확인해봐야 할 일이지만 생각하면 생각할수록 최도원이 블루 블러드 회원일 거라는 확신이 든다. 정이준에 의해 거절당했어도 사람의 일은 모르는 거니까. 버스와 지하철을 타고 집으로 오는 길이 유독 멀게 느껴졌다. 그리고 집에 도착했을 때 당장 비라도 내릴 듯 하늘이 어두워져 있었다.

***

월요일 아침, 난 평소보다 일찍 출근했다. 복도에서 몇몇 사람과 마주쳤지만 내가 금요일 무단결근한 것에 대해서는 아무도 모르는 것 같았다. 섭섭하지만 다행이었다. 텅 빈 사무실 문을 여니, 그 넓은 공간에 덩그러니 놓인 책상이 나를 반긴다. 온종일 함께해야 할, 내 유일한 동료다. 하지만 평소와는 달리 난 무기력하지 않았다. 내겐 해야 할 일이 많았으니까.

자리에 앉자마자 책상 서랍부터 뒤졌다. 이연의 피트니스센터 회원증이 가장 먼저 눈에 띄었다. 그리고 그 뒤를 이어 박영태 실장의 까만 수첩이 나왔다. 아, 이걸 유족들에게 돌려줘야 했는데. 어제 박영태 실장 누나 집을 찾아가기 전에 미리 확인했으면 좋았을걸.

수첩을 폈다. 그가 근무하면서 남긴 흔적이 수첩 안에 고스란히 남아 있었다. 한 달에 한두 번, 특정 날짜에 표시되어 있는 별표가 여전히 신경이 쓰였다. 이게 뭘까? 가족들에게 물어보면 알 수 있을까? 정릉에 가서 수첩을 돌려주며 확인해봐야겠다.

서랍을 뒤적였다. 형광펜과 다양한 컬러의 볼펜이 뒤죽박죽 섞여 있다. 문득 박영태 실장의 집에 버려져 있던 모나미 153 볼펜을 떠올렸다. 하지만 이 펜에는 끝이 씹힌 자국이 없다. 박영태 실장의 것이 아닌가 보다. 다시 서랍을 뒤진다. 볼펜과 포스트잇 사이를 뒤적거리니 머리끈 하나가 나온다. 난 그 머리끈을 조심스럽게 꺼내 들었다. 그리고 천장 불빛에 비춰보니 갈색의 가느다란 머리카락 한 가닥이 엉켜 있는 게 보였다.

됐다! 이거다. 난 미리 준비해간 비닐봉지에 머리끈을 조심스레 넣었다. 그리고 바로 민가영에게 문자를 넣었다.

'이연 머리카락 확보.'

바로 답장이 왔다. 할 일이 많다더니 휴대폰만 들여다보고 있었나 보다.

'뭐? 그걸 어디서?'

'책상 서랍에 머리끈이 있더라. 수행 기사 중 여자는 이연뿐이 잖아.'

'10분 후 1층에서 봐요. 오케이?'

나도 좋다는 답변을 보냈다. 심장이 두 근 반, 세 근 반, 빠르게 뛰기 시작한다. 예감이 좋았다. 실마리가 점차 풀리는 느낌이다. 난 10분을 못 기다리고 먼저 1층으로 내려갔다. 그리고 편의점에서 음료를 사서 민가영을 기다렸다. 20분 정도 지나서 그녀가 모습을 드러냈다.

"유찬 씨, 미안. 빠져나올 틈이 있어야지."

"많이 바빠?"

"어, 죽도록. 왜 이렇게 시키는 일이 많은지."

난 그녀에게 머리카락이 든 비닐봉지를 내밀었다. 그녀가 그걸 받아들더니 씩 웃는다.

"뭐야, 탐정 같잖아? 이 머리카락에서 약물 중독의 증거가 나오려나?"

"이연 뒷조사는 해봤어요?"

"아침에 출근하자마자 자료 싹 뒤져봤는데, 별 특이사항은 없어. 근데 웃기더라."

"뭐가?"

"사장님이 모은 자료, 전무님과 상무님이 모은 자료가 모두 조금씩 달라. 이분들, 서로에 대한 견제와 의심이 대단하던데요? 겉으로는 안 그런 척했으면서. 그리고 진짜 웃긴 건 전무님 패스워드야. 뭔지 알아요? 영어 좌판에 위너 포에버를 한글로 쓴 거 있지? 진짜 유치하지 않아?"

"다른 자료는?"

"회계 정보에 접근하려고 하는데 담당자가 근무 중이라, 그 사람 퇴근하면 이따 밤에나 찾아보려고. 뭐든 나오지 않겠어요? 돈과 관련해 깨끗한 사람은 없으니까. 작은 거라도 횡령 하나 걸려라, 하는 심정으로 뒤져야지."

민가영이 비닐봉지 안을 들여다본다. 실오라기처럼 가는 머리카락에 시선이 집중돼 있다.

"이제 어떡하지?"

"어떡하긴. 국립과학수사연구소에 보내야지."

"거긴 일반 의뢰는 안 받잖아요. 범죄에 연루된 거면 몰라도."

"아, 경찰을 껴야 한다는 말이네요? 오동준에게 가서 물어볼까?"

오동준의 이름이 나오자, 나도 모르게 얼굴이 굳는다. 그가 경찰을 그만뒀어도 과거의 기억이 살아 있는 이상, 그는 내게 여전히 어려운 존재였다. 이런 내 마음을 그녀도 알아챘다.

"뭘 그렇게 겁내요? 막상 보니까 별 볼 일 없는 아저씨던데. 오동준은 더 이상 경찰이 아니라고요."

"그래도 다시 보고 싶은 얼굴은 아니라서."

"형량 받은 것도 아닌데 뭘 그렇게……. 내가 연락할게요. 그건 괜찮죠?"

그녀가 아무렇지도 않다는 듯 웃으며 나를 본다. 나약한 내 본 모습을 보여준 것 같아 창피했다.

"출근한 지 몇 시간 안 됐는데, 유찬 씨는 성과가 많네. 나도 분발해야지. 오늘은 뭐 할 거예요?"

"정릉에 갔다가 상무님을 뵈려고."

"정릉? 어제 가지 않았나?"

"머리끈 찾다가 박 실장님 수첩을 발견해서 돌려주려고요. 유족들에게는 필요한 유품일 수도 있잖아요."

"그건 그런데, 좀 멀다."

"아, 그리고 이거, 어제 정릉 갔다 발견한 건데."

난 주머니에서 어제 박영태 실장 둘째 누나에게 받은 펜타닐을 꺼냈다. 갈색의 투명한 약병을 보자 그녀의 눈이 빛난다.

"박 실장님 누나가 준 약이에요. 우리 사장님이 구해줬다는 거. 박 실장님도 이 약을 먹고 자살했다고 해요. 제조사가 어디인지 확인해볼래요?"

그녀에게 펜타닐을 내밀었다. 민가영은 약병 겉에 어지럽게 쓰인 글씨 속에서 곧 익숙한 단어를 발견해냈다.

"케미컬론이군요."

"사장님이 사용한 약물도 케미컬론 것인지 확인해봐야죠."

"아……, 오동준한테 머리끈 물어볼 때 정이준 집에 있던 약물도 케미컬론 제품인지 같이 물어봐야겠다."

"부탁해요. 난 오늘 그 문제로 상무님 찾아가려고. 혹시 알고 계시나 해서."

"오늘? 바쁘겠네?"

"그래서 늦을 수도 있어요."

"나도 늦는데, 뭐. 내가 전무님 꼬투리 찾으면 바로 알려줄게요."

그녀가 짓궂게 웃는다. 그리고 내가 준 음료를 단숨에 들이켰다. 동시에 그녀의 휴대폰이 분주하게 울리기 시작한다.

"이거 봐, 이거 봐······. 쉬는 꼴을 못 본다니까? 나 이제 올라가 봐야겠다. 유찬 씨, 이따 봐요. 볼 수 있으면."

그녀가 내 뺨에 입을 맞췄다. 그리고 재빠르게 건물 안으로 자취를 감췄다. 난 그녀의 뒷모습을 보면서 멋쩍게 웃는다. 그녀의 돌발 행동에 가끔씩 당황하곤 하지만 기분은 좋았다.

파라솔에 앉아 음료를 마시며 이준혁 상무에게 문자를 넣었다. 이따 퇴근 시간에 맞춰 만나고 싶다는 내용이었다. 답변이 바로 왔다. 며칠 전 민가영과 함께 만났던 커피 전문점에서 기다리겠다는 그의 얘기에, 난 사무실로 올라가 정리를 하고 박영태 실장의 수첩을 챙겨 바로 회사를 나섰다. 근무 시간에 일탈하는 건 직원으로서는 하면 안 될 일이지만, 어차피 내 일정과 동선에 관심을 갖는 사람은 아무도 없을 터였다. 대기 발령 상태인 나는 자유로운 몸이었다.

지하철과 버스를 번갈아 타고 정릉에 도착했다. 빈손으로 가기에도 머쓱하고 또 어제처럼 주스를 살 수도 없어 이번에는 과일을 한 상자 샀다. 그리고 박영태 실장 둘째 누나의 집으로 들어섰다.

"안에 계십니까? 저 어제 뵀던 김유찬입니다."

"어머, 또 오셨네?"

내 목소리를 들은 박영태 실장의 부인이 방문을 열어준다. 문틈으로 힐끗 보니 그의 둘째 누나는 잠든 듯 낮게 코를 골고 있었다.

"들어오세요."

"주무시는 데 방해가 되지 않을까요?"

"약에 취해 주무시는 거라 괜찮아요. 옆에서 아무리 큰 소리로 떠들어도 형님은 깨지 않을 거예요."

난 그녀의 권유에 방으로 들어섰다. 과일 상자를 건네니 미안해하는 눈치였다.

"그런데 또 어쩐 일로……?"

"책상 정리를 하다 이걸 발견해서요. 실장님 겁니다."

그녀에게 까만 수첩을 내밀었다. 박영태 실장의 노곤한 하루하루가 담긴 수첩이었다. 수첩을 받아든 그녀는 이내 눈물을 보인다.

"고맙습니다. 이런 것까지 다 챙겨주시고. 장례식장에도 와주셨는데 어떻게 감사하다고 표현을 해야 할지……."

"아, 아닙니다. 당연한 일인걸요. 저……, 여쭤볼 게 있는데요."

"네? 저한테요?"

"죄송하지만 여기 오기 전에 수첩을 미리 들여다봤습니다. 그런데 별표가 쳐 있던데, 혹시 아실까 해서요?"

그녀는 잘 모르겠다는 듯 고개를 갸웃거린다. 그리고 이내 수첩을 펴보더니, 별표가 쳐 있는 날짜를 보며 골똘히 생각에 잠겼다.

"잠깐 기다려주시겠어요?"

그녀가 자리에서 일어섰다. 잠시 후, 다시 모습을 드러낸 그녀는 믹스커피 한 잔과 통장을 올린 쟁반을 들고 들어왔다.

"드릴 게 이것밖에 없네요."

"고맙습니다. 그런데 이건……?"

"남편 통장이에요."

그녀는 통장을 나에게 건네준다. 확인하라는 얘기다. 통장에는 한 달에 두 번, 꽤 많은 돈이 꼬박꼬박 입금돼 있었다. 난 혹시나 하는 마음에, 수첩에 적힌 날짜와 통장의 입금 날짜를 확인했다. 일치한다. 박영태 실장이 수첩에 별표를 쳐놓은 날은 돈이 입금되는 날이었던 것이다.

"이 돈은 뭡니까?"

"그이가…… 보너스로 받은 돈이에요. 사장님을 팔아서 번."

말끝을 살짝 흐렸다. 그녀의 목소리가 떨린다. 난 통장의 입금 날짜를 다시 확인하고 입금처를 봤다. 모두 ATM을 통한 무통장 입금이었다.

"아닌 것은 알았지만 남편을 말리지 못했어요. 그 돈이 살림에 큰 도움이 됐거든요. 형님 병원비도 만만치 않았고요."

"누가 줬다고는 말 안 하고요?"

"네……."

"사모님, 기억해주십시오. 저는 그게 누군지 꼭 알아야 합니다."

"죄송합니다……. 더 이상은 저도 아는 게 없어서."

가슴에 손까지 모으고 공손히 말하는 그녀의 모습에 난 할 말을 잃었다. 박 실장님의 장례식장에서와는 달리 그녀는 말을 길게 하지 않는다. 그 일에 대해 더 이상 기억하고 싶지 않은 듯했다.

"휴대폰으로 통장을 찍어가도 되겠습니까?"

박영태 실장의 부인은 내게 통장을 내어준다. 통장을 휴대폰으로 촬영한 나는 그곳에서 10여 분 더 머물다가 나왔다. 더 이상은 물어볼 말도, 할 말도 없었다.

그리고 다시 버스와 지하철을 타고 이준혁 상무의 회사로 찾아갔다. 퇴근 시간까지는 아직 1시간도 넘게 남아 있었다. 난 1층 카페에서 커피를 마시며 휴대폰 사진을 들여다보았다. 한 달에 2번씩, 그의 통장에는 돈이 입금되고 있었다. 그가 회사를 그만둔 후에도 말이다. 누가 입금한 걸까? 보아하니 회사 근처의 ATM에서 보낸 것 같은데.

"일찍 오셨네요?"

갑작스러운 이준혁 상무의 목소리에 놀라 자리에서 일어났다. 그리고 고개를 넙죽 숙여 인사했다.

"아, 상무님. 벌써 퇴근하신 겁니까?"

"아뇨. 혹시나 해서 일찍 내려왔는데 벌써 기다리고 계시네요."

그가 내 맞은편에 앉았다. 민가영과 지난번에 봤을 때보다 그의 모습은 훨씬 더 세련되어 보였다.

"중요한 일이시라고요?"

난 그에게 펜타닐을 내밀었다. 그것을 받아든 상무의 미간이 살짝 찌푸려진다. 콧잔등에 잔주름도 생겼다.

"뭡니까, 이게?"

"박 실장님 댁에 있던 약입니다. 사장님이 주셨다고 했어요. 보시다시피……"

"케미컬론 제품이네요."

그가 재빠르게 제조사를 확인하고 말한다. 내가 무슨 말을 하려고 하는지 그는 이미 짐작하고 있는 것이다.

"사장님이 맞은 약은…… 어느 회사 것이었습니까?"

"짐작하시는 대로요."

"네?"

"케미컬론이었어요. 경찰이 압수하기 전에 확인해뒀습니다."

"우연이 아닌 것 같지 않습니까?"

"가능성이 커졌네요. 최도원 사장을 의심하고 싶지 않지만."

"블루 블러드와도 관련이 있을 거예요. 정이준의 집에서 발견한 약에 대해서도 가영 씨가 알아봐 주기로 했습니다."

"정 사장은 필로폰을 복용한 게 아니었나요?"

"사망 원인은 필로폰이지만 집에서 프로포폴이 발견됐었나 봐요."

"그럼 가영 씨가 오동준 경사를 곧 찾아가겠군요."

그가 잠시 생각에 잠겼다. 그러더니 고개를 들어 나를 보고 빙긋 웃는다.

"참, 깜박할 뻔했네요. 김유찬 씨, 식사하셨습니까?"

"아니요. 아직."

"밥이나 먹으러 가죠. 오늘 야근 예정이라 술은 마시지 못하지만, 어떻습니까? 시간 괜찮으시죠?"

난 그를 따라 일어서며 시계를 본다. 오후 6시를 조금 넘은 시각이었다. 저녁을 먹기에는 다소 일렀지만 군말 없이 그를 따라나섰다. 식사를 하며, 그에게 전무를 공격할 비장의 무기를 준비했는지 묻고 싶었다.

"박영태 실장님 댁에 다녀오신 겁니까?"

테이블 맞은편에서 이준혁 상무가 밥을 먹으며 묻는다. 우리가 있는 곳은 회사 주변에서 흔히 볼 수 있는 백반집이었다.

"제가 쓰는 책상에 박 실장님 수첩이 남아 있어서 사모님에게 돌려드릴 겸 다녀왔습니다."

"수첩만 전달한 거예요?"

"네, 그런데 수첩에 이상한 표시가 있더라고요."

그가 밥을 입에 한가득 넣었다. 그리고 열심히 우물거리면서 말을 이어간다.

"표시? 은밀한 건가요?"

"돈이 입금된 날짜인 것 같아요."

"월급날이오? 그건 정해져 있잖아요?"

"아뇨. 누군가로부터 돈을 받았던 것 같습니다. 그것도 꾸준히요."

난 그에게 내 휴대폰을 건넸다. 휴대폰 화면에는 아까 내가 정릉에서 촬영한 통장 이미지가 띄워져 있었다.

"뭡니까, 이건?"

"박 실장님 통장 내역입니다. 수첩에 표시되어 있던 날과 동일한 날짜에 돈이 입금되어 있었습니다."

"모두…… 무통장 입금이네요?"

"출처가 모호하다는 건, 숨기고 싶다는 얘기 아니겠습니까?"

"입금한 사람이 누구인데요?"

"모릅니다. 박 실장님이 누구에게, 왜 돈을 받았는지 정확한 것은 사모님도 모르고 있었어요. 다만 사장님 정보를 팔아서 받은 돈이라고 추측하고 있더군요."

"흐음……, 이 사진을 제게 보내주세요."

그가 내게 휴대폰을 돌려준다. 난 받자마자 바로 그에게 사진을 전송했다.

"전에, 고성국 씨가 그랬던가요? 전무님께 사장님 정보 제공하고 용돈 받았다고?"

"그랬었죠."

"그 얘기를 녹음한 파일 있다고 하지 않았어요?"

"그게……."

"제게 블랙박스 파일만 보내주셨더라고요. 그 파일도 주십시오."

입장이 난처하다. 고성국에게 말하지 않고 그 파일을 상무에게 줘도 되는지 판단이 서질 않는다. 몰래 녹취한 거라 그는 별생각 없이 떠들어댔을 텐데. 그걸로 그가 곤란해질 수도 있다. 난 이런 우려 때문에 이준혁 상무에게 그 파일을 보내지 않은 것이다.

"김유찬 씨, 그때 우리가 한 얘기 잊었습니까? 추측을 사실로 만들자고 했잖아요. 그러기 위해선 그 녹음 파일이 꼭 필요해요."

"고성국 씨에게 말을 안 한 터라……."

"피해 가지 않도록 제가 주의하겠습니다."

"하지만……."

"그 파일만 있으면, 전무님과 박 실장님을 연결해서 회사 문제로 확장할 수 있을 거예요. 위법성이 있다고 판단되면 아무리 이사진을 포섭했다고 해도 쉽게 넘어갈 수 없을걸요?"

"……."

"김유찬 씨, 우리에겐 시간도 정보도 많지 않아요."

이사회까지는 이제 1주일이 남았다. 내가 최선을 다해 사태를 역전시킬 수 있는 시간 또한 딱 1주일뿐이다. 그 이후로 나에게는 미래가 없을지도 모른다. 난 그를 똑바로 보며 고개를 끄덕였다. 현실 앞에서 내 양심이 무너져 내렸다. 하지만 내 앞에 난 길은 단 하나뿐이었다.

"오늘 바로 보내겠습니다."

"좋습니다. 하지만 메일은 곤란해요. 흔적이 남으니까. USB에 넣어서 주세요."

"회사로 보내드릴까요? 아니면 집으로?"

"회사 로비에 맡겨주세요."

"알았습니다."

"완벽하지는 않지만 그래도 하나씩 뭔가가 갖춰져 가네요."

"우리가 해낼 수 있을까요?"

"어쩌면요. 일단 대표이사님께 발언할 기회를 달라고 요청드렸습니다."

위너에 대표이사가 따로 있다는 말에 그나마 다행이라는 생각
이 든다. 그가 부디 이성적인 사람이길. 그리고 우리 말을 들어주
길 간절히 바랐다.

"합병이라는 게 회사의 근간을 뒤흔들 큰일이잖아요? 신중히
판단하실 겁니다. 우리에게 아예 희망이 없는 건 아니에요."

"다행이네요."

"네, 그나마요. 가영 씨는 어때요? 준비 잘하고 있나요?"

"열심히 하고 있는 것 같습니다. 너무 바빠서 얼굴 볼 시간도
없네요."

"회사의 기밀문서를 다 뒤져보고 있는 겁니까?"

그가 웃으며 나를 본다. 싫은 눈치는 아니었다. 아마 온갖 정보
속에서 신나 하고 있을 민가영을 떠올렸나 보다.

"뭐라고 말 안 해요?"

"사장님과 상무님, 전무님이 모은 자료가 모두 조금씩 다르다
고……."

그가 웃음을 터트렸다. 소리 내어 웃는 모습이 이한경 사장과
몹시 닮아 있다. 유쾌한 웃음소리마저 똑같았다.

"아……, 속을 다 내보인 것 같네. 아무래도 서로 견제하다 보
니까 정보를 너무 많이 모았나 봐요. 그러다 보니 오류도 있고.
어? 그런데…… 전무님 자료는 어떻게? 그걸 봤대요?"

이준혁 상무가 웃음을 멈췄다. 그의 눈빛이 호기심으로 빛난
다. 오지선 실장이 서버의 패스워드를 알려준 것을 발설해서는
안 되는데.

웃음의 여운이 얼굴에 아직 가시지 않은 채로, 그는 진지하게 내 속을 떠본다.

"오지선 실장이 줬군요?"

나는 아무 말도 하지 못했다. 괜히 목이 막혀 물만 들이켰다. 한 잔으로 모자라 두 잔, 석 잔, 연거푸 물을 마셨다.

"잘됐네요. 오 실장이 우리 편에 서다니."

"아, 아니, 그런 건 아닙니다."

"그런데 어떻게 전무님 자료를 엿봐요?"

"사실은…… 실장님이 회사를 관두시면서……."

"오지선 실장이 회사를 그만뒀어요? 왜요?"

"그게, 일하는 스타일이 전무님과 잘 안 맞았나 봐요."

"그렇다고 그만둘 사람은 아닌데……. 뭐, 어쨌거나 그 덕에 반격할 우리의 무기가 늘겠네요. 가영 씨, 진짜 바쁘겠어요."

그가 다시 기분 좋게 웃어 보였다. 오지선 실장에 대한 얘기를 더 이상 하지 않아 나도 한숨 돌린다.

식사를 다 마친 그는 먼저 카운터 앞으로 가서 계산하더니 나에게 5만 원짜리 지폐 몇 장을 건넸다.

"고생하시는데, 두 분이서 고기라도 사드세요."

"아, 아닙니다. 제가 해야 할 일을 하는 건데요."

"받으세요. 제 손이 무안하잖아요."

그는 억지로 내게 지폐를 쥐여줬다. 마지못해 받았다. 돈을 받아 든 나는 그가 고마우면서도 한편으로는 부담스럽다.

그렇게 백반집을 나온 우리는 그의 회사 앞까지 함께 걸었다.

"유찬 씨가 얘기한 블루 블러드에 대해서 알아보고는 있습니다. 사장님 지인들을 통해서요."

"블루 블러드가 케미컬론과도 연결돼 있는 거겠죠?"

"그건 모르겠습니다. 약 제조사가 케미컬론이라는 것만으로 의심할 수는 없으니까요. 그리고 케미컬론에서 박 실장님을 협박할 이유도 없고요."

"최도원 사장, 전무님과 연결되어 있다면요?"

"그걸 염두에 두고 접근하고는 있는데, 그 관계가 확실하지는 않아요. 너무 큰 기대는 하지 마세요."

헤어지기 전 이 상무가 사준 커피를 마시며 양재역까지 걸었다. 상무가 블루 블러드에 대해 알아보고 있다는 말이 귓가를 맴돌았다. 그도 뭔가 의심스러우니까 블루 블러드에 접근하고 있는 것이겠지. 제발 그가 케미컬론, 최도원, 그리고 조규진 전무와의 연결 고리를 찾았으면 좋겠다는 생각이 머릿속에 가득했다. 집에 와서 샤워를 하고 자리에 누웠다. 시계는 어느덧 10시를 가리킨다. 야근 중인 민가영은 아직도 집에 돌아오지 않고 있다.

***

눈이 부셔 일찍 눈을 떴다. 아침 햇살이 창문으로 쏟아져 들어온다. 난 침대에 누운 채로 길게 기지개를 켜고 자리에서 일어났다. 문득 내 책상 위에 뭔가 놓여 있는 게 보인다. 서류 봉투였다.

침대에서 일어나 서류 봉투를 열어보니 군데군데 형광펜으로 칠한 회계 자료가 나온다. 민가영이 두고 간 서류였다. 그녀는 어젯밤 늦게 혹은 오늘 아침 일찍 내 방에 들렀던 거다. 도어록 비밀번호를 알고 있으니까 방에 들어오는 것은 일도 아니었겠지. 다만 내가 깊이 잠들어 있어 깨우지 않은 것 같다. 서류를 다시 봉투에 넣었다. 이걸 빨리 이준혁 상무에게 전해줄 생각이었다. 그런데 그때까지 이걸 어디에 두지? 회사의 기밀문서이니 혹시라도 누가 보면 조용히 지나가지는 못할 거다. 다른 사람의 눈에 띄어서는 안 된다. 고민 끝에 서류 봉투를 책상 뒤 빈 공간에 숨겼다. 책상을 벽 쪽으로 바짝 붙이니 감쪽같았다. 내가 아닌 이상 이 서류 봉투를 아무도 찾지 못하겠지. 난 마치 범죄 영화의 스파이라도 된 기분이 들었다.

샌드위치와 커피를 사 들고 회사에 출근했다. 휴대폰으로 인터넷 뉴스를 검색하며 아침 식사를 한다. 근무 시간 중에 식사라니, 아마 이건 대기 발령 중에만 누릴 수 있는 호사일 거다. 난 식사를 하며 여유로운 아침 시간을 보냈다. 내가 심심한 것을 알기라도 하듯 휴대폰이 울린다. 민가영이었다. 오늘따라 그녀의 전화가 더 반갑다.

"여보세요? 가영 씨?"

〔출근했어요?〕

"그럼."

〔나오기 전에 내가 자기 방에 가져다 둔 것도 보고?〕

"잘 봤지. 그걸 언제 다 정리했대?"

〔어휴, 나 그걸로 며칠 고생했잖아.〕

"수고했어요. 지금 잠깐 볼까? 시간 있어요?"

〔나 엄청 바빠.〕

"전화할 시간은 있고?"

바쁘다는 그녀의 말에 나도 모르게 웃음이 나왔다. 그러면서 어떻게 전화는 하는지.

〔사실 전화할 시간도 없어.〕

"근데 왜? 전화는 왜 했어?"

〔죽이는 정보가 있으니까 했지.〕

"뭐?"

〔전무님이, 사장님 약물 복용 정보를 꾸준히 모아왔더라고. 컴퓨터에 다 저장돼 있었던 거 있죠?〕

"또 서버에 들어간 거예요?"

〔그럼요. 그러라고 오 실장님이 주신 건데. 그리고 대박! 회사에서 손영익 대표의 공소시효를 계산한 거 알아요?〕

"공소시효? 손 대표는 기소된 적이 없잖아?"

〔박 실장님 누나와 관련해 협박하려고 했나 보지.〕

협박? 위너에서 손영익 대표를 협박? 정중하게 대우하면서 뒤로는 그를 협박했다니. 처음부터 첫사랑 따위로 그런 거액을 투자한다는 게 말이 안 된다고 생각했다. 서로 구린 게 있으니 뒤로 몰래 협상한 거겠지. 그리고 외부로는 드러내면 안 되는 일을, 미담으로 아름답게 포장해 슬쩍 흘렸던 거다. 손영익 대표도 우리 사장도, 그럴듯해 보이지만 추하다. 난 그런 세계에서 살고 있는 거다.

〔어쩐지 투자를 너무 쉽게 받았더라니. 그리고 더 놀라운 건……〕

그러나 그녀의 말은 더 이상 이어지지 않았다. 누군가 옆에서 말을 시켰는지 휴대폰 너머로 알았다고 대꾸하는 그녀의 목소리가 작게 들려왔다.

〔전화로는 말 못 하겠다. 이따 집에 가서 알려줄게. 끊어요.〕

전화가 툭 끊겼다. 그녀가 몹시 바쁜가 보다. 하지만 그녀와 달리 난 할 일이 하나도 없었다. 전무님과 관련된 정보를 뒤지는 것은 내 능력 밖의 일이다. 그녀가 뭔가 새로운 정보를 줄 때까지 대기하는 수밖에. 대기, 대기, 대기……. 정이준을 만난 이후부터 내 인생은 늘 대기인 것 같다.

점심 후, 편의점에서 커피를 마시며 5분쯤 여유를 즐겼을까. 갑자기 어디선가 날카로운 비명이 들렸다. 꺄아아악—! 그리고 웅성대며 사람들이 몰려든다. 커피를 마시고 있던 나는 호기심에 편의점 밖으로 나가 그들 틈에 끼어들었다. 그들이 둘러싸고 있는 공간에는 한 여자가 누워 있었다. 길고 곱슬거리는 머리카락 사이로 번져 나온 벌건 피가 바닥을 붉게 물들이고 있다. 옥상에서 뛰어내린 건가. 난 바닥에 쓰러진 여자 가까이 다가섰다. 그리고 여자의 얼굴을 보고 경악하고 말았다.

그녀는…… 민가영이었다. 1, 2시간 전만 해도 나와 통화를 했던 그녀였다. 믿기지 않는다. 그녀가 왜 여기 쓰러져 있는 거지?

이따 집에서 보기로 했는데, 왜 여기 이렇게 누워 있는 거야?

"가영 씨……."

나도 모르게 바닥에 주저앉았다. 그녀의 이름을 불렀지만 대꾸하지 않는다. 눈을 부릅뜬 채 피를 흘리며 그녀는 쓰러져 있었다. 바로 내 눈앞에.

"가영 씨!!!"

눈물이 나왔다. 그녀의 얼굴을 가만히 어루만진다. 아직도 따뜻하다. 그러나 그녀의 머리에서는 뜨거운 피가 샘솟고 있었다. 죽었다. 그녀가 죽은 것이다. 하지만 난, 그 사실이 믿어지지 않는다.

*　*　*

참고인 조사 차 경찰서로 불려갔다. 민가영이 마지막으로 통화한 사람이 바로 나였기 때문이다. 난 또다시 취조실에서 경찰과 마주 앉았다.

"민가영 씨와는 어떤 사이였습니까?"

경찰은 바로 앞에 있는데, 그의 목소리가 멀리서 들리는 것 같다. 이상하게 떨리지 않았다. 안정제를 먹지 않았는데도 정신이 멍했다. 혼이 모두 빨려 나간 느낌이었다. 난 그의 질문에 간신히 대답했다.

"사귀고…… 있었습니다."

"연인이었다 이거죠?"

"네……."

"마지막으로 한 통화 내용이 뭡니까?"

어디선가 그녀의 목소리가 들려오는 것 같다. 비음이 살짝 섞인 그녀의 목소리. 그녀는 뭔가 새로운 것을 찾아낼 때마다 신이나서 목소리를 한껏 높이곤 했다. 그런데 그녀가 마지막에 뭐라고 했더라?

'전무님이, 사장님이 약물 복용 정보를 꾸준히 모아왔더라고. 그리고 대박……. 전화로는 말 못 하겠다. 이따 집에 가서 알려줄게. 끊어요.'

당장이라도 그녀의 웃음소리가 들릴 것만 같다. 미치겠다.

"김유찬 씨, 민가영 씨와 마지막으로 무슨 얘기를 나눴습니까?"

경찰의 윽박지름에 정신이 들었다. 하지만 난 입을 다물었다. 회사 기밀문서를 몰래 엿봤다는 얘기를 어떻게 하겠는가. 그녀의 명예를 위해서라도 불법 행위를 말할 수는 없었다. 내가 입을 열면 이준혁 상무도 곤란하게 될 것이다. 조규진 전무와 최도원은 회심의 미소를 짓겠지.

난 비겁했다. 민가영의 죽음을 밝히기보다는 살아 있는 사람들의 안위를 택했다. 내가 솔직히 말하지 않아도 경찰이 그녀의 죽음을 밝혀줄 수 있을 거라 생각했다. 아니, 그렇게 생각하려 애썼다. 바보같이.

"늘 하던 얘기였습니다. 밥 먹었냐, 뭐 먹을 거냐 하는."

"평소와는 다를 바 없었단 말이죠?"

"네, 똑같았습니다."

"그런데 자살이라니……, 이상하군요."

"자살……이었습니까? 그렇게 판명된 겁니까?"

아냐. 자살일 리가 없어. 그녀가 스스로 죽을 리가 없어. 말도 안 돼. 경찰이 뭘 잘 못 알고 있는 걸 거야.

"타살의 흔적이 없으니 저희 경찰에서는 일단 자살로 생각하고 있습니다. 충동에 의해 옥상에서 뛰어내린 것으로 보입니다."

"아, 아니에요. 그럴 리가 없어요."

"민가영 씨가 평소 감정 기복이 컸나요? 약을 복용하지는 않았고요?"

"그런 일 없습니다. 그녀가 자살할 리가 없어요. 가영 씨가 옥상으로는 어떻게 간 겁니까? CCTV는 확인해보셨어요?"

조서를 쓰고 있던 경찰이 잠시 침묵했다. 곧이어 키보드를 두들기던 손을 멈추고 내 얼굴을 본다.

"CCTV 기록은 없습니다. 하필 그때, 10층 이상에서는 정전이라 모든 전자기기가 작동하지 않았더군요."

"네?"

왜 하필 그때? CCTV가 녹화되지 않았다는 사실이 수상하게 느껴진다. 정전이라는 게, 그것도 10층 이상에서만 정전이라는 게 흔한 일은 아니지 않은가. 혹시 그녀도…… 당한 건가? 박영태 실장처럼? 그렇다면 왜? 설마 그녀가 알아낸 것이 누군가를 위협할 만한 내용이었던 건 아닐까? 온갖 생각이 머리를 스쳤다. 전화로는 말할 수 없다는 그녀의 마지막 말이 머릿속을 맴돈다. 그녀가 알아낸 것은 과연 무엇이었을까? 그녀의 목숨을 앗아갈

만큼 위험한 내용이었을까? 내게 미처 하지 않은 그녀의 얘기 속에 그 비밀이 감춰져 있을 것이다. 하지만 경찰에게는 말할 수 없다. 괴롭다. 괴로워 미치겠다. 난 고개를 떨궜다.

"이거 아시죠?"

날 취조하던 경찰이 투명한 비닐봉지를 꺼내 들었다. 내가 민가영에게 건넨, 책상 서랍 속에서 찾은 이연의 머리끈이었다.

"그건⋯⋯."

"여기 붙어 있는 머리카락을 검사해달라고 탐정사무소에 보냈더군요. 김유찬 씨도 알고 있었습니까?"

그녀가 오동준에게 보낸 머리끈을 경찰이 확보한 것을 보면, 아마 경찰과 그의 얘기는 끝났을 거다. 어디까지 말을 해야 할지 감이 잡히지 않았다. 하지만 모른다고 잡아뗄 수는 없다.

"네, 알고 있습니다. 그 머리끈은 제가 준 거니까요."

"왜죠? 이 머리끈이 뭔데 그런 겁니까?"

"전에 일했던 수행 기사의 머리끈입니다. 사장님이 현재 병원에 계시는데, 그 일과 연관이 있을까 싶어서⋯⋯."

"조사를 했다, 이거군요?"

"저희가 사장님 밑에 있었던 터라⋯⋯."

"충성심이 대단한 분들이시네요. 아니면 탐정 놀이에 심취하셨거나."

경찰의 말이 비꼬는 듯 들렸다. 입가에 살짝 머금은 미소를 보니 우리가 탐정에 의뢰한 일에 대해 비웃고 있는 듯하다. 오동준에게 화가 났다. 의뢰인의 자료를 경찰에게 이렇게 순순히 내놓다니. 나중에 그를 만나 따져야겠다.

"그런데 그건 어떻게 아신 겁니까?"

"조사하면 다 나오죠. 회사 퀵을 이용했는데, 어떻게 모를 수가 있겠어요?"

이런, 가영 씨, 회사 퀵을 사용하면 어떡해? 그걸 이용했다는 것은 회사 전체에 공개적으로 우리의 행동의 알리는 것과 마찬가지인데. 누가 우리를 주시하고 있을지도 모르는데. 어떻게 그렇게 무방비할 수가 있지? 무의식적인 사소한 실수로 그녀는 목숨을 잃었다. 그녀는 자살한 게 아니다. 자살 당한 거다.

"여기까지 하고 마치죠. 마지막으로 할 말이 있습니까?"

경찰이 문서를 정리하며 말했다. 눈은 나를 보고 있지 않았다. 서둘러 이 일을 마치고 싶다는 욕구가 그의 얼굴에 드러난다. 민가영의 죽음은 자살로 치부되고 곧 종결될 것으로 보였다.

"가영…… 가영 씨는 어디 있습니까? 마지막으로 보고 싶습니다."

덤덤하게 말했다. 그러나 내 안에서는 뜨거운 뭔가가 울컥 치밀어 오른다.

"이 근처 병원 영안실에 있습니다. 같이 가시죠. 그러지 않아도 유족이 없어 지금 어떻게 해야 하나 고민 중이었습니다."

인근 병원 지하에 있는 영안실로 갔다. 경찰이 영안실 직원에게 뭐라고 하자, 그는 차트를 확인하더니 한쪽 벽을 다 차지하고 있는 스테인리스 스틸 서랍장 앞으로 갔다. 그리고 그중 하나를 잡아당기니 서랍이 열리면서 검은 지퍼백이 나온다. 직원이 지퍼백을 열자 경찰이 그 안을 먼저 확인하고 나에게 고갯짓을 했다.

난 그 앞으로 갔다. 검은 지퍼백 안에는 민가영이 누워 있었다. 새파랗게 질린 피부, 함몰된 머리, 작고 하얀 입술, 콧잔등의 더 까매진 주근깨…. 내가 아는 그녀이지만 그녀가 아니다. 가슴이 아팠다. 스테인리스 스틸 서랍장에서 차가운 냉기가 흘러나와 나와 그녀를 감쌌다. 춥지 않아? 시원해? 이제, 아프지 않지? 눈에 눈물이 차오른다. 그동안 그녀에게 해주지 못한 일들만 떠올랐다. 더 잘해줄걸. 더 사랑해줄걸. 미안해. 내가 미안해.

나도 모르게, 그녀가 누운 선반을 잡고 바닥에 주저앉았다. 그리고 소리 내어 울었다. 옆에 경찰과 영안실 직원이 있는 것을 신경 쓰지 않고 울었다. 아무리, 아무리 울어도 내 속은 시원해지지 않았다. 내 처지를 비관해 그동안 용기를 내지 못했던 나 자신이 원망스러웠다.

어떻게 병원을 나와 집까지 왔는지 모르겠다. 휘청대며 현관문을 여니, 거실에 사택 사람들이 모두 나와 있었다. 고개를 한 번 까딱이고 2층으로 올라가려는데, 송연호가 내 옆으로 다가왔다.

"괜찮으십니까?"

아니, 괜찮지 않아. 괴로워 죽겠어. 나에게는 너무 힘겨운 하루야.

"괜찮습니다……."

"잠시 차라도 한잔 마시고 올라가시죠."

난 고개를 흔들었다. 그럴 기력이 없었다. 그들을 피하고도 싶었다. 하지만 송연호의 팔에 이끌려 커뮤니케이션 테이블로 가서 앉았다. 그곳에는 나를 걱정하는 눈빛들로 가득했다.

"경찰서에 다녀오신 겁니까?"

"네……."

"뭐라던가요?"

"자살인 것 같다고……."

난 말을 제대로 끝맺지 못했다. 속이 울렁거리고 토할 것만 같았다.

"아……, 갑자기 왜 그랬대?"

"항상 즐거워 보였는데. 여기서도 분위기 메이커였잖아?"

"부디 좋은 곳에 가셨길……."

의례적인 말들이 오간다. 그녀의 사정을 아는 사람은 아무도 없으면서, 마치 잘 알고 있다는 듯 하는 얘기에 내 기분은 점점 더 침울해진다.

"경영지원팀으로 갔던 게 스트레스였나?"

"아니야. 거기서도 잘 지냈대."

"그럼 대체 왜 그런 거야?"

더 이상 참을 수가 없었다. 그들의 말이 웅성거리는 소음으로만 들린다. 내 속을 헤집어 놓는다. 난 입을 막은 채로 화장실로 달려갔다. 그리고 변기에 머리를 박고 뱃속을 쉴 새 없이 게워냈다. 오늘 먹은 것은 고작 샌드위치와 라면, 삼각 김밥, 커피뿐인데 안에서 자꾸자꾸 내용물이 나온다. 노란 위액이 나올 때까지 모두 비워낸 후에도 내 속은 계속 메슥거렸다. 눈물이 나왔다. 그녀가 없는 현실이 믿어지지 않는다. 마치 남의 얘기를 하듯 말해야 하는 나 자신을 견디기 힘들다.

***

민가영의 죽음은 자살로 금세 결론이 났다. 자살로 확정된 후 경찰은 서둘러 조사를 마쳤고, 그녀의 시신은 화장장으로 바로 이송됐다. 장례식도 없이 말이다. 그녀의 마지막은 초라했다. 가족도, 친척도 없는 그녀의 곁에는 오직 나 하나뿐이었다. 오지선 실장에게 전화를 걸었지만 해외에 있다는 멘트에 그녀가 죽었다는 사실을 굳이 알리지 않았다. 난 불꽃 사이로 사라지는 그녀의 마지막을 보면서 솟구쳐 오르는 눈물을 간신히 눌렀다. 더 이상 당하고 있지만은 않을 거다. 그녀를 이렇게 만든 누군가를 찾아 꼭 복수할 거다. 그 누군가는…… 아마도 전무이겠지만.

화장이 끝나고 작고 네모진 박스에 든 유골함을 받았다. 그것을 안은 채, 난 화장장의 구석에 앉아 벽에 머리를 기대고 있었다. 도무지 일어서 이곳을 나갈 힘이 없었다.

그렇게 20여 분을 있었을까. 또각- 또각-. 공허한 이 공간을 울리는 구두 소리가 들려왔다. 고개를 들어보니 내 앞에 검은 옷을 입은 윤조가 서 있었다. 그녀가 여기 왜?

"벌써 끝났나 보군요. 제가 늦었네요."

"어떻게 알고 오신 겁니까?"

"준혁 씨에게 연락받았어요."

"그래도…… 여길 왜?"

"한경 씨 대신 온 거예요. 그이가 의식이 있다면 분명히 그러라고 했을 테니까."

"아……."

잠시 잊었다. 그녀가 사장의 연인이었다는 사실을.

"민가영 씨가 있을 곳은 정한 거예요?"

난 머리를 저었다. 너무 급작스럽게 벌어진 일에 정신이 없어 민가영을 위해 준비한 게 하나도 없었다. 이 화장장도 경찰의 배려로 간신히 잡은 거였다. 난 연인의 자격이 없다.

"이 근처에 추모공원이 있어요. 거기로 가죠. 안치 비용은 걱정 마시고요."

윤조가 나를 달래듯 부드럽게 말했다. 아무 준비도 하지 못한 난 그녀의 말에 따르는 수밖에 없었다. 그녀의 차를 타고 근처의 추모공원으로 향했다. 평소 같으면 포르쉐를 탄다는 생각에 신이 났을 텐데, 지금은 전혀 감흥이 없다. 창밖으로 무엇인가 보이는 것 같은데 하나도 눈에 들어오지 않는다.

"김유찬 씨."

윤조가 나를 불렀다. 벌써 추모공원에 도착했나 보다. 차를 세운 그녀는 진지한 표정으로 나를 들여다보고 있다. 내가 무척 걱정스럽다는 듯이.

"그만두세요."

뭐? 지금 무슨 말을 하는 거야? 그만두라니, 뭘?

"제발요. 진심으로 걱정하는 거예요. 유찬 씨에게도 무슨 일이 일어날까 두려워요."

"뭔가…… 알고 계시는 겁니까?"

"아니요. 하지만 어렴풋하게 느껴져요. 유찬 씨가 지금 위험한 상황에 맞닥트렸다는걸."

"……."

"전…… 점쟁이잖아요. 사람들이 무당이라고도 하고."

그녀가 쓴 미소를 짓는다. 자신을 낮추면서까지 나를 다잡으려는 마음이 보인다. 고맙다. 하지만 이대로 멈출 수는 없다. 민가영을 죽음에 몰아넣은 이들을 가만두지 않을 거다.

"제가 다른 곳의 일자리를 알아봐 드릴게요. 당장 위너에서 나오세요. 부탁이에요."

"싫습니다."

난 그녀를 똑바로 보며 말했다. 그리고 민가영의 유골함을 꼭 끌어안았다.

23. 복수의 다짐

색안경을 끼고 보면 모든 세상이 다르게 보인다. 파란색도 파랗고 흰색도 파랗다. 지금 내 상황이 그렇다. 민가영이 죽은 후로, 회사 내의 모든 사람이 수상하게만 보인다. 엘리베이터 버튼을 누르고, 계단을 오르내리며, 화장실에서 손을 씻고 나오는 사람 하나하나가 모두 다 수상하다. 퀵을 보내려고 안내 데스크에서 명부를 기입하는 사람과 퀵을 전달하는 사람까지도 전부 의심스럽다.

더 이상 나는 비서실에 틀어박혀 있지 않았다. 할 일이 없는 터라 아예 복도를 서성이며 직원들의 일거수일투족을 감시하며 보냈다. 그녀가 떠난 옥상도 몇 번을 오르내렸는지 모른다. CCTV에 손을 대는 사람이 없는지 비상계단을 이용하는 사람은 누구인지, 난 사람들의 행동을 분석하느라 바쁘다.

이런 내 이상 행동은 하루 만에 회사 안에 다 퍼졌다. 전무의 비서인 애리 씨가 나를 감시하는 듯 내 주변을 몇 번 배회했고, 잘 모르는 사람들까지도 괜찮으냐며 말을 걸어왔다.

그렇게 이틀을 보내자 경영지원팀에서 휴대폰으로 나를 호출했다. 회의실로 가보니 처음 보는 남자가 서류철을 뒤적이고 있다.

"김유찬 씨?"

그가 고개를 들지 않고 눈만 치켜뜬 채 나를 본다. 눈빛이 날카롭다. 내 이름을 부르는 걸 보니 그는 날 알고 있는 것 같다.

"네, 맞습니다만……."

"앉으시죠."

난 그가 시키는 대로 순순히 회의 테이블에 앉았다. 소회의실이라 공간이 크지 않은데도, 그와 나 단둘이 있어서일까, 지하 주차장만큼이나 넓게 느껴진다. 그리고 하얀 벽과 천장이 나를 압박해 온다.

"꽤 오랫동안 대기 발령이셨네요?"

난 대답하지 않았다. 알고 있으면서, 새삼 그 사실을 묻는 이유가 무엇일까? 대기 발령은 내 선택이 아닌 그들의 결정이 아니었던가.

"그동안 김유찬 씨에게 부여할 마땅한 업무가 없어 고심 중이었습니다. 그런데……."

그가 말꼬리를 흐린다. 저 말의 뒤에 따라붙을 내용이 무엇인지 짐작이 간다. 에어컨의 찬 기운이 등줄기를 쫙 훑고 내려가 정신이 번쩍 들었지만 이상하게 마음은 차분했다. 덤덤하다. 자, 이제 말해봐. 난 들을 준비가 됐어.

"역시나 자리가 없네요. 이런 말씀 드리기 죄송합니다만……"

그가 뜸을 들인다. 말을 꺼내는 게 힘들어 보였다. 그의 잘못도
아니고 그가 내린 결정도 아닌데 나 때문에 곤혹스러워하고 있
다. 그래서 내가 먼저 얘기를 했다. 그 입에 담기 어려운 말을.

"해고입니까?"

"아, 네……. 대신 회사에서는 보상을 충분히 해드릴 겁니다.
근무한 지 1년이 되지 않아 퇴직금은 없지만 두 달 치 월급과 약
간의 위로금이……"

얘기가 쉽게 풀릴 것 같았는지 그의 굳었던 얼굴이 살짝 풀어
졌다. 그리고 다급하게 회사에서 베풀 수 있는 것에 대해 줄줄이
늘어놓는다. 하지만 내 귀에는 들어오지 않았다. 이렇게 될 것을
윤조는 알고 있었던 걸까? 그래서 나에게 관두라고 한 건가?

"김유찬 씨, 듣고 있습니까?"

내가 딴생각 한 것을 그가 눈치챈 모양이다.

"아, 네……"

"오늘부터 사무실을 비우셔도 이번 달 월급은 그대로 지급될
겁니다. 전무님께서 특별히 배려하셨어요."

배려? 해고가? 나도 모르게 웃음이 툭 나온다.

"사택은…… 당장 비워야 합니까?"

"아, 아닙니다. 이번 달 말까지는 그대로 사용하십시오. 그리고
갖고 계신 직원카드 주시겠습니까?"

"지금이요?"

"제가 따로 시간을 낼 처지가 아니라서."

군말 없이 주머니에서 직원카드를 꺼냈다. 뭐야, 이건 당장 그 만두라는 얘기잖아? 단 하루도 내가 회사에 있는 꼴을 못 보겠다는 건가? 전무에게 화가 치밀었다. 하지만 죄 없는 이 사람에게 화풀이를 해서는 안 된다.

난 그에게 직원카드와 회사에서 준 법인카드를 함께 내밀었다. 이제는 정말 위너와는 끝이다.

"그동안 수고하셨습니다. 좋은 곳에 가셨으면 하고요, 연이 닿으면 또 만나 뵙길 바라겠습니다."

그가 서류철을 챙기며 내게 공손히 인사를 했다. 격식을 차린 그의 말이 가식적으로 들렸다. 나도 인사를 하고 자리에서 일어섰다. 홀로 남겨지면 나 자신이 비참할까 봐 먼저 회의실을 나왔다. 그리고 비서실로 돌아왔다. 익숙한 공간이 반갑게 날 맞아준다. 오늘 아침에도 그랬던 것처럼. 넓은 공간에 책상 하나 덜렁 있는 이 비서실과도 이제 끝이라고 생각하니 괜히 울컥했다. 정말 마지막인 건가.

이대로 있다간 더 우울해질 것 같아 성재 형과 편집장, 지원 선배, 고재욱에게 문자를 넣었다. 혼자서는 도저히 맨정신으로 못 버틸 것 같았다.

'나 잘렸어. 술 마실 사람?'

잠시 후, 휴대폰이 쉴 새 없이 울리기 시작한다.

'어디서? 퇴근 시간 칼 맞춰 감.'

'퇴직금으로 쏘는 건가?'

'마감이지만 고.'

'약수로 오면 내가 쏨.'

우리는 성재 형이 있는 약수역에서 만나기로 결정하고 시간도 정했다. 술집 선정에 고심하고 있는데. 갑자기 전화벨이 울린다. 이준혁 상무였다. 난 씁쓸한 마음으로 통화 버튼을 눌렀다.

〔김유찬 씨?〕

"안녕하세요, 상무님."

〔소식 들었습니다. 괜찮으신가요?〕

소식 참 빠르다. 내 해고가 다른 회사에 있는 그에게까지 전달되어 있다니.

"어떻게 아셨습니까?"

〔경영지원팀 친구 하나가 일러주더군요. 어때요? 오늘 술이나 한잔할까요?〕

"죄송하지만 이미 약속을 해서……."

〔그럼 약속 시각까지 저와 차를 마시는 건 어떻겠습니까? 오십시오. 회사에 있을 기분도 아니잖아요?〕

"제가 지금 가도 괜찮나요? 바쁘시잖아요."

〔여기서는 제가 사장입니다. 다른 힘은 없지만 내 근무 시간 정도야 마음대로 조정할 수 있어요. 지금 오세요. 기다리고 있겠습니다.〕

그의 전화를 끊고 난 미련 없이 비서실에서 나왔다. 챙길 짐이라고 할 만한 게 없어 내 퇴사 준비는 1분도 걸리지 않았다. 금세 이준혁 상무가 근무하는 건물 1층 커피 전문점에 도착했다. 음료를 주문하려는데, 그가 들어오는 모습이 보인다. 난 재빨리 아이스 아메리카노를 두 잔 주문하고 계산을 했다. 매번 그에게 얻어먹는 게 미안해서였다.

"이런……, 제가 샀어야 했는데."

"퇴사 턱이라고 생각해주세요."

난 아무렇지 않은 척 그에게 농담을 던진다.

"다행입니다. 생각보다 괜찮아 보여서."

"해고당했다고 세상이 무너지는 것은 아니잖습니까?"

"어쩌면 잘됐는지도 모르겠네요."

"네? 잘돼요?"

생각지 않은 그의 말에 난 어안이 벙벙하다. 잘됐다니? 뭐가? 난 이해할 수 없다는 표정으로 그를 본다. 그가 웃으며 친근하게 내 등을 토닥였다.

"커피 마시면서 얘기하죠. 자리 잡아놓고 있겠습니다."

난 주문한 커피를 들고 그가 앉아 있는 테이블로 갔다. 창가 옆이었지만 블라인드가 쳐 있어 왠지 아늑한 느낌을 주는 자리였다. 의자에 앉자마자 난 그에게 USB와 서류 봉투를 내밀었다. USB에는 고성국과의 대화가 담겨 있었고, 서류 봉투는 민가영이 죽기 전 내 방에 두고 간 회계 자료였다.

"이것뿐입니까?"

서류 봉투에서 자료를 꺼내 흥미롭게 훑어보던 그가 무심히 묻는다. 이것뿐? 또 필요한 게 있단 말인가?

"제가 가영 씨에게 받은 것은 이게 다인데요?"

"다른 얘기는 없고요?"

순간, 민가영이 오지선 실장에게 전무 비서실의 개별 서버 패스워드를 받은 일이 생각났다. 덕분에 그녀는 통합 서버와는 별도로 운영되는 전무의 프라이빗한 영역에 침투해 그의 자료를 샅샅이 뒤져봤었지. 그것을 상무도 알고는 있다. 설마…… 패스워드를 바라는 거야? 난 그의 의중을 파악하기 위해 조심스럽게 눈치를 봤다. 도무지 속을 알 수 없는 그의 눈빛. 상냥하지만 날카롭다.

"전무님이 사용하는 서버의 비밀번호 말씀이십니까?"

"그것도 좋지요."

그의 눈빛이 반짝 빛난다. 난 민가영에게 들은 패스워드를 알려줬다. 그제야 그는 만족스러운 미소를 짓더니 마저 서류를 훑어본다. 그리고 잠시 후 자료를 서류 봉투에 다시 넣었다.

"저, 아까…… 잘 됐다니, 대체 무슨 말씀이세요?"

"대표이사님의 허락이 떨어졌습니다."

"허락이라니요?"

"이사회 중간에 쉬는 시간이 있습니다. 그 막간을 이용해 이사진을 상대로 발언할 시간을 주시겠다고 합니다."

"아, 네……."

"그때 참석해주시겠습니까?"

"네? 제가요? 왜요?"

"김유찬 씨가 직접 말을 해주셨으면 해요. 아무래도 전 회사 소속이다 보니까, 제 의견이 객관적이라 생각하지 않을 겁니다. 이

292

사진 입장에서는 나쁘게 보면 제가 전무님을 밀어낸다고 볼 수도 있어서……."

"그건 사실이 아니지 않습니까?"

"사실이라는 게, 보는 사람에 따라서 달라지는 거니까요."

"제가…… 무슨 말을 해야 하는데요?"

"알고 있는 것, 전부요."

"고성국 씨 얘기도 말입니까?"

"당연히 해주셔야죠."

"그건…… 동의 없이 녹음한 거라."

"불법은 아니잖습니까?"

"제 양심상……."

"김유찬 씨, 지금 양심을 따질 때인가요? 우리의 상대가 양심이 있는 사람들이던가요?"

이준혁 상무의 말이 맞는다. 조규진 전무나 최도원이나 모두 양심이 있는 사람은 아니다. 양심 있다면 그렇게 일을 벌이지 않았을 것이다.

"그래도 저따위가 어떻게 그런 자리에……."

"유찬 씨는 사장님을 가장 가까이에서 모신 최측근이에요. 이사회에 모습을 드러냈다는 것만으로도 존재감이 크지 않을까요?"

"……."

"민가영 씨 생각도 해야지요. 그녀의 죽음이 너무 억울하지 않나요?"

그래. 눈에는 눈, 이에는 이다. 상대가 더러운 방법으로 나오면 나도 더러워지는 수밖에 없다. 진흙탕 속에서 이기는 방법은 진흙탕 속으로 들어가는 거다. 나도 그들이 하는 대로 갚아줘야 하는 것이다. 내가 할 수 있는 모든 방법을 동원해서라도 말이다.

"알겠습니다."

"그리고 유찬 씨가 준 이 회계 자료, 괴롭겠지만 민가영 씨 개인적인 일로 돌려야 할 것 같아요."

"네?"

"문제 삼기 딱 좋은 일이잖아요? 회사 자료를 허가 없이 훑어본 것인데. 가영 씨가 개인적으로 찾아본 것으로 해야 될 것 같습니다. 우리와는 무관한 거예요. 그래야 그 여파가 나나 김유찬 씨까지 오지 않죠."

난 아무 대답도 하지 못했다. 그녀가 죽은 것도 억울한데 회사 기밀 자료를 뒤적였다는 누명까지 혼자 뒤집어쓰다니. 이래서 죽은 사람만 억울하다는 얘기가 나오는가 보다. 미안했다. 하지만 어쩔 수 없다.

"저는 그럼 이사 총회가 있는 날, 어떻게 해야 하나요?"

"제가 신호를 드리겠습니다. 밖에서 대기하다 휴대폰으로 연락드리면 바로 회의실로 들어오시면 됩니다."

이준혁 상무의 머릿속에는 그날의 계획이 이미 짜여 있는 것 같다. 난 그 계획에 따르는 게 맞겠지.

"그리고 제가 알아봤는데……"

이준혁 상무가 얘기하다 말고 뜸을 들였다. 난 그가 무슨 말을 할지 신경이 곤두선다. 저렇게 신중한 태도로 나오는 것을 보면 중요한 얘기인 게 아닐까?

"2년 전, 정이준의 차에 있던 블랙박스 파일은 지금 당장 구하지는 못할 것 같습니다."

역시…… 안 되는 거였어. 그 파일을 구하지 못한다면 최도원의 죄를 밝히지 못한다. 정이준의 목소리도, 최도원의 목소리도 모두 쓸데없어지는 것이다. 난 실망감을 감추지 못했다.

"경찰에서 지워진 파일을 복구하는 데 시간이 꽤 걸리나 봐요. 이 일은 뒤로 미뤄두기로 하죠."

"네……."

"하지만 걱정 마십시오. 언젠가는 꼭 밝혀질 테니까요. 그리고…… 블루 블러드 말입니다."

그의 입에서 나온 블루 블러드라는 단어에 목이 콱 막힌다. 난 아이스 아메리카노를 재빨리 들이켰다.

"더 이상 파헤치는 것은 무리인 것 같습니다."

"왜죠?"

"상대가 너무 거대합니다. 알아보니 정·재계 인사가 한두 명이 아니에요. 괜히 그 단체까지 끌어들였다간 더 번잡해질 수 있습니다. 괜한 에너지 낭비하지 말고 전무님 비리에만 집중하도록 하죠. 우리가 이기는 수는 그것밖에 없어요."

틀린 말은 아니었다. 박영태 실장을 협박하고 사장을 약물 중독에 빠지게끔 부추기게 한 일이 나에게 뭐라고 중요하겠는가. 날 위녀에서 몰아내고 민가영을 죽음에 밀어 넣은 사람에 대한 복수가 우선이다. 속에선 불이 났지만 일단 고개를 끄덕였다.

"김유찬 씨도 동의한 겁니다? 지금부터 블루 블러드는 빼고 전무님에게 집중하도록 할게요."

난 또다시 고개를 끄덕였다.

지금 내 눈앞에는 민가영의 죽음에 대한 복수, 날 이런 상황으로 몰아넣은 전무에 대한 복수밖에는 없었다.

***

약수역에 도착했다. 성재 형이 얘기한 장소를 찾아가 보니 역에서 가까운 허름한 삼겹살집이었다. 먼저 도착한 《모터 비히클》 편집장과 지원 선배가 손을 들어 알은체한다. 양철 드럼통 테이블 안의 불판은 뜨겁게 달궈져 있었고, 그 위에서 삼겹살이 익어 가는 중이었다.

"두 분, 일찍 오셨네요?"

난 인사를 하며 자리에 앉았다. 고기를 열심히 뒤집던 지원 선배가 한 마디 툭 던진다.

"마감이잖아. 마감 때는 오히려 일찍 사라져줘야 윗분들 말이 없거든."

"잘하는 짓이다. 우리 애들도 저럴까 두렵네."

"걔들도 그래요. 유찬이 쟤도 마감 때 술 엄청 마셨는걸요?"

"진짜냐?"

"에이, 편집장님도. 지난 일을 왜 꺼내세요."

"유찬이 너, 설마 위너에서도 그런 건 아니지? 땡땡이치다 잘

296

린 거 아니야?"

편집장이 얼결에 한 얘기다. 하지만 난 급작스러운 화제 전환에 살짝 당황했다. 내 해고 기념으로 모인 술자리이지만, 술도 안 들어간 멀쩡한 상태에서 그런 이야기는 달갑지 않다. 지원 선배가 눈을 찡긋거리는 게 보였다. 편집장에게 눈치를 주고 있는 거다.

"내가 괜한 얘기를 한 건가?"

"아, 아니에요. 술 마시면 어차피 나올 거잖아요."

"그렇지?"

"그래도 편집장님, 눈치가 있으셔야지. 잘린 지 반나절도 안 된 애한테 너무 짓궂으셔."

"그때 맥슬란 대표 인터뷰는 어떻게 됐어요?"

"어떻게 되긴, 그대로 날렸지. 그래도 양심은 있는지 배상은 톡톡히 해주더라. 돈 많은 회사라 달라."

"광고 준 거예요? 1년 치?"

"광고뿐이겠어? 좋게 생각하려고. 요즘 같은 불경기에 매출 올린 게 어디야?"

고재욱이 들어온다. 시계를 보니 6시가 훌쩍 넘은 시간이다. 성재 형은 아직도 오지 않고 있다.

"어서 와. 유튜버가 제일 바빠, 아주."

"프리랜서니까요. 우린 시간 관리가 생명이거든요. 야, 김유찬. 너 잘렸다며? 왜 잘린 거냐?"

"애 또 오자마자 분위기 깨네."

"그 얘기 하려고 모인 거 아니었어?"

"무거운 얘기는 성재 오거든 하자."

"언제 올지 알고."

"자, 자, 잔부터 들자. 뭐해? 어서 따라."

우리는 편집장의 성화에 술부터 들이켰다. 고기는 지글지글 맛
있게 익었고 순식간에 술 몇 병이 비워졌다. 오늘따라 얼큰하게
술이 오른다. 행복하다 표현해도 좋을, 그런 순간이었다. 내가 오
늘 해고된 게 아니었다면. 그래도 친한 사람들 사이에 섞여 웃고
떠드니 웅어리진 마음이 조금 풀리는 것 같다. 뒤늦게 성재 형이
도착했다.

"아, 늦어서 미안."

성재 형이 자리에 앉자마자 원성이 쏟아진다. 불만과 투정 속
에 드러나는, 우리끼리 통하는 애정이다.

"뭐야, 선배. 약수역까지 오라고 해놓고."

"하여간 가까운데 사는 사람이 제일 늦어. 원칙 불변이야."

"오늘 무슨 날인지 알지? 쟤 해고된 턱, 네가 쏴라."

"이 먼 약수역까지 왔는데 당연히 제가 쏴야죠."

"그 회사 네가 소개해준 거라며? 끝까지 책임을 져야지. 괜찮
은 데 또 없어?"

"그래, 선배가 유찬이 책임져. 그러기 전에 일단 한잔하고."

지원 선배가 농담 반, 진담 반이 섞인 말을 내뱉으며 술잔에 술
을 따른다. 아직 그녀의 주량에 반도 마시지 않았는데 마치 취한
척 말이다. 성재 형은 못 이기는 척 술잔을 받아들었다. 그리고
단숨에 술잔을 비운다.

"사장님은 요즘 어떠시니?"

"똑같으시죠. 얼마 전에 의왕에 있는 요양원으로 옮기셨어요."

"요양원? 왜?"

지원 선배의 눈이 동그래졌다. 편집장과 고재욱도 마찬가지였다. 내가 그동안 우리 사장이 쓰러졌다는 얘기를 전하지 않았나 보다. 하긴, 우리가 모두 모인 것은 몇 달 만의 일이다. 난 그동안 내게 벌어진 일에 대해 허심탄회하게 늘어놓았다. 더하지도 않고, 빼지도 않고 있는 그대로 사실만을 말했다.

"아, 너희 사장, 진짜 괜찮았는데."

지원 선배가 아쉽다는 듯 혀를 찬다. 농담이 오가던 분위기도 한결 숙연해졌다. 옆에 앉아 있던 고재욱이 위로하듯 내 어깨에 손을 올린다.

"그래서 네가 회사를 그만두게 된 거구나?"

"꼭 그것만은 아니야."

"그럼? 너, 뭐 실수했니? 일 쳤어?"

난 할 수 없이 하기 싫었던 얘기를 꺼냈다. 회사에 일어났던 온갖 의심스러운 일들과 수상한 죽음, 회사 경영권을 탐하는 전무의 야심까지. 그리고 내가 최도원을 의심하고 있다는 얘기도 덧붙였다. 곧 개최될 이사회에 참고인으로 참석할 예정이라는 것도.

"이사회에 참석하면 너한테 뭐가 좋은 건데?"

"억울함을 토로할 수 있겠죠. 제 희망 사항이지만, 잘되면 다시 회사에 들어갈 수 있을 것도 같고."

"야, 그나마 기회다. 가서 아는 것 싹 다 불어."

"그래, 반격할 수 있을지도 몰라."

"생각처럼 만만하지 않을걸."

"선배는 해보지도 않고 매사 왜 그렇게 부정적이야?"

"그럼, 그 상무란 사람이 뒤에서 도와주는 거야? 이사들 앞에 가서 할 얘기는 다 정해놓고?"

난 긍정의 대답 대신 술잔을 들었다. 편집장과 성재 형, 지원 선배, 고재욱 모두 심각한 표정이다.

"증거가 있다지만 그걸로는 좀 약할 것 같은데?"

"회계 자료면 좀 세지."

"전무가 이사진을 포섭했다며. 그들이 오케이 하면 게임 끝인 거 아니야?"

"어쩌면 이사들과도 미리 다 협의한 것일지도 몰라."

"야, 유찬아, 너도 반전을 만들 뭔가를 좀 준비해봐."

"그게 쉽니? 쉬워?"

"최도원을 이용하는 건 어때? 그가 진짜 살인범이었다는 게 밝혀지면 이사진들도 더 이상 신뢰할 수 없을 거 아냐?"

"그러잖아도 상무님도 그 생각을 하시는 것 같아요. 목소리 녹음 파일을 달라고 하셨거든요."

"2년 전 블랙박스 파일을 입수했어?"

"아니요. 경찰서 자료실에 있다고는 하는데 파일 복구하는 데 시간이 걸린대요."

"아, 아깝다."

"그럼 조작이라도 해."

"얘는!"

조작하라는 고재욱의 말에 지원 선배가 옆구리를 쿡 찌른다. 그는 움찔하면서도 하고 싶은 말을 멈추지 않았다.

"그렇게 해서라도 최도원 그 자식을 감옥에 처넣어야지."

"맞아, 그건 그래. 유찬이 네가 억울하게 누명 쓰고 유치장에 갇혔던 거, 기소유예 당한 거, 다 복수해야 하는데."

"하지만 아직 최도원이 범인이라는 확증은 없잖아. 그것보다도 얘가 회사로 다시 복귀하는 게 중요하지."

우리는 또 새 술병을 땄다. 내가 위너에 들어와서 겪었던 일들은 술 없이는 들을 수 없는 스토리였다. 술은 자꾸자꾸 들어갔고 우리는 취한다. 얘기는 쳇바퀴 돌 듯 이어졌다. 했던 얘기를 하고 또 했다.

"그나저나 전무 개새끼네."

"너희 사장만 무사했어도 좋았을 것을……"

난 자리에서 일어섰다. 아무리 생각해도 이사회에서 고성국과의 대화를 공개한다는 것이 마음에 걸렸기 때문이다. 술에 취한 김에 그에게 전화를 할 생각이었다. 맨정신으로는, 이성이 있는한, 고백하지 못할 것 같았다.

"잠깐 나가서 통화 좀 하고 올게요."

"애인?"

"너 여자 생겼니?"

애인이라는 말에 난 피식 웃었다. 민가영은 죽었다. 내가 민가영과 사귀었다는 사실을 그들은 모르겠지만.

터덜터덜 가게 밖으로 나갔다. 그리고 길에 쭈그리고 앉아 고성국에게 전화를 건다.

"여보세요? 고성국 씨?"

〔어어, 김유찬 씨? 이게 얼마 만입니까? 술 좀 드셨나 봐요?〕

내 혀가 살짝 꼬부라졌었나 보다. 오랜만에 그의 목소리를 들으니 반가웠다.

"케미컬론은 다닐만해요?"

〔고향 온 듯 편하고 좋죠, 뭐. 돈은 좀 짜지만. 그런데 어쩐 일이세요?〕

"나, 회사에서 잘렸어요."

〔진짜? 이런……. 예상은 하고 있었지만 빠르네요. 나가라고 할 때 두둑하게 챙겨는 주던가요?〕

"위로금 준다던데요?"

〔어유, 그럼 됐지. 그걸로 만족하고 다른 데 알아봐요. 회사가 어디 위너만 있을까.〕

"그리고요……."

〔그리고? 또 뭐요?〕

"다음 주에 이사회가 열려요. 위너 이사회."

〔그게 우리와 뭔 상관이에요? 우린 이제 위너 직원도 아닌데.〕

"나…… 거기 참석해요."

〔으응? 왜?〕

"참고인…… 같은 걸로."

〔참고인? 무슨 참고인? 유찬 씨가 이사회에 가서 할 말이 있어

요?〕

"전무님이 돈을 아주 많이 해드셨더라고요. 자금 운용도 아주 지 마음대로고……."

〔알죠. 그건 아는데 설마……. 김유찬 씨, 그런 데 끼지 마요. 왜 윗분들 다툼에 말려들려고 해요? 우리 같은 사람에게는 그런 거 하나도 도움 안 돼요. 이용만 당할 뿐이라고요.〕

"압니다. 아는데……, 억울해요. 억울해서 견딜 수가 없어서."

〔억울한 것은 다른 데 가서 풀어야죠. 이러면 안 돼요. 해가 되면 해가 됐지, 유찬 씨 인생에 도움 될 거 하나도 없다고.〕

"미안해요, 성국 씨."

〔미안하다니, 뭐가?〕

"실은 우리 얘기했던 거, 그거 나 녹음했어요."

〔네에? 녹음이오?〕

"그때 얘기해준 거, 그거 증언 자료로 쓸 거예요."

〔이봐요! 누굴 죽이려는 거예요? 그리고 대화를 녹음해? 김유찬 씨 몰랐는데 굉장히 무서운 사람이구나?〕

"미안해요. 진짜 미안해요."

〔안 돼. 난 동의 못 해. 그거 쓰면 가만두지 않을 거야.〕

"미안해요. 이제 나도 어쩔 수 없어요."

휴대폰 너머로 고래고래 악을 쓰며 욕하는 고성국의 목소리가 들려왔다. 그가 그처럼 화를 내는 것은 처음 경험하는 일이었다. 하지만 난 전화를 끊지 않고 그의 욕을 끝까지 들었다. 감내해야 할 내 몫이라고 생각했다. 묵묵히 들었다.

몇 분 후, 그는 내가 반응을 보이지 않자 듣고 있지 않다고 생각했는지 전화를 끊었다. 그리고 문자로 온갖 욕을 보내오기 시작했다. 난 쭈그리고 앉은 채로 문자 하나하나를 다 읽었다. 그에게 미안했다.

"여기서 뭐 해?"

식당에서 나온 지원 선배가 내 옆에 같이 쭈그리고 앉는다. 그리고 담배를 꺼냈다. 요즘 보기 힘든 연초다.

"나 한 대 피워도 돼?"

내가 고개를 끄덕이자마자 그녀가 담뱃불을 붙인다. 담배가 빨갛게 타들어 가기 시작했다. 그녀가 담배를 피우는 도중에도 고성국으로부터 욕설 섞인 문자가 계속 들어왔다.

"누구랑 전화했니?"

"전에 같이 일했던 기사요."

"왜?"

"아까 말했잖아요. 전무의 야심을 폭로한 대화가 있다고."

"아, 그 사람이었어? 뭐래?"

"말하지 말라고요. 엮이고 싶지 않은 거겠죠."

"네 생각은 어떤데?"

"……모르겠어요."

"몰라?"

"양심상 하면 안 된다고 생각하는데 내가 살기 위해서는, 또 복수하기 위해서는 필요한 일이니까."

"복수? 일에 복수가 어디 있어?"

지원 선배는 내 속을 다 모른다. 복수라는 말에, 나뿐 아니라 민가영과 박영태 실장이 포함되어 있다는 사실까지도.

"그렇게 헷갈릴 때는 하지 마."

"그냥…… 당하고 있으라고요?"

"양심까지 팔 것은 없잖아? 회사가 위너만 있는 것도 아니고. 정 힘들면 우리가 다른 회사 알아봐 줄게."

다른 곳을 알아봐 준다고? 그건 너무 무책임한 말이지 않은 가? 저 얘기는 윤조도 했다. 위너에서 당장 나오라고, 다른 회사를 알아봐 주겠다고. 하지만 난 안다. 내가 2년 전, 기소유예를 선고받고 유치장에서 나왔을 때 나를 반기는 곳은 아무 곳도 없었다. 주변에서 아무리 애를 써줘도 마찬가지다. 난 언제 검찰에 기소당할지 모르는 사람이니까. 이번에도 그럴 것이다. 그런데 다들 어떻게 저런 말을 쉽게 할 수 있는 거지?

"사람 일은 모르는 거야."

그래요, 선배. 사람 일은 모르는 거죠. 난 내가 범죄자 취급을 받을 줄도 몰랐고 수행 기사가 될지도 몰랐어요. 그리고 이렇게 괴로워할 줄도.

"힘내고. 들어가서 술이나 마저 마시자."

"전 좀 더 있다 들어갈래요."

"그럴래? 그럼 나 먼저 들어갈게."

지원 선배가 내 어깨를 두들기더니 삼겹살집 안으로 먼저 들어갔다. 기분이 엉망진창이었다. 그녀의 말 때문에 이사회에 참석하는 것이 더 찜찜하게 느껴진다. 조규진 전무와 최도원의 꿍

꿈이를 폭로하는 것만으로 내 삶의 반전을 꾀할 수 있을까? 그냥 헛발질인 것은 아닐까? 하수구 구멍을 보고 있으려니 불현듯 누군가의 얼굴이 떠올랐다. 그라면, 그 사람이라면, 나에게 도움을 줄 수 있지 않을까? 이사회에서 무시당할 수도 있는 내 증언에 힘을 실어줄 수 있는 사람, 추측을 사실로 만들 수 있는 단 한 사람. 그가 나를 도와준다고 장담할 수 없다. 하지만 용기 있는 자만이 자신을 구할 수 있는 법이다.

난 주저하지 않고 휴대폰의 통화 버튼을 눌렀다.

"안녕하세요? 김유찬입니다. 네, 네……. 아, 괜찮습니다. 별 탈 없었어요. 네……, 저 한 가지 부탁할 게 있어서 연락드렸습니다."

***

해고 다음 날의 하루는 무척 길었다. 정오가 될 때까지 침대에서 빈둥거리다 간신히 몸을 일으켜 1층에 있는 주방으로 내려갔다. 컵라면 두 개로 배를 채우고 커피를 내려 마셨다. 배가 부른 후에는 거실 소파에 편한 자세로 앉아 TV 예능 프로그램을 봤다. 유명 연예인들이 떼 지어 나와 웃고 떠드는 프로그램이었다. 그러나 난 이상하게도 전혀 웃기지 않았다. 저 말이 왜 웃긴 건지, 저 행동이 왜 어이가 없는 건지, 이해가 되지 않는다. 서로를 보며 웃는 얼굴들의 주름이 마치 실리콘의 질감처럼 이질적으로 느껴진다.

난 멍하니 그들의 동작을 보다 TV를 꺼버렸다. 사람들이 모두 출근해서 텅 비어 있는 사택 안은 고요했고, 내 시간은 멈춘 것 같았다. 그렇게 잠이 들었나 보다. 눈을 떠보니 어느덧 오후 2시가 넘어 있었다. 내 주위는 여전히 정적만이 감돌았다.

난 2층에 있는 내 방으로 올라가서 샤워를 하고 집을 나왔다. 이사할 곳을 알아보기 위해서다. 경영지원팀에서는 이번 달 말까지 사택에 머물러도 좋다고 했다. 그 말은, 다음 달이 되기 전에 나가라는 얘기다.

하지만 아직도 회사에 미련이 남아 있는 나는 이곳과 먼 곳으로 이사하기 싫었다. 휴대폰 지도로 판교 근처에 가격이 적당한 장소를 물색했다. 그리고 성남으로 정했다. 박영태 실장의 집이 있던 곳이라 그런지 왠지 친숙했다. 성남으로 향하는 버스 안에서 내 휴대폰은 여러 차례 진동을 했다. 고성국이 쉴 새 없이 전화를 걸어왔기 때문이다. 하지만 난 전화를 받지 않았다. 그와 통화를 했다간 괜히 마음이 약해질까 두려웠다.

성남에 도착했다. 예전에 민가영과 함께 이곳에 왔던 일이 생각난다. 투덜대는 그녀를 달래기 위해 들어갔던 작은 카페도 눈에 들어왔다. 내가 전날 숙취로 늑장을 부린 탓에 그녀가 샐쭉해졌었지. 5센티가 넘는 뮬을 신고 저 언덕을 올랐을 때 발이 얼마나 아팠을까? 아무리 화가 나도 달콤한 케이크와 커피를 마시면 기분이 풀리곤 했던 그녀. 잘 있지? 이번에는 나 혼자 여기에 왔어. 그녀가 들을 리는 없겠지만 난 속으로 민가영에게 조용히 말을 걸어본다. 그리고 혼자 카페 안으로 들어갔다. 그때 그랬던 것처럼, 그녀가 좋아하는 케이크와 커피를 시켰다. 먹고 마시고 나니, 라면으로 헛헛했던 배가 채워지며 기운이 난다.

힘을 내 자리에서 일어섰다. 이제는 씩씩하게 언덕길을 올라갈 차례다. 아직 더위가 가시지 않아 셔츠가 금방 땀으로 젖었다. 그래도 계속 손으로 부채질을 하며 언덕길을 오르는데, 맞은편에서 누군가 나를 보고 알은체를 한다. 슈퍼 주인이었다.

"어머, 이게 누구야? 여기서 또 보네."

"안녕하세요?"

"여긴 왜 또 왔어? 아직도 뭘 찾고 있는 거야?"

"아, 아닙니다. 집을 보러 왔어요."

"여기로 이사 오려고? 부동산은 갔다 오고?"

"아직 못 들렀어요. 혹시 아시는 곳 있나요?"

"아는 데가 뭐 필요해? 우리 옥탑방 비어 있는데, 거기 좀 보고 갈래?"

"옥탑방이오?"

"왜 싫어?"

"아, 아니요. 다만 제가 보증금이 충분치 않아서……."

"어유, 그건 조절 가능하지. 사람 신원이 확실한데 뭐가 문제야? 돈만 따박따박 잘 내면 돼지."

난 슈퍼 주인을 따라 언덕 중턱에 있는 슈퍼까지 갔다. 그리고 좁은 계단을 올라 3층 옥상에 도착했다. 옥상에는 화장실과 주방을 갖춘 열 평 정도의 방이 있었다. 환기가 잘 되는지 집 안에 곰팡이도 없고 생각보다 깨끗했다. 창틀이 부실하고 문 아귀가 살짝 맞지 않아 겨울에는 좀 추울 것 같았다. 하지만 그건 내가 살면서 고치면 될 것이다. 일단 마음에 들었다. 창밖을 내다보니 바로 옆 건물이 내려다보인다. 박영태 실장이 살았다는 2층 창문도 보였다.

"박 실장님 댁은 아직 비어 있어요?"

"그거 알아 뭐하게? 어떻게 할 거야? 여기는 비어 있어서 편할 때 언제라도 들어오면 돼."

"조금 더 둘러보고 연락드릴게요."

"둘러볼 게 뭐 있어? 이 가격에, 이만한 곳 없다니까? 복비도 아끼고 얼마나 좋아?"

슈퍼 주인이 적극적인 공세를 펼쳤다. 보증금도 처음에 말한 것보다는 줄어들었다. 여유 자금이 빠듯한 나에게 매력적인 제안이었다. 하지만 난 아직 내 자금 상황을 완벽히 체크하지 않은 상태였다. 오늘은 진짜 집만 보러 온 거다.

"다시 연락드릴게요. 고맙습니다."

"그래. 하지만 아무리 돌아다녀 봐도 다리만 아프지, 여기만 한 데 없을 거야. 꼭 연락해."

인사를 하고 나와, 근처 공인 중개소에 들러 비슷한 가격대의 집을 몇 군데 더 봤다. 슈퍼 주인의 얘기대로 그녀의 집 옥탑방 매물이 꽤 괜찮다는 것을 확인할 수 있었다.

얼마나 돌아다녔다고 그새 배가 고파진 나는 허름한 국밥집에 들러 배를 채웠다. 그리고 집으로 향했다. 해는 벌써 뉘엿뉘엿 지고 있었다. 버스에서 내려 천천히 걸었다. 어차피 빨리 들어갈 일도 없다. 저벅저벅, 누군가 내 뒤를 따라 걷는 소리가 들린다. 조용한 주택가라 발걸음 소리가 골목 안을 울렸다. 신경이 쓰인다. 왠지 내 뒤로 바짝 따라붙는 것 같다.

뒤를 돌아보려는 찰나, 누군가 내 어깨를 잡더니 주먹으로 얼굴을 강타한다. 난 소리도 내지 못하고 아스팔트 바닥에 나동그라졌다. 쓰러렸다. 일어서려고 하는데 그 누군가가 내 몸을 짓누른다. 그리고 두 손으로 내 얼굴을 사정없이 때렸다. 정신을 차릴 수가 없다. 누구야? 날 때리는 사람이? 코피를 쏟고 눈이 부어오르는 상태에서도 난 최대한 방어를 하며 상대를 살폈다.

고성국이었다. 독기를 가득 품은 그는 나를 죽이기라도 할 것 같았다. 상대를 확인한 나도 반격에 나섰다. 손을 막고, 허리와 다리를 이용해 그의 몸을 밀어냈다. 그리고 나 또한 그의 몸에 올라타 내가 맞은 그대로 되돌려줬다. 엎치락뒤치락, 우리는 그렇게 한참을 싸웠다. 옷이 찢어져 너덜너덜해졌고 둘 다 피투성이가 됐다. 모든 힘을 소진한 터라 누가 먼저랄 것도 없이 바닥에 대자로 뻗고 말았다.

"쉬는 날이에요? 오늘 금요일이잖아요."

내가 헉헉대며 물었다. 그새 어두워진 밤하늘에는 별이 쏟아질 듯 가득했다.

"여긴 어떻게 알고 온 거예요?"

"그게 중요해요? 내 인생 망치게 생겼는데?"

"아, 망치긴 누가 망친다고……."

우리는 더 이상 싸울 기력이 없었다. 그와 난, 바닥에 사이좋게 누워 하늘만 본다. 서로의 얼굴을 봤다간 그새를 못 참고 아마 주먹이 또 날아갔을 거다.

"남의 일이라고 말 참 쉽게 하네. 김유찬 씨가 자기 살겠다고 나 팔아먹으려는 거잖아요?"

"말을 해도 그렇게……. 아니에요. 진짜 그런 마음이었으면 전화해서 자백도 안 했어요."

"몰랐는데, 김유찬 씨 참 뻔뻔하다. 어떻게 그렇게 말을 돌려?"

"……술이나 마실래요?"

난 여전히 그의 얼굴을 보지 않은 상태로 제안을 한다.

"술? 우리가?"

"지난번에 병원에서, 성국 씨가 먼저 술 한잔하자고 했잖아요?"

"기억력은 좋네……. 이 꼴로?"

"누가 우릴 신경이나 쓰겠어요?"

내가 먼저 일어났다. 일어서서 보니 고성국의 몰골은 정말 형편없었다. 반팔 티의 목 부분이 늘어지다 못해 찢어지고 내 발자국까지 나 있다. 그에게 손을 내밀었다. 그는 내민 손을 어이없이 바라보다 결국 내 손을 잡고 일어났다.

"참, 술집에서 멋지게 차려입고 왔다고 하겠네."

"고성국 씨도 만만치 않아요."

우리는 옷을 털고 그나마 옷매무새를 좀 갖춘 다음 펍으로 갔다. 민가영과 가끔 들르던 곳이었다. 가게 안으로 들어서니 우리를 힐끔대는 시선이 느껴진다. 하지만 개의치 않았다. 어차피 나를 알아보는 사람도 없을 테니까.

고성국과 나는 펍의 가장 구석진 자리에 앉았다. 조명이 어두워서인지 그의 얼굴 상태가 아까보다는 괜찮아 보였다. 입가가 부르트고 광대뼈 주변이 부어 있었지만.

"녹음한 거, 진짜 지우면 안 돼요?"

"소용없어요. 이미 늦었어요."

"삭제만 하면 되는 간단한 일 아니에요?"

"미안해요. 다른 사람에게 넘겼어요."

"다른 사람이오? 누구? 누구에게 그걸 줬는데?"

"이사요."

거짓말을 했다. 나의 조력자가 이준혁 상무라는 것을 그에게 밝힐 수는 없었다. 아마도 그는 오늘 나와 한 얘기를 케미컬론이나 최도원에게 말할 것이다. 그리고 어쩌면 나와의 이 대화를 녹음하고 있을지도 모른다. 난 바지 주머니에 손을 넣어 휴대폰을 만지작거렸다. 그가 눈치채지 않게 어떻게 휴대폰을 꺼낼까 고심하면서.

"아……, 이럴 줄 알았어. 이제 난 끝난 거네, 끝난 거야."

"끝나다니요? 그걸로 성국 씨에게 책임 물 사람 아무도 없어요."

"유찬 씨는 지금 돌아가는 상황을 몰라서 그래요."

"돌아가는…… 상황, 이라니요?"

"케미컬론과 헬시코어 그리고 위너 모두 얘기가 끝났다고요. 이미 인수 계약금 이야기까지 오고 간 상태예요."

"이사회도 안 열었는데요?"

"그게 뭐가 중요해요? 회사 합병하면 어차피 이사진도 새로 바뀔 텐데?"

고성국의 얘기는 내게 폭탄처럼 날아왔다. 정녕 내가 기대할 곳은 없다는 얘긴가? 그가 맥주를 마시는 틈을 타 몰래 휴대폰을 꺼내는 데 성공했다. 그리고 조용히 녹음 버튼을 켰다. 비행기 모드는 설정하지 못했다.

"그럼 고성국 씨가 흥분할 일도 아니네요. 어차피 물밑 작업 끝났고 이사진 동의만 끌어내면 끝인데, 우리의 대화를 공개하는 게 뭐가 문제예요?"

"문제죠. 아주 큰 문제죠. 만의 하나라는 게 있잖아요? 아직 도장 찍은 것은 아니니까. 하지만 예상치 못한 일 때문에 계약이 불발됐다 하면 그 책임을 누가 져요? 1, 2억 하는 계약도 아닌데."

"녹음 파일이 그렇게 큰 영향을 줄까요?"

"나도 그러지 않기를 바라요. 하지만…… 이면 계약이라는 것도 있고."

"이면 계약? 이번에 이면 계약을 한 거예요?"

"아니요. 이번에 그랬다는 건 아니지만……. 아, 몰라요. 윗분들 일을 내가 어떻게 알겠어요? 다만 이런저런 일들이 많으니까……. 아, 됐고. 그 파일, 어떻게 다시 돌려받을 수는 없어요?"

"늦었대도요."

"아……, 미치겠네."

"음성을 변조할 수는 있어요. 그렇게라도 해달라고 말해볼까요?"

"유찬 씨한테 얘기한 사람이 나라는 걸 모르게 할 수 있어요?"

"해봐야죠. 요즘 워낙 앱이 다양하게 나와 있으니까. 가능할지도 모르죠."

"제발 그렇게라도 해주세요. 나 진짜…… 어젯밤 잠도 못 잤다니까?"

걱정 하지 말라고 그를 다독였다. 하지만 목소리를 변조한다고 해서 그게 무슨 소용이 있겠는가. 눈 가리고 아웅이다. 대화 내용 들어보면 그가 고성국이라는 것을 모를 수가 없다. 하지만 그는 그걸로도 안심됐는지 내게 신신당부를 했다.

"유찬 씨, 꼭 부탁해요. 그렇게 해주는 거예요, 네?"

그러겠다고 대답했다. 좋아하는 그의 모습을 보니 괜히 죄스러웠다.

우리는 펍에서 나왔다. 나를 먼저 때린 게 미안했는지 고성국이 술값을 내겠다고 우겼지만, 나 또한 그에게 미안한 터라 내가 계산을 했다. 버스가 다니는 큰길까지 그를 배웅했다.

돌아오는 길, 휴대폰이 진동을 한다. 윤조였다. 잠시 망설이다 전화를 받았다.

[유찬 씨? 저예요, 윤조.]

"웬일이십니까?"

[내일 잠깐 만났으면 해서요.]

"그럴 필요 없을 것 같습니다."

[네? 왜죠?]

"위너를 그만뒀어요. 더 이상 걱정하지 않으셔도 돼요."

[……]

"정확히 말하면 잘렸지만요."

쓸쓸하게 웃었다. 내가 말해놓고도 스스로가 초라하게 느껴진다. 그녀도 이젠 알았다고 말하고 전화를 끊겠지. 하지만 그녀의 반응은 내 기대와는 달랐다.

"그러면 유찬 씨를 더 만나봐야겠네요. 내일모레, 일요일 2시 어떠세요? 늘 보던 곳에서 뵙죠."

전화가 툭 끊어졌다. 내 심장도 함께 툭 떨어지는 것 같다. 그래서 더 봐야 한다는 그녀의 말이 묵직한 여운을 남겼다. 무슨 일이지? 또 무슨 일이 생긴 거야? 그녀가 내게 말하려고 하는 것은 대체 뭘까?

24. 누군가의 위협

고성국에게 맞은 상처는 하루가 지나고 이틀이 넘어가자 더 부어오르고 색도 짙어졌다. 누가 봐도 한 대 맞은 꼴이 역력했다. 엉망이다. 이런 몰골로 윤조를 만나야 한다는 게 창피했다. 그러나 시계는 벌써 1시를 가리키고 있다. 나가야 할 시간이다. 내가 가진 옷 중 가장 단정한 옷을 골라 말끔하게 차려입었다. 비록 얼굴은 이래도, 마지막이 될지 모르는 만남에 나쁜 인상을 주고 싶지는 않았다.

버스를 타고 팰리스호텔로 갔다. 정시에 맞춰 비즈니스센터로 올라가니 윤조가 벌써 도착해 있었다.

"일찍 오셨네요? 오래 기다리셨어요?"

예의상 인사를 건네며 난 그녀의 맞은편 자리에 앉았다. 내 얼굴을 본 윤조의 얼굴이 심각해진다. 입술을 살짝 벌린 채, 나를 뚫어지게 응시하는 표정이 심상치 않다.

"무슨 일이…… 있었나요? 그 상처는……."

그녀는 말을 건네고 숨을 쉬는 것마저 조심스러워 보였다. 나를 지나치게 걱정해주는 것 같다. 그럴 필요까지는 없는데.

"아, 이거요? 술 마시고 친구랑 한바탕 했습니다. 별거 아니었어요."

그녀가 걱정할까 봐 난 일부러 과장된 웃음을 지어 보였다. 억지웃음에 광대뼈 부근의 근육이 과도하게 당겨지며 쓰라렸다.

"정말, 친구였어요?"

"제가 실수를 한 게 있어서 친구에게 한 대 맞았습니다. 상처는 조금 났지만 괜찮아요. 곧 낫겠죠, 뭐."

"그럼 다행이고요."

"설마 제가 폭력배에게 당했다고 생각하신 겁니까?"

내 딴에는 농담이라고 던진 말이었다. 그러나 그녀가 심각한 표정으로 입을 꾹 다물자 내 기분이 묘해진다. 진짜 내가 폭력배에게 맞았다고 생각한 건 아니겠지? 그녀의 생각을 도무지 짐작할 수 없다. 왜 저런 표정을 짓는 건데?

"오늘은 왜 보자고 하신 겁니까?"

"그게……."

그녀가 말 꺼내는 것을 주저한다. 긴장이 되는지 테이블 위에 있던 물 잔을 단숨에 들이켰다. 그리고 숨을 고른다. 무슨 말인지 몰라도 굉장히 중요한 얘기인 것 같다.

"M&A 건입니까?"

나도 조심스럽게 물었다. 하지만 그녀는 바로 고개를 흔든다.

"유찬 씨에게 미안한 말이지만, 그 일은 순조롭게 진행되고 있어요."

"그럼 뭡니까?"

"전에 말씀하신 죽은 수행 기사 말이에요……."

"박영태 실장 말입니까?"

"네, 블루 블러드에게 협박받았다고 하셨는데."

"그랬죠."

"유찬 씨도…… 조심하셔야 할 것 같아요."

"네? 제가요? 왜요?"

"며칠 전 모임에 나갔어요. 거기서 유찬 씨 얘기를 들었어요."

"누가요? 누가 제 얘기를 하던가요?"

"그건…… 회원에 대해서는 말씀드릴 수 없어요. 지난번에도 말했지만."

"맥슬란 대표입니까?"

넘겨짚었다. 그와는 블루 블러드에 대해 잠깐 얘기한 적이 있으니, 그가 그 자리에 있었다면 아마 화제에 끼었을 거다.

"그를…… 아세요?"

"잠시 뵌 적이 있고, 제가 블루 블러드에 대해 물어봤었죠."

"아……."

윤조가 한숨을 내쉬었다. 나도 답답했다. 속 시원하게 말해주면 좋으련만, 그녀는 좀처럼 입을 열려 하지 않는다.

"제 얘기가 왜 나온 겁니까? 무슨 말을 하던가요?"

그녀를 재촉했다. 말할 듯 말 듯, 그녀가 뜸을 들인다.

"윤조 씨가 위너에서 나오라고 했던 것과 연관이 있는 겁니까? 아니면 M&A와?"

"둘 다 상관은 없어요."

"그럼 뭡니까? 속 시원히 얘기해보시죠? 왜 제가 조심해야 하는데요?"

"이건 제 지나친 기우일지도 몰라요. 하지만 블루 블러드 모임에서 유찬 씨 이름이 언급된 이상 걱정하지 않을 수 없어요. 그 사람들이 좀 못된 면이 있거든요. 적으로 돌리기엔 벅찬 상대예요."

이준혁 상무의 말이 떠올랐다. 그도 윤조와 비슷한 말을 했었다. 그들까지 끌어들이면 일이 더 번잡해질 수 있으니, 전무를 이기기 위해서는 일단 그의 비리에만 집중하자고 했었지. 상무에게 힘든 상대라면 나에게는 넘을 수 없는 대상일 것이다. 그래서 그들을 쫓는 건 포기하고 있었다.

"제 이름이 왜 언급됐는데요?"

"맥슬란 대표가 외부인이 우리를 알고 있다는 얘기에서 시작됐어요. 유찬 씨가 블루 블러드에 대해 어떻게 알고 있는지 얘기가 나온 거죠. 그러다가……"

"그러다가?"

"유찬 씨가 블루 블러드의 뒤를 캐고 있다는 말까지 나오더군요."

틀린 얘기는 아니다. 블루 블러드에 대해 알기 위해 이준혁 상무와 윤조에게도 문의했고, 민가영도 자료 조사를 했다. 게다가 난 전에 아이콘 MTT를 탄 남자를 쫓기도 하지 않았던가.

"정말 그랬나요?"

"그야……, 사장님 약물 문제나 회사 M&A와 무관하지 않다고 생각했으니까요."

"당장 그만두세요."

"네?"

"그들은 위너와 헬시코어의 M&A와 무관해요. 아마 한경 씨와도 별 상관이 없을 테고요. 그날 한경 씨 집에서 발견한 파란 쇼핑백은 우연이에요. 그는 거기 회원이었을 뿐이라고요."

"……."

"유찬 씨, 블루 블러드를 적으로 돌리지 말아요."

"그 얘기 하려고 저를 여기까지 부르신 겁니까?"

"네. 일부 못된 회원들이 유찬 씨를 골탕 먹일까 봐 걱정돼서요. 전화로는 말할 수 없었어요."

"골탕이오? 협박이 아니라?"

"블루 블러드가 박영태 실장이라는 분과 연관되어 있다고 했잖아요? 만약 그랬다면 그들 입장에서는 짓궂은 장난이었을 거예요. 협박이 아니라."

"윤조 씨는 그렇게 생각하시는군요."

나도 모르게 말이 살짝 꼬아 나온다. 그녀의 말이, 같은 소속이라고 그들을 두둔하는 것 같이 들린다. 기분이 불쾌해졌다.

"전 정말 유찬 씨가 걱정돼서……."

"알겠습니다."

허망했다. 여기까지 와서 들은 얘기가 겨우 몸조심하라는 거라니. 난 그녀에게 그만 가보겠다고 하고 일어섰다. 오늘로 그녀를 보는 것이 마지막일 거라는 생각이 들어 공손히 인사를 했다.

"기회가 닿으면 또 뵙겠습니다."

"부디…… 부디 몸조심하세요."

그녀는 끝까지 내 걱정을 해줬지만, 난 뒤도 돌아보지 않고 회의실에서 나왔다. 팰리스호텔을 벗어나 버스정류장까지 걸었다. 그리고 버스에 올라타 생각에 잠겼다. 윤조에 대한 내 기대가 너무 컸던 탓일까? M&A를 말릴 사람으로 그녀를 떠올렸다니 내가 너무 멍청했다. 공은 공, 사는 사인 사람인데.

그나저나 블루 블러드에 궁금해하는 걸 내가 너무 떠벌리고 다녔나 보다. 그들의 귀에 들어갔다니 그녀의 말대로 조심하는 게 맞다. 아까는 괜한 심술과 오기로 비꼬아 들었지만 틀린 말은 아니었다. 정·재계 인사들과 척을 져서 좋을 건 없다.

어느새 사택 근처에 다다랐다. 시계를 보니 집에 들어가기에는 너무 이른 시간이었다. 난 인근 탄천 주변이나 산책해야겠다는 생각에 집과 반대 방향으로 발걸음을 돌렸다. 그렇게 몇 걸음을 걸었을까, 내 옆을 검은색 바이크가 바짝 붙어 지나간다. 그것도 꽤 빠른 속도로. 이를 인지하자마자 잽싸게 벽 쪽으로 붙어 몸을 다치지는 않았지만 무척 놀랐다. 욕이 터져 나오는 것을 간신히 참으며 나를 칠 뻔한 바이크를 본다. 그런데……, 아이콘 MTT가 아닌가? 게다가 MTT는 방향을 되돌려 나를 향해 달려오고 있었다. 이런, 망할······.

난 재빨리 방향을 바꿔 뛰기 시작했다. 고민할 틈도 없었다. 머릿속에는 오직 살아야 한다는 생각뿐이었다. 간신히 MTT를 피했다. 그러나 그 바이크는 또다시 나를 향해 돌진해온다. 피하느라 반대편으로 몸을 붙이는 바람에 시멘트벽에 피부가 쓸렸다. 어쩌면 저 MTT는 내 목숨을 노리고 있을 거라는 생각이 들었다.

그때 눈앞에 하천 양쪽을 연결하는 다리가 보였다. 그쪽으로 무작정 달렸다. 그리고 MTT가 나를 치려는 찰나, 다리 아래로 몸을 날렸다. 내 몸은 가볍게 공중에 붕 뜨더니 곧바로 바닥으로 추락했다.

쿵-. 아스팔트 바닥에 떨어졌다. 떨어진 충격에 숨이 멎을 것만 같았다. 곧 주변에 수군대는 소리가 들리기 시작하더니 사람들이 나에게로 몰려들었다.

"어머, 무슨 일이야?"

"사람이 다리 위에서 떨어졌어."

"거기서 왜?"

"많이 다쳤겠다. 움직이기는 해?"

"정신을 잃었나 봐."

"죽었어?"

사람들이 목소리가 들려오자 난 창피함을 무릅쓰고 일어나려 애쓴다. 다행히 두 팔로 머리를 감싸고 떨어진 터라 많이 다치지는 않은 것 같다. 그러나 팔이 이상했다. 일어나려고 팔을 땅에 짚으려 했는데, 내 맘대로 팔이 움직이지 않는다. 이를······ 어쩌지?

그때 친숙한 이의 목소리가 들려왔다.

"김유찬 씨? 김유찬 씨, 아닙니까?"

이준혁 상무였다. 난 그를 올려다보며 안도의 한숨을 쉬었다.

"아, 상무님……."

"여기서 왜 이러고 계신 겁니까?"

"지나가다가……. 상무님은 여기 어떻게?"

"차를 타고 가다 사람이 떨어지는 것을 목격했습니다. 그냥 갈 수 있어야죠. 그런데 유찬 씨가 쓰러져 있을 줄이야. 몸은 괜찮으신 겁니까?"

"아니요……. 왼쪽 팔이 이상해요."

난 덜렁거리는 팔을 들어 보였다. 곧이어 나를 에워싼 사람들이 걱정하는 소리가 들려온다. 내 팔은 부러져 있었던 거다.

"이럴 때가 아니에요. 빨리 병원에 갑시다."

상무의 부축을 받아 간신히 몸을 일으켰다. 그리고 조심조심 도로 위로 올라가 그의 차에 몸을 실었다. 움직일 때마다 몸이 쑤시고 아팠지만, 창피해서 그에게 티를 제대로 낼 수 없었다. 나는 그의 차를 타고 병원 응급실로 향했다.

"대체 무슨 일이었습니까?"

"모르겠어요……. 갑자기 MTT가 절 쫓아와서."

"아이콘 MTT요?"

"아까 못 보셨어요? 제가 떨어지는 것을 보셨다고 하지 않았어요? 저를 치려고 했었는데요?"

"바이크는 못 봤습니다. 유찬 씨 주변에도, 도로 주변에도 바이크는 없었어요."

"네?"

난 놀라서 반문한다. 분명히 나는 아이콘 MTT를 피해 다리 아래로 몸을 던진 건데, 어떻게 그걸 보지 못할 수가 있지?

"분명히 MTT였습니까?"

"확실해요. 내 목숨을 걸 수도 있어요. 상대는 블루 블러드가 맞는다고요."

"그들이 그렇게까지 할 필요가 있을까요? 유찬 씨가 잘 못 본 거 아닙니까?"

"MTT가 맞는다니까요! 날 죽이려고 작정한 듯 덤벼들었어요."

"좋아요, MTT를 탄 블루 블러드라고 칩시다. 하지만 이제 잊으세요. 그들과 엮여서 좋을 거 하나도 없어요."

"제 목숨을 위협했는데도요?"

"반대로 생각해보세요. 유찬 씨의 행동이 그들에게 위협으로 느껴졌을 수도 있지 않을까요?"

말문이 막혔다. 내 행동이 그들에게 위협이었다니. 자신들의 은밀함이 드러나는 게 그렇게 두려웠던가? 상무의 말에, 난 블루 블러드가 사장의 약물 사건과 관련이 있다고 더 확신하게 된다. 하지만 그 앞에서는 차마 그 말을 할 수 없었다.

"어쨌거나 유찬 씨의 말이 사실이라면, 당분간 몸을 사리는 게 좋겠네요. 조심해서 나쁠 건 없으니까요."

"네……."

난 의기소침해져 대답했다. 아프기도 했다. 윤조가 경고한 것은 바로 이 사고 같은 걸 말하는 거겠지. 상무의 말대로 조심하지 않으면 또 이런 일이 벌어질 것이다. 젠장, 망했다. 궁금해도 파헤치지 못하고 눈에 보이는데도 모르는 척해야 한다. 그게 현실이다. 내 안전을 위해서 말이다.

차는 어느덧 병원 응급실에 도착했다. 난 여러 가지 검사를 받았고, 골절로 판정돼 왼쪽 팔에 깁스를 했다. 그러나 시간이 지날수록 팔의 통증이 더 심해진다. 집으로 가는 길에, 난 아픔을 잊으려고 상무에게 쉬지 않고 말을 걸었다.

"이 근처에는 왜 오신 거예요?"

"유찬 씨를 만나러 왔죠."

"저를요? 왜요?"

"내일이 대망의 그날이지 않습니까? 이사회요."

이사회라는 단어를 듣자 가슴이 덜컥 내려앉는다. 고성국과 싸운 얼굴 흉터와 오늘 다친 팔, 한마디로 우스운 몰골로 내일 이사들 앞에 나서겠구나. 이래서 그들을 설득할 수 있을까? 그래도 이만하길 다행이다. 심하게 다쳤더라면 내일 이사회에 참석하지 못했을 것이다.

"파이팅 하려고 왔는데, 시간이 잘 맞았네요. 제가 안 왔으면 어쩔 뻔했어요?"

그가 나를 보며 씩 웃는다.

집 앞에 도착했다. 한쪽 팔이 불편한 나는 차에서 조심스럽게 내렸다. 그와 함께 사택 안으로 들어서자 여기저기서 상무를 환대하는 목소리가 들려왔다.

"어머, 상무님!"

"웬일이세요? 여기까지 오시고. 무슨 바람이 부신 거예요?"

조용했던 사택 안이 금세 왁자지껄해졌다. 그러나 깁스한 내 팔을 눈여겨보는 사람은 아무도 없었다.

***

똑─ 똑─. 노크하는 소리에 잠이 깼다. 난 아직 잠이 덜 깨 부스스한 상태로 문을 열었다. 내 눈앞에는 전략기획팀 송연호가 서 있었다.

"이런, 제가 깨운 건가요?"

"아닙니다. 막 일어나려던 참이었어요."

"1층으로 내려오세요. 같이 아침이나 먹게요."

뜻밖의 호의에 난 알았다고 대답을 한다. 그리고 대충 씻고 1층으로 내려간다. 자고 일어나니 팔이 더 쑤셨다. 주방 앞 커뮤니케이션 테이블에는 죽이 차려져 있었다.

"웬 죽이에요?"

"상무님이 시켜주셨어요. 유찬 씨 덕분에 제가 호강하네요. 팔은 괜찮으세요?"

"불편한 것 빼고는 괜찮습니다."

난 그의 맞은편에 앉았다. 적당히 식은 죽은 먹기에 온도가 딱 알맞았다. 고기와 야채가 적당히 섞인 죽을 먹으며 송연호에게 말을 걸었다.

"상무님은요?"

"출근하셨죠. 오늘 중요한 일이 있다고 준비할 게 많으시대요."

오늘은 이사회가 있는 날이었지. 그에게도, 나에게도 중요한 날이다. 나도 빨리 정신을 차려야겠다.

밍밍한 죽을 먹으며 어제 일을 떠올려 본다. 아이콘 MTT를 타고 위협하던 누군가와 날 도와준 이준혁 상무. 그와 함께 집에 돌아온 나는 약 기운에 취해 먼저 방으로 올라와 잠이 들었다. 상무는 늦게까지 사람들과 얘기를 한 것 같던데, 대체 무슨 얘기를 한 것일까?

"상무님이 어제, 여기서 주무신 거예요?"

"빈방이 있으니까요."

빈방이라면 아마 민가영이 사용했던 방을 말하는 걸 거다. 그 방은 아직 치우지도 않았을 텐데. 난 옷과 구두, 가방으로 가득했던 그녀의 방을 떠올렸다. 그녀를 생각하니 가슴 한구석이 다시 아려온다.

"그런데 어찌나 코를 고시던지……. 복도를 쩌렁쩌렁 울리더라고요. 유찬 씨도 들었어요?"

"전 약을 먹어서 그런지 곤히 잠들어 못 들었습니다."

"차라리 잘됐네. 어휴, 전 밤새 잠을 설쳤어요."

"늦게까지 얘기 나누시다가 못 잔 건 아니고요?"

"그런 것도 좀 있죠. 상무님 오랜만에 봬서 할 말이 좀 많았어야죠."

"모건 플랫폼에서 일할만하시대요?"

"처음이니까 재미야 있으시겠죠. 하지만 곧 위너로 돌아오시지 않을까요? 새로운 일 벌이는 거 좋아하시는 분인데, 거기 안정되면 심심하시다 할 거예요. 자동차 직구 판매는 확장성이 없잖아요? 어제도 새 사업 구상으로 얼마나 말씀이 많았는데요."

"새 사업 구상이오?"

"유튜브를 대체할 TV 플랫폼을 구상 중이시래요. PPL 제대로 엮어서 만드는."

상무가 무슨 생각을 갖고 있는지는 모르겠다. 하지만 송연호가 저렇게 신나서 떠드는 것을 보면, 그의 사업 구상이나 계획이 전략기획팀 사람들의 흥미를 북돋는 것 같다.

"아, 상무님이 위너로 다시 돌아오셨으면 좋겠어요. 상무님이 기획하고 사장님이 지휘할 때 일이 진짜 재밌었는데."

"전무님은요?"

"전무님도 외부 인프라를 끌어들이는 능력이 만만치 않으시죠. 덕분에 회사도 많이 커졌고요."

하지만 그의 목소리가 금세 시들해진다. 전무가 진행하는 일의 방식이 영 마음에 들지 않는 것 같다.

"유찬 씨 이직하신다면서요?"

"네? 이직이오?"

"에이, 그걸 뭘 비밀로 하고 그래요? 곧 모건 플랫폼으로 간다면서요? 상무님이 어젯밤 그러시던데?"

금시초문인 얘기다. 내 일인데, 난 모르는 소식이다.

"상무님이 그런 말씀을 하셨어요?"

"이런……. 대외비였구나? 어쨌든 축하해요. 상무님 밑으로 가면 배우는 건 많을 거예요. 그리고 얼마나 챙겨주시는데. 오늘도 봐요, 유찬 씨 아프다고 죽 사주고 가셨잖아요? 부럽다."

그가 일회용 죽 용기의 바닥을 싹싹 긁으며, 부럽다는 듯 말한다. 하지만 난 얼떨떨하다. 이 상무는 정말 나를 자신의 밑으로 데려갈 생각인 걸까?

"솔직히 유찬 씨가 자동차 직구 플랫폼 기획에 공헌한 건 사실이잖아요? 아이디어도 내고 전문가랑 언론도 끌어들이고……. 덕분에 우리 회사도 단순 서버 호스팅에서 한 단계 더 발전했고요. 그런데 전무님께 그런 대우 받아서 우리도 부당하다고 생각했어요. 다행입니다. 앞으로 잘됐으면 좋겠네요."

송연호의 말에 마음이 울컥했다. 내 주변에도 조용히 나를 지지해 주는 사람들이 있다는 사실이 기쁘다. 그리고 세심하게 나를 신경 써주는 상무에게 고맙다. 오늘 이사회에서 그에게 도움이 돼야 할 텐데. 전무에게도 보란 듯 한 방 먹이고 싶다.

식사를 마친 후에 뒷정리를 그에게 맡기고 2층으로 다시 올라왔다. 주방 서랍에서 꺼내온 랩으로 왼쪽 팔을 둘둘 감고 샤워를 한다. 그 덕에 비교적 수월하게 샤워를 마쳤다. 그리고 수행 기사할 때마다 입었던 감색 슈트를 꺼내 입었다. 이사회의 분위기가 어떤지 모르겠지만 최대한 예의를 갖춰야 할 것 같았다.

다시 1층으로 내려오니 송연호가 소파에 누워 TV를 보고 있다. 난 그에게 방해가 되지 않게 조용히 집에서 나와 회사로 향했다. 이사회는 오후 2시에 열리고 난 30분 후쯤 등장 예정이었지만, 괜한 초조함에 빨리 회사로 가고 싶었다.

회사에 도착해 1층 편의점부터 들렀다. 캔 커피를 사서 한잔 마시고 12층으로 올라갔다. 혹시나 하는 마음에 비서실 문을 열려고 했지만, 문이 잠겨 있어 들어가지는 못했다. 복도 끝에 있는 의자에 앉아 2시가 될 때까지 기다렸다. 그리고 2시가 되자마자 대회의실이 있는 10층으로 내려갔다. 대회의실 앞 의자에 앉아 난 또 대기를 한다. 시계만 들여다보며 한참을 그렇게 앉아 있는데, 누군가 나를 보는 시선이 따갑게 느껴졌다. 고개를 들어보니 오지선 실장이 바로 내 옆에 있었다.

"실장님? 여긴 어떻게……."

"어쩌다 보니 그렇게 됐네요. 그런데 유찬 씨 얼굴은 왜 그래요? 팔은 왜 깁스를 했고?"

"운동하다 굴렀어요. 여기 앉으세요."

난 그녀에게 내 옆자리를 권한다. 그녀는 군말 없이 내 옆에 앉았다. 은은한 향수 냄새가 훅 풍긴다. 그런 그녀가 낯설었다. 몇 달을 함께 일하면서 그녀에게 향수 냄새를 맡은 것은 이번이 처음이다.

"유찬 씨도 오늘 참석하나요?"

"네에……. 실장님은 해외 나가신 줄 알았는데……?"

"푹 쉬고 있었는데 불러서 억지로 들어온 거죠."

그녀가 떨떠름하게 대답했다. 내가 이사회에 참석할 거라 미처 생각하지 못했나 보다. 침착한 얼굴에 당황한 기색이 살짝 엿보인다. 왠지 예감이 좋지 않다.

"가영 씨 일은…… 안 됐어요. 장례식에 못 가 미안해요. 혼자서 힘들었겠네."

"……."

"어디에 안치했어요? 한번 찾아가 보고 싶네요."

난 오지선 실장에게 화장장 근처에 있는 추모공원을 알려줬다. 그리고 그녀가 휴대폰이 아닌 수첩을 꺼내 내가 알려준 장소를 메모하는 것을 본다.

"오늘, 왜 참석하시는 거예요?"

"공식적으로 물어볼 게 있다고 해서 왔어요."

"전무님 쪽…… 참고인으로 오신 거예요?"

"참고인까지는 아니고. 내가 그렇게 거창한 일을 한 건 아니잖아요? 별로 말할 것도 없고. 물어보면 아는 대로만 얘기해야죠. 참, 유찬 씨."

그녀가 내 이름에 힘을 주어 부른다. 속이 뜨끔하다. 판교역 이탤리언 레스토랑에서 말했던 그녀의 말이 떠올랐다.

'난 이 일에 말려들기 싫어. 무슨 말인지 알지? 걸리면 난 딱 잡아뗄 거야. 해킹당했다고.'

그녀가 무슨 말을 꺼낼지 짐작이 갔다.

"알고 있습니다. 하신 말씀, 주신 정보, 다 부정하신다는 거잖아요?"

"쉿! 누가 듣겠다. 어쨌든 내 입장은 그러니까 그렇게 알고 있어요. 나, 이해하죠?"

난 고개를 끄덕였다.

대회의실 문이 열리며 상무가 나왔다. 그의 뒤를 따라 낯선 남
자들 몇몇이 나온다. 그들은 나와 오지선 실장을 힐끗 보더니 휴
게실이 있는 복도 끝으로 향했다.

"유찬 씨, 오래 기다렸나요? 오 실장님도 오셨네요?"

우리는 이준혁 상무에게 인사를 했다. 그는 웃고 있었지만 얼
굴에는 긴장감이 감돌았다.

"들어가서 대표이사님께 인사드리겠어요? 실장님도 인사하실
거죠?"

그는 우리를 데리고 대회의실로 들어갔다. 처음 가본 그곳은
대회의실이라는 명칭에 걸맞게 크고 넓었다. 길고 커다란 원형
테이블이 방의 대부분을 차지하고 있고, 뒤에는 2열로 의자가 늘
어서 있다.

오지선 실장과 나는 상무를 따라 테이블 앞으로 갔다. 그곳에
는 염색하지 않은 하얀 머리에 금테 안경을 쓴 여자가 앉아 있었
다. 요양원에서 만난 사장의 어머니였다. 그녀가 위너의 대표이
사였던 것이다.

"오늘 증언할 오지선 실장과 김유찬 씨입니다."

상무가 우리를 소개하자 그녀가 읽고 있던 서류를 내려놓고 금
테 안경을 벗었다. 그리고 우리를 똑바로 본다. 시선은 여전히 날
카로웠다.

"김유찬 씨, 잘 있었나? 보아하니 상태가 그다지 좋지는 않네. 그새 사연이 많았나 보지? 그리고…… 오지선 실장은 전에도 몇 번 본 적이 있지?"

"일전에 여러 번 뵀습니다."

"내가 궁금한 게 많아서, 얘기도 많이 듣고 질문도 할 거야. 괜찮죠?"

"네, 그러려고 온 걸요."

오지선 실장은 그녀의 말에 침착하게 대꾸한다. 하지만 노부인의 정체를 알게 된 나는 너무 놀라서 아무런 말도 하지 못했다. 이런 나를 그녀가 재미있다는 듯 바라본다.

"김유찬 씨는 날 보고 놀랐나? 왜, 내가 말 많고 잔소리나 하는 할머니인 줄 알았나 보지?"

"아니, 그게 아니라……"

"겁먹을 필요 없잖아? 병원에서 봤을 때처럼 편안하게 대해요."

그녀가 나를 보고 살짝 웃었다. 그 바람에 매섭게 느껴졌던 눈매가 조금 부드러워진다. 마음이 놓이면서도 긴장이 된다. 내가 요양원에서 그녀에게 괜한 소리를 떠들어댄 것은 아닌지 재빨리 되짚어 봤다. 자세히 기억나지 않는다. 그때 말실수를 한 게 아니어야 할 텐데.

노부인에게 인사를 하고 회의 테이블 뒤에 있는 의자에 가서 앉았다. 이준혁 상무의 원래 계획대로라면 난 밖에서 대기하다 회의 중간에 등장해야 한다. 그런데 계획이 바뀐 것 같다.

시계를 보니 아직 오후 3시가 되지 않았다. 내가 부른 사람은 제때 도착할 수 있을까? 그가 혹시라도 오지 않을까 걱정이 된다. 초조해서 다리를 떨고 있는데, 조규진 전무가 최도원과 함께 대회의실로 들어왔다. 최도원은 내 시선을 느꼈는지 우리가 있는 쪽을 힐끗 보더니 전무와 함께 노부인에게 가서 인사를 한다. 그리고 내 옆으로 와 앉았다.

"이렇게 또 보네?"

"그러게? 그날이 마지막인 줄 알았더니."

나도 그의 말을 맞받아쳤다. 녀석의 싸늘한 눈빛에 지지 않고 웃어도 보였다. 최도원, 네가 나를 보는 건 오늘이 진짜 마지막이 될 거야.

때마침 휴식을 취하러 나간 이사들이 하나둘씩 대회의실 안으로 들어왔다. 며칠 전 레전드호텔에서 본 사람들의 얼굴도 눈에 띄었다. 테이블이 거의 다 차자 대회의실 안 공기가 무겁게 느껴진다.

"거기 뒤에 앉은 세 분, 그렇게 뒤에 앉아 계시지 말고 테이블로 와 앉으시죠. 오늘 중요한 얘기 하실 분들 아닙니까?"

노부인, 아니 대표이사의 말에 우리는 자리에서 일어서 이사들이 앉아 있는 테이블로 갔다. 난 창가를 등진, 상무가 앉아 있는 라인에 앉았고 최도원과 오지선 실장은 내 맞은편에 앉았다. 그 자리는 전무가 앉아 있는 라인이었다. 이로써 확실해진 거다. 오늘 그녀는 전무의 편에 서서 증언하겠지. 오지선 실장과 눈을 마주치려 했지만 그녀는 내 시선을 피했다.

대회의실 안에는 소리 없는 전운이 감돌았다. 사람들은 긴 침묵 속에, 서로를 힐끔거리며 먼저 말 꺼내는 것을 주저하고 있다. 대표이사인 노부인이 물 한 잔을 마시더니 드디어 입을 열었다.

"회사의 운명을 좌우할 큰일을 앞두고, 아시다시피 이한경 사장이 부재중입니다. 그래서 이번 결정은 저와 여러분들이 함께 고민해야 할 것 같습니다. 솔직히 전 헬시코어를 인수해 회사가 발전한다는 것을 확신할 수 없습니다. 조 전무님과 이 상무님의 의견도 대립하고요. 이사님들의 의견을 결정하기에 앞서, 양측 얘기를 좀 들어보려고 합니다. 모두들 동의하시나요?"

이사들 대부분이 동의를 표했다. 다수결로 쉽게 결정되는 것을 보면, 그들끼리 미리 약속되어 있는 것 같다.

"조 전무님과 이 상무님, 두 분 중 누가 먼저 말씀하시겠습니까?"

대표이사가 엄숙하게 물었다. 조규진 전무와 이준혁 상무는 서로 눈빛을 교환한다. 그리고 상무가 내게 나직하게 말했다.

"김유찬 씨, 미안하지만 이 서류 좀 나눠주시겠습니까?"

그가 가방에서 서류 더미를 꺼낸다. 난 서류 더미를 받아들고 사람들에게 한 부씩 나눠줬다. 넉넉하게 준비해온 덕에 내 몫도 챙길 수 있었다. 자리에 앉아 그가 준비한 서류를 본다. 민가영이 전달한 자료 외에도 낯선 자료가 함께 있었다.

"지금 나눠드린 자료는 헬시코어에서 제가 직접 입수한 것과 위너에 넘어온 자료를 비교 분석한 것입니다. 잘 보시면 알겠지만 꽤 큰 차이가 있을 겁니다."

상무의 말에 대회의실 안이 술렁인다. 금테 안경을 낀 대표이사는 미간을 찌푸린 채 자료를 더 자세히 들여다본다.

"그 말씀은 지금, 헬시코어가 분식회계를 자행했다는 겁니까?"

"오해가 있는 거 아닐까요? 이렇게 큰 부채를 숨길 수 있다뇨?"

"투자자와 주주들도 이 사실을 알고 있는 겁니까?"

이사들이 한마디씩 꺼냈다. 난 재빨리 전무의 눈치를 본다. 이상하게 그의 얼굴에 비웃는 듯한 미소가 어려 있다. 상무에게 불리한 증거를 들이댔을 텐데, 왜 저런 웃음을 짓는 거지? 이상했다.

"조 전무님, 무슨 말씀이라도 하셔야 하지 않을까요?"

대표이사가 코에 걸친 안경을 올리며 그를 똑바로 바라본다. 전무가 입을 열었다. 표정이 여유롭다.

"이 상무님, 그 자료, 어디서 난 겁니까?"

"네?"

"어디서 구하신 자료냐고요?"

"출처는 함부로 말씀드리지 못하겠는데요. 저희도 제보받은 거라."

전무가 코웃음을 쳤다. 최도원도 씩 웃는다. 난 뭔가 잘못돼 가고 있다는 게 느껴졌다.

"민가영 씨에게 받은 자료입니까?"

전무의 입에서 민가영의 이름이 나오자 나도 모르게 오지선 실장을 쳐다봤다. 그녀가 내 눈을 피한다. 시치미를 떼고 아무것도 모른다는 표정으로 자리에 얌전히 앉아 있다. 하긴, 패스워드 준 것이 걸리면 그녀는 무조건 모른다고 말할 거라 했다.

"왜, 민가영 씨에게 받은 자료면 안 되는 겁니까?"

"이상하지 않습니까? 내 밑에서 일하는 사람도 아닌 경영지원 팀 직원이 어떻게 개인 서버에 있는 자료를 찾아낼 수 있단 말입니까? 해킹이라도 했나요?"

"지금 그게 중요한 게 아니잖습니까? 헬시코어에서 분식회계를 했냐, 안 했냐가 중요한 거 아닌가요?"

"그게 진짜 자료가 맞을까요?"

"무슨 말씀이 하고 싶으신 겁니까?"

"얼마 전부터 누군가 서버를 뒤져본 흔적이 있더군요. 그래서 보안 직원에게 요청했습니다. 그 경로를 파악하기 위해서요. 비서실에 몰래카메라를 설치했는데 그 흔적이 남았더군요. 바로 민가영 씨였습니다. 그렇게 몰래, 직원을 시켜서 주요 정보를 빼내가도 되는 겁니까? 이 상무님 수준이 겨우 그 정도였어요?"

"……."

"그래서 장난 좀 쳐봤죠. 자료를 뒤져볼 줄 알고, 가짜 서류를 올려놨다 이겁니다! 민가영 씨가 거기에 넘어갔더군요."

상무는 언제 준비했는지, 대표이사의 뒤에 있는 스크린에 영상을 띄웠다. 어두운 비서실 안으로 몰래 들어오는 민가영의 모습이 보였다. 그녀가 컴퓨터를 켜고 비밀번호를 눌러 자료를 입수하는 게 고스란히 카메라에 찍혔다. 그 모습을 본 나는 울컥한다. 다시는 못 볼 줄 알았던 그녀의 모습을, 이렇게 다시 보게 될 줄이야.

"오지선 실장님, 이 상무님이 돌린 자료 보셨죠?"

"네, 봤습니다."

"그 내용이 맞습니까, 틀립니까?"

"틀려요. 전혀 다른 내용입니다."

"거 보세요. 민가영 씨가 훔친 자료는 가짜였습니다. 이것에 대해 상무님의 해명이 필요할 것 같은데요?"

전무가 상무를 보며 활짝 웃는다. 한 방 먹였을 때의 쾌감이 얼굴에 만연하다.

"함정이었던 것 같은데요?"

이준혁 상무가 차분히 말을 이었다. 전무도 다시 반박했다.

"그럴까요? 어쨌거나 전 이미 고발한 상태라……. 그래도 변명은 해보시죠. 과연 하실 말이 있을까?"

"민가영 씨는 전무님이 쳐놓은 덫에 빠진 겁니다. 물론 그 일은 저와는 무관하고요."

그는 포스트잇을 들어 흔들었다. 비서실 서버의 패스워드가 적힌, 이탤리언 레스토랑에서 오지선 실장이 민가영에게 건넸던 그 포스트잇이었다. 설마…… 오지선 실장이, 전무를 대신해 민가영에게 덫을 놓은 것이었던가?

"민가영 씨 방에서 이것을 발견했습니다. 회계 자료도 그 방에서 찾았고요. 전 단순히 그 방에서 발견한 자료를 활용한 겁니다. 민가영 씨는 순진하게도, 누군가에게 이것을 받고 호기심에 서버를 뒤져본 것입니다. 그 누군가는 의도적으로 민가영 씨에게 접근한 거고요."

"그 누군가가 상무님 아닙니까?"

조규진 전무가 어이없다는 듯 픽 웃는다. 내가 손을 들었다. 그의 말이 모두 사실은 아니지만 난 상무의 말에 힘을 보태야 했다.

"김유찬 씨, 할 말 있나요?"

대표이사가 내 이름을 부르자 모두의 시선이 내게 주목된다.

"그걸 민가영에게 준 사람은 오지선 실장님입니다."

"네에? 전 아니에요!"

예상대로 오지선 실장이 부정했다. 그녀에게 미안했지만, 이대로 있다간 전무에게 당하고 말 것이다.

"그걸 건네줄 때 제가 옆에 있었습니다."

"거짓말, 거짓말이에요."

그녀가 거짓말을 한다. 그러기로 했다. 하지만 나까지 거짓말할 필요는 없지 않은가? 게다가 순간적으로, 아까 복도에서 그녀가 민가영이 있는 추모공원의 주소를 수첩에 필기한 일이 떠올랐다.

"오지선 실장이 쓴 포스트잇이 맞습니다. 못 믿으시겠다면 글씨체를 확인해보시면 되지 않습니까? 오 실장님, 수첩을 보여주세요. 늘 갖고 다니시잖아요? 아까 필기도 했고요."

내 말에 그녀의 얼굴이 새파랗게 질렸다.

"오 실장님? 수첩을 보여주시겠습니까? 이 상무님도 그 포스트잇을 보여주시고요."

대표이사가 엄숙한 목소리로 말했다. 그러나 그녀는 미동도 하지 않았다.

"오지선 실장님, 수첩을 이리 갖다 주시지요."

대표이사가 재차 재촉하자 오 실장은 그제야 자리에서 일어선다. 그리고 대표이사에게 수첩을 내밀었다. 노부인이 수첩에 적힌 글씨와 포스트잇 글씨를 꼼꼼하게 확인한다. 자리로 돌아온 오지선 실장은 날 매서운 눈초리로 노려봤다.

"그 패스워드를 누가 줬건 간에, 상무님 측에서 불법을 자행한 건 사실이지 않습니까?"

"분명히 말씀드리지만, 제가 한 일은 아닙니다. 민가영 씨도 제 밑에서 일하는 사람은 아니고요. 전 현재 모건 플랫폼 소속이지 않습니까?"

서로를 보는 전무와 상무의 눈빛에 불꽃이 튄다.

"오지선 실장의 글씨가 맞는군요. 이걸 왜 민가영 씨에게 준 겁니까?"

"……."

"말씀해보세요. 민가영 씨가 뒤질 걸 알고 일부러 패스워드를 준 겁니까? 왜요? 누가 시켰나요?"

이번에는 전무가 궁지에 몰릴 차례였다. 난 그녀가 대체 어떻게 대답을 할까 궁금했다. 대표이사가 다시 질문을 던졌다.

"제가 임의로 건넨 겁니다. 회사에 사표를 내고 홧김에 그랬습니다. 죄송합니다."

"아니, 홧김에요?"

"평소 민가영 씨가 알려달라고 졸랐거든요."

"왜죠?"

"늘 전무님을 의심했습니다. 헬시코어와 함께 일하는 것을 불만스러워했어요."

"일반 사원이 왜요? 뭘 안다고? 이해가 안 가는군요. 민가영 씨가 왜 그랬을까요?"

"아마…… 김유찬 씨와 사귀는 사이라서 그런 건 아닐까요? 전무님과 사이가 좋지 않았으니까요."

오지선 실장이 나를 물고 늘어진다. 그래, 이럴 수밖에 없겠지. 이준혁 상무는 함부로 건드릴 수 없으니까. 그를 잘못 건드렸다가는 대표이사의 화를 돋울지도 모른다.

결국 노부인의 시선은 나에게로 옮겨왔다. 난처하다.

"그게 무슨 소리입니까? 그러면 김유찬 씨가 민가영 씨를 시켜 상사의 정보를 빼 오라고 시켰단 말입니까?"

"절대 아닙니다. 그런 적 없습니다."

"오지선 실장은 지금 그렇게 얘길 하고 있는데요?"

대표이사가 날 보고 있다. 금테 안경 너머로 보이는 날카로운 눈빛을 보며, 어떻게 말해야 트집을 잡지 않을까 머뭇거렸다. 이준혁 상무가 먼저 입을 열었다.

"그건 김유찬 씨가 전무님의 수행 비서인 고성국 씨에게 얘기를 들었기 때문입니다."

"흐음……, 그 사실을 상무님도 알고 있었단 말이군요. 대체 무슨 얘기입니까?"

"직접 들어보시는 게 빠르겠네요."

그가 노트북을 열고 파일을 클릭한다. 내가 그에게 건넨, 고성국의 목소리가 담긴 파일이었다. 거기에는 전무가 이사진을 포섭했다는 내용과 이면 계약에 대한 의심까지 담겨 있었다. 목소리는 변조되지 않았다. 대표이사의 얼굴이 딱딱하게 굳어졌다. 레전드호텔에서 본 몇몇 이사들의 얼굴도 창백하게 질렸다.

"이게…… 사실입니까?"

대표이사가 목소리를 높였다. 그녀의 날카로운 추궁에 이사들은 일제히 부인한다.

"아, 아닙니다. 저희는 모르는 일입니다."

"일개 운전기사가 뭘 알겠습니까? 그냥 지껄인 걸 겁니다."

대회의실 안에 있는 사람들이 웅성댄다. 난 부인하는 이사들을 노려봤다. 그중에는 내가 레전드호텔에서 본 사람들도 포함돼 있었다. 조규진 전무의 얼굴이 벌겋게 상기됐다.

"대표이사님은 회사에서 잘린, 그래서 저에게 불만을 갖고 있는 사람의 말을 믿으시는 겁니까?"

"이렇게 증거가 있지 않습니까?"

"조작된 것일 수도 있는데요?"

"회사에서 해고된 이유만으로 조작하기에는 너무 거창한데요? 안 그렇습니까?"

"대표이사님, 그리고 이사님들. 저 녹음 파일을 제공한 김유찬 씨는 믿을 사람이 못 됩니다."

"왜죠?"

"어떻게 위너에 들어오게 된 것인지 모르겠지만, 현재 마약사범으로 기소유예를 받은 상태예요. 그런 범죄자의 말을 믿으시겠습니까?"

전무의 말에, 내 몸이 갑자기 땅속으로 푹 꺼지는 느낌이 들었다. 아찔했다. 여기서 갑자기 내 사건 얘기가 왜 나오는 거야? 마약 관련 기소 얘기가 나오면 나도 모르게 움츠러든다. 떳떳하지만 무죄를 판정받은 것은 아니다. 그래서 지은 죄도 없으면서 늘 죄의식에 사로잡혀 있다.

"마약사범이오?"

"네. 2년 전 혐의를 받았고 아직 해결되지 않은 상태입니다. 전 어쩌면 사장님이 그렇게 되신 것도, 김유찬 씨와 무관하지 않다고 봅니다."

"아닙니다. 오해의 소지가 있습니다. 그건 전무님의 억측이에요."

아무 말 못 하는 나를 대신해 상무가 나섰다.

"프로포폴을 공급한 게 김유찬 씨가 아니라고요? 그럼 사장님이 그 약을 어디에서 구했겠습니까?"

"김유찬 씨는 마약과는 무관합니다. 사장님의 약물 중독과도 상관없고요."

"증거를 대실 수 있습니까?"

어지러웠다. 이준혁 상무가 나를 위해 열심히 변명해주는 것 같지만, 귓속이 윙윙거려 아무 소리도 들어오지 않았다. 박영태 실장의 얘기와 통장 얘기, 그리고 손영익 대표의 이름이 얼핏 들렸을 뿐이다. 하지만 그가 무슨 소리를 하는지 모르겠다. 눈앞이 캄캄하다. 난 이대로 전무에게 무너지는 걸까? 다시 위너로 돌아갈 기회를 영영 잃는 걸까? 상무가 나를 자신의 밑으로 부르겠다고 말했다지만, 오늘 이후로 그건 불가능하게 될 것만 같다.

"사장님 일과 무관하다 해도 김유찬 씨가 마약사범이라는 것은 틀림없는 사실입니다. 여기 있는 최도원 사장이 그 사실을 입증해 줄 수 있고요."

최도원이 나를 보고 자신만만한 미소를 짓는다. 위로 살짝 올라갔던 입꼬리가 서서히 벌어지더니 마침내 양 입가의 깊은 입동굴이 드러났다. 소름이 끼쳤다. 확실했다. 음성 파일을 확인해볼 것도 없다. 그는 2년 전 내가 부가티에서 본, 바로 그 사람이었다. 정이준을 죽인 범인이었다.

25. 마침내 드러난 정체

　최도원의 입동굴을 본 순간, 내 한쪽 손이 부들부들 떨리기 시작한다. 범인이다……. 저 녀석이 내게 누명을 씌운 범인이다. 피가 거꾸로 흐르는 것 같았다. 난 필사적으로 떨리는 손을 다른 한 손으로 잡아 눌렀다. 주변에서 웅성대는 소리가 들린다.

　"범죄자의 말이라면…… 신빙성이 없지 않습니까?"

　"아직 정식 기소된 것은 아닙니다."

　"마약사범이라지 않습니까?"

　"우리가 약쟁이의 말을 들어야 하나요? 무슨 근거로요?"

　마약 혐의로 기소유예를 받은 내 과거 탓에, 상무와 나의 계획은 엉망이 되고 있었다. 조규진 전무와 최도원의 얼굴에는 웃음이 만연했다. 이대로 그들에게 백기를 드는 건가. 이준혁 상무를 힐끗 봤다. 그도 이사들의 말에 반박할 거리를 찾지 못했는지 입을 다물고 있다.

"최도원 사장이 입증할 필요까지도 없겠군요. 저렇게 시인하는 걸 보면."

전무가 의기양양해졌다. 내가 레전드호텔에서 봤던 이사들도 하나둘씩 말을 덧붙이며 그에게 힘을 싣는다.

"저런 자를 이한경 사장의 곁에 뒀다는 것부터가 잘못된 거였어요."

"이 상무님은 조작된 서류로 자료를 만들어 오시고, 밑에 있던 사람은 무단 침입해 불법으로 자료를 복사하고, 또 범죄자는 참고인이라고 이 자리에 나섰네요?"

"사기단입니까? 그 말 그대로 믿었다가는 아주 큰일 날 뻔했네요."

몇몇 이사들이 보란 듯 소리 내어 웃었다. 신경이 곤두섰다.

"믿을 수 없는 사람은 제가 아닌 최도원 사장 같은데요?"

어디에서 그런 용기가 났는지 모르겠다. 나도 모르게, 입에서 큰 목소리가 불쑥 튀어나왔다.

"뭐라고요? 지금 뭐라고 했습니까?"

전무의 날카로운 목소리가 되돌아온다. 그는 단단히 화가 났는지 자리에서 일어섰다.

"조 전무님, 자리에 앉으세요. 김유찬 씨 얘기를 한번 들어보죠."

대표이사가 중재에 나섰다. 그리고 나를 향해 묻는다.

"그게 무슨 얘기입니까? 최도원 사장을 믿을 수 없다니요?"

"말씀 그대로입니다. 최도원 사장은 믿을 수 없는 사람입니다.

M&A를 함부로 진행했다가는 나중에 후회하실 겁니다."

"그 근거는요?"

"제가 기소유예를 받은 사건의 진짜 범인이 최도원 사장이기 때문입니다."

대회의실 안이 또 술렁거렸다. 곳곳에서 나를 향한 비웃음이 터져 나왔다. 하지만 난 진지했다.

"좀 더 자세히 말해주시겠어요?"

난 2년 전 내 사건에 대해 덤덤하게 설명했다. 그리고 정이준과 최도원의 목소리 파일을 확보했다는 것도.

"경찰에서는 지금 그 파일을, 2년 전 블랙박스 파일과 비교 중입니다."

내가 말을 마치자마자 최도원의 날카로운 목소리가 들려왔다.

"김유찬 씨, 그 블랙박스 파일이라는 게 있긴 있습니까?"

"……있습니다."

마른침을 삼켰다. 물론 거짓말이다. 2년 전 블랙박스 파일은 아직 확보하지 못했다. 내 말을 들은 최도원은 어이없다는 듯 웃는다. 양쪽 입가에 또 입동굴이 생겼다.

"거짓말입니다. 거짓말을 못 하는 친구라 얼굴에 바로 표가 나네요."

"아닙니다. 진짜……"

"김유찬 씨는 그냥 우기는 겁니다. 회사에서 해고당한 화를 저렇게 푸는 거라고요. 보복이에요."

"절대 그렇지 않습니다. 거짓말을 하고 있는 것은 최도원 사장입니다."

"제 말이 거짓이라면 2년 전 그때, 왜 제가 경찰 조사를 받지 않았을까요? 경찰은 왜 김유찬 씨를 취조한 걸까요?"

"그때는 네가 정이준인 척한 것을 몰랐으니까!"

최도원의 얼굴에 당황한 빛이 스쳤지만, 그도 가만있지만은 않았다.

"경찰은 제가 아닌 김유찬 씨를 용의자로 지목했고, 비록 기소 유예를 받았지만 그 죄가 사라지는 건 아닙니다. 그리고 전, 의심 받은 적도 없고 의심할 만한 일을 하지도 않았습니다. 알리바이 도 있고요."

"전 누명을 쓴 겁니다. 최도원 사장에게요."

"그 말을 누가 믿을 것 같아? 대표이사님, 그리고 이사님들, 더 이상 시간 낭비할 필요 없습니다. M&A를 방해하려는 이 자의 거짓말을 더 들을 필요가 있을까요?"

"거짓말은 최도원 사장이 하고 있어요. 경찰에서 오늘 중으로 결과가 나올 겁니다."

"경찰?"

"그래, 경찰. 곧 네 알리바이도 깨질 거야."

"경찰이 무슨 근거로?"

"말했잖아. 지금 파일을 비교 분석 중이라고!"

"파일이 없는데 어떻게?"

"복원했어."

"복원?"

최도원이 소리 내어 웃었다. 그의 웃음소리가 대회의실 안을 울렸다. 그리고 그는 내 눈을 똑바로 바라보며 말했다.

"블랙박스 안에 처음부터 그게 없었다면? 그래도 복원할 수 있을까?"

심장이 멎는 것 같았다. 파일이 지워진 게 아니라 처음부터 SD카드가 없었다니. 그러면 녹화 자체가 안 됐다는 말 아닌가? 실수였다. 그걸 몰랐던 난 이사회에서 위험한 수를 던진 거다. 망했다.

"그걸 어떻게 알고 계십니까?"

갑자기 뒤에서 낯선 목소리가 들려왔다. 난 깜짝 놀라 그를 돌아다본다. 오동준이었다. 드디어 왔구나. 해고된 날, 그에게 전화를 했을 때만 해도 설마 와줄까 했는데. 내가 최도원과 논쟁을 벌이는 동안 그는 조용히 대회의실 안으로 들어왔던 것이다.

하지만 늦었다. 파일 복구 같은 것은 애초에 할 수 없었다고 하지 않는가. 그를 괜히 불렀다고 후회했다. 사건의 담당자였던 그가 파일의 행방에 대해 귀띔해주지 않은 것이 원망스러웠다. 사람들의 시선은 일제히 그에게 쏠렸다.

"담당 경사가 아니면 모르는 사실을, 최도원 씨가 어떻게 알고 있습니까?"

오동준이 말을 한마디씩 끊어 또박또박 묻는다. 최도원의 얼굴이 차갑게 얼어붙는다. 대회의실 안은 찬물을 끼얹은 듯 정적이 흘렀다. 내 심장은 두근두근 뛰기 시작한다. 실수가 아니었다. 망한 게 아니다.

"아, 한 사람 더 알고 있겠군요. 바로 진짜 범인 말입니다."

"무슨 소리야? 누가, 누가 범인이라고……?"

녀석이 당황하기 시작했다. 얼굴이 벌게진다. 반면에 오동준은 태연한 얼굴로 최도원에게 묻는다.

"저, 기억 안 나십니까? 오동준입니다. 2년 전, 경찰서에서 뵀죠?"

"기억이 안 납니다만……."

"김유찬 씨가 정이준 씨의 사체를 가장 처음 발견한 사람이라고 증언하셨잖아요?"

"제가요?"

"경찰 기록에 다 있을 텐데요? 최도원 씨, 맞잖아요?"

"……."

"김유찬 씨를 기소유예한 것은 진범 찾을 시간을 벌기 위해서였습니다. 저희는 최도원 씨도 용의 선상에 올려놨거든요. 기다린 보람이 있군요."

최도원은 믿을 수 없다는 듯 멍한 표정을 지었다. 자신의 입으로 스스로 범죄를 털어놓다니. 그의 옆에 앉아 있던 전무의 입도 벌어졌다.

대회의실은 또 한 번 어수선해졌다.

"조용히! 조용히들 하십시오! 누구십니까? 누군데 멋대로 회의실에 들어온 겁니까?"

이성을 되찾은 대표이사가 질문한다. 오동준은 아무렇지 않다는 듯 넉살 좋게 대꾸했다.

"당시 정이준 사건을 담당했던 사람입니다."

그의 말에, 이사들이 소란스러워졌다. 대표이사가 아무리 자제시켜도 웅성거림을 멈추지 않는다. 조규진 전무가 당황하는 모습도 보였다. 얼굴이 벌게졌고 안경 너머로 보이는 눈에는 핏발이섰다. 오지선 실장도 어쩔 줄을 모른다. 대표이사는 대회의실 안이 조용해지길 잠시 기다렸다가 다시 말을 꺼냈다.

"그렇다고 이사 총회에 외부인이 함부로 들어오셔서는 안 되지요."

"특수상황이니 이해해주십시오. 회의는 마저 진행하세요. 전여기 조용히 앉아 있겠습니다."

오동준이 뻔뻔스럽게 의자에 앉았다. 노부인은 금테 안경을 올려 쓰더니 그를 잠시 노려본다.

"이대로 이사회를 이어가기는 힘들 것 같군요."

그녀가 더 이상 할 말이 없다는 듯 안경을 벗었다. 그리고 콧대를 문지르며 한숨을 내쉬었다.

"회의는 이만 마치도록 하죠."

"대표이사님! 그러면 헬시코어와의 합병은 어떻게 되는 겁니까?"

이사 중 한 명이 손을 들며 다급히 물었다. 조규진 전무와 최도원은 여전히 넋이 나가 있는 상태였다.

"다시 생각해봐야 할 것 같습니다. 다른 이사님들 의견은 어떻습니까? 합병에 동의하십니까? 아니면 반대하십니까?"

대표이사의 말에 선뜻 의견을 내는 사람은 없었다. 정적이 홀렀다.

잠시 후, 이준혁 상무가 손을 들었다.

"헬시코어의 재정 상태를 모르고 합병한 게 아니라서 다행입니다만, 알고도 인수하실 겁니까? 부채가 저렇게 많은데요?"

"그 자료는 조작된 거라 말씀드리지 않았습니까?"

간신히 정신을 차린 전무가 날카롭게 대꾸한다. 하지만 아까처럼은 아니었다. 그는 이미 힘을 잃었다. 대표이사가 미간을 찌푸렸다.

"두 분 말씀 모두 알겠습니다. 회계법인을 다시 선정해 헬시코어의 회계 문제를 재검토하라 이르죠. 그다음에 합병을 논의해도 늦지 않을 것 같은데요? 이견 있으십니까?"

일부 사람들이 우물쭈물한다. 그들은 아마 전무에게 포섭된 이사일 거다. 그러나 최도원의 죄가 밝혀지고 이 자리에 담당 경찰이 와 있다고 생각되어서인지 서로의 눈치만 볼 뿐 자신의 의견을 내지 않았다.

"합병을 앞두고 회사가 두 편으로 갈라져 싸우는 게 보기 좋지는 않군요. 결과가 어떻게 되던 대표이사로서 좌시하지 않겠습니다. 오늘 회의는 이만 마치죠"

그녀가 일어섰다. 대표이사가 일어서자 이사들도 함께 일어선다. 그러나 대회의실을 나선 사람은 대표이사와 몇몇 이사뿐이었다.

대부분의 이사들과 전무, 최도원은 자리에 남았다. 녀석은 허탈한 듯 웃었다. 곧 문이 열리고 경찰로 보이는 사람들이 나타났다. 그들은 그에게 수갑을 채운다. 전무가 막아서려 했지만 경찰을 상대하기에는 역부족이었다. 오동준이 중재를 하는 모습이 보인다. 난 최도원의 곁으로 다가가 물었다.

"왜, 나였니……?"

녀석이 나를 힐끔 바라봤다. 그러더니 다시 씩 웃는다.

"그야…… 네가 거기 있었으니까."

"단순히 그 이유였어? 그렇다고 날 범인으로 본 거야?"

"재수가 없었다고 생각해. 나도 그날, 너를 만날지 몰랐으니까. 이제 피장파장 아니야?"

최도원의 얼굴이 다시 싸늘하게 굳었다. 경찰은 그를 데리고 밖으로 나간다. 그는 저항하지 않고 순순히 경찰을 따랐다.

난 녀석의 뒷모습을 보며 의자에 주저앉았다. 단지 그 이유라니……. 단지 그 이유로 2년이 넘는 세월을 마음고생 했다니.

이준혁 상무가 내 어깨를 꽉 쥐었다. 그 바람에 다시 정신을 차린다. 맞은편에 있던 오지선 실장은 나를 보더니 잠시 망설이다 대회의실을 떠났다. 기분이 묘했다. 승리감도 아니고 해방감도 아닌, 뭐라 표현할 수 없는 야릇한 감정이었다.

"아주 잘했어요. 오늘 법정에 선 줄 알았어요."

상무가 꽉 쥐었던 내 어깨를 친근하게 주무른다.

"유찬 씨 누명이 벗겨져서 정말 다행이에요. 이제 한시름 놨네요."

"고맙습니다. 헬시코어와는 합병이 될까요?"

"되겠습니까? 오늘 분위기로 봐서는 물 건너간 것 같은데요?"

그와 나는 오늘의 승리를 자축했다. 대회의실에 남아 있는 이사들의 눈치가 있어 마음껏 기뻐하지는 못했지만.

잠시 후, 경찰과 함께 나갔던 오동준이 다시 대회의실 안으로 들어왔다.

"나, 시간 딱 맞췄죠?"

그의 한 마디에, 내 몸을 옭아매고 있던 긴장감이 툭 풀어졌다. 그제야 웃음이 나온다.

"왜 이렇게 늦으셨어요? 안 오시는 줄 알았어요."

"만반의 준비를 하느라 좀 지체했죠. 경찰에게도 연락해놓으라면서요? 덕분에 잘 끝나지 않았습니까?"

그가 으쓱댔다. 미리 말해두기는 했지만 경찰 출신이어서 그런지 확실히 처리가 빨랐다. 몇 분만 늦었어도 오늘 같은 기적은 일어나지 않았을 거다. 해고 기념으로 술 마신 날, 그에게 연락하기를 진짜 잘했다.

"경찰분들이 때맞춰 잘 와주셨네요."

"그러게요. 최도원이 자폭하자마자 약속한 대로 통화 버튼 바로 눌렀거든요. 미제 사건이 해결될 것 같으니까 금방 날라오네요. 실적 하나 올리고 싶었던 거죠."

"그 말이 사실입니까?"

"네? 뭐요?"

"진범 잡으려고 저를 기소유예한 거라고……."

"에이, 그건 있어 보이려고 한 말이지. 검사도 아닌데, 내가 무슨 힘이 있다고."

그의 기지에 그만 웃고 말았다. 난 그 말에 감동할 뻔했는데.

"최도원이 생각보다 순순히 잡혀가는데요?"

"내가 아직 경사인 줄 알아서 그런 거 아닐까요? 딱 보는 순간, 잡으러 왔나 직감한 거지."

"어쨌든 큰일 날 뻔했어요. 그리고 SD카드가 없었다는 말, 왜 안 하셨어요? 전 이제까지 파일이 지워진 줄 알았잖아요?"

"그걸 용의자에게 왜 알려줍니까? 속을 떠봐야 하는데."

"절 계속 용의자로 보셨군요. 어? 잠깐, 제가 한 의뢰를 받았잖아요?"

"그거야…… 돈이 필요하니까. 사례비는 두둑이 주실 거죠?"

오동준이 씩 웃으며 엄지와 검지로 동그랗게 원을 만들어 보인다. 그 바람에 우리는 함께 웃었다. 어이가 없었지만 유쾌했다.

그는 더 이상 내게 두려운 존재가 아니었다. 좁고 어두운 취조실 안에서 나를 윽박지르던 형사가 아니라, 이번 사건의 숨은 조력자였다.

***

합병은 이준혁 상무의 예상대로 무산됐다. 이사회는 헬시코어의 부채가 너무 커서 인수하는 데 부담이 크다고 판단했다. 욕심이 나는 사업이지만, 잘못 합병했다가는 위너마저 쓰러질 공산이 컸다. 대신 케미컬론과 위너가 다시 계약해 헬스케어 플랫폼 사업을 진행하기로 결정했고 현재 이를 적극 추진 중이다.

전무는 자리에서 물러났다. 박영태 실장에게 돈을 준 것이 밝혀지면서 회사 공금을 유용했다는 문제가 부각되어서이다. 민가영과 박영태 실장, 이연의 죽음에 대해서는 그와 아무런 접점을 찾지 못해 책임을 묻지는 못했다. 난 솔직히 아직도 전무와 블루블러드와의 관계를 의심한다. 그러나 그 클럽의 뒤를 캐는 것은 위험 부담이 크고 상무와도 약속한 게 있어 이 정도의 성과만으로 만족하기로 했다.

이준혁 상무는 이사회 승인을 거쳐 위너의 정식 사장이 됐다. 모건 플랫폼의 사장은 다른 이에게 물려줬다. 대표이사인 어머니와의 오해는 상당 부분 풀린 것으로 보인다. 상무에게 냉랭한 태도는 여전히 변함없었지만, 그 정도의 성과가 어디인가. 그나마 다행이었다.

사장은 아직도 요양원에서 편히 쉬고 있다. 그리고 난 위너에 다시 자리를 얻었다. 모건 플랫폼의 홍보마케팅팀 자리가 비었지만, 상무가 날 마음에 들어 해 곁에 두고 싶어 했기 때문이다. 또 오동준의 증언 덕에 기소유예 상태에서도 벗어날 수 있었다. 자유로웠다. 그 어느 때보다도. 하지만 이런 기쁨을 함께 나눌 사람이 없다는 게 슬프다. 민가영이 그립다. 이 사실을 알면 자신의 일처럼 기뻐해줄 텐데……

***

시간이 흘렀다. 오전 9시에 출근해서 오후 6시에 퇴근하는 규칙적인 생활이 이어졌다. 쳇바퀴 돌 듯 반복되는 삶이지만 하루하루가 평온했다.

삐리리리- 삐리리리-. 커피를 마시며 한숨 돌리고 있는데 휴대폰 벨 소리가 울린다. 탐정사무소의 오동준이었다. 반가운 마음에 난 전화를 받는다.

"이게 누구십니까? 잘 지내셨어요?"

〔어휴, 그럼 잘 지내죠. 결과 나와서 연락드렸습니다.〕

"결과요? 무슨 결과?"

그의 답변이 의아하다. 그와 나 사이에 아직 끝나지 않은 일이 있었던가?

〔예전에 민가영 씨가 보낸 머리끈 말입니다.〕

아, 아…… 그거. 그녀가 블루 블러드를 추적할 거라며 이연의 머리끈을 탐정사무소에 의뢰한다고 했었지. 그리고 바보처럼 회사 퀵을 사용했었다. 그녀는 왜 이름과 부서를 남겨야 하는 걸 뻔히 알면서도 회사 퀵 명부를 작성했던 걸까? 실수였을까? 그때 회사 퀵을 사용하지 않았더라면 그녀는 무사했을까?

"경찰에게 돌려받으셨어요?"

〔한참 있다 돌려줘서 사설 과학연구소에 늦게 보냈어요. 머리끈에 붙어 있던 머리카락을 분석한 서류 받았는데, 보내드릴까요?〕

"아니, 괜찮습니다. 이제 필요가 없어서요."

〔그래도 기왕 조사한 건데, 전화로라도 들으세요. 2, 30대 여자이고요. 머리카락에서 프로포폴과 기타 약물이 검출됐답니다.〕

순간 속에서 뭔가 턱 막히는 기분이 들었다. 이연이 약물 중독

일 거라는 내 추측이 맞았던 것이다. 하지만 이제는 소용없다. 모두 끝난 일이다.

〔요즘은 감정기법이 워낙 좋아서 이런 약물도 확인 가능하네요. 김유찬 씨, 듣고 있어요?〕

"네……, 고맙습니다. 제가 업무 중이라……."

〔그럼 이만 끊겠습니다. 서류 필요하면 연락하세요. 보내드릴게요.〕

오동준과 전화를 끊고 난 멍하니 자리에 앉아 있었다. 꺼림칙했다. 그러나 더 이상 그 일에 대해 생각하기는 싫었다. 간신히 잠잠해진 내 일상에 풍랑이 이는 것을 원치 않았다.

***

1년 후.

이준혁 상무가 위너의 사장으로 승진한 지 벌써 1년이 다 되어 간다. 사장이 된 그는 계속 승승장구했다. 위너의 실적은 창사 이후 그 어느 때보다 월등했고 경제 매체에서 주목할 정도로 주가도 많이 올랐다.

회사에서는 그의 승진 1주년을 기념해 회사 임원과 투자자, 사장의 지인들만 모인 파티를 기획하고 있다. 파티 장소와 케이터링 업체 선정, 초대 리스트, 이벤트, 선물 준비 등으로 비서실은 이미 한 달 전부터 분주했다. 본 업무를 무리 없이 진행하면서 파티도 함께 준비하는 것은 쉽지 않았다. 다행히 재입사한 오지선 실장이 능숙하게 그 일을 지휘해냈다.

"애리 씨, 케이터링 업체, 믿을 만한 곳이야? 큰 곳 어디 어디 해봤대?"

"웨딩 케이터링 주로 하는 곳인데요……."

"웨딩? 그럼 우리와 급이 안 맞잖아? 기업 임원들 상대로 일했던 곳으로 다시 알아봐요. 와인과 음료도 체크하고 혹시 모르니까 칵테일 만드는 바텐더도 준비해놔야 해요."

"알았습니다."

"그리고 이벤트는? 이벤트는 준비했나? 이것도 애리 씨 담당이지?"

"뮤지컬 배우 섭외하고 있는 중이에요."

"뮤지컬은 너무 흔해. 다른 것을 찾아보자고. 나도 알아볼게. 애리 씨도 다른 이벤트를 생각해봐요."

애리 씨가 인상을 찡그렸다. 이런 파티 준비는 처음이라 진행이 몹시 힘든 것 같다. 나 역시도 쉽지는 않았다. 그나마 오지선 실장이 있어 다행이었다.

그녀가 다시 위너에 돌아온다고 했을 때, 처음에는 껄끄러웠으나 곧 수긍했다. 그녀만 한 능력자도 없을 테니까. 성공한 기업인 옆에는 늘 싱크탱크가 있다. 나도 그렇게 되기 위해서는 그녀에게 배울 점이 많을 것이다. 그래서 그녀의 밑에서 충실히 업무를 배우고 있다. 현재 비서실에서 언론을 담당하고 있는 난 이번 파티에서 사장님 소감문을 준비하는 역할을 맡았다.

"유찬 씨는? 원고 준비는 잘 되어가?"

"틈틈이 쓰고 있습니다."

"다 쓰면 꼭 사장님 컨펌받아야 해요. 알았죠?"

"알고 있습니다."

"그리고 시간 나면 연락 좀 돌려줄래요?"

"연락이라니요?"

"지금 초대 리스트 초안 작성 중이에요. 그거 완성되면 초대할 분 비서와 통화해서 참석 여부 확인받아야 해요."

"인비테이션을 보내면 되지 않습니까? 그러면 답변이 올 텐데요?"

"아니, 확정부터 받고 그다음에 인비를 보내요. 그래야 파티 규모가 잡히고 정확한 예산이 나오거든. 그리고 어차피 파티 당일 되면 또 못 오시는 분들 나올 거야."

"아……, 알겠습니다. 리스트 주시면 전화 돌릴게요."

몇 시간 후, 오지선 실장이 메일로 초대 리스트를 보내왔다. 그 리스트에는 맥슬란 대표와 글램 사장, 크리에이팅 대표의 이름도 들어 있었다.

난 회사 비서실로 일일이 전화를 걸어서 초대 여부를 문의했다. 바로 승낙하는 사람도 있고, 며칠 후 답변을 주겠다는 곳도 있었다. 명단을 작성하고 나자 파티에 초대할 사람들이 대충 추려졌다.

그렇게 하루하루가 지났고 드디어 파티하는 날이 다가왔다. 아침 일찍부터 이준혁 사장의 집에 모여든 우리는 정신없이 바빴다. 오지선 실장은 임시 고용한 직원의 복장부터 인사말, 허리를 굽히는 각도까지 체크했고 난 별도 준비한 기사 대기 장소에 부족한 게 있는지 확인했다. 원래 파티 계획에 수행 기사 대기실은 없었다. 그러나 초대 리스트를 확인하니 내가 아는 수행 기사들이 많아 이준혁 사장에게 특별히 요청해 준비해둔 것이다. 모든 점검을 마치고 게스트를 기다렸다.

오후 6시가 넘어가자 하나둘씩 사람들이 모여들었다. 그중에는 전무에게 포섭됐던 이사진의 얼굴도 눈에 띄었다. 사람이 돌아서는 건 한순간이다. 그들은 전무가 힘을 잃자 이준혁 사장에게 모두 붙었다. 난 그 사실을 알면서도 모르는 척, 그들을 향해 공손히 인사를 했다. 대표이사인 노부인은 건강을 문제로 참석하지 않았고 글램 사장과 맥슬란 대표는 손을 잡고 사이좋게 등장했다.

파티 참석자들이 착석하고 사장의 인사말과 소감 발표가 끝나자 이벤트가 펼쳐졌다. 이제 내가 신경 써야 할 일은 없는 것이다. 난 조용히 주차장 옆 지하에 있는 기사 대기 장소로 향했다. 와인 저장고 옆의 시음 룸에 마련된 그곳에는 이미 많은 수행 기사들이 모여 있었다. 다른 회사로 자리를 옮긴 고성국도 보였다.

"유찬 씨, 오랜만이에요."

"이제는 김 대리님이라 불러야 하나?"

"에이, 부르던 대로 부르세요."

"잘 돼서 진짜 좋다."

"그래, 유찬 씨는 우리에게 전설과 같은 존재야. 수행 기사가 일반 사무직이 되는 일은 정말 드물거든."

"어때? 사무직은 할만해?"

"뭐……, 똑같죠. 양복 입고 출퇴근해서 늘 대기하고."

내 말에 수행 기사들이 일제히 웃는다. 거짓말은 아니었다. 맡고 있는 업무만 다를 뿐, 내가 수행 기사일 때 했던 일과 현재 하는 일의 업무 강도나 부담이 크게 다르다고는 생각하지 않는다.

"위너가 수행 기사 대우가 좋아서 그래. 안 그런 회사가 얼마나 많은데."

"맞아. 요 며칠 전만 해도 우리 사장이 뭐랬는 줄 알아?"

또다시 각자 모시는 사장에 대한 수행 기사들의 불만이 쏟아졌다. 누가 누가 더 힘드냐를 경쟁이라도 하듯 말을 이어간다.

난 그들 틈에서 함께 커피를 마시며 온갖 불평을 들었다. 마치 딴 세상 얘기 같았지만, 허물없이 대해주는 그들 사이에 있어 마음이 편했다.

"그나저나 위너 돈 많이 벌었나 보다?"

"그러게? 이렇게 거대한 와인 저장고를 갖춘 집은 처음 봤어."

시음실의 투명한 유리 벽 너머로 와인 저장고가 보인다. 붉은 벽돌과 테라코타 타일로 완성된 그곳에는 각종 와인과 리큐어로 가득했다.

"사장님이 와인을 워낙 좋아하셔서요."

"백화점 와인 코너 못지않게 화려한걸?"

"하긴 위너 주가가 요즘 마구마구 치솟고는 있더라. 유찬 씨는 회사 주식 좀 사놨어?"

"아뇨. 제가 그럴 돈이 있어야죠."

"주식이 뭐 돈 있어서 하나? 조금이라도 사둬. 사장 비서실에 있는데 정보도 많이 돌고 그럴 거 아냐?"

"가끔 우리에게 정보도 흘리고 그래 봐. 같이 부자 좀 되자."

"오종혁 기억나? 그 왜, 대기실에서 매일 영어 공부하던?"

"아, 아……, 이민 간다고 했던 그 사람? 주식으로 돈 좀 만졌다며?"

"그거 옛날얘기야. 회사 사장에게 주워듣고 주식 투자한 거 들통 나는 바람에 수행 기사 결국 그만뒀잖아."

"그게 뭐라고 해고를 해?"

"어이가 없네. 지들만 돈 벌겠다 이건가?"

그때 1층과 연결된 계단으로 누군가 내려오는 기척이 들렸다. 우리는 하던 대화를 멈추고 계단 쪽을 바라본다.

"어머, 방해가 됐나요?"

오지선 실장이었다. 그녀는 오늘 하루 고용한 두 명의 임시 직원과 함께 상자를 들고 있었다.

"하던 말씀 계속 나누세요. 저희는 와인만 가지고 곧 나갈 겁니다."

"도와드릴까요?"

자리에서 일어났다. 수행 기사들 틈에 끼어 나 혼자 웃고 떠드는 게 그녀에게 미안해서이다. 그녀는 몹시 바빠 보였다.

"아니, 괜찮아요. 유찬 씨는 할 일 다 했잖아요. 좀 쉬고 있어요."

"괜찮습니다. 뭐든 시키세요."

"그럼……"

오지선 실장이 곤란한 듯 잠시 뜸을 들인다. 그러다 결심한 듯 나를 똑바로 봤다.

"그렇다면 부탁 좀 할게요. 사람들 관리하는 게 여간 신경 쓰이는 게 아니네요."

"압니다. 그러니까 편하게 말씀하세요."

"사장님 서재에 가서 위스키 좀 가져다주세요. 며칠 전 선물 들어온 박스가 책상 뒤 콘솔 위에 있을 거예요."

"어떤 위스키입니까?"

"맥캘란 라리끄라고 아주 고가 제품이에요. 병이 향수병처럼 크리스털로 되어 있으니까 조심하시고요. 아, 진열된 박스째 갖고 오시면 되겠다."

"그 술을 오늘 마시는 겁니까?"

"아마도요? 글램 사장님께서 맛보고 싶다고 하셨거든요."

"알겠습니다. 그런데 서재가 어디인가요?"

"2층 올라가서 맨 끝 방이에요. 지금 부탁할게요."

그녀의 얼굴에 묘한 미소가 흘렀다. 미안한 건지 아니면 고맙다는 건지, 도무지 종잡을 수 없는 웃음이었다.

2층으로 올라가니 그 넓은 공간에 고요한 정적이 흐르고 있다. 정원에서는 한창 파티 중인데, 비싸고 좋은 창호를 쓴 덕에 게스트들이 웃고 떠드는 소리도, 음악 소리도 전혀 들리지 않았다. 창문 너머로 해가 지는 모습이 보인다. 아름다웠다. 그러나 장관에 넋을 놓고 있을 때가 아니었다.

난 서둘러 맨 끝 방으로 향한다. 사장의 집은 오늘이 처음이었지만, 집 구조가 단순해서 오지선 실장이 말한 서재를 쉽게 찾을 수 있었다. 서재는 이중 구조로 돼 있었다. 작은 응접실을 지나 안쪽 방으로 들어가면 책상이 있는 식으로 말이다.

응접실을 지나 서재로 발을 디디려는 순간, 갑자기 내 앞을 무엇인가가 휙 지나가는 게 느껴졌다. 깜짝 놀라는 바람에 응접실 소파 등받이에 살짝 부딪혔다. 정신을 차리고 내 앞을 스쳐간 정체가 무엇인지를 확인해 보니 회색 고양이었다. 꼬리를 쳐들고 도도한 얼굴로 내 앞을 지난 고양이는 아무렇지 않다는 듯 책상 위로 올라가 세수를 한다. 어이없어 웃음이 나왔다.

빨리 위스키를 가지고 여기에서 나가야겠다는 생각에 책상 안쪽으로 돌아가는데, 순간 액자 속 사진 하나가 눈에 띄었다. 이준혁 사장이 사람들과 술잔을 들고 즐겁게 웃는 사진이었다. 그들은 티파니 블루보다 더 진한, 블루 블러드를 상징하는 타이를 똑같이 매고 있었다. 그리고 역시 같은 컬러의 드레스를 입은 윤조의 모습도 있었다. 그가, 이준혁 사장이…… 블루 블러드였단 말인가?

난 떨리는 손으로 액자를 들어 자세히 본다. 블루 블러드의 컬러가 확실했다. 그들 속에는 이한경 사장도 있고 맥슬란 대표와 글램의 사장도 보였다. 흥신소 소장은 아마 이 사진을 봤던 거겠지. 민가영이 그와 연락이 두절된 이후, 영원히 보지 못할 것 같던

증거를 여기서 이렇게 발견하다니. 그것도 내가 철석같이 믿고 있던 사람의 집에서 말이다. 아이러니함에 웃음이 절로 나왔다.

그리고…… 책상 위에 있는 펜꽂이에서 낯익은 물건을 찾아냈다. 모나미 153 볼펜이었다. 몽블랑 펜을 쓸 법한 고급스러운 책상에 어울리지 않는 플라스틱 볼펜 말이다. 그 볼펜을 들어보니 펜 끝이 씹다 만 자국들로 납작해져 있다. 박영태 실장의 예전 집 바닥에 뒹굴고 있던 모나미 153 볼펜이 생각난다. 그의 집에 다녀갔던 이가 조규진 전무가 아닌 이준혁 사장이었단 말인가? 아이콘 MTT를 탄 사람 역시 그였겠지? 그렇다면…… 민가영의 죽음에도 그가?

다리에 힘이 풀려 나도 모르게 바닥에 주저앉을 뻔했다. 난 두 손으로 책상을 짚고 간신히 버텼다. 그러고 보면 이상한 점이 한둘이 아니다. 내가 아이콘 MTT를 탄 이에게 쫓겼을 때 가장 먼저 나타난 사람도 그였고, 민가영의 행적을 알고 있는 사람도 그였다. 그녀와 내가 블루 블러드에 대해 알아보는 것을 막은 사람도 역시 그였다. 멍청하게 왜 몰랐지? 왜 아무 의심도 하지 않았을까? 블루 블러드라는 클럽에 속해 있었던 그는 이한경 사장과 함께 약물 정보를 나눴을 것이다.

사장이 쓰러지던 날이 떠올랐다. 윤조에게 파란 쇼핑백을 들려 자신의 집에 피신시키고, 그날 일을 조작하는 데 일조했던 이준혁 사장. 그건 나를 위해서가 아니었어. 자신을 위한 거였어.

생각하니 뭔가 어색했던 퍼즐이 하나둘씩 맞춰져 간다. 난 조규진 전무를 회사에서 내쫓기 위한 이준혁 사장의 도구에 불과했던 것이다. 결국 그도 조규진 전무와 똑같은, 야비하고 욕망에 가득 찬 인간이었다. 배신감에 몹시 괴로웠다. 난 그를 믿고 있었는데. 그래서 따랐던 건데. 그런데 아니라니. 윤조는 그 사실을 알고 나더러 위너에서 나오라고 한 것일까?

"보셨군요."

이준혁 사장의 나직한 저음이 들려왔다. 고개를 드니 그가 응접실 밖 복도에 서 있다. 엄청난 사실이 드러났는데도 그는 평소처럼 온화하게 웃고 있다. 그가 두려웠다. 나도 모르게 뒷걸음질이 쳐진다. 그는 얼굴 가득 부드러운 미소를 지으며 천천히 내게 다가왔다.

"이제 좀 명확해집니까?"

이준혁 상무가 내 앞으로 다가섰다. 그와 나 사이에는 책상이 있었지만, 거리는 70센티미터도 안 될 정도로 가까워졌다. 뒷걸음질 친 나는 두 손을 바지 주머니에 넣었다. 그리고 주머니 안에 있던 휴대폰을 꼭 쥐었다. 너무 긴장한 나머지 마른침이 절로 삼켜졌다.

"언젠가는 김유찬 씨가 알아내리라 생각했어요. 그날이 내 예상보다 좀 빨리 왔네요."

"사장님……이셨습니까?"

"뭐가요? 블루 블러드가?"

"저와 박영태 실장을 협박한 사람이…… 사장님이셨습니까?"

그가 주머니에 들어있던 키링을 꺼내 내 눈앞에서 흔들어 보인다. 맥슬란 대표의 방에서 봤던 아이콘 MTT 동호회의 키링이었다.

"맞아요. 내가 아니면 누구겠어요?"

"왜 그러셨습니까?"

"경고했잖아요? 깊이 알려 하지 말라고. 블루 블러드는 김유찬 씨가 상대할 수 있는 조직이 아니에요. 그래서 관여하지 못하게 말리다 보니 본의 아니게 그렇게 됐네요. 이거 다, 내가 김유찬 씨를 아껴서 한 일이에요. 기분 나빴다면 미안해요."

"그게 아니잖습니까? 저를 이용하려 하셨던 거잖아요?"

"이용? 섭섭하네. 날 그 정도로밖에 안 본 거야?"

"박영태 실장님은 왜 협박하신 겁니까? 왜 죽게 만드셨어요?"

"전무님과의 뒷거래 문제로 내가 협박한 건 사실이지만, 죽음을 선택한 것은 박 실장이었어요. 내가 아니란 말입니다."

"차에 장난친 것도 그럼 사장님이셨겠네요."

"그건 뭐……."

"이한경 사장님의 죽음에도…… 관여하셨습니까?"

난 떨리는 목소리로 물었다. 그가 웃으며 작은 한숨을 토해낸다. 별거 아니라는 듯, 이런 것까지 내가 말해야 하냐는 표정이다.

"하아……, 뭐라고 해야 할까. 방임했다고나 할까? 내가 모르는 건 아니었으니까. 그런데 이봐요, 김유찬 씨. 우리 같은 사람들이 스트레스를 풀려면 어떻게 하는 게 좋을까? 사람 시선도 많은데 막 폭주해? 정이준처럼? 대중의 화제에 올라 좋을 게 뭐 있겠어? 한경이는 그냥 조용히 잠이나 자고 싶었던 거야. 그걸 형인 내가 이해도 못 해줘?"

"방임도 죄입니다, 사장님!"

"난 대신 구치소도 가줬어. 아, 그때 우리 유치장에서 만났잖아요? 김유찬 씨 기소유예로 풀려날 때 난 구치소로 갔어요."

그가 가지런한 치아를 드러내며 웃는다. 몸을 부들부들 떨면서, 절박하게 말하고 있는 내가 바보 같다. 그런 일들이 저 사람에게는 아무렇지도 않은 일일까?

"그리고 그날은 그저 한경이가 재수가 없었던 거예요. 의식불명이 될지 누가 알았겠어?"

"사장님은 정이준과도 관련이 있죠? 그 사건에도 관련돼 있으신 거 아닙니까?"

"정이준을 죽인 건 유찬 씨가 밝혔듯이 최도원이에요. 하지만 내가 아주 무관하다고 할 수는 없겠죠. 블루 블러드에 약을 대주던 친구가 정이준이었으니까. 헬시코어 대표라 해도 케미컬론 집 아들이었잖아요? 하지만 분명히 말해두는데, 난 필로폰이나 프로포폴은 하지 않았어요."

"대신 다른 약물을 하셨겠죠."

그가 피식 웃었다. 그리고 턱 주변을 손바닥으로 가볍게 문질렀다.

"기억력 좋은데요? 프로작 말하는 거죠, 그거?"

"……"

"내가 동생과 같을 거라 생각하면 오산이에요. 난 정정당당하게 의사 소견서 받아 약을 처방받아요. 합법적으로 약을 구입한다고요."

그의 당당함에 할 말을 잃었다. 이런저런 약물 사건에 연루되어 있으면서도 자신은 깨끗하다고 믿고 있는 것 같다. 그래서 저렇게 자신만만한 거겠지.

"이연 씨 일은요?"

"이연? 그 사고도 알아? 유찬 씨, 아주 철저하게 조사하셨네요?"

"그녀에게도 프로포폴을 줬습니까?"

"아니. 그건 그 여자가 빼돌린 거예요. 알고 보니 상습범이더라고. 장난삼아 쇼핑백 안의 약물을 바꿔봤는데, 바로 죽대?"

이준혁 사장이 크게 소리 내어 웃는다. 소름이 끼쳤다. 그토록 유쾌하고 기분 좋았던 웃음소리가 오늘은 끔찍하게 들린다.

"가영 씨는……, 가영 씨는 왜 죽인 겁니까?"

가장 묻고 싶었던 말을 드디어 꺼냈다. 민가영을 떠올리자 눈물이 차오른다. 이렇게 무지막지한 소시오패스 때문에 죽임을 당했을 거라 생각하니 가슴이 아프다. 위너에서 살아남겠다는 내 욕심에, 그의 본 모습을 제대로 보지 못했다는 현실이 화가 난다.

"민가영은 너무 많이 알았으니까. 알지 말아야 할 것까지 들춰내 버렸거든요. 경영지원팀에 심어놓은 사람이 없었더라면 정말 큰일 날 뻔했지, 뭐야."

그가 또다시 소리 내어 웃었다. 내 손이 부들부들 떨려온다. 고작 그런 이유로 사람을 죽여? 속에서 치미는 화를 참아내기 힘들었다.

"말이 돼요? 그렇다고…… 그녀를 죽인 겁니까?"

"충분한 이유 아닐까요?"

"뭐라고요?"

"내가 언제까지 동생 그림자로 만족할 거라 생각합니까? 조규진 전무의 뒤치다꺼리나 할 줄 알았습니까? 난 기회가 와서 잡은 거예요. 그걸 민가영 씨가 망치려고 했고요. 그럼 당연히 장애물은 치워버려야죠."

어이가 없었다. 화가 너무 나서 손이 심하게 떨렸다. 다른 손으로 진정시키려 했지만 제어가 되지 않는다.

"손이 또 떨리네? 그것도 습관 되면 병인데. 프로작 하나 먹을래요? 이 방에도 있는데."

고개를 흔들었다. 그의 도움은 다시는, 절대 다시는 받고 싶지 않다.

"김유찬 씨, 민가영 씨가 죽은 일은 나도 유감이에요. 가까이 다가갔을 뿐인데, 그렇게 쉽게 옥상에서 떨어질지도 몰랐고."

"당신을 절대 용서하지 않을 겁니다."

"나도 용서 따윈 바라지 않아요."

눈물이 나왔다. 이따위 인간에게 그녀가 죽다니. 고작 이 정도의 사람에게 휘말려 내가 폭주하다니.

"이 세상은 선한 마음, 착한 동기만으로 살 수 있는 세상이 아니에요. 이미 경험했잖아요?"

"그런 말을 한다고, 저를 도와줬다고, 사장님의 죄가 사라지는 건 아닙니다."

"알아요, 알아. 나도 다 안다고. 하지만 사람이 한 단계 업그레이드했으면 이제 더 넓은 시야로 세상을 봐야지. 민가영 씨 죽음도 그래. 회사를 위해 희생되어야 할 사람들이 있고, 그녀는 그중 하나였을 뿐이에요. 그렇게 생각해야 하지 않을까?"

"사장님은…… 참 무서운 분이시군요."

그가 또 소리 내어 웃었다. 그러나 이번에는 눈이 웃고 있지 않다. 억지로 웃고 있는 것이다.

"나도 김유찬 씨 같을 때가 있었죠. 하지만 살다 보니까 이렇게 되더라고. 밖에서 낳아온 자식이 부모에게 인정받을 수 있는 방법이 뭐, 별거 있겠어요?"

"……"

그의 변명은 듣고 싶지 않았다. 그럴듯하게 포장한 말에 현혹되고 싶지도 않다.

"세상에는 유찬 씨가 상대하지 못할 거대한 존재들이 많죠. 어때요? 과거는 잊어버리는 게. 다 잊고 계속 내 밑에서 일하는 거예요. 물론 나도 오늘 일은 기억 속에서 지울 거고요."

난 고개를 떨궜다. 그리고 내 시선은 책상 위의 액자로 향했다. 파란색 타이를 매고 일제히 웃고 있는 사람들과 파란 드레스를 입은 윤조의 모습이 눈에 들어온다. 아등바등 살아온 나와는 다르게 탄탄한 궤적을 밟아온 사람들이다.

선과 정의 따위는 없지만 항상 승리하는 저들만의 세계. 그 세계는 언제까지나 공고하겠지. 만약 내가 그의 제안을 받아들인다면, 난 저들 밑에서 그 세계를 지키기 위해 평생을 동분서주하고 살 것이다. 풍요로운 삶을 약속받은 대가로 말이다.

"……싫습니다."

의외라는 표정으로 그가 날 본다. 그의 제안을 거절한 내게 실망했다기보다는 오히려 흥미로운 눈치다.

"진짜요? 이런……."

"경찰에 갈 겁니다. 가서 다 말할 거예요."

"무슨 얘기를요?"

"저와 박영태 실장을 협박하고 민가영을 죽이고, 이한경 사장님 약물 사고를 방관한 것을요."

"증거가 있습니까?"

"제가 증거 아니겠습니까?"

"김유찬 씨도 공범자 아닙니까? 경찰이 공범자의 말을 들어줄까요?"

"뭐라고요?"

"박영태 실장의 뒤를 쫓지 않았습니까? 그리고 민가영 씨와 함께 회사 내부 자료를 불법적인 방법으로 뒤졌죠. 이한경 사장의 일도 마찬가지입니다. 한경이가 맞은 프로포폴, 그거 김유찬 씨가 돈 받고 운반했잖아요?"

"……."

"게다가 전과자면서."

"기소유예는 취소됐습니다!"

"그렇다고 해도 사람들이 유찬 씨의 무죄를 믿어줄까요? 내가 다시 증인으로 나선다면요?"

"사장님!"

"편할 대로 하세요. 나야 빠져나갈 구멍은 많으니까. 도와주는 사람도 많고. 하지만 김유찬 씨도 그럴까요? 다시 유치장에서 썩다 구치소로 가지 않을까? 최종 도착지는 교도소이고."

그가 나를 비웃는다. 아무리 버텨내도 내가 힘이 없다는 걸 아는 거다. 하지만 여기서 물러서고 싶지 않았다. 애써 마음을 가다듬었다.

"이만 가보겠습니다."

"파티 중인데, 하던 일을 마저 안 끝내고요?"

난 그의 질문에 대답하지 않았다. 대신 정중히 인사를 하고 서재에 딸린 응접실로 걸어나갔다. 나를 보고 있는 그의 시선이 느껴졌지만 뒤를 돌아보지 않았다. 그런데 그 순간, 불현듯 성재 형이 사장에 대해 했던 말이 생각났다.

'아주 호쾌한 스타일이야. 나이는 우리보다 조금 많고.'

처음 이한경 사장을 만났을 때, 난 그가 위너의 사장인 줄 몰라봤다. 그는 20대 후반으로 보일 만큼 동안이었기 때문이다. 그렇다면…… 난 발걸음을 멈췄다. 그리고 뒤를 돌아 이준혁 사장을 본다. 성재 형이 만난 사람은 이한경 사장이 아닌, 이준혁 사장이 아니었을까?

"혹시… 사장님이 이 회사에 절 추천하신 겁니까?"

"그럼 누구겠습니까?"

그의 말이 묵직하게 날아와 내 머리를 강타한다. 아찔했다. 다시 환하게 미소 짓는 그의 얼굴을 보니 마음이 아팠다.

그는 처음부터 그럴 계획이었던 거다. 유치장에서 만난 나를 이용해 사장 자리까지 꿰찰 생각이었던 거다. 그래서 일부러 핑계를 대고 날 회사로 불러냈던 거겠지. 그리고 난 그의 생각대로 순순히 움직여줬다. 이럴 수가……. 그동안 그의 손아귀에서 놀아난 거였다니.

"우리, 그동안 잘해왔잖아요? 다시 한번 생각해봐요. 시간은 많으니까."

더 이상 그의 목소리를 듣고 싶지 않았다. 난 등 뒤로 울려 퍼지는 그의 웃음소리를 뒤로하고 서재에서 나왔다. 밖은 어느새 어두워져 있었다. 계단을 내려오는데 다리가 휘청거린다. 간신히 1층으로 내려와서도 정신은 여전히 아득했고 눈물이 나왔다.

"어머, 유찬 씨, 괜찮아요?"

누군가 내 이름을 부르는 소리가 들렸다. 하지만 뒤돌아보지 않았다. 그저 휘청휘청 앞으로 걸어갈 뿐.

문 옆에서 오지선 실장과 마주쳤다. 그녀는 나를 보고 아무 말 없이 묘한 웃음을 짓는다. 아까 시음실에서 본 미소의 의미를 이제야 알 것 같다.

'봤어? 이준혁 사장도 조규진 전무와 똑같은 사람이야. 맹종할 필요가 없다고. 세상에 정의가 어디 있어? 우리에게 돈을 주는 이들이 정의지. 그걸 너도 이젠 알아야 해. 괜히 깨끗한 척하지 말고 있는 그대로를 받아들여. 나처럼 말이야.'

그래, 그녀가 내게 하고 싶은 말은 이런 의미겠지. 이사회 때 전무의 편에 섰던 것도 이런 맥락이었을 테고. 그녀가 위스키 심부름을 부탁한 건, 내게 이 사실을 알려주고 싶었던 거다. 웃음이 나왔다. 그동안 이준혁 사장의 꼭두각시로 살아왔다고 생각하니 나 자신이 우스웠다.

집 밖으로 나가니 정원에는 불이 훤히 켜진 상태였다. 북적대는 사람들 틈을 비집고 난 그의 집을 빠져나와 언덕길을 천천히 내려갔다. 큰길에 다다르자 차들이 씽씽 달렸지만 그 소리는 내 귀에 들어오지 않았다.

난 멍한 상태로 길을 따라 걸었다. 사거리를 지나 조금 더 걸어 내려가니 저 앞에 경찰서가 보인다. 난 경찰서 앞 횡단보도에 멈춰 섰다. 그리고 갈등한다. 경찰서로 들어갈 것인가, 말 것인가. 솔직하게 내 과오를 인정하고 불안한 미래를 살 것인가, 아니면 사장의 비리를 눈감고 그의 편에 서서 편의를 누릴 것인가.

어떤 게 더 나은 것인지 판단이 서질 않았다. 무얼 선택하든 후회하겠지만.

드디어 신호등에 파란 불이 켜졌다. 건널까 말까……. 점점 줄어드는 파란 불의 숫자를 보면서 이러지도 저러지도 못하고 있다.

깜박거리는 파란 불 앞에서, 난 그렇게, 횡단보도 앞에 서 있다.

에필로그_레드 라이트

결국 발걸음을 되돌렸다. 신호등에 들어온 빨간 불빛을, 내 운명으로 받아들였다. 현실과 타협하기로 한 것이다. 그리고 다시 이준혁 사장의 집으로 되돌아간다. 천천히, 아주 천천히 걸었다. 또 다른 횡단보도를 건너고 사거리를 지나 언덕길을 올라간다. 아직도 정신은 멍한 상태였다. 마음속 깊은 곳에서 차오른 절망감에 막막했다.

휘청휘청 걷고 있는데, 뒤에서 클랙슨 울리는 소리가 들렸다. 뒤를 돌아보니 빨간색 포르쉐가 서 있다. 윤조였다. 그녀는 창문을 열고 고개를 길게 빼 내 이름을 부른다.

"김유찬 씨?"

난 그저 멍하니 그녀만 보고 있다. 그녀가 누구인지 인식했는데도 왠지 몸이 반응하질 않는다.

"괜찮아요?"

고개를 끄덕였다. 괜찮지, 암……, 괜찮고말고. 속으로는 이렇게 나 자신을 달랬지만 솔직히 괜찮지 않았다.

"탈래요? 드라이브나 해요, 우리."

그녀의 차에 올랐다. 어차피 난 파티 중간에 이준혁 사장의 집에서 빠져나온 몸이다. 좀 더 일찍 돌아간다고 내 행동이 용납되지 않을 것이다. 이럴 바에야 차라리 늦는 게 낫다.

"무슨 일 있어요?"

그녀가 내 눈치를 본다. 난 아무 대답도 하지 않았다.

윤조는 차 방향을 바꿔 강변북로로 향했다. 그리고 속력을 올려 도로를 달리기 시작한다. 차창 밖으로 주변 차와 풍경이 휙휙 지나가는 게 보였다. 조금 달리고 나니 기분이 많이 진정되는 느낌이다.

"잘…… 지내셨습니까?"

어렵게 입을 뗐다. 위너와 헬시코어의 합병이 무산된 이후 그녀를 처음 만난 것이다.

"그럭저럭이오."

"M&A가 무산돼 피해가 크시죠?"

"아니요. 대신 위너와 케미컬론이 잘됐잖아요? 저, 거기에도 끼어 있어요."

그녀가 핸들을 잡은 채 나를 보며 웃는다.

"잘 안 됐으면 제가 오늘 이준혁 사장님 파티에 초대받았겠어요?"

"그건 윤조 씨가 블루 블러드여서가 아니라요?"

그녀의 얼굴에 웃음이 걸렸다.

"왜 모른다고 했습니까?"

"무슨 말씀이죠?"

"이준혁 사장이 블루 블러드 회원이냐고 물었을 때 왜 제대로 답해주지 않은 겁니까?"

그녀가 작은 한숨을 토해냈다. 그리고 날 빤히 본다.

"블루 블러드 규정인걸요. 지킬 건 지켜야죠. 그리고 저, 김유찬 씨에게 거짓말하지 않았어요. 분명히 기억해요. 글쎄요라고 말했는걸요. 그 말에는 많은 의미가 내포되어 있죠."

그녀가 차의 속도를 높였다. 포르쉐는 스포츠카답게 빠르고 부드럽게 강변북로를 질주한다.

"이제…… 다 알게 된 거군요."

"……"

"그래도 준혁 씨, 그렇게 나쁜 사람은 아니에요. 욕망이 가득하기는 하지만."

"사람을 죽였는데도 말입니까?"

"그이가요?"

그녀의 웃음이 터져 나왔다. 어이없다는 반응이다. 난 심각한데.

"설마요. 준혁 씨가 사람을 죽일 사람은 아니죠."

주머니에서 휴대폰을 꺼냈다. 그리고 음성 녹음 앱의 재생 버튼을 눌렀다.

〔그녀에게도 프로포폴을 줬습니까?〕

〔아니. 그건 그 여자가 빼돌린 거예요. 알고 보니 상습범이더라고. 장난삼아 쇼핑백 안의 약물을 바꿔봤는데, 바로 죽데?〕

〔가영 씨는……, 가영 씨는 왜 죽인 겁니까?〕

〔민가영은 너무 많이 알았으니까. 알지 말아야 할 것까지 들춰내 버렸거든요. 경영지원팀에 심어놓은 사람이 없었더라면 정말 큰일 날 뻔했지, 뭐야.〕

〔말이 돼요? 그렇다고…… 그녀를 죽인 겁니까?〕

〔충분한 이유 아닐까요?〕

그렇다. 난 휴대폰으로 이준혁 사장과의 대화를 녹음했던 것이다. 이건 그에게 배운 거다. 그가 고성국과 얘기할 때 녹음하라고 충고했던 덕이다.

윤조가 차를 갓길에 세웠다. 급하게 세우는 바람에 차가 덜컹거렸다. 어둠 속에서 보이는 그녀의 얼굴이 평소보다 더 하얗고 창백했다.

"사실이군요."

"이제는 저를 믿으시겠습니까?"

"설마…… 한경 씨도, 한경 씨의 죽음도 관련이 있나요?"

"그건 아닙니다. 이준혁 사장님은 이한경 사장님의 약물 중독을 알고는 있었어요. 방관했을 뿐이지, 관여한 증거는 없습니다."

"아……."

그녀가 머리를 핸들에 기댔다. 그리고 한동안 말이 없었다. 어떻게 해야 할지, 무슨 말을 해야 할지를 모르겠는 거다. 그런 그녀를 보고 있으려니 내 마음이 오히려 차분해진다. 이준혁 사장의 악행을 깨달은 후 처음으로 이성을 되찾았다.

"아까 경찰서에 갔었습니다."

"신고하지 그랬어요?"

"윤조 씨도 아시잖아요? 상대가 너무 커요. 저에게는 벅찹니다."

"그렇다고 그냥 넘어갈 수는 없잖아요?"

"일단 증거는 확보했으니, 시간을 두고 기다려보려고요."

"……."

"그리고 지켜볼 겁니다. 제가 그를 상대할 수 있는 힘을 키울 때까지요."

"저도 도울게요."

"괜찮습니다. 윤조 씨까지 괜히 위험해질 수 있어요."

"아니요. 저한테는 함부로 못 할 거예요. 전 블루 블러드 회원이니까. 그리고 제 직업 잊었어요? 전 로비스트예요. 회원들 정도야 쉽게 포섭할 수 있다고요."

"이준혁 사장에게 대항하시겠다는 겁니까?"

"그는 옳지 않으니까. 그리고 한경 씨를 방관한 거, 용서할 수 없어요."

"쉽지 않을 텐데요."

"절 과소평가하시는군요. 그리고 블루 블러드의 규정 중에는 이런 것도 있어요. 우리의 명예를 훼손하거나 드러낸 자는 제명시킨다고."

"제명이오?"

"영구 탈퇴죠. 지금이야 블루 블러드 덕에 승승장구하고 있지만, 혼자의 힘으로 어디까지 갈 수 있을까요?"

"제가…… 기대를 걸어도 되는 겁니까?"

"시간은 좀 걸릴 거예요. 준혁 씨 몰래 진행해야 하니까. 저, 믿을 수 있죠?"

윤조가 웃으며 나를 쳐다봤다. 확신에 찬 그녀의 말을 믿어도 되는 건지 고민된다. 그러나 난 운명에 맡기기로 했다. 또다시 누군가에게 이용당한다 해도 지금보다 더 나빠지지 않을 거라는 판단에서다. 이제껏 난 타인에게 좌우되고 이용당하는 대리인으로 살아오지 않았던가.

내 자리를 찾기 위해 조금 더 그렇게 사는 것도 나쁘지 않다.

"유찬 씨는 다시 위너로 돌아가요. 그리고 아무 일도 없었다는 듯 행동하세요."

"이준혁 사장이 모든 걸 알고 있는데도 말입니까?"

"그는 자신의 이익을 위해서라면 그 정도는 눈 감을 거예요. 유찬 씨가 자신의 약점을 쥐고 있다는 걸 알고 있는 이상 함부로 하지도 못하겠죠. 생각해봐요. 준혁 씨는 조규진 전무 편에 섰던 오지선 실장도 받아들였잖아요?"

"그걸…… 알고 계시는군요."

"제가 추천했으니까요."

"하지만 전 오지선 실장과 달라요. 그만큼 능력도 없고."

"그의 입장에서는 유찬 씨도 이용 가치가 커요. 게다가 언론 상대하는데, 이야기를 잘못 퍼트리기라도 해봐요. 꼼짝없이 당할걸요? 그리고 왜, 이런 말이 있잖아요, 위험인물일수록 더 곁에 두고 지켜봐야 한다고."

"잘 해낼 수 있을까요?"

"무조건 해내야죠. 칼을 갈 시간은 충분히 많으니까."

"……."

"힘내요."

윤조와 나는 다시 강변북로를 달려 이준혁 사장의 집으로 돌아왔다. 그녀가 발레파킹을 맡기는 동안 난 먼저 집 안으로 들어갔다. 석등을 환하게 밝힌 정원에서 파티는 계속 진행 중이었다.

이준혁 사장은 마치 아무 일도 없었다는 듯, 사람들과 어울려 웃고 떠드느라 바쁘다. 난 그 모습을 보며 조용히 집 안으로 들어갔다. 마음이 진정되니 배가 고팠다. 주방으로 가 아일랜드 식탁 위에 있는 핑거푸드를 집어 먹는다. 서너 개쯤 먹자 허기가 가라앉았다.

"돌아왔네요?"

오지선 실장의 목소리가 들린다. 난 고개를 돌리지 않고 계속 배를 채웠다.

"오늘이 마지막인 줄 알았는데."

그녀가 내 앞으로 오더니 아일랜드에 몸을 기댄다. 손에는 샴페인 잔이 들려 있었다.

"실망이에요."

"뭐가요?"

"난 어쩔 수 없이 타협했지만 유찬 씨는 좀 다를 줄 알았거든."

"사람이 다 똑같은 거 아니겠습니까?"

그녀가 나를 보고 씩 웃는다. 그리고 잔을 들어 샴페인을 다 마셔버린다.

"한잔할래요?"

"괜찮습니다. 근무 중이라."

내가 거절하자 그녀는 새로운 샴페인을 한 병 땄다. 그리고 자신의 잔에 따른다. 주방에는 아르망 드 브리냑을 비롯해 크루그와 파이퍼 하이직 등 고가 샴페인이 쌓여 있었다.

"이제 저와 나란히 서게 됐네요?"

"그게 무슨 말씀이십니까?"

"모르는 척은. 사장님이 파티 끝나고 서재에서 좀 보자고 하시네요. 무슨 말 나올 줄 알죠?"

그녀가 샴페인을 연거푸 들이키며 웃는다. 그 웃음이 기분이 나쁘다.

"알면서…… 일부러 저를 서재로 보내신 거죠?"

"유찬 씨와 계속 가야 할지 말아야 할지 결정해야 되는 타이밍이었으니까요."

"사장님도 알고 계셨던 겁니까?"

"아니요. 아마 본인 생각보다 일찍 들켜 당황하고 계실걸요?"

그녀가 또 웃는다. 샴페인을 너무 많이 마시는 것 같다.

"우리, 잘 해봐요. 너무 경쟁은 하지 말고."

오지선 실장은 남은 샴페인을 쭉 들이켜더니 잔을 아일랜드에 내려놓고 주방에서 나갔다. 혼자 남은 난 묵묵히 핑거푸드를 마저 먹었다.

"김 대리님, 김유찬 대리님!"

밖에서 나를 부르는 소리가 들린다. 파티가 곧 끝난다는 신호다. 난 부랴부랴 지하 시음실로 내려가 수행 기사들에게 대기하라 일렀다. 그리고 파티에 참석한 사람들에게 나눠줄 선물을 준비했다. 파티 엔딩곡이 흐르자 사람들이 문 앞으로 하나둘씩 나타났다. 나는 임시 직원과 함께 그들에게 허리 굽혀 공손히 인사를 하고 차 앞까지 에스코트를 한다. 글램 사장은 다른 지인과 함께 호들갑스럽게 수다를 나누며 자리를 떴고, 크리에이팅 대표는 많이 취해 수행 기사의 부축을 받았다.

윤조는 다른 사람 몰래 나에게 고개를 끄덕여 보이고 사라졌다. 가장 마지막에 떠난 손님은 맥슬란 대표였다.

"어! 김 기자님, 여기서 또 뵙네? 위너 입사한 거예요? 몰랐네. 어느 부서?"

"비서실입니다."

"이 사장님 든든하시겠다. 열심히 해봐요. 기회 닿으면 가끔 보고."

맥슬란 대표는 반갑게 인사를 하고 차에 올랐다. 난 눈으로 운전석에 앉아 있는 김용호와 인사를 나눈다.

그들이 떠나자 이준혁 사장의 집은 조용해졌다. 다시 집으로 돌아온 나는 2층으로 향했다. 그런 나를, 뒤에서 오지선 실장이 보고 있었다. 불이 모두 꺼진 2층 복도는 어두웠다. 복도 맨 끝,

서재에만 불이 들어와 있을 뿐이다.

서재를 향해 천천히 걸었다. 이준혁 사장은 서재 응접실에 앉아 차를 마시고 있었다. 요양원에서 대표이사인 노부인이 마시던, 얼음을 띄운 차가운 녹차였다.

"결정, 내린 겁니까?"

그가 나를 향해 부드러운 미소를 짓는다. 그에게는 풍파라는 게 없어 보였다. 난 심한 고초를 겪고 녹다운됐는데 말이다.

"시간이 더 필요한가요? 아시다시피 전 성격이 급합니다."

"정했습니다. 사장님 곁에 남겠습니다."

그가 알 듯 말 듯 한 표정으로 날 바라본다. 눈빛은 여전히 날카로웠다.

"진심입니까?"

"네, 충심을 다할 생각입니다."

내 말에 그가 호쾌한 웃음을 터트렸다. 만족감이 얼굴을 가득 채운다.

"그럴 줄 알았어요. 그러잖아도 김유찬 씨를 승진시킬 생각이었는데, 잘됐네요."

승진이라……. 그의 비밀을 안고 가는 대가치고는 나쁘지 않다. 곧 오지선 실장 못지않은 파워를 갖게 되겠지. 그녀는 이것을 미리 알고 날 견제하고 싶었나 보다.

"우리, 모든 과거는 다 잊고 새로 시작해봅시다. 그 기념으로 위스키 한잔할까요? 아까 마시던 게 조금 남았는데."

그가 일어서 책상 뒤의 콘솔로 간다. 그리고 잔 두 개와 비싸 보이는 위스키 한 병을 가지고 왔다. 황금색 위스키가 가득 담긴 잔이 내 앞에 놓였다.

"건배할까요? 우리의 미래를 위해."

잔을 들어 그와 건배를 했다. 단숨에 삼킨 진한 위스키가 목구멍을 통해 온몸에 퍼진다. 난 바지 주머니에 들어 있는 휴대폰을 손으로 꼭 쥐었다. 언젠가는 이걸 써먹을 일이 있겠지. 그때까지 난 조용히 기다릴 거다. 그게 언제가 됐던, 그가 가장 높은 곳에 오를 때까지.

그의 대리인으로서.

에필로그(2)_그린 라이트

신호등의 파란불이 점멸되어 간다. 그와 동시에 나 자신이, 패기에 가득 찼던 나의 미래가 점점 사라지는 것 같다. 내가 신고를 한다면, 경찰들이 나를 믿어줄까? 혹시 덤터기를 쓰면 어떡하지? 하지만 이대로 돌아섰다가는 난 영영 이준혁 사장 밑에서 대리인으로 살 것이다. 눈을 꽉 감았다. 그리고 횡단보도를 내달렸다.

끼이이이익-. 나의 돌발 행동에 달려오던 차가 급정거하는 소리가 들린다. 개의치 않았다. 그리고 경찰서로 뛰어가 문을 열었다. 경찰서 내부는 조용했고 퇴근 시간이 지난 터라 민원실 불이 꺼져 있었다. 난 어찌할 바를 몰라 가만히 서 있었다. 1층 복도를 지나가던 경찰서 직원이 내게 물었다.

"어떻게 오셨죠?"

"신고하러 왔습니다."

"무슨 신고요?"

"협박이오······."

차마 살인이라는 단어를 입에 올리지 못했다. 그 단어를 내뱉었다간, 누군가 당장 내게 달려와 수갑을 채울까 두려웠다. 유치장에 갇혔을 때의 트라우마에서 난 아직 못 벗어나고 있는 것이다.

"2층 수사과로 가보세요."

난 고맙다는 말을 하고 2층으로 올라갔다. 수사과는 계단 바로 앞에 있었다. 그 안으로 들어가니 사무실에 있던 모든 사람의 시선이 내게 쏠린다. 그러나 아무도 왜, 내게 여길 왔느냐고 묻지 않았다. 나 역시 아무 말 없이 그 자리에 서 있었다. 침묵이 흐른다.

잠시 후, 불친절해 보이는 남자가 내게 다가와 말을 걸었다.

"어떤 일로 오신 겁니까?"

"······."

"누구 찾아오셨습니까?"

"저······, 신고하러 왔는데요······."

"뭐요?"

"협박······."

힘들게 입을 뗐다. 우락부락해 보이는 형사의 모습이 내게 위압감을 준다. 그러나 형사는 이런 나를 신경도 쓰지 않는 눈치다. 그는 신입으로 보이는 젊은 형사를 불렀다.

"야, 종수야, 네가 맡아봐라."

"아······, 할 거 많은데. 이리 와서 앉으세요."

종수라고 불린 형사는 투덜거리면서도 나를 자신의 책상 앞쪽으로 안내했다. 난 책상을 가운데 두고 그와 마주 앉았다. 3년 전, 정이준이 죽은 후 경찰서에 처음 불려갔을 때처럼.

"협박 신고하러 오셨다고요. 일단 진술서 하나 작성하겠습니다."

그가 컴퓨터 키보드를 두드리기 시작했다. 난 의자에 앉은 채 그를 멍하니 본다.

"협박받은 증거가 있습니까?"

난 그에게 휴대폰을 내밀었다. 휴대폰으로 이준혁 사장과의 대화를 녹음했던 것이다. 이건 그에게 배운 거다.

"녹음해뒀는데요."

"잘 하셨네요. 지금 들어봐도 될까요?"

내가 허락하자 형사는 유선 이어폰을 꺼내 내 휴대폰에 꽂고 녹음 내용을 듣는다. 처음에는 태평하게 듣던 그의 표정이 시간이 흐를수록 점점 일그러졌다. 그리고 나를 본다. 믿지 못하겠다는 눈치다.

"이게 사실입니까?"

"들으신 그대로입니다."

그는 업무를 지시했던 형사에게 다가가 무엇인가를 속닥거린다. 그 형사는 대화를 마치자마자 어디론가 전화를 걸었다. 예감이 좋지 않았다. 난 재빨리 그의 책상에서 내 휴대폰을 챙겨 녹음 파일을 클라우드에 업로드했다. 그리고 다시 조용히 책상 위에 내려놓았다. 그가 눈치채지 못하게.

젊은 형사가 다시 자리로 돌아왔다. 그는 심각한 표정으로 진술서를 작성하기 시작한다. 잠시 후, 진술서 작성이 끝났는지 그가 모니터를 살짝 돌려 내용을 내게 보여준다.

"확인해보십시오. 내용이 맞습니까?"

고개를 끄덕였다. 내가 해준 얘기가 하나도 빠짐없이 워드 파일에 적혀 있었다.

"증거 자료로 휴대폰을 제출하고 가십시오."

"휴대폰을요? 음성 파일만 드리면 안 되나요?"

"저희 원칙이 그렇습니다. 죄송하지만 휴대폰을 놓고 가세요."

원칙이라니 어쩔 수 없다.

"연락처도 하나 적어두고 가시죠?"

"없는데요."

"회사나 친구, 가족 연락처 없습니까?"

할 수 없이 난 비서실 전화번호를 적어서 건네줬다. 어차피 내일부터 출근하지 않을 생각이지만.

"저희가 조사를 해보고 빠른 시일 내 연락을 드리죠. 돌아가셔도 좋습니다."

인사를 하고 수사과에서 나왔다. 그러나 기분이 계속 찜찜했다. 그들이 이준혁 사장을 제대로 조사하지 않을 거라는 확신이 든다. 그 껄렁해 보이던 형사는 대체 어디로 전화를 건 것일까? 왜 내 휴대폰을 통째로 가져간 걸까?

사택으로 돌아와 짐을 쌌다. 1년 전과는 달리 나에게는 월세 보증금을 얻을 돈이 있었다. 지금 당장 이곳을 떠나도 아쉬울 것

없다. 정리가 끝난 다음, 노트북을 켜고 아까 경찰서에서 업로드한 파일을 확인했다. 파일은 잘 보관돼 있었다. 그리고 인터넷 주소록에 접속해 필요한 연락처를 체크한다. 성재 형, 지원 선배, 고재욱 등 정말 필요한 사람들의 전화번호를 수첩에 옮겨 적는데, 손영익 대표의 전화번호가 눈에 들어왔다. 그가 투자차 한국에 들렀을 때 알려준 전화번호이다. 난 떨리는 마음으로 그의 번호도 받아 적었다. 경찰 조사가 수포로 돌아가면 그에게 도움을 구할 생각이었다.

다음 날, 회사에 출근하지 않았고 사택에서도 나왔다. 갈 곳을 아직 구하지 못해 싸구려 모텔에서 며칠을 보냈다. 이준혁 사장에 대한 경찰 조사는 예상대로 지지부진했다. 그가 직접 살해했다고 얘기한 막강한 증거가 있음에도 불구하고 연락해보면 증거가 불충분하고 그의 알리바이가 확실하다는 대답뿐이었다. 홧김에 내뱉은 말은 증거로 인정이 안 된다는 얘기에 난 더 이상 캐묻지 않았다.

그렇게 사건은 끝났다. 이준혁 사장은 무사할 거고 난 무고죄로 그에게 고소당할 처지에 놓였다. 블루 블러드의 입김이 또 작용한 거겠지. 그도, 윤조도 블루 블러드의 파워는 곳곳에 닿아 있다고 했다. 나와는 상대가 되지 않는 것이다. 처음부터 다윗과 골리앗의 싸움이었다. 졌다. 시작도 해보기도 전에 난 싸움에서 졌다.

이럴 줄 알았지만 너무 허무하다. 난 몸을 침대에 뉘었다. 그리고 자포자기한 심정으로 새로 구입한 휴대폰으로 게임을 하다 내려 놓았다.

그렇게 30분쯤 자고 났을까. 다시 휴대폰을 들어 인터넷을 보는데 뉴스 헤드라인이 눈에 띄었다.

'손영익 대표, 위너에 또 거액 투자. 이번에도 1조?'

순간 온몸의 피가 빠져나가는 느낌이 들었다. 손영익 대표가 위너에 다시 투자를 한다고? 설마 이번에도 그의 과거 일을 들춰 돈을 끌어낸 건가? 나도 모르게 미소가 지어졌다. 이준혁 사장에게 온 기회는 나에게도 기회였다. 그의 악행을 세상에 드러내기에 내 힘이 부족하지만, 그를 한 방 먹일 아이디어가 떠올랐다. 내게는 아직 키가 하나 더 있었다.

시계를 본다. 아마 그가 있는 뉴욕은 아침일 거다. 통화를 해도 예의에 어긋나지 않는 시간이다. 손영익 대표에게 당장 전화를 걸었다. 1년이 지난 번호라 아직 유효할까 걱정했는데 그가 전화를 받았다.

"안녕하세요? 기억하실지 모르겠지만, 1년 전 위너에 오셨을 때 대표님을 모시고 운전했던 김유찬입니다."

〔아, 아……, 김유찬 씨, 잘 지냈나요? 그런데 왜 나에게 전화를?〕

"드리고 싶은 말씀이 있습니다."

〔네에? 저에게요? 무슨……?〕

"대표님이 꼭 알고 계셨으면 하는 내용입니다."

잠시 침묵이 흘렀다. 휴대폰 너머로 갈등하는 그의 속내가 느껴졌다.

〔좋습니다. 내가 한국에 들어가기로 했는데, 일정을 하루 앞당기죠. 이번 주 목요일 10시쯤에 공항으로 마중 나올 수 있나요?〕

"죄송합니다……. 이제는 제가 차가 없어서."

〔그럼 내가 택시를 타고 가죠. 그때 우리가 갔던 설렁탕집, 기억나죠? 그곳에서 봅시다.〕

손영익 대표와 전화를 끊고 가슴이 두근두근했다. 며칠 후면 그를 만난다. 그의 반응이 내 운명을 바꿀 수 있을까? 난 며칠 동안 제대로 잠을 이루지 못했다.

***

목요일 아침, 손영익 대표의 동선과 시간을 계산해 종로에 있는 설렁탕집으로 갔다. 점심 먹기에는 아직 이른 시간이라 그런지 매장 안에 사람이 거의 없었다. 난 시계를 보며 초조하게 그를 기다렸다. 설마 그가 마음이 바뀌어 오지 않으면 어떡하나 걱정도 됐다.

그러나 잠시 후, 설렁탕집 문을 열고 그가 들어온다. 1년이 지났지만 그의 모습은 거의 변하지 않았다.

"손 대표님! 여기입니다."

반가운 나머지 자리에서 벌떡 일어섰다. 긴장이 됐는지 목소리가 갈라진다.

"아, 오랜만입니다. 식사나 하며 얘기할까요?"

설렁탕 두 개를 시키고 그와 마주 앉았다. 동네 평범한 할아버지 같은 그를 보니 긴장감이 많이 사그라들었다.

"하고 싶은 얘기가 뭡니까?"

난 그에게 그동안 있었던 일들을 다 얘기했다. 그리고 위너에서 손영익 대표의 뒷조사를 하고 공소시효까지 알아봤다는 것도. 그의 얼굴이 어두워진다.

"그겁니까? 김유찬 씨도 내 죄를 알고 있다는 걸 알려주려고 연락한 거예요?"

"아, 아닙니다. 오해하지는 마세요."

그에게 USB를 내밀었다. 이준혁 사장이 내게 한 말들을 녹음해둔 파일이었다.

"이게 뭡니까?"

"들어보시면 알 겁니다. 이게 있으면, 대표님이 더 이상 위너에 끌려다니지 않으셔도 될 거예요."

"그 말은, 이 안에 든 것이 상당한 무기라는 건데……, 왜 이걸 내게 주는 거죠?"

"저는 쓸 줄 몰라서요. 능력이 안 됩니다."

"내게 바라는 것은요?"

"없습니다."

"전혀요?"

"전혀 없습니다."

그가 나를 보고 빙긋 웃었다.

"재밌군요. 김유찬 씨, 아주 재밌는 사람이에요."

때마침 설렁탕이 나왔다. 그와 나는 마주 앉아 설렁탕을 먹고 헤어졌다. 중요한 증거를 그에게 넘겼지만 후회는 없었다. 스트레이트를 날리지 못하면 어퍼컷이라도 쳐야 하는 거다. 둘 다 충격은 만만치 않다.

　금요일, 토요일, 일요일 그리고 다시 월요일. 시간은 꾸준히 흘렀다. 난 뉴스를 보며 무료한 시간을 견뎌냈다. 손영익 대표나 이준혁 사장과 관련한 뉴스가 뜰까 내내 기다렸지만, 소식은 감감무소식이었다. 마지막 희망마저도 물 건너갔구나, 좌절한 순간, 고대했던 전화가 왔다. 손영익 대표였다.

　〔김유찬 씨?〕

　"대표님, 그동안 잘 지내셨습니까?"

　〔덕분에요. 밥이나 같이 먹었으면 했는데, 내가 다시 뉴욕으로 돌아가 봐야 할 것 같아.〕

　"아, 네……."

　〔김유찬 씨가 준 파일은 잘 확인했어요. 고마워요.〕

　"위너에는…… 말씀하셨고요?"

　〔아니요. 투자는 약속한 대로 계속 진행할 겁니다. 충분한 가치가 있거든요. 그리고 그건 아무래도 이 사장 개인적인 문제라.〕

　"……."

　〔하지만 이준혁 사장과는 얘기를 했습니다. 책임지고 위너에서 물러나지 않으면 가만두지 않겠다고. 김유찬 씨 덕에 나도 이번에는 모처럼 협박이라는 걸 해봤네요.〕

　수화기 너머로 그의 웃음소리가 들렸다. 웃음소리에 안도가 됐다. 그렇게라도 이준혁 사장을 징계했다니 기분이 후련하다.

"사장님이 순순히 그러겠다고 합니까?"

〔처음에야 당연히 노였죠. 하지만 김유찬 씨가 준 녹음 내용을 들려주니 바로 포기하던데요? 공평하게, 서로에 대한 정보는 묻어두기로 했습니다.〕

"이준혁 사장님은 만만치 않은 분입니다. 뒤에서 그를 돕는 사람도 많고요."

〔블루 블러드 말입니까?〕

"아, 아셨습니까?"

〔그것도 모르고 이 위치까지 올라왔겠습니까? 걱정하지 마세요. 그 정도의 줄은 나도 있으니까. 이 사장은 블루 블러드에서 곧 제명될 거예요.〕

그가 또다시 웃는다. 다행이었다. 이제야 이준혁 사장에게 제대로 복수했다는 생각이 든다.

〔어떻습니까? 저와 일해보지 않겠어요?〕

"네에?"

급작스러운 그의 제안에 난 놀란다. 아니, 미국에 있는 그와 함께 일하다니? 난 영어도 잘 못하는데?

〔내가 나이가 있다 보니까 한국을 매번 오가는 것도 번거롭고, 유찬 씨가 여기에서 내 대리인 역할을 해줬으면 해요. 담당 변호사가 있으니까 큰 어려움은 없을 거예요. 어때요, 내 제안이?〕

물어볼 것도 없다. 내 대답은 예스다. 그러나 그 쉬운 말이, 좀처럼 입에서 떨어지지 않는다. 정말 기쁘다. 동시에 기분 좋은 긴장감이 느껴진다.

〔김유찬 씨, 듣고 있어요?〕

"네, 네, 대표님. 듣고 있습니다. 듣고 있어요. 좋습니다. 감사합니다."

바보처럼 버벅거렸다.

그리고 그와 몇 마디를 더 나눈 것 같은데 기억이 나지 않는다. 전화를 어떻게 끊었는지도 모르겠다. 흥분 상태에 빠진 난 고함을 질러댔다. 이준혁 상무의 야심을 위해 이용당했던 과거는 이제 끝이다! 난 실성한 사람처럼 웃어댔다. 끝난 줄 알았던 내 인생이 다시 펼쳐졌기 때문이다. 그것도 탄탄대로 앞에. 비록 손영익 대표가 제안한 일도 대리인이지만 말이다. 하지만 이번에는 제대로 일해볼 생각이다.

대리인이라는 진짜 직함을 달고 양지로 나서는 거다. 그것이 내 운명이라면.

대리인 2

2023년 4월 24일 초판 1쇄 발행

지은이 제인도
펴낸이 박시형, 최세현

책임편집 김명래 **디자인** 임동렬 **교정교열** 노은정
마케팅 권금숙, 양근모, 양봉호, 이주형 **온라인마케팅** 신하은, 현나래
디지털콘텐츠 김명래, 최은정, 김혜정 **해외기획** 우정민, 배혜림
경영지원 홍성택, 김현우, 강신우 **제작** 이진영
펴낸곳 팩토리나인 **출판신고** 2006년 9월 25일 제406-2006-000210호
주소 서울시 마포구 월드컵북로 396 누리꿈스퀘어 비즈니스타워 18층
전화 02-6712-9800 **팩스** 02-6712-9810 **이메일** info@smpk.kr

ⓒ 제인도 (저작권자와 맺은 특약에 따라 검인을 생략합니다)
ISBN 979-11-6534-730-7 (03810)

쌤앤파커스(Sam&Parkers)는 독자 여러분의 책에 관한 아이디어와 원고 투고를 설레는 마음으로 기다리
고 있습니다. 책으로 엮기를 원하는 아이디어가 있으신 분은 이메일 book@smpk.kr로 간단한 개요와 취
지, 연락처 등을 보내주세요. 머뭇거리지 말고 문을 두드리세요. 길이 열립니다.